D0888669

LES AVENTURES DE
HUCKLEBERRY FINN

MARK TWAIN

LES AVENTURES DE HUCKLEBERRY FINN

Traduction d'André Bay

Introduction, notes, bibliographie et chronologie
par
Claude GRIMAL

GF Flammarion

INTRODUCTION

Les Aventures de Huckleberry Finn débutent en 1830 ou 1840 à Saint Petersburg dans le Missouri. Huckleberry Finn, le fils de l'ivrogne du village, vit chez deux sœurs, la Veuve Douglas et Miss Watson, qui veulent le « siviliser » (suivant l'ironique orthographe du texte). Huck fait partie de la « bande de voleurs » organisée par son ami Tom Sawyer. Pap, le père de Huck, enlève son fils (chapitre VI) et le séquestre dans une cabane au fond des bois. Las d'être battu, Huck s'enfuit et se réfugie sur l'île Jackson où il rencontre un autre fugitif, Jim le Noir de Miss Watson, qui devant la menace d'être « vendu au Sud » a décidé de gagner un Etat libre. Jim et Huck descendent ensemble le Mississipi. Le voyage vers la liberté est parfois oublié (Jim disparaît ainsi presque entièrement du chapitre XVII au chapitre XXX) au profit d'épisodes satiriques ou de pure farce, surtout lorsque le duc et le roi surgissent dans le récit (au chapitre XIX). La fin du livre, constituée d'aventures rocambolesques (du chapitre XXII au chapitre XLIII), se déroule à la ferme des Phelps, où Jim est captif. Tom et Huck échaffaudent d'invraisemblables projets pour libérer ce dernier de la « prison » où il a été jeté. Mais leurs efforts, ainsi qu'on l'apprend dans les dernières pages, étaient parfaitement inutiles : Jim n'était plus esclave, car Miss Watson prise de remords lui avait accordé la liberté. Aux derniers paragraphes du livre, Huck décide de partir pour les Territoires afin d'échapper à toute nouvelle tentative de « sivilisation ».

Twain l'Américain

Mark Twain, né Samuel Langhorne Clemens, était un écrivain riche et célèbre lorsqu'il entreprit la rédaction des *Aventures de Huckleberry Finn*. Déjà bien connu avec *Les Innocents à l'étranger* (1869), son best-seller, Twain s'était acquis la réputation d'un humoriste de l'Ouest, une voix neuve, de celles qui signalaient à l'Amérique que sa vraie identité n'avait pas trouvé son expression dans la « littérature comme il faut », la « genteel tradition » de la côte nord-est. Twain indiquait aux U.S.A. qu'ils devaient cesser de copier les modèles européens, que formes et vigueurs nouvelles étaient à découvrir dans l'originalité du grand continent. Bref, Twain se montrait outrageusement ce que le critique Philip Rahv allait appeler « peau-rouge [1] », un baroudeur, impatienté de la pâleur du teint des Hawthorne ou des James. Il incarnait, pour le lecteur américain, la pétulance comique du bon sens démocratique qui ne s'en laissait pas conter par la tradition et les cultures de l'Ancien Monde. En apparence, dans son rôle de bouffon, Twain possédait bien les qualités et les défauts de cet écrivain « peau-rouge » que Rahv trouvait « sans culture personnelle », emporté par des « réactions surtout émotionnelles, spontanées » et qu'il jugeait « au meilleur de sa forme lorsqu'il exprime la vitalité et les inspirations du peuple ; et au pire de celle-ci, lorsqu'il se jette dans l'anti-intellectualisme primaire, mêle conformisme et agressivité, et abuse des schémas éculés de la psychologie de la Frontière ».

1. C'est en 1939 que Philip Rahv a divisé de manière simple et amusante les écrivains américains en « Peaux-Rouges » et « Visages Pâles », suggérant qu'un jour une réconciliation entre les deux serait possible.

Mais la vie et l'œuvre de Twain montrent en fait plus de complexité et moins d'assentiment à l'américanité « peau-rouge ». Après une enfance sur la Frontière, des voyages à travers les Etats-Unis, Twain était devenu un homme de la côte Est, marié à une riche héritière, séjournant fréquemment à l'étranger. Le petit garçon pauvre de Hannibal (Missouri) qui avait quitté l'école à douze ans était devenu l'homme aux costumes de lin blanc qui se plaisait en compagnie des millionnaires, le misanthrope sociable qui détestait son époque et devait se haïr lui-même puisqu'il avait su remarquablement utiliser toutes les chances qu'elle lui offrait. C'était sûrement un homme divisé, écartelé, entre bien plus que des appartenances géographiques diverses ou des fidélités à des groupes sociaux différents. Ce surnom de Twain (« deux » [2]) qu'il s'était donné est un signe, un parmi d'autres mais le plus éclatant, de ses déchirements personnels.

Mais peu importe ici le Samuel Langhorne Clemens de la réalité ; le personnage-Twain que les lecteurs se plaisaient à imaginer et celui qu'attendaient tous les auditeurs de ses nombreuses conférences c'était l'Américain par excellence, fabriqué au cœur même des Etats-Unis. Et ses admirateurs pouvaient être contents. Surgissait sur la page ou sur l'estrade, le héros comique mais « dead pan » qui avait connu le Sud du temps de l'esclavage, la vie sur les vapeurs du Mississipi, la Guerre de Sécession, la Frontière avec ses mines d'or et d'argent, la Reconstruction, les voyages et l'expatriation en Europe, la révolution industrielle et l'Age Doré.

Peu à peu, il vint aussi à incarner un autre personnage, celui, comme l'exprima Rudyard Kipling, dont « la voix était une force de protestation dans un âge de philistinisme ». Il se montra en tout cas extraordinairement habile à créer et entretenir ce qu'on appelle de nos jours une image. Il était déjà en 1885 formidablement populaire. Bien qu'écrivain, il avait gagné la

2. Voir la « Chronologie » à la fin du présent volume.

sympathie de ses compatriotes, peu susceptibles à cette époque d'enthousiasme pour les hommes de lettres ou les intellectuels. Il avait réussi à ce que n'importe qui, l'homme de la rue comme le capitaine d'industrie, s'identifiât à lui, pour des raisons différentes, et vît en lui autre chose que le romancier ou le moraliste. Peut-être parce que, comme l'affirmait un de ses contemporains, « l'un des secrets de son immense talent personnel consistait à ne jamais être perçu comme un individu vivant de sa pensée ou de ses écrits, mais comme un homme d'affaires – éclatant de santé, séduisant, débonnaire, droit comme un i. Dans sa jeunesse il avait plutôt l'air d'un riche "rancher" et, à la fin de sa vie, d'un banquier, ou d'un maréchal à la retraite, d'un ambassadeur ou, comme le pensaient tous ses amis, d'un roi ».

Et cet homme, qui en 1885 était déjà l'amuseur public de l'Amérique, mais peut-être pas encore sa conscience morale, publia *Les Aventures de Huckleberry Finn,* une œuvre dont il ne soupçonnait pas un seul instant qu'elle allait devenir un, sinon, le classique américain.

Twain et la rédaction de Huck Finn

Mark Twain commença *Les Aventures de Huckleberry Finn* en 1876, sûr qu'il était en train d'écrire la suite des *Aventures de Tom Sawyer,* un roman pour la jeunesse dont il venait de corriger les épreuves. Il rédigeait rapidement et confiait à son ami William Dean Howells [3] : « J'ai commencé un nouveau livre pour jeunes garçons, plus pour m'occuper qu'autre chose. J'ai écrit les quatre cents premières pages, le travail est donc à moitié fait. Il s'agit de l'autobiographie de Huckleberry Finn. J'en suis pour l'instant moyennement satisfait, et il ne serait pas impossible que je

---

3. W.D. Howells (1837-1920) grand ami de Twain était un romancier réaliste très connu. De lui, on lit toujours *The Rise of Silas Lapham* (1885).

mette le manuscrit terminé au placard ou que je le brûle [4]. »

Sa facilité d'écriture était trompeuse. Twain cala au chapitre XVI et rangea le manuscrit. Ses ennuis venaient peut-être, sans qu'il s'en rendît compte, du fait que *Huckleberry Finn* n'était nullement la suite de *Tom Sawyer,* ce « livre plus spécialement destiné à amuser garçons et filles [5] ». Twain tenta à plusieurs reprises de poursuivre *Huckleberry Finn* mais c'est pendant l'été 1883 seulement qu'il parvint à l'achever. Pris d'une énergie créatrice nouvelle, il composa dans un assez court laps de temps vingt-trois chapitres et fit d'innombrables corrections d'ensemble. Il n'offrit alors gaiement à ses difficultés de rédaction que des explications métaphoriques de trop grand bon sens. « Mon réservoir s'était vidé, il suffisait d'attendre qu'il se remplisse, etc. »

D'autres ouvrages, pour lesquels son réservoir semblait suffisamment plein, l'avaient occupé entre le début et la fin de *Huckleberry Finn* : il avait pendant ces quelques années abondamment écrit et publié : *Un vagabond à l'étranger* (1880), *Le Prince et le Pauvre* (1882), *La Vie sur le Mississipi* (1883), des contes...

L'été 1883 lui permit de terminer le roman commencé en 1876. Ainsi, sept ans après l'annonce prématurée de la naissance du livre à W.D. Howells, Twain jubilait dans ses lettres au même correspondant. « Cela fait des années que je n'ai pas empilé des pages manuscrites à cette vitesse [...] Aujourd'hui, j'ai écrit 4 000 mots et presque tous les jours j'en écris 3 000 et plus, les jours de travail je ne tombe jamais au-dessous de 2 600. Quand je suis épuisé je me mets

---

4. *Mark Twain-Howells Letters,* éd. Henry Nash Smith, Cambridge (Mass.) Harvard University Press, 1960. Lettre à W.D. Howells, 9 août 1876.
5. C'est ainsi que Twain présente *Tom Sawyer* dans la préface, ce qui ne l'empêche pas en 1875 dans une lettre à W.D. Howells de dire, toujours à propos de Tom Sawyer : « Ce n'est pas du tout un livre pour enfants. Seuls les adultes le liront. C'est un livre qui n'est fait que pour les adultes. »

au lit un ou deux jours, je lis et je fume et puis je m'y remets pour six ou sept jours [6]. »

Même joie lorsqu'il confiait à sa mère, en juillet : « J'accumule les feuillets à une vitesse incroyable. Je crois que je vais terminer dans deux mois un livre sur lequel je travaille par intermittence depuis sept ans. Mais cet été il m'est aussi facile d'écrire que de me reposer [7]. » En avril 1884, il remerciait W.D. Howells qui lui avait proposé de relire les épreuves du manuscrit, en août il les lui envoyait. En janvier 1885, le livre paraissait aux Etats-Unis.

Juste avant la fin de la rédaction, Twain avait annoncé à sa femme et ses filles, avec le ton drolatique qu'il adoptait souvent pour s'adresser à elles, que « la modestie (l)'obligeait à dire que (ce nouveau livre était) vraiment du tonnerre ».

L'accueil

L'une des œuvres les plus connues de la littérature américaine était née ; un roman « du tonnerre » sans aucun doute mais non pas sans défauts et qui dut conquérir, petit à petit, la place essentielle qui est aujourd'hui la sienne. La consécration, même si son ami W.D. Howells avait crié au chef-d'œuvre, arriva seulement avec les années vingt du vingtième siècle. Ernest Hemingway a résumé l'opinion qu'écrivains et critiques se font du livre depuis cette époque. D'autres avant lui, H.L. Mencken par exemple, l'avaient hissé au rang de monument national, mais ce sont les phrases des *Vertes Collines d'Afrique* que tout le monde a retenues : « Toute la littérature moderne américaine est issue d'un livre de Mark Twain, *Huckleberry Finn* [...] Avant, il n'y avait rien. Depuis, on n'a rien fait d'aussi bien [8]. »

Le livre fut sans doute acheté par ses premiers lec-

6. Lettre à W.D. Howells, 21 juillet 1883.
7. *Mark Twain's Letters*, éd. A. Bigelow Paine, New York, Harper and Bros., 1935. Lettre à Jane Lampton Clemens, 21 juillet 1883.
8. *Green Hills of Africa*, 1935.

teurs pour ses qualités comiques ; Twain était associé
dans l'esprit du public à d'autres auteurs amusants
comme Josh Billings, Orpheus Kerr ou Bill Nye. Il ne
fut pas très bien accueilli par la presse ; il froissait. Au
nom du bon ton, des bonnes manières, de la pudeur, de
la religion et de la correction grammaticale, les journaux
firent des critiques. La fameuse affaire de la Bibliothèque Publique de Concord (Massachusetts), en mars
1885, permet de comprendre les réticences de certains
lecteurs. Les responsables de la bibliothèque de cette
ville (qui avait été le lieu de résidence de Thoreau,
d'Emerson, de Hawthorne) jugèrent le livre « non pas
immoral » mais « plus approprié aux habitants des taudis
qu'aux lecteurs intelligents et respectables ». Ils décidè-
rent que vu le caractère « grossier, vulgaire, sans élégance » de l'ouvrage, et son sujet (« des expériences peu
nobles »), *Huckleberry Finn* ne pouvait figurer sur les
rayons de la bibliothèque. Louisa May Alcott, elle-
même respectable auteur des *Quatre Filles du Docteur
March* et habitante de Concord, exprimait l'opinion de
la communauté : « Si Mr. Clemens ne trouve rien de
mieux à dire à nos garçons et filles au cœur pur, il serait
préférable qu'il cesse d'écrire pour eux [9]. »

La presse parla de l'incident, ce qui fit plus de
publicité que de tort au livre. Twain prétendit ne voir
que le bon côté de cet assaut de pruderie mais fut
attristé par toute l'affaire. Il se félicita de l'excellente
opération commerciale que cela constituait : « Voilà
qui va me faire vendre 25 000 exemplaires ! » (En fait
50 000 furent vendus.) Mais il riposta par voie de
presse et envoya le roman à ses amis accompagné de
dédicaces blessées et défensives. Il écrivait à l'un : « Je
vous envoie Huck Finn, un de mes enfants de réputation douteuse. Soyez gentil avec lui pour l'amour de
son père. » A un autre : « Voici Huck, un de mes

---

9. Cité par Justin Kaplan dans *Mr. Clemens and Mark Twain*,
New York, Simon and Schuster, 1966, p. 268. Louisa Alcott se
trompait en ne voyant dans le livre qu'un ouvrage pour enfants,
mais il est certain qu'un des « problèmes » du roman vient de ce
qu'il n'est ni tout à fait pour les jeunes ni tout à fait pour les adultes.

enfants très maltraité qui s'est fait bien injustement traîner dans la boue [10]. »

Notons bien : il considérait Huck Finn comme « un de ses enfants », c'était plus qu'une formule.

Et puis voilà qu'un siècle plus tard, dans les années 80, l'indignation reprit. Cette fois, les protestations venaient de certains éducateurs, mécontents qu'un classique au programme des « junior high schools » (en gros, les collèges) contînt plus de deux cents fois le mot « nigger ». Les jeunes lecteurs noirs s'en trouvaient, paraît-il, blessés même lorsqu'on parvenait à leur expliquer les buts satiriques du livre. John H. Wallace qui avait lancé la polémique produisit également une version « acceptable » de *Huckleberry Finn* où le mot « nigger » était remplacé par « black » et où quelques phrases suspectes d'irréligion et de blasphème disparaissaient. John H. Wallace était aussi pasteur. Alors, tant qu'à faire...

Ce fâcheux débat semblait forcer les critiques à redémontrer l'évidence : à savoir que *Huckleberry Finn* est un livre d'une hostilité féroce envers les attitudes racistes. En fait, la publicité donnée aux arguments moralisateurs, paresseux de John H. Wallace en dit plus long sur l'atmosphère intellectuelle des années 1980 à 1990 aux Etats-Unis, et sur l'état des relations entre Noirs et Blancs que sur le roman.

Qui soutiendra qu'un écolier noir de onze ans ne comprend pas la satire contenue dans la célèbre discussion du chapitre XXXII, entre tante Sally et Huck, lorsque ce dernier invente des excuses pour le retard du bateau ?

> — C'est pas un banc de sable qui nous a arrêtés. C'est un cylindre qui a éclaté.
> — Grand Dieu ! Il y a pas eu de blessés ?
> — Non, seulement un nègre de tué.

10. Cité par M.P. Hearn dans *The Annotated Huckleberry Finn*, Clarkson, N. Potter Inc., New York, 1981, p. 1.

— Allons, tant mieux ; quelquefois il y a des gens qui sont touchés.

Oui, le roman a horreur du racisme, de son versant haineux comme de son versant d'indifférence imbécile, mais écrit au XIXᵉ siècle, il utilise parfois les conventions de son époque pour parler des personnages noirs (comme des personnages féminins). Le romancier Ralph Ellison, par exemple, n'a pas attendu John Wallace pour signaler ce problème, indiquer ce que Jim doit à la tradition du « minstrel show » et constater qu'il est néanmoins le premier grand personnage noir de toute la littérature américaine. C'est vrai que lecteur se sent mal à l'aise vis-à-vis de Jim, mais pour des raisons qui sont infiniment plus complexes que ne le laisse entendre le mauvais procès intenté au livre [11].

L'esclavage

Les Aventures de Huckleberry Finn ne sont pas un roman sur l'esclavage, mais (peut-être) sur l'éveil d'une conscience, celle de Huck. Le petit héros, dans son apprentissage des maux de l'âme et de la société, va découvrir des difformités, pour certaines typiquement sudistes. La plus monstrueuse, celle qui va constituer l'expérience essentielle de Huck, le forcer à prendre des décisions morales graves, c'est bien l'esclavage.

Mais d'abord, pourquoi Twain a-t-il choisi en 1885 de publier un livre sur une institution qui n'existait plus depuis vingt ans ? Des raisons à la fois personnelles et historiques.

Twain était un enfant du Sud coupable des péchés de ses pères. Il trouvait aussi sans doute que parler de l'esclavage était une manière de s'indigner de la situa-

11. On pourra lire à ce sujet *Black Perspectives on Huckleberry Finn,* éd. James S. Leonard et Thomas A. Tenney, Durham, Duke University Press, 1992.

tion contemporaine des Noirs. Twain commença le livre en 1876 après la Reconstruction du Sud, après les tentatives du Nord pour garantir dans le Sud la participation des Noirs à la vie politique et économique. Ces efforts avaient été balayés par la constitution des Black Codes et, après le 14e et le 15e amendement, par les lois Jim Crow. Bref, depuis la fin de la Guerre de Sécession, les Etats du Sud luttaient pied à pied contre un gouvernement fédéral, lui-même peu soucieux du sort des Noirs, pour restreindre les droits des anciens esclaves. En 1883, lorsque Twain terminait *Huckleberry Finn,* le succès des Etats était total puisque la Cour suprême déclarait inconstitutionnel l'Acte des Droits civiques de 1875 qui exigeait l'égalité dans l'utilisation de tous les services publics. De nouvelles chaînes se forgeaient pour les Noirs libérés.

Tandis qu'il écrivait, Twain voyait donc la reconstruction de la société du Sud s'effectuer autour de l'exclusion brutale de ceux qui auraient dû en devenir de nouveaux citoyens, et ce avec la complicité passive du Nord. Les batailles législatives constituaient les grands moments d'une guerre qui se menait au quotidien par l'intimidation et la violence. Ce contexte historique a pesé sur la rédaction du livre ; les critiques qui en ont pris conscience ont ainsi fourni d'intéressantes explications aux derniers chapitres du livre, à certains aspects « minstrel show » du personnage de Jim déjà remarqués par Ralph Ellison. Les jeux odieux que font subir Huck et Tom à Jim, les mauvais traitements des villageois, reproduiraient la situation politique et économique des Noirs dans les années 1880 : ces derniers n'avaient aucune possibilité de déterminer leur destin, aucun pouvoir de décision, ils étaient entièrement soumis au bon vouloir des Blancs, de ceux qui siégeaient au gouvernement au Nord, comme de ceux qui vivaient à leurs côtés dans les mêmes Etats.

Mais quelles étaient les raisons personnelles de Twain ? Il voulait une nouvelle fois évoquer l'en-

fance, ce thème qu'il chérissait par-dessus tout. Dans
ses déclarations, il faisait de l'enfance en général, et
de la sienne en particulier, un âge d'or. Il écrivait à
des amis que seules valaient d'être vécues les quinze
premières années de la vie. En fait, comme il disait
joliment : « Avoir été enfant, c'est comme avoir été
roi il y a très longtemps d'un royaume très lointain. »
Mais l'honnêteté le forçait à reconnaître qu'il y avait
quelques ombres au tableau, et la pastorale de l'enfance se trouve toujours chez lui troublée par d'horribles apparitions. L'un des cauchemars de l'enfance
de Twain, l'une des causes de la violence qui a hanté
ses premières années, est sans doute l'esclavage. Ce
n'était pas la seule brutalité de cette société brutale,
mais c'était celle à laquelle sa propre famille avait
participé.

Ainsi Twain, lorsqu'il écrit *Huckleberry Finn*, doit
effectuer trois opérations en même temps : conserver
l'enfance comme refuge idéal de sa rêverie,
condamner l'esclavage et préserver ses parents.

Quel était donc exactement ce passé familial ?
Combien d'esclaves possédait John Clemens, le père
de Twain ? Quand les a-t-il vendus et pourquoi ? On
ne le sait pas. Les silences, les hésitations de Twain à
ce sujet dans son *Autobiographie* témoignent, sans
doute, de son malaise. En effet, il ne consacre qu'une
phrase à ce problème : « D'abord mon père possédait
des esclaves, puis il les vendit un à un et en loua à
l'année à des fermiers [12]. »

On a trouvé dans les papiers de la famille et de
Twain des éléments plus précis. John Clemens avoue
dans une lettre que, sans argent, il doit vendre un de
ses Noirs pour prendre le vapeur et retourner chez lui.
Dans l'essai autobiographique de Mrs. Clemens et les
papiers de son fils, on apprend la vente de la
« nounou » de Samuel, Jenny. Twain (dans des notes
personnelles et non dans son *Autobiographie*) explique

---

12. *The Autobiography of Mark Twain,* éd. Charles Neider, New
York, Harper and Bros, 1959 ; chapitre 1.

combien Jenny était difficile, insubordonnée — au point d'arracher le fouet des mains de Mrs. Clemens ! — et que ce fut elle qui voulut être vendue. Les Clemens y consentirent. La mère de Twain ne fit donc qu'exécuter « le caprice d'une esclave contre son intérêt [à elle l'esclave] et son désir personnel [à elle Mrs. Clemens] ». Des années plus tard d'ailleurs, des gens rencontrèrent Jenny, femme de chambre sur un vapeur, qui regrettait amèrement ses bons maîtres.

Mais dans l'*Autobiographie*, Twain n'aborde rien de trop personnel sinon pour brosser de Jane, sa mère, un portrait de femme au grand cœur, à l'occasion d'un épisode mettant en scène Sandy, un petit esclave loué par sa famille [13]. Ce petit garçon, qu'on venait d'acheter au Maryland et donc de séparer de sa mère, chantait à tue-tête toute la journée, s'agitait et faisait un raffût du diable. Samuel s'en était plaint à sa mère ; celle-ci, les larmes aux yeux, lui avait dit que cette bruyante agitation était pour elle bon signe car elle signifiait que pendant ce temps Sandy ne pensait pas à sa maman. Aujourd'hui, le lecteur doute que cette vignette touchante démontre l'immense bonté de Mrs. Clemens, ou sa grande perspicacité psychologique.

C'est à peu près tout ce qu'on sait sur la famille Clemens et la manière dont elle traitait « ses » Noirs. De l'esclavage à Hannibal en général, Twain nous brosse un tableau bénin : il s'agissait de « l'esclavage domestique pas de sa variété brutale des plantations. Les mauvais traitements étaient très rares et à juste raison, extrêmement impopulaires [14] ». Il nous répète à plusieurs reprises, à sa décharge comme à celle de sa mère, qu'il n'avait jamais entendu personne autour de lui, pas même les instances morales supérieures de la religion, condamner cette institution.

> Lorsque j'étais écolier, je n'avais aucune aversion pour l'esclavage. Je ne me doutais pas que cela pouvait être

13. *Ibid.*, chapitre II.
14. *Ibid.*, chapitre VII.

quelque chose de mal. Personne ne l'attaquait en ma
présence ; les journaux locaux n'y trouvaient rien à
redire ; le pasteur nous assurait que Dieu approuvait
cette institution, qu'elle était sacrée et que ceux qui
auraient eu quelques doutes, pouvaient se référer à la
Bible — et là-dessus on nous lisait les textes pour bien
nous convaincre. Si les esclaves détestaient l'esclavage,
ils étaient en tout cas prudents et n'en disaient rien. A
Hannibal, on ne voyait presque jamais un esclave maltraité, dans les fermes alentour jamais [15].

Et pourtant Twain se souvient d'un Noir tué dans
la rue par un Blanc pour « une peccadille ». Les gens
plaignaient le propriétaire qui venait de perdre beaucoup d'argent, car l'assassin était incapable de le
dédommager de la perte de son bien. Il se souvient du
cadavre d'un esclave fugitif apparaissant dans l'eau
des marais, éventré. Il se souvient de Noirs enchaînés,
envoyés « au Sud » pour y être vendus :

> Je n'ai aucun souvenir d'avoir jamais vu une vente
> d'esclaves à Hannibal ; mais j'ai dans l'idée que c'est
> parce que c'était un spectacle courant et banal, et non
> exceptionnel et effroyable. Je me souviens très bien
> pourtant avoir vu une dizaine de Noirs, hommes et
> femmes, enchaînés les uns aux autres, assis sur le sol,
> attendant d'être embarqués pour être vendus plus au
> Sud. Jamais je n'ai vu de visages aussi tristes. Des
> esclaves enchaînés ne devaient pas être un spectacle
> fréquent sans cela je n'en n'aurais pas été aussi extra-
> ordinairement frappé [16].

Voilà donc pour le quotidien de l'esclavage, tel que
Twain tente de se le rappeler, avec toutes les hésitations, les omissions que le lecteur d'aujourd'hui
choisit de trouver révélatrices de vérités plus dou-
loureuses. Les souvenirs sont vagues car il ne veut
attaquer ni l'enfant qu'il rêve de redevenir, ni ses
parents. Pourtant Twain saura toujours se désoler du
jeune homme sudiste de dix-huit ou vingt ans qu'il
était, coupable de tous les vices : « ignorance, into-
lérance, égotisme, prétention, opaque vision des

15. *Ibid.*, chapitre II.
16. *Ibid.*, chapitre VII.

choses, pitoyable et stupide sottise, et inconscience presque désespérante de tout ce qui se passait [17] ». Dans *Huckleberry Finn*, Huck son enfant bien-aimé va racheter le péché d'indifférence de toute la famille Clemens.

Le Sud, la Frontière

Mais ce Sud esclavagiste d'avant la Guerre de Sécession, poétisé par l'enfance et sauvagement critiqué par le satiriste, est aussi attaqué dans bien d'autres de ses pratiques : le système de castes et son activité favorite la vendetta (dans le chapitre sur les Grangerford et les Shepherdson), le lynchage (condamné par le méprisant colonel Sherburn qui vient, lui, d'exécuter de sang-froid un malheureux ivrogne), la violence des foules des petites villes (vis-à-vis du duc et du roi), la religiosité purement formelle (comme celle de Miss Watson ou des familles Grangerford et Shepherdson), le « fondamentalisme » crédule et ses camps de missionnaires...

Partout la violence discrète ou déchaînée. Huck en fait à chaque fois l'expérience ; il part de la petite ville étouffante de Saint Petersburg (Missouri), passe par une plantation du Tennessee qu'il trouve sur le pied de guerre, s'arrête dans l'Arkansas à Bricksville où l'on assassine pour un oui ou pour un non, accepte l'hospitalité des Wilks dans le Mississipi [18] parmi des villageois prêts à utiliser goudron, plumes et corde, puis arrive enfin encore plus au Sud dans la ferme des Phelps près de Pikesville où la brutalité très feutrée mais bien réelle s'exercera contre Jim.

Si Huck se trouve voyager dans le Sud, il se trouve aussi qu'il circule assez prêt de la Frontière, des Territoires, ces larges portions de continent qui n'ont pas encore assez d'habitants pour entrer dans l'Union. Le

17. *Mark Twain's Letters, op. cit.*, Lettre du 1ᵉʳ novembre 1876, p. 289.
18. Voir carte, p. 35.

Territoire Indien est éloigné géographiquement, mais l'atmosphère de la Frontière est présente : l'Arkansas de Brisksville et Pikesville vient d'entrer dans l'Union en 1836 et semble toujours régi par la mentalité de l'Ouest. Le roman raconte donc aussi des histoires de la Frontière et de ses étranges personnages. Ainsi hommes des bois et des radeaux, aventuriers, escrocs, chasseurs d'esclaves, assassins, Indiens (auxquels ont fait allusion mais qu'on ne voit jamais) vont et viennent dans ces pages entre une nature presque sauvage et les avant-postes d'une « sivilisation » que Huck ne nous donne aucune raison d'aimer.

La Frontière, le Sud. Twain évoquait là deux réalités historiques américaines déjà aménagées par des mythes divers, lieux de rêveries très actives pour les lecteurs de 1885 comme pour ceux d'aujourd'hui.

Qu'apprend Huck ?

Au fil de l'eau, à la faveur des arrimages, Huck rencontre la société de la vallée du Mississipi. A côté du jeune garçon se tient, bien sûr, le satiriste-Twain. Mais Huck n'est pas qu'un simple instrument, il se constitue en personnage complexe, indépendant. Nous saisissons la critique sociale tout de suite ; Twain s'attaque aux notables en mal de bonnes œuvres, aux pauvres Blancs adeptes de la justice expéditive, etc. Mais, décalage ironique oblige, Huck n'apparaît presque jamais conscient de la portée comique de ses remarques, et se montre peu perspicace dans ses analyses. Il est donc parfois difficile de savoir ce qu'il comprend des expériences de son voyage.

De fait, qu'apprend-il au cours de son périple, au-delà de quelques vérités banales mais fortes qu'il énonce, lui l'enfant plein de compassion, après le châtiment du duc et du roi ? « Les êtres humains peuvent être horriblement cruels les uns pour les autres. »

Il semble que la conscience de Huck s'éveille au contact de Jim. Plusieurs étapes nous montrent son apprentissage éthique et politique. Aux chapitres VIII, XVI puis XXXI, Huck va prendre de graves décisions vis-à-vis « du nègre de Miss Watson », et par rapport à ses propres principes sociaux, religieux et moraux. S'il reste persuadé du droit sacré de propriété (celui des maîtres d'esclaves particulièrement), de la réalité de l'enfer pour ceux qui ne le respectent pas, il agira, non sans difficulté et toujours au nom de l'amitié, contre ces idées reçues. Lorsqu'il rencontre Jim sur l'île, il jure de ne pas le dénoncer. Mais la promesse est faite sous le coup de l'enthousiasme : Huck se réjouit d'avoir trouvé un compagnon, et n'a pas encore compris que Jim s'est enfui pour de bon.

Au chapitre XVI, Huck, honteux de cet acte hideux dont il est complice (protéger un esclave fugitif) et irrité des prétentions de Jim qui parle de venir voler sa femme et ses enfants à leurs maîtres légitimes, décide de dénoncer son compagnon. Mais au moment même où il pourrait livrer Jim aux chasseurs d'esclaves, il invente un ingénieux mensonge qui sauve le Noir, montrant par là que sa morale « spontanée » est infiniment meilleure que la morale des leçons qu'il a reçues.

Mais le combat moral n'est pas gagné. Huck, au chapitre XXXI, prend son ultime décision en faveur de Jim après un long et difficile débat intérieur. Si le jeune garçon choisit, par affection pour Jim, de ne pas informer Miss Watson de l'endroit où se trouve « son nègre », il accepte pour lui-même la damnation éternelle. « Tant pis ! » déclare-t-il « J'irai en enfer ! » Et cette fois, Huck a définitivement choisi son camp, celui de la fidélité à une amitié, quel que soit le prix à payer. Il s'engage totalement à ce moment-là et nous dit alors : « J'ai décidé d'aller chercher Jim [prisonnier chez les Phelps] et de le voler pour l'arracher de nouveau à l'esclavage. Ça ne mène nulle part de faire les choses à moitié. Quand le vin est tiré il faut le boire. »

Jamais, et c'est là l'intelligence de Twain, Huck n'agit en abolitionniste. Il décide selon ce que lui dicte le lien fort, non sans ambiguïté, qu'il noue avec Jim.

Twain montre bien le changement de Huck vis-à-vis de l'esclave noir et fait évoluer son personnage. D'un « nègre » à qui on peut jouer des tours pendables (mais Huck et Tom sont prêts à faire des farces à n'importe qui, Blanc ou Noir), Jim devient un homme digne de respect. Lorsqu'il impose au garçon l'égalité, et les termes de celle-ci, par le biais de son amitié (il crie à Huck, au chapitre XVI, qu'il est « le meilleur ami qu'il ait jamais eu[...] le seul Blanc qui ait jamais tenu parole à Jim »), le jeune garçon est pris au piège ; trahison ou fidélité, il n'a plus d'autre choix.

L'expérience de Huck apparaît comme centrale. Elle suggère à Twain dans ses écrits personnels un bref résumé thématique : *Huckleberry Finn* serait « un livre où un cœur sûr et une conscience déformée [a sound heart and deformed conscience] entrent en conflit et où cette dernière subit une défaite ».

Ce que le personnage comprend du conflit devient secondaire, de ses modalités également. Twain cherche surtout à mettre en avant l'écrasement de la conscience, que nous appellerions plutôt la pensée pervertie, et le triomphe de la bonté spontanée du cœur.

Ceci relègue donc au deuxième plan la question de savoir ce que le héros comprend, s'il change, et dans quelle mesure, au cours de son périple. Le résumé que Twain fait du livre suggère qu'il y aurait d'un côté l'inné, forcément bon, et de l'autre l'acquis, mauvais. Si le mal vient de la société, comme semble le signifier le livre en mettant en scène des groupes humains déplaisants ou répugnants, certains justes semblent pourtant se dégager de son influence néfaste par leur seule bonté spontanée.

A ce point de la réflexion sur le monde et le mal, Twain se contentait en général de vitupérer avec entrain « la fichue race humaine ». Dans *Les Aventures de Huckleberry Finn*, il fabrique une solution en inventant une société humaine idéale, égalitaire, composée de deux individus au cœur pur, isolés d'un monde qui ne leur reconnaît à l'un comme à l'autre presque aucun droit. Tout fonctionnera entre eux à merveille.

Twain n'a pas ménagé son talent pour décrire les plaisirs de l'existence sur ce radeau toujours en mouvement, loin de la terre dangereuse. Même là, pourtant, les deux citoyens égaux ne sont pas toujours à l'abri ; la colère indifférente du Mississipi les menace tout autant que les calamités humaines venues de la rive (vapeurs construits et pilotés par « les fidèles de la machine », ou créatures prédatrices prêtes à envahir leur territoire flottant). Le radeau est un lieu fragile, mais merveilleux. Huck qui vient d'échapper aux tirs croisés des Shepherdson et des Grangerford et a retrouvé Jim, avoue, à la fin du chapitre XVIII, tel un rat des champs retourné au logis : « On s'est dit qu'après tout, un radeau c'était un chez-soi formidable. Ailleurs, on vit à l'étroit et on manque d'air. Un radeau c'est confortable, on y est drôlement libre et à son aise. »

Ce monde parfait, bâti sur la fraternité, ne semble concevable que pour deux et, qui plus est, deux personnes de même sexe, mais d'une race et d'un âge différents, liées par leur rapport impossible ou problématique avec le monde des humains qui les entoure. L'existence de la société idéale est de courte durée, elle cesse bien sûr lorsque disparaît le lien entre les deux participants.

A la fin, Jim n'a plus à fuir et le petit héros redevient semblable au Huck du début. Ne sachant à quoi utiliser son courage et se voyant désormais déchargé de toute responsabilité, Huck ne pense qu'à « partir pour les Territoires ». Renoncement ? N'aurait-il rien appris que passagèrement ? Son périple l'a-t-il dégoûté à jamais du monde social dans lequel il a consenti, un temps, à jouer un rôle valeureux ?

En fait, le voyage de Huck se construit-il comme une quête (même si celle-ci n'est pas consciente et même si elle n'aboutit pas) ou comme une fuite en avant ? Y a-t-il progression ou débandade ? Le livre est-il un roman d'apprentissage ou un roman picaresque ?

Si cette décision de partir pour les Territoires pose d'intéressants problèmes pour ce qui concerne le héros et la vision de Twain, le dernier quart du roman (des chapitres XXII à XLIII) suscite, lui, des questions beaucoup plus embarrassantes. Après la mise en place d'événements, de réflexions graves, la pantalonnade finale (Tom et Huck inventent des moyens rocambolesques pour libérer Jim) fait grincer des dents. Doit-on purement et simplement condamner les derniers chapitres à la suite d'Ernest Hemingway qui disait : « Il faut s'arrêter là où Jim est volé au garçon. C'est là la vraie fin. Le reste, c'est de la triche » ? Ou doit-on tenter de construire une vue cohérente de l'ensemble du roman ?

Signalons d'abord qu'en formaliste opiniâtre, on peut adopter une position de cécité totale et trouver la farce chez les Phelps parfaitement justifiée. On dira alors que le livre se clôt sur un grand finale à la manière de la Turquerie du *Bourgeois gentilhomme,* qui nous ramène astucieusement aux pitreries du début, lorsque Tom jouait des tours à Jim. La boucle est bouclée, l'initiation est accomplie, le héros retourne sans coup de force au second plan.

T.S. Eliot adopte cette position : « Certains lecteurs déplorent que la fin de *Huckleberry Finn* descende au niveau de *Tom Sawyer* au moment où ce dernier réapparaît », dit-il. « Mais il est juste que l'atmosphère de la fin du livre nous rappelle celle du début... Pour Huckleberry Finn, ni une fin tragique, ni une fin heureuse ne conviendrait. Ni succès dans le monde, ni satisfaction sociale, ni bonheur domestique ne serait digne de lui ; une fin tragique le réduirait aussi au niveau de ceux dont il a pitié. Huck Finn doit venir d'on ne sait où et disparaître on ne sait où [...] Sa disparition ne peut s'effectuer qu'en amenant sur scène un autre comédien qui la dissimule derrière un nuage de pitreries. »

Certes. Mais d'autres fins parviendraient aisément au même but sans pour autant rabaisser Jim et replacer Huck sous la dépendance de Tom, problèmes sur lesquels Eliot ferme les yeux. Comment, dans une explication de ce type, et dans une explication de type historique (cf. la section « esclavage ») comprendre les hiatus psychologiques, saisir la cohérence d'une pensée dans le livre ? Y a-t-il un moyen de ne pas voir les gênantes contradictions psychologiques des personnages et de saisir des enjeux idéologiques clairs ?

Le personnage de Jim, plus que celui de Huck, souffre de la fin. Il apparaît purement comique au début, mais au cours du récit se transforme en homme sensible, courageux, en compagnon à la fois paternel et maternel de Huck. Puis soudain, chez les Phelps, il redevient le « négro » de comédie, crédule et obéissant. Ce personnage actif qui conquiert de haute lutte sa liberté, sa personnalité, et apparaît petit à petit comme un être humain exemplaire, se retrouve dans les dernières pages, ridiculisé et soumis, les mains littéralement et figurativement liées. Même si on admet que Twain veut par là présenter allégoriquement le seul rôle accordé aux Noirs par les Blancs, on doit juger aussi que, ce faisant, l'auteur sabote le personnage complexe qu'il vient de créer et détruit l'atmosphère qu'il a construite.

Bien sûr, ici encore, Twain veut souligner la différence entre Huck et Tom. Tom, lui, sait à la fin que Jim est libre, mais il préfère le jeu, c'est-à-dire son propre plaisir, à la vie d'un autre. Il reste entièrement soumis aux lois d'une société qui trouve pratique de nier les droits fondamentaux de certains individus et de leur refuser le bien-être. Contrairement à lui, Huck s'est, au cours de son voyage, affranchi des règles sociales d'indifférence et de cruauté auxquelles Tom obéit tranquillement face à Jim, esclave ou homme libre. Huck est suffisamment surpris de l'attitude de Tom pour le sommer de s'expliquer au dernier chapitre, de se réexpliquer plutôt, puisque Tom a déjà fourni ses raisons à Tante Sally : « Je voulais avoir des aventures, voilà tout, et j'aurais marché dans le sang jusqu'au cou pour... »

Mais Huck s'étonne plus qu'il ne s'indigne du comportement de son ami ; c'est l'inutilité, la prétention des projets de Tom qui semblent le frapper plutôt que leur cruauté. La rébellion est chose bien difficile lorsqu'en face les discours sont tout prêts et si bien huilés.

Ainsi Huck, tout comme Jim, retourne à un statut antérieur. Il semblait avoir appris à reconnaître faux semblants et vices de la société, construit une amitié — presque — d'égal à égal avec Jim, et le voilà qui pour finir se soumet aux caprices de Tom, avant de décider de s'éclipser pour les Territoires. De fait si on peut comprendre le dernier chapitre (une initiation ratée ou inutile, le repli anarchiste du jeune Huck incapable de composer avec « la fichue race humaine »), on saisit moins la nécessité de l'épisode chez les Phelps, qui fait tomber le héros dans le burlesque... Surtout après ce que Twain nous a montré au cours de la descente du fleuve !

Twain a rendu Huck solidaire de la quête de Jim, il a créé une société idéale à deux sur le radeau, et l'a opposée au monde de la rive, monde régi par le lucre, la violence et l'hypocrisie. Donc, nécessairement, logiquement, la conclusion du livre ne peut que démontrer l'incapacité de la société à s'accommoder des découvertes de Huck et Jim. Il n'y a pas de réalisation possible pour ce que les deux compagnons ont inventé, il y a incompatibilité entre ce qu'ils sont et ce qu'est le monde. A cette constatation tragique ne convient pas une conclusion tragique, étant donné le ton général du livre, mais pas non plus la volte-face burlesque choisie par Twain.

Si la veine du roman est bien ce pessimisme tragique traité sur un ton comique, il semble juste de laisser le sort des personnages incertain. On comprend alors la disparition future de Huck, mais pas la solution sommaire et euphorique qui règle le sort de Jim. Autrement dit : étant donné la perspective politique qui semble se dessiner dans *Huckleberry Finn,* les deux protagonistes se devaient d'être défaits, tout en restant vivants ; leur quête devait rester inaboutie, sans être pour autant abandonnée, ni court-circuitée contrairement à ce que suggère le final béat de Jim-cum-quarante-dollars, libéré par le bon vouloir de sa maîtresse repentie.

Les problèmes soulevés par le livre semblent donc plus vastes que ceux énoncés par Twain (le conflit entre le « cœur droit » et la « conscience déformée »), car les justes dans *Huckleberry Finn* ne peuvent même pas exprimer leur intelligence et leur bonté, qui restent captives de modes d'expression réducteurs et inadéquats ou sont impitoyablement étouffées. Les conflits sont présentés dans le roman de manière à la fois embrouillée et vigoureuse, ils ne sont pas posés une fois pour toutes, ni bien sûr résolus, parce que, dans la réalité, ils ne sauraient jamais l'être, parce que dans la vie, ils ne cessent de se reformuler impérieusement, confusément, différemment, toujours autour de la question favorite de Twain : celle de la responsabilité morale, de ce qu'on doit à la société, à l'autre et à soi-même. Voilà pourquoi les contradictions qui gouvernent le livre sont à la fois agaçantes et fertiles.

Langue poétique autochtone, ironie, présence-absence du divin

L'ampleur des problèmes évoqués par *Huckleberry Finn* a fait du livre un classique. Mais l'originalité de sa langue, moins perceptible de nos jours surtout en traduction, suffirait presque à expliquer la place du roman dans les lettres américaines. La langue de *Huckleberry Finn* est entièrement dépendante de celui qui est censé écrire le roman et de son mode de perception. Il s'agit d'un petit garçon sans éducation, jeune comme les Etats-Unis, dont la voix familière, gouailleuse, est capable de lyrisme lorsqu'il s'agit d'évoquer les scènes du sublime américain. C'est une innovation extraordinaire, venue du refus de Twain d'obéir à la « genteel tradition ». Depuis ses débuts d'écrivain, Twain détestait la langue des lettrés, dont il trouvait l'élégance et le raffinement creux et ridicule ; il voulait imaginer autre chose. Il pensait à deux modèles idéaux : la langue des enfants qu'il imaginait « intéressante », « simple », « naturelle » parce que dépourvue d'artifices, du désir de « faire des effets », et la langue de la Frontière. Curieusement le parler de l'Ouest lui plaisait pour des raisons complètement opposées à celle du langage de l'enfance. Il en aimait l'exagération, la bouffonnerie, il adorait ce qu'on considérait alors comme une forme typique de la Frontière, la « tall tale ». Mais il y a peut-être un moyen de réconcilier ces deux idéaux en apparence contradictoires : tous deux sont des parlers « contre », qui tournent le dos à des manières de s'exprimer « majoritaires », celle des adultes, celle des gens de la côte Est. S'exprimer comme un garçonnet ou comme un chercheur d'or sont des façons de s'opposer et de ne pas s'inféoder.

Mais au-delà d'un réflexe personnel, d'une position réactionnelle, il y avait la décision consciente de l'écrivain. Dans une lettre à un journaliste qui désirait l'interviewer, il essayait de faire comprendre ce à quoi, en tant qu'artiste, il était attaché :

> Le langage parlé est une chose, le langage écrit une autre [...] Sitôt qu'on met le parler par écrit, on sait que ce n'était pas ça qu'on avait entendu ; on s'aperçoit qu'un immense je-ne-sais-quoi a disparu, qui en est toute l'âme... Ajouter des interprétations qui donneraient le sens exact du parler est quelque chose qui demanderait quoi ? Un art si grand et si extraordinaire et si exigeant qu'aucun possesseur de cet art ne serait autorisé à perdre son temps à donner des interviews [19].

Twain procède de deux manières pour arriver à cet effet vernaculaire et lyrique si particulier au livre. D'abord, il conserve à son style des caractéristiques familières (orthographiques, lexicales et syntaxiques), mais de manière non systématique pour ne pas mécaniser la langue. S'il limite le vocabulaire, choisit des

19. *Mark Twain's, Letters, op. cit.*, vol. II, p. 504-506.

monosyllabes, use de la parataxe, il travaille en même temps le rythme et tous les systèmes de variantes et de répétitions, il choisit aussi le mot rare ou inventé, le régionalisme, il étend l'utilisation des tropes bien au-delà de ce qu'une simple esthétique réaliste aurait exigé.

Le succès, particulièrement dans les descriptions, peut être époustouflant. Relisons le début du chapitre XIX. Pour créer cette pastorale au bord de l'eau, Twain a utilisé des moyens moins simples qu'il ne paraît. Plusieurs journées sont condensées en une, et on assiste presque, dans le passage en question, à la création d'un monde parfait. Les ténèbres se dissipent sur le glorieux Mississipi, quelques fausses notes seulement nous indiquent que l'univers des hommes a déjà prise sur ce paradis. Les répétitions de mots (« swim », « slide » utilisés à la fois pour Jim et Huck et pour les journées, par exemple) permettent de faire coïncider les deux personnages et la nature. L'allusion à quatre des cinq sens (l'odorat, le toucher, l'ouïe, la vue, auxquels on pourrait même ajouter le cinquième, le goût, avec la promesse du repas péché), crée une impression de complétude et de bonheur extrêmes tandis que le passage du passé au présent (que le traducteur n'a pas pu conserver en français), la longueur des phrases (en anglais une des phrases occupe les trois quarts du paragraphe), l'insistance sur les consonnes « s » donnent à la fois le sentiment de stase et de flux. Le fait que Huckleberry s'adresse à nous, puisque le livre est une lettre au lecteur, facilite de surcroît l'accès à l'effet poétique.

Réussite littéraire que Twain ne saura pas renouveler : un langage familier, une grande simplicité, des effets poétiques puissants. Même dans *Tom Sawyer à l'étranger* (1894) et *Tom Sawyer détective* (1896) où Huck est le narrateur, la voix n'a plus cette « authenticité » et ce charme. Mais après tout, comment pourrait-elle encore les posséder, puisque Huck, l'enfant persécuté et bien-aimé de Twain, n'est plus dans ces deux derniers livres le centre d'intérêt ? Lorsque Tom est au premier plan, on dirait bien que la sympathie, l'intérêt de Twain diminuent singulièrement.

Seulement avec Huck, Twain joue au mélange subtil du poétique et du familier. L'équilibre est fragile, comme sa position d'ironiste : Huck parle mais Mark Twain doit laisser voir le bout du nez. Twain est le jumeau de Huck, mais il est aussi celui qui se sert de Huck pour faire passer la critique. Parfois, le texte dérape un peu, et on entend, plus fort que celle de Huck, la voix de Twain s'adressant à ses semblables, les lecteurs. Cela donne du modérément drôle : les « private jokes » d'adultes bourgeois sur l'investissement (voir la discussion de Huck et Jim chapitre VIII). Cela donne aussi le meilleur, les grands discours de personnages secondaires, insérés « tels quels », suivant la convention de la retranscription mot pour mot. Huck n'a plus d'existence en tant que narrateur lorsque Pap prononce son fameux discours contre le gouvernement (chapitre VI) dont nous saurons déchiffrer toute l'ironie. Huck disparaît aussi lors de la menaçante tirade de Sherburn contre la loi de la foule (chapitre XXII), qui est, elle, directe, sans détour, mais troublante pour nous puisque Twain laisse le soin à un assassin d'exprimer une vérité qui lui tient à cœur.

Le décalage Twain-Huck est paradoxalement parfait dans les grands passages poétiques. La contemplation du paysage lève un voile sur le paysage intérieur et sur le rapport au divin. Huck, par le langage qu'il utilise, appartient au fleuve et aux rives qu'il décrit. En même temps, Huck et Twain jouissent mélancoliquement d'un léger désaccord avec le monde et eux-mêmes. La tristesse du petit garçon et celle de l'écrivain adulte se superposent sans parfaitement coïncider. Le roman suggère un « pas... encore » chez l'enfant, un « ne... plus » chez Twain. Mais cette affliction, beaucoup plus profondément, suggère une présence qui s'est retirée et dont le retrait s'observe alentour.

Le fleuve est là pour maintenir cette présence-absence du divin.

Le garçon et le Mississipi

Un jeune garçon regarde le fleuve. Le texte s'arrête plusieurs fois sur cette image, le temps pour le lecteur d'oublier des réalités plus sombres ; l'abrutissement moral de Saint Petersburg, la violence de ceux qui se prennent pour l'aristocratie sudiste, la banalité sinistre de l'esclavage, du meurtre, de la friponnerie. De ces pauses du récit, peinture et cinéma ont fait une imagerie bucolique souvent peu intéressante ; chapeau de paille, canne à pêche, voilà Huck transformé en polisson au repos goûtant les charmes de la grande nature américaine. Huck made in U.S.A. comme l'a vu Norman Rockwell [20].

Mais la poésie a bien compris la relation du garçon et du Mississipi, mystérieuse et puissante. « J'ai connu des fleuves, des fleuves anciens comme le flot du sang dans les veines des hommes... Mon âme est devenue profonde comme les fleuves », disait Langston Hughes [21] à dix-sept ans dans « Le Noir parle des fleuves ». Et T.S. Eliot, né au bord du même Mississipi, pensait que « l'expérience d'une enfance passée auprès d'un grand fleuve est incommunicable aux autres » et ouvrait « Dry Salvages » sur ces lignes :

> Je ne sais pas grand-chose des dieux, mais je crois que le fleuve
> Est un puissant dieu brun — buté, sauvage et intraitable,
> Patient jusqu'à un certain point [...] Presque oublié
> Des habitants des villes, il demeure pourtant implacable.
> Gardant ses saisons et ses rages, destructeur, rappelant aux hommes
> Ce qu'ils préfèrent oublier. Frustré d'honneurs propitiatoires

20. Norman Rockwell (1894-1978) très célèbre illustrateur de presse qui a surtout travaillé pour le *Saturday Evening Post* ; il a réalisé en 1940 des illustrations pour l'édition de *Huckleberry Finn* de Heritage Press.

21. Poète noir américain (1902-1967).

> Par les fidèles de la machine, mais attendant, guettant
> et attendant [...]
> Le fleuve est au-dedans de nous, la mer partout autour
> de nous [22].

Le Mississipi d'Eliot, est « the monstrous big river »
de Huck, monstrueux dans ses séductions et ses
colères. On le découvre étale, déchaîné, traître,
embrumé, mais toujours extraordinaire aux yeux du
petit narrateur qui sait sa démesure sublime. Le fleuve
énorme qui roule dans les pages du roman dessine
ainsi un espace où lire, avec le jeune garçon, passages
et retraits de la perfection.

L'image forte de l'enfant et du fleuve créée dans
Huckleberry Finn a constamment été affadie par une
iconographie et une filmographie sentimentales [23],
mais elle a soudain retrouvé sa magie en 1955 avec le
film *La Nuit du Chasseur,* qui n'est pourtant pas directement inspiré de l'œuvre de Twain, notamment
lorsque Charles Laughton, le réalisateur, place dans
une barque deux enfants terrifiés et émerveillés. Portés
par les flots, ils s'échappent, comme Huck ; nous les
apercevons des rives où vibre une nature que
Laughton a faite délibérément de carton-pâte. Peurs
et merveilles, descente du fleuve, absence des parents,
présence du mal, mystère des nuits ; les deux chefs-
d'œuvre, celui de Twain, celui de Laughton, se rejoignent. Mais comme Twain a choisi le mode comique,
il ne peut y avoir au bout du voyage de Huck l'accueil
du splendide visage de Lilian Gish. Huck l'orphelin,
menacé à la fin d'être, une seconde fois, « sivilisé »,
n'aperçoit pas dans les traits de sa deuxième « sivilisa-
trice », tante Sally, la bonté vigoureuse et sans pitié qui
sauve le petit héros de *La Nuit du Chasseur.*

« Chill-dren », s'exclame Robert Mitchum dans le

---

22. *Quatre Quatuors,* « Les Dry Salvages », T.S. Eliot, traduction
Pierre Leyris.
23. Aucun des films s'inspirant de *Huckleberry Finn* n'est très
satisfaisant. Le dernier en date (1993) produit par Walt Disney
choisit le registre de la terreur et de la violence (et élimine complètement le personnage de Tom) mais n'échappe pas pour autant à la
mièvrerie.

film, détachant ce « chill » (« frisson » en anglais) et prolongeant le « l », pour mieux nous glacer le sang. Le livre de Twain aussi devrait nous effrayer même s'il n'est pas, contrairement au film, hanté par un seul démon. Les monstres qui traversent le roman sont multiples et insaisissables, mais Huck, comme John le petit garçon du film, est seul pour les affronter, pour lutter contre les défaillances des adultes, leur traîtrise, leurs menaces, leur bêtise ou leurs coups. Huck et John ne peuvent compter que sur eux-mêmes et parfois, épuisés de solitude l'un et l'autre avouent dans un souffle : « Pour un peu, j'aurais souhaité être mort. » Puis ils relèvent la tête et regardent le fleuve.

Claude GRIMAL.

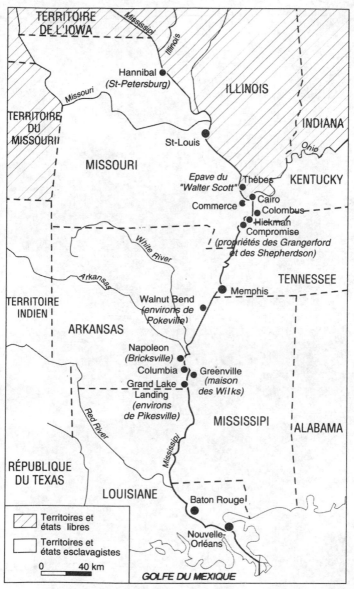

Vallée du Mississipi vers 1840

MARK TWAIN

LES AVENTURES DE HUCKLEBERRY FINN

LE CAMARADE DE TOM SAWYER

La scène se passe dans la Vallée du Mississipi,
il y a de cela quarante ou cinquante ans*

---

* Le livre ayant été publié en 1885, l'action se situe donc entre
1835 et 1845, avant l'abolition de l'esclavage (note de l'éditeur).

AVERTISSEMENT : Quiconque essaiera de trouver un sens à ce récit sera poursuivi ; quiconque essaiera d'y trouver une morale sera banni ; quiconque essaiera d'y trouver une intrigue sera fusillé.

Par ordre de l'auteur.

I

Vous ne me connaissez pas encore [1] si vous n'avez pas lu un livre intitulé *Les Aventures de Tom Sawyer* [2], mais ça ne change rien. C'est un certain Mark Twain qui l'a écrit, ce livre ; et, en gros, il disait la vérité. En tirant un peu sur la ficelle bien sûr, mais c'était tout de même ça. Et puis, peu importe. J'ai jamais rencontré personne qui n'ait pas menti une fois ou l'autre, sauf la tante Polly, ou la veuve, ou Mary, peut-être. La tante Polly — c'est la tante de Tom —, la veuve Douglas et Mary [3] si vous voulez savoir qui elles sont, vous n'avez qu'à lire cette histoire qui est plutôt vraie, avec des petites exagérations, comme je vous disais.

Voilà comment le livre finissait : Tom et moi, on avait trouvé l'argent que les voleurs avaient caché dans la caverne, et on était devenus riches. On avait six mille dollars chacun, — en pièces d'or ! Ça faisait plutôt une belle pile ! Le juge Thatcher s'est chargé de tout cet argent, et il l'a placé, en sorte que ça nous faisait un dollar d'intérêt par jour et ça, d'un bout à l'autre de l'année, — une fortune, quoi. La veuve Douglas, elle m'a adopté, et elle a déclaré qu'elle allait me « civiliser » [4], comme elle disait ; mais c'était pas drôle de vivre tout le temps dans sa maison, car elle était très à cheval sur les principes et elle ne laissait rien passer ; alors à la fin, j'ai pas pu y tenir ; j'ai filé.

J'ai remis mes vieilles frusques, et je suis retourné dans
mon tonneau, là au moins j'étais libre et bien content.
Mais alors Tom Sawyer est venu me relancer et il m'a
dit qu'il allait former une bande de voleurs, et que si
je voulais en être, il fallait que je retourne chez la
veuve et que je sois quelqu'un de respectable. J'y suis
donc retourné.

La veuve a pleuré, elle m'a appelé son pauvre
agneau égaré, et toutes sortes de noms dans ce genre-là, sans méchanceté d'ailleurs. Elle m'a fait
remettre mes habits neufs, et j'ai recommencé à suer,
à me sentir gêné aux entournures. Et la comédie a
repris comme avant. La cloche sonnait pour le souper
et il s'agissait d'être à l'heure. En arrivant à table, on
pouvait pas manger tout de suite, il fallait d'abord
attendre que la veuve ait baissé la tête et ronchonné
au-dessus de la tambouille ; et pourtant, il y avait vraiment rien à redire à ce sujet. Sauf que tous les aliments étaient cuits séparément ; et que c'était pas
aussi bon que si on met des petits morceaux dans une
seule marmite car alors peu à peu le jus imprègne
tout. Après le souper, elle prenait son livre pour m'apprendre l'histoire de Moïse dans les roseaux [5] ; je me
suis rongé pour ce gars-là, finalement, elle m'a laissé
entendre que Moïse était mort depuis un bon bout de
temps, ce qui fait que j'ai cessé d'écouter, parce que
les morts, moi, ça ne me dit rien qui vaille.

J'ai eu envie de fumer une pipe et j'ai demandé la
permission à la veuve. Rien à faire ! Elle m'a expliqué que c'était une déplorable habitude, que c'était
pas propre et qu'il fallait que j'essaie de m'en défaire.
Il y a des gens qui sont comme ça : faut qu'ils débi-
nent ce qu'ils ne connaissent pas. Prenez la veuve,
par exemple : elle était là à se donner un mal de
chien au sujet de ce Moïse qui ne lui était rien du
tout et qui n'intéressait personne, vu qu'il était mort ;
et elle m'empêchait de faire quelque chose qui me
plaisait vraiment. Et elle, elle prisait avec ça, mais
c'était très bien ça, de priser, puisque c'était elle qui
le faisait.

Sa sœur, Miss Watson, une vieille fille sèche à besicles, était venue habiter avec elle, et elle s'était mis en tête de m'apprendre à lire. Elle m'a mené la vie dure pendant un bon moment, puis la veuve lui a dit de me laisser un peu tranquille. J'aurais pas pu tenir beaucoup plus longtemps. Ensuite, pendant une heure, je me suis ennuyé à mourir et j'ai commencé à m'agiter. Miss Watson arrêtait pas de me dire : « Ne mets pas tes pieds là-dessus, Huckleberry ! » ou encore : « Ne fais pas le bossu, Huckleberry, tiens-toi droit ! » et puis, tout de suite après : « Cesse de bâiller et de t'étirer ! Tu ne sais donc pas te tenir ? » Puis, elle m'a expliqué comment c'était en enfer, et je lui ai répondu que je regrettais de pas y être. Alors elle s'est mise en colère. Moi, j'avais dit ça sans penser à mal. J'avais envie que d'une chose : être ailleurs ; j'étais pas trop difficile. Elle m'a dit que c'était très vilain d'avoir dit ce que j'avais dit ; que pour rien au monde elle ne voudrait être à ma place, et qu'elle, en tout cas, elle ferait tout son possible pour aller au paradis. Ma foi, je ne voyais pas ce que j'avais à gagner à aller au même endroit qu'elle, alors j'ai décidé que je ne me fatiguerais pas pour ça. Mais je me suis bien gardé de le lui dire, parce que ça n'aurait fait qu'aggraver les choses.

Pendant qu'elle y était, elle en a profité pour me dire tout ce qu'elle savait sur le paradis ; un endroit où les gens, à ce qu'il paraît, n'ont rien d'autre à faire que de se balader avec une harpe et de chanter jusqu'à la fin des temps. Ça ne me plaisait guère, mais j'en ai rien dit à Miss Watson ; je lui ai demandé si elle pensait que Tom Sawyer irait, lui, au paradis. Et quand elle m'a répliqué que non, qu'il irait sûrement pas, j'ai été bien content, parce que j'avais pas envie qu'on soit séparés.

Miss Watson n'arrêtait pas de s'en prendre à moi, et à la fin j'en ai eu assez. Puis on a fait rentrer les nègres [6], on a dit les prières, et ensuite tout le monde est allé se coucher. Je suis monté dans ma chambre avec une bougie que j'ai posée sur la table. Puis je me suis installé dans un fauteuil, près de la fenêtre, et j'ai essayé de penser à quelque chose de gai, mais je t'en fiche ! Je me sentais tellement à plat que, pour un peu, j'aurais souhaité être mort [7]. Les étoiles brillaient et dans les bois les feuilles frémissaient lugubrement ; un hibou s'est mis à hululer, très loin, pour annoncer que quelqu'un était mort, puis un chien et un engoulevent ont commencé à gémir, et c'était signe que quelqu'un allait mourir ; sans compter le vent qui essayait de me chuchoter quelque chose que je n'arrivais pas à comprendre. J'en avais des frissons. Puis, là-bas, dans les bois, j'ai entendu le bruit que font les fantômes quand ils essayent de vous dire ce à quoi ils pensent et n'arrivent pas à se faire comprendre, de sorte qu'ils ne peuvent plus reposer en paix et quittent leurs tombes pour se promener dans la nuit en se lamentant. J'avais tellement la frousse, j'étais tellement bas que j'aurais bien voulu avoir quelqu'un avec moi. Peu après, une araignée s'est mise à grimper sur mon épaule ; je l'ai envoyée valser dans la flamme de la bougie ; le temps que je me lève, elle était rôtie. Je n'avais besoin de personne pour savoir que c'était de mauvais augure, et que ça allait me porter malheur. J'en tremblais dans ma culotte. Je me suis levé et j'ai fait trois fois le tour de mon fauteuil en me signant à chaque fois ; puis je me suis attaché une mèche de cheveux avec un petit bout de ficelle pour tenir les sorcières à distance. Mais j'avais pas confiance. Ce truc-là, c'est pour quand on vient de trouver un fer à cheval et qu'on le perd au lieu de le clouer sur sa porte ; mais je n'avais jamais entendu dire que ça pouvait servir à conjurer le mauvais sort quand on tue une araignée.

Je me suis rassis tout grelottant et j'ai décidé de fumer une pipe ; la maison était endormie et la veuve n'en saurait rien. Et puis après un bon bout de temps, j'ai entendu l'horloge de la ville sonner, boum-boum-boum, douze coups, et après, tout a été silencieux ; plus silencieux que jamais. Au bout de quelques minutes j'ai entendu craquer une brindille, dehors, dans le noir, parmi les arbres : il y avait quelque chose qui remuait par là. J'ai plus bougé et j'ai écouté.

Presque tout de suite, j'ai entendu un « Mi-a-ou, mi-a-ou » étouffé, sous la fenêtre. « C'est bon », me suis-je dit. Le plus doucement que j'ai pu, j'ai fait « mi-a-ou, mi-a-ou » à mon tour. Puis j'ai soufflé la bougie et je me suis laissé glisser par la fenêtre sur le toit de la remise. De là, sur le sol, ensuite j'ai rampé entre les arbres ; et, comme de juste, Tom Sawyer était là qui m'attendait.

II

On est partis à pas de loup par un sentier sous les arbres, en baissant la tête pour que les branches ne nous accrochent pas, au-delà du jardin, derrière la maison. Devant la cuisine, j'ai buté contre une racine, je suis tombé et ça a fait du bruit, aussitôt on s'est accroupis et on a plus bougé. Jim, le grand nègre de Miss Watson, était assis dans l'entrée ; il y avait de la lumière au-dessus de lui, ce qui fait qu'on le voyait bien. Là-dessus il s'est levé, il a avancé la tête, écouté une minute, puis il a dit :

— Qui est là ?

Il a écouté encore puis il s'est amené et il s'est arrêté juste entre Tom et moi, on aurait presque pu le toucher. Pendant des minutes et des minutes, personne n'a pipé, et on était tout près les uns des autres. Ma cheville s'est mise à me démanger, mais je ne me suis pas gratté ; puis ça a été mon oreille, et après mon dos, entre les deux épaules. Il me semblait que, si je ne me grattais pas, j'allais mourir. Depuis, j'ai eu souvent l'occasion de le remarquer : il suffit qu'on soit avec des gens bien, ou à un enterrement, ou qu'on essaie de s'endormir à un moment où on n'a pas sommeil, — bref, il suffit qu'on soit dans un endroit où il vaudrait mieux pas se gratter pour qu'on se mette à avoir des démangeaisons partout.

Presque tout de suite, Jim a dit :

— Eh, qui c'est qu'est là ? Où qu'vous êtes ? Faut pas me la faire : j'ai entendu quéqu'chose. Ben, j'sais c'que j'vas faire : j'vas m'asseoir ici et écouter jusqu'à ce que ça recommence.

Ce qui fait qu'il s'est assis par terre, entre moi et Tom, le dos contre un arbre, et il a étendu ses jambes presque à toucher les miennes. Mon nez s'est mis à piquer si fort que j'en ai eu les larmes aux yeux ; mais j'ai pas osé me gratter. Puis ça s'est mis à me chatouiller en dedans, et aussi par-dessous. Je savais plus comment faire pour rester tranquille. Cette comédie a duré près de six ou sept minutes ; mais ça m'a fait l'effet d'être bien plus long. Maintenant, j'avais envie de me gratter en onze endroits différents. J'avais l'impression que j'aurais pas pu supporter ça une minute de plus, mais je serrais les dents et je faisais de mon mieux. A ce moment-là, Jim s'est mis à respirer très fort et, presque tout de suite après, à ronfler ; et moi, je me suis tout de suite senti beaucoup mieux.

Tom m'a donné le signal du départ en faisant un petit bruit avec sa bouche, et nous nous sommes sauvés à quatre pattes. Nous étions à trois pas lorsque Tom m'a chuchoté qu'il avait bien envie d'attacher Jim à l'arbre, histoire de s'amuser ; mais moi j'ai dit non : si Jim se réveillait il ameuterait tout le monde et on aurait eu vite fait de s'apercevoir que je n'étais pas dans mon lit. Après ça, Tom a décidé qu'il n'avait pas assez de bougies et qu'il allait se faufiler dans la cuisine pour en prendre d'autres. Moi, j'étais pas chaud pour ça ; je lui ai dit que Jim pourrait se réveiller et nous surprendre. Mais Tom tenait à risquer le coup ; ce qui fait que nous nous sommes glissés dans la maison, et que nous avons pris trois bougies. Tom a laissé cinq cents sur la table, pour payer. Quand nous sommes ressortis, je n'avais qu'une envie, c'était d'être ailleurs. Mais il a encore fallu que Tom retourne à quatre pattes à l'endroit où se tenait Jim, pour lui jouer un tour. J'ai attendu, et tout était tellement silencieux que ça m'a paru long.

Dès que Tom a été de retour, nous avons pris l'allée du jardin, contourné la barrière, et finalement nous nous sommes retrouvés au sommet de la colline, de

l'autre côté de la maison. Tom m'a raconté qu'il avait
enlevé son chapeau à Jim et l'avait suspendu à une
branche au-dessus de sa tête ; Jim s'était agité un peu,
mais il ne s'était pas réveillé. Par la suite, Jim a pré-
tendu que des sorcières l'avaient fait entrer en transes,
puis, après lui avoir fait parcourir tout l'Etat, elles
l'avaient ramené sous son arbre et avaient accroché
son chapeau à une branche. Jim a même conté que les
sorcières l'avaient emmené jusqu'à La Nouvelle-
Orléans. Et chaque fois qu'il racontait l'histoire, il en
rajoutait, tant et si bien qu'il a fini par prétendre que
les sorcières lui avaient fait faire le tour du monde, et
qu'il était revenu de son voyage épuisé, et les fesses
couvertes d'escarres. C'est fou, ce qu'il était fier de
son aventure, Jim, tellement qu'il daignait à peine
regarder les autres Noirs. Les Noirs venaient de loin
pour l'entendre raconter son histoire, et il y avait pas
de Noir plus respecté dans tout le pays. De partout on
venait l'écouter et le voir, comme s'il avait été la sep-
tième merveille du monde. Les Noirs, dans la cuisine,
au coin du feu, parlent toujours de sorcières ; chaque
fois qu'il y en avait un qui faisait mine d'être renseigné
sur la question, Jim mettait son grain de sel et demandait : « T'y connais quelque chose, toi, aux sorcières ? » et le gars se faisait tout petit. Jim portait la
pièce de cinq cents à son cou, en pendentif, et il ne la
quittait jamais ; il prétendait que c'était une amulette
qui lui venait du diable et qui lui donnait le pouvoir de
guérir n'importe qui et d'appeler les sorcières, à
condition de prononcer certains mots ; mais ces
mots-là, il ne disait jamais ce qu'ils étaient. Les Noirs
venaient des environs et faisaient des cadeaux à Jim,
rien que pour jeter un coup d'œil à cette pièce de cinq
cents ; mais pour rien au monde ils ne l'auraient touchée car elle était passée par les mains du démon.
Seulement, Jim, comme domestique, il valait plus
grand-chose, à force de se monter la tête.

Bref, quant à moi et Tom, nous sommes arrivés en
haut de la colline, on a regardé le village [1] à nos pieds ;
il y avait deux ou trois lumières, chez des gens

malades, peut-être bien ; et au-dessus de nos têtes les étoiles scintillaient que c'était merveilleux. En bas, près du village, il y avait le fleuve qui coulait, grandiose, impressionnant, large d'un mile et demi. Nous avons descendu la colline, et nous avons trouvé Jo Harper et Ben Rogers, et encore deux ou trois autres gars, cachés dans l'ancienne tannerie. Puis on a détaché une barque et on a suivi le courant pendant deux miles, jusqu'à une grande échancrure de la rive ; c'est là que nous avons accosté.

Nous sommes allés jusqu'à un fourré où Tom nous a fait jurer le secret, puis il nous a montré une ouverture dans la falaise, qui était cachée derrière la partie la plus épaisse du fourré. On a allumé les bougies et on s'est mis à ramper, sur une bonne distance, dans un couloir qui conduisait à la caverne. Tom a tâté les parois avec son bâton et a disparu par un trou dont personne n'aurait soupçonné l'existence. On s'est glissé à sa suite, et on a trouvé une sorte de salle humide, froide et suintante. Tom a annoncé :

— Je déclare constituée la bande de voleurs qui s'appellera la bande de Tom Sawyer. Que ceux qui veulent en faire partie prêtent serment et signent de leur sang.

Tous étaient d'accord. Tom a pris une feuille de papier sur laquelle il avait écrit le serment et nous l'a lu. Par ce serment, les membres de la bande s'engageaient à la fidélité et au secret. Quiconque nuirait à un membre de la bande serait condamné à périr ainsi que sa famille. Le membre de la bande qui serait chargé de l'exécution devrait toujours accepter et il ne devrait ni manger ni dormir avant d'avoir accompli sa mission et d'avoir marqué d'une croix la poitrine des victimes ; la croix, c'était le signe de la bande. Seuls les membres de la bande avaient le droit de se servir de ce signe. Tout étranger qui s'en servirait serait d'abord poursuivi devant les tribunaux spéciaux puis, s'il récidivait, tué. Tout membre de la bande qui révélerait des secrets s'exposait à avoir la gorge tranchée ; son cadavre serait brûlé et ses cendres dispersées au vent ; son nom serait rayé de la liste avec du sang, et aucun membre de la bande n'aurait jamais plus le droit de le prononcer, il serait maudit et condamné à un éternel oubli.

C'était un serment magnifique, et on a demandé à Tom s'il avait tiré tout ça de sa cervelle. En partie, d'après lui, mais ça venait aussi d'histoires de pirates qu'il avait lues [2]. Il disait que toutes les bandes qui se respectent avaient un serment dans le même genre.

Certains ont estimé que ce serait bien si on tuait aussi les familles des membres qui révéleraient les secrets de la bande. Tom a été d'accord et, avec un crayon, il a rajouté ça sur le serment. Puis Ben Rogers a fait remarquer :

— Et Huck Finn ? Il a pas de famille, lui. Qu'est-ce qu'on ferait dans son cas ?

— Ben, il a un père, non ? a répondu Tom.

— Il a un père, oui, mais on ne sait plus où il est, depuis un bout de temps. Autrefois on était sûr de le trouver couché avec les cochons, et complètement saoul. Mais ça fait plus d'un an qu'on ne l'a pas vu dans le pays.

Ils ont discuté, et ils voulaient m'exclure parce que, comme ils disaient, il fallait que chaque membre ait une famille ou quelqu'un qu'on puisse tuer, sans quoi ce serait pas juste pour les autres. Ils ont eu beau chercher, ils n'ont pas pu trouver une solution ; finalement tout le monde se taisait. Et moi pour un peu j'en aurais pleuré. Et puis, brusquement, j'ai eu une idée : j'ai pensé à Miss Watson, et je la leur ai proposée en leur disant qu'ils pouvaient bien la tuer si ça leur chantait. Et ils ont tous approuvé.

— Elle fera l'affaire, ont-ils dit. Huck peut faire partie de la bande.

Alors on s'est tous enfoncés une épingle dans le doigt, et tout le monde a signé avec son sang ; moi, j'ai fait une croix sur le papier.

— Et maintenant, a demandé Ben Rogers, quelle sorte de travail qu'on va faire, dans cette bande ?

— Rien que du vol et de l'assassinat, a dit Tom.

— Mais qu'est-ce qu'on va voler ? Des choses dans les maisons, ou du bétail, ou...

— Idiot ! Voler du bétail et des trucs comme ça, c'est pas du vol, c'est de la cambriole, a expliqué Tom Sawyer. On n'est pas des cambrioleurs : à quoi ça ressemble ? On est des bandits de grands chemins. On arrête les diligences et les voitures sur les routes ; on porte des masques ; on tue les gens, et on leur prend leurs montres et leur argent.

— Est-ce qu'il faudra tuer les gens à chaque fois ?

— Bien sûr, ça vaut mieux. Il y a des auteurs qui sont d'un autre avis, mais la plupart pensent qu'il vaut mieux tuer. On tue tout le monde, sauf les gens qu'on amène ici, à la caverne, et qu'on garde pour la rançon.

— Qu'est-ce que c'est, la rançon ?

— J'en sais rien. Mais c'est ce qu'on fait. J'ai vu ça dans des livres ; ce qui fait qu'il faut qu'on fasse pareil.

— Mais comment veux-tu qu'on le fasse si on sait pas ce que c'est ?

— Zut ! à la fin ! Il *faut* qu'on le fasse. Puisque je te dis que c'est dans les livres ! Qu'est-ce que tu veux, faire autrement que dans les livres pour qu'on sache plus où on en est ?

— Oh, mais dis donc, Tom Sawyer, c'est facile à dire, tout ça. Mais comment diable tous ces gens vont-ils être rançonnés si nous on sait pas comment s'y prendre pour ça ? C'est ça que je voudrais que tu m'expliques. Vas-y, je t'attends.

— Je ne sais pas. Mais peut-être que, les garder jusqu'à ce qu'ils soient rançonnés, ça veut dire les garder jusqu'à ce qu'ils soient morts.

— Bon, ça, ça veut dire quelque chose. Tu pouvais pas t'expliquer plus tôt ? On les garde jusqu'à ce qu'ils soient rançonnés à mort. Et on sera bien avancé : ils vont manger tout ce qu'on aura et passer leur temps à essayer de s'échapper.

— Tu parles, tu parles, Ben Rogers. Comment veux-tu qu'ils s'échappent puisque nous posterons auprès d'eux un garde, avec consigne de les abattre au moindre geste ?

— Un garde ! Elle est bonne, celle-là ! Alors, d'après toi, l'un de nous va veiller toutes les nuits sans jamais dormir, rien que pour les surveiller. Si tu veux mon avis, c'est de la bêtise. Pourquoi est-ce qu'on pourrait pas les rançonner d'un bon coup de gourdin dès qu'ils arriveront ici ?

— Parce que ça se passe pas comme ça dans les livres, voilà pourquoi. Maintenant, Ben Rogers, t'es d'accord pour qu'on fasse les choses comme il faut, ou non ? Parce que c'est de ça qu'il s'agit. T'as pas pensé que les gens qui écrivent les livres connaissent la question, non ? Ou bien t'as l'intention de leur apprendre leur métier ? Ça m'étonnerait ! Non, monsieur, on les rançonnera convenablement, et voilà tout.

— Comme tu voudras, qu'est-ce que tu veux que ça me fasse ? Mais je répète que c'est idiot. Dis donc, les femmes, on les tue aussi ?

— Ben Rogers, si j'étais aussi ignorant que toi, je m'arrangerais pour que personne ne s'en aperçoive. Tuer des femmes ! On n'a jamais rien lu de pareil dans les livres. Les femmes, tu les amènes jusqu'à la caverne, et avec elles tu dois toujours être parfaitement poli ; et, finalement, elles tombent amoureuses de toi et elles veulent plus jamais retourner chez elles.

— Si c'est comme ça que ça se fait, moi je veux bien, mais ça me dit pas grand-chose. Avant peu, on va avoir la caverne tellement pleine de femmes, et de types qui attendent d'être rançonnés, qu'il y aura plus de place pour les bandits. Mais vas-y, si ça t'amuse. J'ai rien à dire.

Le petit Tommy Barnes s'était endormi pendant ce temps ; et quand on l'a réveillé, il a eu peur et il s'est mis à pleurer et à crier qu'il voulait rentrer chez lui retrouver sa mère et qu'il avait plus envie d'être un bandit.

Ce qui fait que tout le monde s'est moqué de lui ; on l'a traité de pleurnichard ; alors il s'est mis en colère et il a dit qu'il allait tout droit raconter tous les secrets de la bande. Mais Tom lui a donné cinq cents pour le faire tenir tranquille ; puis il a annoncé que, maintenant, on allait tous rentrer chez nous et que, la semaine d'après, on se retrouverait pour voler quelqu'un et tuer quelques personnes.

Ben Rogers a expliqué que ça ne lui était pas facile de sortir, en dehors du dimanche, et il a demandé que le prochain rendez-vous soit pour le dimanche suivant ; mais tous ont trouvé que ce serait un péché de faire ça le dimanche, et ça a tout décidé. On a convenu de se rencontrer et de fixer un jour le plus tôt possible ; puis Tom Sawyer a été élu capitaine de la bande, et Jo Harper lieutenant, et nous sommes rentrés chez nous.

J'ai grimpé sur le toit de la remise et je me suis faufilé dans ma chambre par la fenêtre au moment où le jour allait se lever. Mes habits neufs étaient tachés et couverts de boue ; et je ne tenais plus debout tellement j'étais fatigué.

III

Il y a eu une belle séance avec Miss Watson, à cause de mes habits ; mais la veuve, elle, ne m'a pas grondé ; elle a seulement nettoyé les taches et la boue, et elle a eu l'air tellement triste que je me suis promis d'essayer de marcher droit pendant quelque temps. Miss Watson m'a emmené dans le salon et elle s'est mise à prier ; mais ça n'a rien changé. Elle m'a dit de prier tous les matins, et que tout ce que je demanderais, je l'obtiendrais. Mais je t'en fiche ! J'ai essayé. Une fois, j'ai eu une ligne pour pêcher, mais pas d'hameçons : qu'est-ce que je pouvais faire sans hameçons ? J'ai essayé de prier pour les hameçons, deux ou trois fois, mais ça n'a pas marché. A la fin, j'ai demandé à Miss Watson de prier pour moi, mais elle m'a traité d'imbécile. Seulement, elle ne m'a pas expliqué pourquoi, et j'ai rien compris.

Un jour, je me suis assis dans les bois et je me suis mis à réfléchir là-dessus. Je me suis dit : si on peut obtenir n'importe quoi avec des prières, comment se fait-il que le diacre Winn n'arrive pas à récupérer l'argent qu'il a perdu sur ses cochons ? Et pourquoi la veuve n'a-t-elle pas retrouvé la tabatière d'argent qu'on lui a volée ? Et pourquoi Miss Watson n'engraisse-t-elle pas ? Non, je me suis dit, la prière, c'est du vent. Je suis allé le dire à la veuve ; elle m'a répondu que ce qu'on obtient en priant, c'est des « biens spirituels ». Ça, c'était trop fort pour moi. Alors, elle m'a expliqué que je devais aider les autres, faire tout ce que je pouvais pour eux et ne pas penser à moi. Je suis retourné dans les bois et j'ai remué tout ça dans ma tête, longtemps ; mais je n'ai rien pu y trouver d'avantageux. Finalement, j'ai décidé que je n'allais pas m'en faire pour si peu, et j'ai laissé tomber. Des fois, la veuve, elle me prenait à part et elle me parlait de la Providence à m'en faire venir l'eau à la bouche. Mais, le lendemain, c'était Miss Watson qui m'entreprenait, et elle démolissait tout le travail de la veille. Ce qui fait que j'avais l'impression qu'il y avait deux providences ; avec celle de la veuve, un pauvre gars avait déjà pas mal de tintouin, mais avec celle de Miss Watson, alors, il était fichu. J'ai décidé de marcher pour la providence de la veuve, si elle voulait bien de moi. Mais je voyais pas ce qu'elle y gagnerait, vu que j'étais tellement ignorant, vulgaire et ordinaire.

Le paternel, on ne l'avait pas revu depuis plus d'un an, et ça m'arrangeait. Je ne tenais pas à me retrouver en face de lui. Chaque fois qu'il n'était pas trop saoul et qu'il arrivait à me mettre le grappin dessus, il me rossait. Je me sauvais dans les bois dès qu'il était dans le voisinage. Et puis, un beau jour, on est venu m'annoncer qu'on l'avait trouvé dans le fleuve, noyé, à environ douze miles du village. Un homme juste de sa taille, en tout cas, en loques, avec des cheveux très longs — tout comme le paternel —, mais on n'avait pas pu voir sa figure parce qu'il était resté si long-

temps dans l'eau qu'il ne ressemblait plus à grand-
chose ; on supposait que c'était lui. Il paraît qu'il
flottait sur le dos. On l'a enterré sur la berge. Mais ça
m'a pas rassuré longtemps : je m'étais mis à réfléchir
qu'un noyé ne flotte pas sur le dos, mais sur le ventre [1]. J'ai fini par me dire que ça ne devait pas être le
paternel, mais une femme habillée en homme ; et la
frousse m'a repris. Je me disais que le vieux allait
revenir : j'aurais mieux aimé qu'il revienne pas.

On a joué aux bandits pendant un mois, ou à peu
près ; et puis j'ai donné ma démission. Tous les autres
aussi. On n'avait volé personne, tué personne, seulement fait semblant. On sortait des bois et on chargeait
sur des troupeaux de porcs ou sur des femmes qui
apportaient leurs légumes au marché en charrettes.
Tom disait que les porcs, c'étaient des « lingots », et que
les navets et autres trucs, c'était de la « bijouterie ».
Après ça, on retournait à la caverne et on tenait conseil
sur ce qu'on avait fait, combien de gens on avait tués et
marqués de notre signe. Moi, je voyais pas ce que ça
nous rapportait. Une fois, Tom a envoyé un garçon
courir dans toute la ville avec un bâton peint en rouge,
qu'il appelait un *slogan* (c'était le signal pour le rassem-
blement de la bande [2]) ; il racontait que ses espions lui
avaient fait parvenir une information secrète selon
laquelle une troupe de marchands espagnols et arabes
devait aller camper le lendemain dans la vallée Creuse
avec deux cents éléphants, six cents chameaux et plus
de mille mulets, tous chargés de diamants ; il paraît que
la caravane n'avait qu'une garde de quatre cents soldats.
On devait leur tendre une embuscade — comme dit
Tom — et les tuer ; puis on devait rafler tout le butin. Il
a dit aussi qu'il fallait astiquer nos sabres et nos fusils, et
tout tenir prêt. Il n'était même pas capable de prendre
d'assaut une charrette de navets, mais il voulait qu'on
astique tout le fourniment pour cette expédition ;
comme armes, on avait des lattes et des manches à balai,
rien de plus, et on pouvait bien les astiquer à en crever,
ça ne les rendrait pas plus dangereuses. Moi, bien sûr, je
croyais pas qu'on arriverait à rosser toute cette bande

d'Espagnols et d'Arabes, mais je voulais voir les éléphants et les chameaux ; ce qui fait que, le samedi, je n'ai pas manqué de me rendre à l'endroit de l'embuscade. Quand Tom a donné le signal, on est tous sortis du bois en courant et on a dégringolé la pente. Mais il n'y avait ni Espagnols, ni Arabes, ni chameaux, ni éléphants. Seulement un pique-nique des élèves du catéchisme, et des tout petits, même. On a sauté sur eux, on a pourchassé les gosses sur les pentes de la montagne, mais on y a seulement gagné des brioches et de la confiture ; excepté Ben Rogers qui a raflé une poupée en chiffon, et Jo Harper qui a eu un livre d'hymnes et une petite bondieuserie. Après ça, leur maître [3] nous est tombé dessus, et il nous a obligés à tout lâcher et à filer. Je n'avais pas vu de diamants, et je l'ai dit à Tom. Mais il a répondu qu'il y en avait des tas, et aussi des Arabes, des éléphants, et d'autres machins comme ça. « En tout cas, on n'a rien vu », lui ai-je dit ; « Comment t'expliques ça ? » Il a répondu que, si je n'étais pas complètement ignorant, j'aurais lu un livre qui s'appelle *Don Quichotte,* et qu'alors je ne lui poserais pas des questions pareilles. Il a ajouté que tout s'était fait « par enchantement », qu'il y avait des centaines de soldats et d'éléphants, et des trésors à n'en plus finir ; seulement on avait des ennemis, des « magiciens », et pour nous embêter, ils avaient changé la caravane en gosses du caté. « Bon, lui ai-je dit, moi je veux bien ; mais alors, il faut attaquer les magiciens. » Mais Tom m'a traité de noix :

— Tu sais donc pas qu'un magicien peut faire arriver une foule de génies qui te changeraient en chair à pâté avant que t'aies eu le temps de faire ouf ? Ils sont grands comme des arbres et gros comme la tour d'une église.

— Si on avait les magiciens avec nous, on pourrait rosser les autres.

— Comment ferais-tu pour les avoir avec nous ?

— Je sais pas : comment ils font, les autres ?

— Ils frottent une lampe ou un anneau de fer, et les génies arrivent avec le tonnerre et les éclairs qui écla-

tent partout, et des flots de fumée. Tout ce que tu leur
dis de faire, ils le font. Pour eux, déraciner une tour et
s'en servir pour assommer un maître de catéchisme ou
n'importe qui, c'est facile comme bonjour.

— Mais qui c'est qui les fait venir, eux et tout leur
tremblement ?

— Celui qui frotte la lampe ou l'anneau. Celui-là, il
les fait obéir au doigt et à l'œil. S'il leur commande de
construire un palais de quarante miles de long, tout en
diamants, et de le remplir de boules de gomme, ou
encore d'amener la fille de l'empereur de Chine pour
qu'il l'épouse, ils le font, et avant le coucher du soleil ;
les génies sont obligés. Et si tu leur dis de faire valser
ce palais à n'importe quel autre endroit du pays, il
faut encore qu'ils le fassent. Tu piges ?

— Eh, dis donc ! j'ai répondu, faut-il qu'ils soient
bêtes, ces génies, de ne pas garder le palais pour eux,
au lieu de se laisser mener comme ça ! Moi, à leur
place, j'enverrais promener le type à la lampe, plutôt
que de tout lâcher pour lui obéir chaque fois qu'il
donne un ordre.

— Tu parles pour ne rien dire, Huck Finn. Mais
voyons, réfléchis, chaque fois que le type frotterait la
lampe, tu serais bien obligé d'apparaître que ça te
plaise ou pas !

— Et je serais grand comme un arbre et gros
comme une tour ? Mettons que j'apparaisse : tu ver-
rais alors si je ferais pas grimper le type tout en haut
du plus grand arbre du pays !

— Ça sert à rien de te raconter des choses, Huck
Finn. T'es ignorant, t'as rien dans la tête.

J'ai réfléchi à tout ça pendant un jour ou deux. En
fin de compte, je me suis dit qu'il fallait voir s'il y avait
pas quelque chose de vrai dans l'histoire de Tom. Je
me suis procuré une vieille lampe et un anneau de fer,
je suis parti dans les bois, et j'ai frotté, frotté à suer
comme un Indien ; je me disais que, si je réussissais à
me faire construire un palais, je le vendrais. Mais, je
t'en fiche, pas de génie ! Alors j'ai compris que tout
ça, c'était encore un mensonge de Tom. Peut-être

qu'il y croyait, lui, aux Arabes et aux éléphants. Moi pas. Ce qu'on avait attaqué, c'était bien les gosses du catéchisme, et rien de plus.

IV

Bref, trois ou quatre mois ont passé, et on s'est trouvé au cœur de l'hiver. J'avais été à l'école presque tout le temps, et j'avais appris à lire et un peu à écrire, et je pouvais réciter la table de multiplication jusqu'à six fois sept, trente-cinq. Mais je crois que, même si j'étais resté à l'école jusqu'à la fin de mes jours, je serais jamais allé plus loin. Les mathématiques, c'est pas mon fort.

Au commencement, je n'aimais pas l'école ; puis je m'y suis habitué. Quand j'en avais assez, je faisais l'école buissonnière, et la rossée que je recevais le lendemain me faisait du bien et me remettait d'aplomb. Donc, plus j'allais à l'école, plus je m'y faisais. Et je commençais aussi à m'habituer aux manières de la veuve ; vivre dans une maison et dormir dans un lit, ça ne me plaisait pas beaucoup, surtout au début. Mais, avant les froids, je filais de temps en temps dormir dans les bois, et ça me détendait. A choisir, c'est ça que j'aurais préféré ; mais je me faisais peu à peu à mes nouvelles habitudes. La veuve disait que je m'amendais lentement mais sûrement et que, somme toute, elle n'avait pas à rougir de moi.

Un matin, au petit déjeuner, j'ai renversé la salière. Vite, je tends la main pour en prendre une pincée et la jeter derrière mon épaule gauche, pour écarter le mauvais sort. Mais Miss Watson me devance et m'arrête le bras en disant :

— Ote-moi tes mains de là, Huckleberry ! Tu n'arrêtes pas de faire des bêtises. La veuve a dit quelques mots en ma faveur, mais c'était pas ça qui allait conjurer le mauvais sort, je le savais bien. Le petit déjeuner terminé, je suis sorti, soucieux et un peu tremblant à force de me demander quelle tuile allait

bien me tomber dessus. Le mauvais sort, on peut parfois le conjurer ; mais c'était pas le cas ; ce qui fait que
je me suis contenté de partir droit devant moi, le
moral à zéro et l'œil aux aguets.

J'ai traversé le jardin de devant la maison, et je suis
passé par la chicane qui ouvre dans la barrière de bois.
La terre était recouverte d'une bonne couche de neige
fraîche, et j'y ai découvert des traces de pas qui
venaient de la carrière ; ils avaient dû s'arrêter un bon
moment près de la chicane puis contourner la barrière
du jardin. A voir comme ils s'étaient attardés aux
abords de la maison, c'était bizarre qu'ils ne soient pas
entrés. J'y comprenais rien, mais, je sais pas pourquoi,
ça m'intriguait. J'allais continuer mon chemin quand
je me suis baissé pour examiner les traces de pas. Pour
commencer, j'ai rien remarqué, puis j'ai vu : sur l'em-
preinte du talon gauche, la marque qu'avaient laissée
de gros clous disposés en croix pour éloigner le diable.

Une seconde plus tard, j'étais debout et je dévalais
la colline à fond de train. De temps en temps, je regar-
dais par-dessus mon épaule, mais je n'ai vu personne.
En quelques secondes je me suis retrouvé chez le juge
Thatcher. Il m'a dit :

— Eh bien, mon garçon, te voilà bien essoufflé.
Viens-tu chercher l'intérêt de ton argent [1] ?

— Non, m'sieur, lui ai-je répondu. J'ai quelque
chose à toucher ?

— Mais oui, six mois d'intérêt. Un peu plus de
cent cinquante dollars. Une fortune, pour toi, pas
vrai ? Le mieux, ce serait que je te les place avec tes six
mille dollars, parce que, si je te les donne, tu les
dépenseras.

— Non, m'sieur. Je tiens pas à les dépenser : j'en
veux pas, et les six mille dollars non plus. Je veux vous
les donner, les six mille et le reste.

Il a eu l'air surpris, j'ai eu l'impression qu'il ne me
comprenait vraiment pas. Il m'a demandé :

— Mais, que veux-tu dire, mon garçon ?

— Me posez pas de question. Vous acceptez, pas
vrai ?

Il a répondu :

— Vrai, tu m'intrigues. Qu'est-ce qui t'arrive ?

— S'il vous plaît, prenez-les, ai-je répété, et ne me demandez rien de plus ; comme ça, je serai pas obligé de vous dire des mensonges.

Il a réfléchi pendant un bout de temps, puis il a fini par déclarer :

— Ho-oh ! je crois que je comprends. Ce que tu veux, c'est me vendre ce que tu possèdes, et non pas me le donner. C'est bien cela ?

Puis il a écrit quelque chose sur une feuille de papier, l'a relu et m'a dit :

— Tu vois, j'ai mis « pour un prix convenu ». Cela veut dire que j'ai traité une affaire avec toi et que je t'ai payé. Voilà un dollar pour toi. Signe, maintenant.

Alors, j'ai signé, et je suis parti.

Jim, le Noir de Miss Watson, avait une boule de poils grosse comme le poing qu'on avait trouvée dans le quatrième estomac d'un bœuf, et il s'en servait pour faire de la magie. Il disait que, dans la boule de poils, il y avait un esprit qui savait tout. Je suis donc allé trouver Jim, le soir même, et je lui ai raconté que Pap était revenu, que j'avais découvert les traces de ses pas dans la neige. Ce que je voulais savoir, c'était ce qu'il allait faire, et s'il avait l'intention de rester dans le pays. Jim a sorti sa boule de poils, a baissé la tête et prononcé quelques paroles, puis il l'a soulevée en l'air et l'a laissée retomber par terre. La boule est tombée droit et n'a presque pas roulé. Jim a essayé encore une fois, puis encore une autre fois, et chaque fois ç'a été pareil. Alors, Jim s'est mis à genoux, a posé son oreille contre la boule et a écouté. Mais rien à faire : la boule ne voulait pas parler, à ce qu'il paraît. Jim m'a expliqué qu'il y avait des fois où la boule refusait de dire quoi que ce soit tant qu'on lui avait pas donné d'argent. J'ai dit à Jim que j'avais une vieille pièce fausse qui pouvait servir à rien parce qu'on voyait un peu le cuivre sous la couche d'argent ; on pouvait pas espérer la refiler à personne, cette pièce : elle était tellement lisse qu'on avait l'impression qu'elle avait été trempée dans l'huile. (J'avais pas envie de parler à Jim du dollar que m'avait donné le juge.) Je lui ai donc dit que la pièce valait pas grand-chose mais que peut-être la boule de poils s'apercevrait pas de la différence et voudrait bien s'en contenter. Jim a reniflé la pièce, l'a mordue, l'a frottée ; puis il a annoncé qu'il allait faire en sorte que la boule de poils s'y laisse prendre ; pour cela, il allait ouvrir en deux une pomme de terre crue, coincer la pièce dans la fente et l'y laisser toute la nuit ; de cette façon, le lendemain matin, on verrait plus le cuivre, le métal serait plus aussi lisse, si bien que n'importe qui en ville se la laisserait refiler ; à plus forte raison la boule de poils !

Jim a donc mis la pièce sous la boule de poils, s'est accroupi et, de nouveau, il a écouté. Cette fois, il paraît que la boule de poils était d'accord pour parler.

— Tu veux qu'elle te dise tout ton avenir ? m'a-t-il demandé.

— Vas-y, ai-je répondu. Ce qui fait que la boule de poils a parlé à Jim, et Jim m'a répété ce qu'elle lui disait.

— Ton père, il m'a annoncé, il sait pas encore ce qu'il va faire. Des fois, il pense qu'il va s'en aller, et des fois il pense qu'il va rester. Le mieux, c'est de pas t'en faire et de le laisser agir à sa fantaisie. Il y a deux anges qui volent au-dessus de lui : un est blanc, tout brillant, et l'autre est noir. L'ange blanc le fait aller droit un bout de temps ; puis l'ange noir arrive et démolit tout. On ne peut pas dire d'avance qui aura le dessus. Mais pour toi, Huck, il n'y a rien de mauvais. Tu auras de la peine dans ta vie, mais de la joie aussi. Des fois t'attraperas du mal, des fois tu seras malade ; mais ça s'arrangera. Deux filles tourneront autour de toi : une blonde et une brune ; une riche et une pauvre. Tu te marieras d'abord avec celle qui est pauvre, puis avec celle qui est riche. Garde-toi de l'eau et ouvre l'œil, car il est écrit que tu seras pendu.

Ce soir-là, quand je suis monté dans ma chambre avec ma chandelle, j'y ai trouvé mon paternel en personne, assis sur une chaise.

V

Je venais de fermer la porte, et il était là. J'avais toujours eu peur de lui, il me rossait tellement. Cette fois-là, j'ai eu peur aussi : c'était si surprenant de le voir là que j'en ai eu le souffle coupé. Mais tout de suite, j'ai senti qu'il y avait quelque chose de changé.

Il avait près de cinquante ans, et ça se voyait. Ses cheveux longs, emmêlés et graisseux, lui pendaient en mèches devant la figure, et on voyait ses yeux briller comme à travers le feuillage d'une vigne. Ils étaient tout noirs, ses cheveux, pas gris ; et sa longue barbe en broussaille toute noire, elle aussi. Il n'y avait pas de couleur sur sa figure : là où on l'apercevait, elle était toute blanche ; non pas blanche comme celles des autres personnes, mais d'un blanc à vous donner mal au cœur, à vous mettre à l'envers, — blanche comme le ventre d'un poisson ou d'un crapaud. Et ses habits : des loques ! Une de ses chevilles était appuyée sur le genou de son autre jambe : son soulier était crevé, et on voyait deux de ses doigts de pied. Son chapeau était posé par terre, — un vieux feutre à larges bords, avec la calotte à moitié détachée, comme un couvercle.

On était là, moi debout, lui assis, appuyé sur le dossier de sa chaise, — à se regarder l'un l'autre. J'ai posé ma bougie, et j'ai remarqué que la fenêtre était ouverte ; c'était donc qu'il avait grimpé par le toit de la remise. Il me regardait toujours. A la fin, il m'a dit :

— T'es nippé, dis donc ! Tu te prends pour quelqu'un, hein ?

— Peut-être que oui, peut-être que non, ai-je répondu.

— Fais pas le malin avec moi. Tu t'es poussé du col, depuis la dernière fois qu'on s'est vus. Mais je vais te rabattre le caquet avant d'en avoir fini avec toi. Paraît que t'es éduqué, que tu sais lire et écrire. Et maintenant, tu te crois supérieur à ton père, hein ? Je vais te faire passer ces idées-là de la tête. Qui t'a dit que tu pouvais te mêler de ces âneries qu'on apprend à l'école, dis ? Qui c'est qui t'a mis ça dans le crâne ?

— La veuve. Elle m'a dit...

— La veuve ? Et qui qu'a soufflé à la veuve de se mêler de ce qui la regardait pas ?

— Personne.

— Eh ben, moi, je vais lui apprendre à rester à sa place. Et prends garde ! Pour l'école, c'est rideau : t'as compris ? Ah, je leur apprendrai, moi, à pousser un gosse à prendre des airs supérieurs avec son père et à lui donner des idées au-dessus de sa condition ! Que je te reprenne pas à rôder autour de l'école, t'entends ? Ta mère, jusqu'à sa mort, elle a pas su lire, ni écrire. Personne, dans la famille. Moi, pas plus que les autres. Et te voilà qui te gonfles comme si t'étais plus que nous tous ! Je suis pas homme à supporter ça, compris ? Dis donc, lis-moi quelque chose.

J'ai pris un livre, et j'ai commencé une page sur le général Washington et la guerre. Quand j'ai eu lu pendant une demi-minute, il m'a arraché le livre des mains et il l'a lancé à l'autre bout de la chambre en disant :

— C'est donc vrai, tu sais lire ! J'avais dans l'idée que t'en étais pas capable. Fais bien attention : c'est fini ces foutaises-là. Je veux plus en entendre parler. Je te surveillerai, mon joli ; et si je te reprends à tourner autour de l'école, je te tanne la peau, et dur. Vous parlez d'un rejeton !

Il y avait sur la table une petite image bleue et jaune : des vaches avec un jeune gars qui les gardait.

— Qu'est-ce que c'est que ça ? m'a-t-il demandé.

— C'est une image qu'on m'a donnée parce que je savais bien mes leçons.

Il la déchirée en disant :

— Je te donnerai mieux que ça, moi : une bonne raclée.

Il est resté encore une minute assis, à ronchonner et à grogner, puis il a recommencé :

— Mais t'es un dandy, dis donc ! Un lit, des draps, un miroir, un bout de tapis sur le plancher... Et pendant ce temps-là, ton père couche avec les cochons.

Vous parlez d'un rejeton. Mais j'ai l'impression qu'il va te manquer quelques bouts de dentelles avant que j'en aie fini avec toi. Non, mais tu manques pas de prétentions ! Et t'es riche, à ce qu'on dit, eh ? Raconte-moi ça !

— On ment, voilà tout.

— Fais attention, pas de blagues avec moi. J'ai enduré de toi à peu près tout ce que je peux endurer : me pousse pas à bout. Y a deux jours que je suis dans le pays, et j'ai pas entendu parler d'autre chose que de ta fortune ; même là-bas, à l'autre bout du fleuve, on en causait. C'est pour ça que je suis revenu. Je veux que demain tu m'apportes de l'argent.

— J'en ai pas.

— Sans blagues ? Ton argent, il est déposé chez le juge Thatcher. Va le chercher, je te dis.

— Je t'assure que j'ai pas d'argent. Va demander au juge Thatcher : il te dira comme moi.

— D'accord, je vais lui demander. Et je lui ferai mettre les pouces, à lui aussi, ou il dira pourquoi. Dis donc, combien que t'as sur toi ? Sors-moi ça.

— J'ai qu'un dollar, et il me le faut pour...

— Pour rien du tout. Amène la monnaie.

Il me prend mon dollar, le mord pour voir s'il est bon. Puis il m'annonce qu'il s'en va en ville pour boire un coup de whisky, qu'il s'était pas humecté le gosier de toute la journée. Quand il a été sur le toit de la remise, il est revenu passer sa tête par la fenêtre pour me traiter encore une fois de petit prétentieux et de sale rejeton. Je croyais qu'il était parti pour de bon, mais il a remis ça et il m'a conseillé de pas oublier, pour ce qui était de l'école, parce que, si je laissais pas tomber, il le saurait et il me tannerait la peau.

Le lendemain, il était saoul ; il est allé chez le juge Thatcher, et il lui en a dit des vertes et des pas mûres. Il a essayé de lui faire lâcher l'argent, mais le juge s'est pas laissé faire. Alors il a dit qu'on verrait ça devant les tribunaux.

Le juge et la veuve sont allés en justice pour me reprendre à mon père et pour que l'un des deux soit mon tuteur. Mais c'était un nouveau juge qui venait d'arriver, et il connaissait pas le paternel ; il a dit qu'il fallait pas intervenir dans les affaires de famille, et qu'il valait mieux pas enlever un enfant à son père. Alors le juge Thatcher et la veuve ont été obligés de renoncer à me garder.

Il était si content, le vieux, qu'il pouvait plus tenir en place. Il m'a promis que si je trouvais pas le moyen de lui donner de l'argent, il me taperait dessus que j'en serai noir de coups. J'ai emprunté trois dollars au juge Thatcher, je les lui ai donnés ; avec ça, il s'est saoulé, et il est parti à tempêter, à sacrer, et à hurler dans toute la ville ; jusqu'à minuit, il a couru les rues en tapant sur une casserole en fer. Finalement, on l'a emmené au violon, et le lendemain, il a été jugé et condamné à une semaine de prison. Mais il arrêtait pas de répéter qu'il était dans son droit, et maître de son fils, et qu'il allait m'apprendre à me conduire.

Quand il est sorti de prison, le nouveau juge a annoncé qu'il allait en faire un homme. Il l'a invité chez lui, l'a habillé convenablement, l'a fait manger à sa table avec sa famille ; bref, il l'a traité en ami. Et après le dîner, il lui a fait un sermon sur la tempérance et la suite. Tant et si bien que le vieux en a pleuré. Il a dit qu'il s'était conduit comme un imbécile, qu'il avait gâché sa vie ; mais que maintenant il allait faire peau neuve et se conduire comme un homme ; personne n'aurait plus honte de lui. Il comptait que le juge l'aiderait et ne le mépriserait pas. Le juge lui dit que pour ces bonnes paroles il était prêt à l'embrasser ; puis il a pleuré, et sa femme avec lui. Pap a sangloté qu'il avait toujours été un incompris, et le juge a répondu qu'il voulait bien le croire. Pap a dit que ce qu'il fallait à un homme c'était de l'affection, de la sympathie. Et le juge lui a dit que c'était bien vrai ce qu'il disait là. Et là-dessus, ils se sont remis à pleurer. Quand est venu le moment de se coucher, le vieux s'est levé et il a tendu la main en disant :

— Regardez cette main, messieurs-dames ; prenez-la, serrez-la. Cette main a été autrefois la main d'un cochon ; mais ça va changer. C'est la main d'un homme qui s'engage sur un nouveau chemin et qui mourra plutôt que de ne pas persévérer. Retenez bien ce que je vous dis. C'est une main propre que je vous tends maintenant ; vous pouvez la serrer, ne craignez rien.

Ce qui fait qu'ils lui ont serré la main, les uns après les autres, et ils se sont tous remis à pleurer. La femme du juge a baisé la main de mon paternel qui a signé un engagement, en y mettant sa marque. Le juge a dit qu'ils étaient tous en train de vivre un des moments les plus sacrés de l'histoire, ou quelque chose dans ce genre-là. Puis, ils ont conduit mon paternel dans une chambre magnifique qui leur servait de chambre d'amis. Pendant la nuit, il a été pris d'une soif d'enfer ; il a escaladé la fenêtre, s'est retrouvé sur le toit de la véranda et, de là, s'est laissé glisser le long d'une colonne ; puis il est allé troquer sa veste neuve contre une bouteille de tord-boyau et il a regrimpé dans sa chambre où il s'en est mis plein la lampe. Au lever du soleil, il a voulu ressortir par le même chemin ; mais il était saoul comme un Polonais et il a roulé du haut du porche : il s'est cassé le bras en deux endroits et, quand on l'a trouvé, au matin, il était quasi mort de froid. Et la chambre d'amis était dans un tel état qu'on a dû s'y reprendre à deux fois avant de pouvoir s'y reconnaître.

Il était pas content, le juge. Il a déclaré que, pour corriger un type comme mon paternel, il faudrait le fusiller, il voyait pas comment on y arriverait autrement.

VI

Le vieux n'a pas tardé à se remettre ; dès qu'il a été sur pied, il a voulu citer le juge Thatcher en justice pour se faire donner de l'argent, et il a aussi voulu m'empêcher d'aller à l'école. Une ou deux fois, il a réussi à m'attraper et il m'a rossé ; mais je suis allé à

l'école quand même : je m'arrangeais pour l'éviter, ou
bien je courais plus vite que lui. Jusque-là, j'avais pas
tellement aimé l'école ; mais maintenant, je voulais y
aller, rien que pour le faire enrager. Ce procès avec le
juge n'avançait guère ; on aurait dit que ça n'allait pas
se faire du tout. De temps en temps, j'empruntais
deux ou trois dollars au juge, pour le vieux, pour l'empêcher de me rosser. Chaque fois qu'il avait de l'argent, il se saoulait ; chaque fois qu'il se saoulait, il
menait un train d'enfer dans toute la ville, et ça ratait
pas : il se faisait mettre en taule. Et ça, c'était exactement ce qu'il lui fallait, tout à fait dans sa ligne.

Il s'est mis à rôder un peu trop autour de chez la
veuve, et elle a fini par lui dire que, s'il ne cessait pas,
ça irait mal pour lui. Ce qu'il pouvait être furieux ! Il
a répondu qu'on allait bien voir qui était le maître de
Huck Finn. Et un jour, au printemps, il m'a guetté et
il m'a attrapé. Il m'a emmené dans un bateau ; à trois
miles en amont, il est passé sur la rive de l'Illinois [1].
Dans ce coin-là, on était en plein bois, et il n'y avait
pas d'autre maison qu'une vieille cabane qu'on n'aurait jamais trouvée si on n'avait pas su qu'elle était là ;
c'est vous dire si les arbres étaient serrés !

Le paternel me gardait tout le temps près de lui ;
impossible de filer. On habitait dans la vieille baraque,
et il fermait constamment la porte à clé ; la nuit, il
fourrait la clé sous sa tête. Il avait un fusil, qu'il avait
volé bien sûr, et on chassait ; on pêchait aussi. C'est
comme ça qu'on vivait. Parfois, il m'enfermait à clé, et
il allait au bistrot, à trois miles de là, il troquait du
gibier et du poisson contre du whisky, puis il rentrait
avec la gnôle. Alors il se mettait à boire, et y avait pas
plus heureux que lui ; et quand il était bien saoul, il
me battait. La veuve a fini par découvrir où j'étais.
Elle a envoyé un homme me chercher ; mais le vieux
l'a fait décamper avec son fusil. Finalement, je m'y
suis fait : les torgnoles mises à part, cette vie-là, ça
m'allait assez.

C'était agréable de se la couler douce, de passer les
journées à fumer et à pêcher, sans livres ni leçons. Il y

avait deux mois et plus que j'avais quitté le village ; mes frusques étaient crasseuses et en loques, et je me demandais comment j'avais pu être si heureux chez la veuve, où il fallait se laver, manger dans une assiette, se peigner, se coucher et se lever à heure fixe, lire, et se laisser asticoter toute la journée par la vieille Miss Watson. Pour rien au monde j'aurais voulu y retourner. J'avais perdu l'habitude de jurer, parce que ça ne plaisait pas à la veuve ; mais avec le paternel je m'y étais remis. En fin de compte, je n'étais pas si mal que ça, dans les bois.

Mais le vieux s'est mis à se servir trop généreusement de la trique, et c'est devenu trop dur pour moi : j'étais couvert de bleus des pieds à la tête. Et puis, il s'est mis à sortir de plus en plus, et chaque fois il me laissait enfermé. Une fois, il est resté absent pendant trois jours. Ah, je me suis rongé ! Je le voyais déjà noyé, et moi incapable de sortir de cette baraque ; j'ai eu peur, et je me suis dit qu'il fallait absolument trouver un moyen pour me tirer de là. Souvent déjà, j'avais essayé, mais sans résultat. Il n'y avait pas de fenêtre assez grande pour laisser passer un chat. Impossible de grimper dans la cheminée, elle était trop étroite. La porte était faite d'épaisses planches de chêne. Et le paternel avait soin de ne pas me laisser de couteau. J'avais fouillé tous les coins, plus de cent fois ; je passais mon temps à fouiner, j'avais rien d'autre à faire. Mais cette fois-là, j'ai fini par mettre la main sur quelque chose : une vieille lame de scie rouillée, sans manche, qui était glissée entre une poutre et les planches du toit. Je la graisse, puis je me demande ce que je vais bien pouvoir en faire. Il y avait, clouée aux troncs d'arbres dont était fait le mur du fond de la cabane, une vieille couverture de cheval qui servait à empêcher le vent de souffler par les fentes. Je me glisse sous la table, je soulève la couverture et je commence à scier, dans le tronc du bas, un morceau assez grand pour me laisser passer. C'était pas un petit travail, mais j'avançais. J'avais presque fini quand j'entendis un coup de fusil dans les bois. Je

me dis : « Ça, c'est le paternel ! » Je fis disparaître
toutes traces de ce que j'étais en train de faire, je
rabattis la couverture et cachai la scie. Il était temps,
le vieux est arrivé tout de suite après.

Il était de mauvaise humeur, pour ne pas changer. Il
m'a annoncé qu'il venait de la ville et que tout allait
mal. D'après son avocat, il finirait par gagner son
procès et par avoir l'argent, mais à condition que l'affaire soit jugée ; or, on pouvait la reculer indéfiniment
car le juge Thatcher était pas né de la dernière pluie.
En plus de ça, il était question d'un autre procès que
la veuve avait l'intention d'intenter au vieux pour me
reprendre à lui et se faire nommer légalement tutrice.
L'opinion générale était que la veuve, cette fois, allait
emporter le morceau. Ça m'a fichu un de ces coups !
Je n'avais aucune envie de retourner chez la veuve
pour m'y faire ficeler et « civiliser » comme elle disait.
Et puis, il s'est mis à jurer contre tout et contre tous,
puis il a recommencé pour être sûr d'oublier personne ; après quoi, il a encore sacré contre tout le
monde en général, y compris les gens dont il connaissait pas le nom et qu'il appelait « tu-sais-bien-qui » ; et
qu'il a continué comme ça pendant un bon moment.

— Je voudrais bien voir que la veuve te prenne,
qu'il m'a dit. T'en fais pas, je vais avoir l'œil. Et si je
vois qu'on peut me jouer un tour ; je connais un
endroit où te cacher, à six ou sept miles d'ici. Une fois
là, mon gars, ils pourront bien te chercher jusqu'au
jugement dernier : ils te trouveront pas. Ça m'a
d'abord bien embêté ; mais je me suis dit que, d'ici
qu'il ait l'occasion de mettre son projet à exécution, je
serais loin.

Le paternel m'a ensuite envoyé jusqu'au bateau
chercher les provisions qu'il avait rapportées. Il y avait
un sac de cinquante livres de farine de maïs et un
quartier de lard maigre, des munitions, une cruche
contenant quatre gallons de whisky, un vieux livre,
ainsi que de l'étoupe et deux vieux journaux pour cal-
fater le bateau. J'en ai emporté une partie à la cabane,
puis je suis revenu et je me suis assis à l'avant du

bateau pour me reposer. Après avoir bien réfléchi, j'ai décidé que, le jour où je partirais, j'emporterais le fusil, quelques lignes, et que j'irais me cacher dans les bois ; je marcherais la nuit, je vivrais de ma pêche et de ma chasse, et je m'arrangerais pour m'en aller si loin que ni mon paternel ni la veuve ne pourraient plus jamais me remettre la main dessus. J'ai même résolu de finir de scier le tronc d'arbre et de filer le soir même, si le vieux était assez saoul, ce qui était probable. J'étais tellement perdu dans mes projets que je ne me suis pas aperçu du temps qui passait jusqu'au moment où le vieux s'est mis à hurler pour me demander si je dormais ou si je m'étais noyé.

Quand j'ai eu fini de remonter les provisions jusqu'à la cabane, il faisait presque nuit. Je me suis mis à préparer le dîner pendant que le vieux s'offrait deux ou trois lampées de whisky, histoire de se mettre en train ; et il s'est remis à pérorer. La veille, il s'était déjà saoulé en ville, et il avait passé la nuit dans le ruisseau. Il fallait voir la touche qu'il avait ! Il était tellement couvert de boue qu'on l'aurait pris pour Adam en personne [2]. Quand l'alcool commençait à le travailler, il s'en prenait presque toujours au gouvernement. Cette fois encore, ça n'a pas raté.

— Vous appelez ça un gouvernement ? il disait. Regardez-moi un peu à quoi ça ressemble. La loi, elle est tout juste bonne à enlever un fils à son père, — à un homme qui a eu toute la peine de l'élever, frais, soucis, et tout. Exactement ! Au moment où le fils est enfin élevé et prêt à travailler et à faire quelque chose pour son père, pour qu'il ait enfin un peu de repos, son pauvre père, la loi se réveille et vient tout gâcher. Et c'est ça qu'on appelle un gouvernement ? Et c'est pas tout ! La loi soutient ce vieux juge Thatcher et l'aide à me priver de mes biens ; voilà ce qu'elle fait, la loi. Elle dépouille un homme de six mille dollars et plus, et elle l'enferme dans une sale cabane au fond des bois, vêtu de frusques comme on en mettrait pas à un cochon. Un gouvernement, ça ? Y a pas de justice. Y a des moments où j'ai bien envie de quitter le pays

pour toujours. Parfaitement, et je m'en suis pas
caché ; je l'ai dit au vieux Thatcher, en pleine figure.
N'importe qui pourra vous le répéter : tout le monde
m'a entendu. Votre sale pays, je leur ai dit, il faudrait
pas me pousser beaucoup pour que je lui dise bonsoir.
Voilà ce que je leur ai dit. Regardez mon chapeau —
si on peut appeler ça un chapeau —, le fond se soulève et le reste me descend au-dessous du menton ; un
chapeau, ça ? Dites plutôt qu'on m'a enfoncé la tête
dans un tuyau de poële. Ben, regardez-le, ce chapeau :
c'est celui d'un homme qui serait le plus riche de la
ville s'il pouvait se faire rendre justice.

« Ah, oui, il est beau, leur gouvernement ! Tenez,
un exemple : il y avait là-bas un nègre libre, de
l'Ohio [3] ; un mulâtre, presque aussi blanc qu'un
Blanc. Et sa chemise, la plus blanche qu'on ait jamais
vue, et un chapeau, je ne vous dis que ça ; et dans
toute la ville, y a pas d'homme mieux habillé, sans
compter la montre avec la chaîne en or, et la canne à
pommeau d'argent ; un nabab, quoi. Ben, vous savez
pas ? il paraît qu'il est professeur et qu'il connaît
toutes sortes de langues, et tout. Et c'est pas le pire. Il
paraît même que, chez lui, il peut voter [4]. Ça alors, ça
m'a assis. Où va le pays ? que je me suis demandé.
C'était le jour des élections, et j'avais l'intention
d'aller voter moi-même, si j'étais pas trop rond pour
aller jusqu'aux urnes ; mais quand on m'a dit qu'il
existait, dans ce pays, un Etat où on permettait à ce
nègre de voter, alors là, je me suis abstenu. J'ai juré
que jamais plus je voterai. Voilà ce que je leur ai dit :
vous pouvez demander à qui vous voudrez. Et le pays
peut bien tomber en pourriture : je voterai plus
jamais, aussi longtemps que je vivrai. Et le culot de ce
nègre, fallait voir ça ! Ma parole, si je l'avais pas bousculé, il m'aurait pas cédé le pas. J'ai dit aux gens :
« Pourquoi on le vend pas aux enchères, ce nègre ? »
Vous savez pas ce qu'ils m'ont répondu ? Ils m'ont dit
que pour qu'on ait le droit de le vendre, il fallait qu'il
ait passé au moins six mois dans l'Etat, et que ça
faisait pas encore six mois qu'il était là [5]. Et c'est seu-

lement un exemple. Un gouvernement ? Tu parles !
Un gouvernement qui peut pas faire vendre un nègre
avant qu'il ait passé six mois dans le pays. Ça s'appelle
un gouvernement, ça se dit un gouvernement, ça joue
au gouvernement, mais leur faut six mois avant de
mettre la main au collet d'un sale voleur, rôdeur, d'un
vieux singe noir en chemise blanche...

Il parlait tellement qu'il regardait pas où il mettait
les pieds, et il est allé plonger la tête la première dans
le tonneau de porc salé ; il s'est pelé les tibias, et le
reste de son discours a été quelque chose de pommé :
le nègre et le gouvernement en ont pris un coup, et
aussi le tonneau, de temps en temps. Il s'est mis à
faire le tour de la cabane en sautant d'un pied sur
l'autre, se frottant tantôt un tibia, tantôt l'autre ; puis,
brusquement, il a balancé dans le tonneau un grand
coup de son pied gauche. Mais ça, ç'a été une mauvaise idée parce que c'était celle de ses chaussures qui
laissait passer deux doigts de pied. Il a poussé un hurlement à vous faire dresser les cheveux sur la tête, puis
il s'est roulé par terre en serrant son orteil dans ses
mains et en jurant comme jamais.

Après le dîner, il a pris la cruche qui, m'a-t-il dit,
contenait assez de whisky pour deux gueules de bois
et un delirium tremens. (C'était une expression à lui.)
Je me suis dit qu'en une heure, au plus, il allait être
ivre-mort ; c'était l'occasion rêvée pour lui prendre la
clé et finir de scier le tronc d'arbre. Il a bu, encore et
encore, puis il s'est laissé tomber sur sa couverture.
Malheureusement, il ne s'est pas endormi. Il se tournait, se retournait, grognait, se raclait le gosier, agitait
les bras. A la fin, j'ai eu tellement sommeil que je
pouvais plus garder les yeux ouverts ; je me suis
endormi sans même m'en rendre compte, laissant la
chandelle allumée.

J'ignore combien de temps j'ai dormi ; mais tout
d'un coup, un hurlement m'a réveillé, et j'ai vu le
paternel qui courait dans tous les sens, comme un fou,
en criant que des serpents lui grimpaient aux jambes.
Il criait, il sautait ; il disait qu'il y en avait un qui lui

avait mordu la joue ; moi, les serpents, je les voyais
pas. Le vieux tournait autour de la cabane en hurlant :
« Enlève-le, celui qui me mord le cou ! » J'avais jamais
vu un homme avec des yeux aussi égarés. Au bout
d'un bon moment, il s'est fatigué, et il est tombé par
terre ; il donnait des coups de pied dans tous les sens,
lançait ses bras en l'air, et il criait que les diables le
prenaient à la gorge. A la fin, n'en pouvant plus, il
s'est arrêté et n'a plus rien dit. Moi, j'entendais les
hiboux et les loups, dans les bois, et j'avais peur. Le
vieux était allongé dans un coin. Et puis, il s'est dressé
sur un coude et, penchant la tête, il a tendu l'oreille.
Puis il s'est mis à marmonner à voix basse : « Floc,
floc, floc, c'est les morts. Floc, floc, floc, c'est à moi
qu'ils en veulent. Mais je veux pas qu'ils me prennent.
Oh, les voilà ! Ne me touchez pas ! Bas les pattes !
Lâchez-moi ! Oh, ils sont froids ! Laissez-moi en paix,
je suis un pauvre homme ! »

Puis il s'est mis à ramper tout en les suppliant de le
laisser tranquille. Enroulé dans sa couverture, il s'est
glissé sous la table, suppliant toujours ; enfin il s'est
mis à pleurer. Je l'entendais à travers la couverture.

Il a fini par sortir de dessous la table ; il a sauté sur
ses pieds d'un air sauvage et, m'apercevant, il s'est
élancé sur moi. Il m'a poursuivi autour de la baraque,
son couteau à la main ; il m'appelait l'Ange de la Mort
et me disait qu'il allait me tuer, que je ne pourrais plus
m'en prendre à lui. Moi, je le suppliais, je lui disais :
« C'est moi, Huck ! » Mais il riait d'un air sinistre, et
tout en braillant et en jurant, continuait à me poursuivre. A un moment, comme je passais sous son bras
pour l'éviter, il a saisi ma veste entre mes deux
épaules, et j'ai bien cru que j'étais cuit. Mais, en un
tour de main, je me suis dégagé de ma veste, et j'ai
filé. Il était fatigué. Il s'est laissé tomber et, le dos
contre la porte, il s'est reposé une minute tout en
disant que je ne perdais rien pour attendre. Puis, glissant son couteau sous lui, il a annoncé qu'il allait faire
un somme pour reprendre des forces, et qu'on verrait
bien qui aurait le dessus.

Il s'est endormi presque tout de suite. Alors, au bout d'un moment, j'ai pris la vieille chaise défoncée, j'ai grimpé dessus le plus doucement que j'ai pu, et j'ai décroché le fusil. J'ai vérifié qu'il était chargé, puis je l'ai placé sur le tonneau, le canon tourné vers le vieux. Je me suis installé derrière le tonneau, à attendre que le paternel bouge. Le temps ne marchait plus, il se traînait.

VII

— Debout ! Qu'est-ce que tu fabriques là ?

J'ai ouvert les yeux, et j'ai regardé autour de moi, le temps de reprendre mes esprits. Le soleil était levé ; j'avais dormi comme une souche. Le paternel était debout devant moi, l'œil mauvais, — l'air malade, aussi. Il m'a demandé :

— Qu'est-ce que tu fabriques avec ce fusil ?

J'ai eu l'impression qu'il ne se rappelait plus rien. Ce qui fait que j'ai répondu :

— Il y a quelqu'un qui a essayé d'entrer ; et j'ai pris le fusil pour le cas où il aurait fallu nous défendre.

— Pourquoi que tu ne m'as pas réveillé ?

— J'ai essayé, mais j'ai pas pu.

— C'est bon ; reste pas là à palabrer toute la journée. Va-t'en voir s'il y a des poissons aux lignes. Je te suis.

Il a ouvert la porte, et j'ai filé vers le fleuve. Il y avait des branches d'arbres et des tas de choses qui flottaient sur l'eau, au milieu de morceaux d'écorce, et j'ai compris que le fleuve était en train de monter. Si j'avais été en ville, je me serais fait du bon temps. La crue de juin était toujours une aubaine pour moi parce qu'il y a du bois scié et des troncs d'arbres qui flottent ; on en trouve jusqu'à douze à la fois. On n'a qu'à les ramasser et à aller les vendre aux marchands de bois.

J'ai longé la rive, un œil sur le paternel, l'autre sur le fleuve et tout ce qu'il charriait. Et qu'est-ce que je

vois ? Un canoë, une merveille ! Treize à quatorze
pieds de long, au moins, et qui voguait comme un
cygne. J'ai plongé la tête la première, comme une grenouille, tout habillé, et j'ai nagé vers le canoë. Je m'attendais à y trouver quelqu'un, caché au fond ; les gens
font souvent ça pour attraper ceux qui veulent s'emparer de leur canoë : au moment où le gars a presque
fini de tirer le canoë sur la rive, le propriétaire se
redresse et se moque de lui. Mais cette fois, c'était
bien un canoë à la dérive. Je monte dedans, et je
pagaye jusqu'à la berge. Je me disais : « C'est le vieux
qui va être content ! Ce machin-là, ça vaut bien dans
les dix dollars ! » Mais le paternel était pas encore là.
Je mène le canoë dans une petite crique tout entourée
de saules et de lianes. C'est à ce moment-là qu'une
autre idée m'est venue : cacher le canoë ; le jour où je
me sauverai, au lieu de prendre par les bois, je des-
cendrai le fleuve dans le canoë, sur une cinquantaine
de miles par exemple ; ça m'épargnera la peine de
marcher.

Je mène le canoë dans une petite crique tout entourée

J'étais pas loin de la cabane, et je craignais toujours
de voir le vieux rappliquer. Mais j'ai eu le temps de
planquer la barque. Alors, en regardant derrière un
bouquet de saules, j'ai aperçu le vieux à l'autre bout
du sentier : il était en train de mettre un oiseau en
joue ; il ne m'avait pas vu.

Quand il s'est amené, j'étais occupé à remonter une
ligne de fond. Il m'en a dit de toutes les couleurs parce
que j'étais en retard ; mais je lui ai raconté que j'étais
tombé à l'eau et que ça m'avait retardé. Je savais qu'il
remarquerait que j'étais mouillé et qu'il voudrait savoir
pourquoi. Nous avons pris cinq poissons-chats, et nous
sommes rentrés à la cabane.

Après le petit déjeuner, on s'est allongés, tous les
deux : on était recrus de fatigue. Et je me suis mis à
réfléchir : il fallait que je trouve un truc pour empêcher la veuve et le vieux de me courir après ; c'était
plus sûr que de me fier à ma chance et d'essayer de
filer assez loin avant qu'on ne s'aperçoive de mon
départ. Il faut tout prévoir. Pendant un bon moment,

j'ai eu beau réfléchir, je ne voyais pas la solution. Puis, finalement, le paternel s'est réveillé pour boire un grand pot d'eau, et il m'a dit :

— La prochaine fois qu'un homme viendra rôder par ici, je veux que tu me réveilles, t'entends ? Ce type, il cherchait à faire un mauvais coup ; je lui aurais envoyé un coup de fusil.

Il s'est recouché et s'est remis à pioncer. Mais ce qu'il venait de me dire m'avait donné l'idée que je cherchais. J'allais m'arranger de telle façon que personne aurait à se demander ce que j'étais devenu.

Vers midi, on est sortis et on est allés au bord du fleuve ; l'eau montait vite, et une quantité de bois flottait à la dérive. Au bout d'un moment, on a vu arriver un reste de radeau : neuf troncs d'arbres attachés ensemble. On a pris le bateau et on est allés chercher ce radeau pour le remorquer jusqu'à la rive. Puis on a dîné. Ensuite, le paternel a annoncé qu'il allait emmener ce radeau à la ville pour le vendre. N'importe qui, à la place du paternel, aurait attendu la fin de la journée, pour essayer de ramasser encore plus de bois. Mais le vieux, c'était pas son genre. Neuf troncs d'arbre, ça lui suffisait pour la journée ; ça le démangeait d'aller les vendre en ville. Donc, il m'a enfermé et, vers trois heures et demie, il est parti dans la barque en remorquant le radeau. Je me doutais qu'il ne reviendrait pas avant le lendemain. J'ai attendu pour être sûr qu'il était bien en route, puis j'ai sorti ma scie, et je me suis remis à scier ma planche. Le paternel était pas encore de l'autre côté du fleuve que j'étais déjà sorti de la cabane. Je les ai vus, lui et son radeau ; ça faisait à peine un point noir sur l'eau, dans le lointain.

J'ai pris le sac de farine de maïs et je l'ai porté au canoë qui était planqué. J'ai emporté aussi le quartier de lard maigre et la cruche de whisky, tout le café, tout le sucre, toutes les munitions. J'ai pris aussi le seau et la gourde, ma vieille scie, deux couvertures, une casserole, la cafetière, les lignes de pêche, les allumettes, et un tas d'autres choses, — bref, tout ce qui avait quelque valeur. J'ai vidé la cabane. J'aurais eu bien besoin d'une hache ; il y en avait une près du tas de bois, mais j'avais mes raisons pour la laisser où elle était. Enfin, j'ai pris le fusil : j'étais prêt.

De transporter tout ça par le trou dans le mur, ça avait foulé l'herbe et le terrain. J'ai arrangé ça en répandant de la terre pour recouvrir les traces de mes pas. Puis, j'ai remis le morceau de tronc d'arbre en place, en le fixant avec deux pierres en dessous : il aurait fallu le savoir pour y voir quelque chose ; de plus, c'était le derrière de la cabane, et il y avait peu de chances pour qu'on aille regarder par là.

Pour aller jusqu'au canoë, j'ai marché sur de l'herbe courte où j'étais sûr de ne pas laisser de traces. J'ai regardé tout le long de la rive et du côté du fleuve : tout allait bien. J'ai pris le fusil, et je suis entré dans le bois, histoire de descendre un oiseau ou deux. A ce moment-là, je vois un cochon sauvage (les cochons qui s'échappent des fermes ont vite fait de redevenir sauvages, dans ces régions-là). J'ai abattu ce gaillard d'un seul coup de fusil, et je l'ai emporté à la cabane.

J'ai défoncé la porte d'un coup de hache ; puis j'ai traîné le cochon à l'intérieur, et je lui ai ouvert la gorge, toujours avec la hache. Je l'ai laissé à saigner sur le sol, et j'ai rempli de grosses pierres un vieux sac que j'ai traîné de l'endroit où était le cochon jusqu'au fleuve, en passant par la porte et en traversant le bois. Je l'ai fait glisser dans l'eau : il s'est enfoncé et a disparu. On voyait, clair comme le jour, qu'on avait traîné quelque chose sur le sol. J'aurais voulu que Tom Sawyer soit là : ça l'aurait intéressé, il aurait fignolé les détails. Y en a pas deux comme lui pour ça.

En fin de compte, je me suis arraché quelques cheveux, je les ai collés sur la hache pleine de sang, et j'ai rangé la hache dans un coin. Puis j'ai enveloppé le cochon dans ma veste pour que le sang ne goutte pas, et je l'ai emporté jusqu'à la berge, un bon bout de chemin en aval de la cabane, et je l'ai laissé couler au fond de l'eau. A ce moment-là, j'ai pensé à autre chose : je suis allé reprendre le sac de farine et ma vieille scie dans le canoë, et je les ai rapportés à la cabane. Une fois le sac remis à sa place habituelle, j'y ai fait un trou avec la scie (il n'y avait ni couteau ni rien dans la cabane), et j'ai emporté le sac qui fuyait à une bonne distance de là, jusqu'à un étang. L'étang était plein de roseaux, et il en sortait une petite rivière qui allait se jeter très loin, mais pas dans le fleuve. La farine avait laissé une trace de la cabane à l'étang. J'ai laissé tomber à l'eau la pierre à aiguiser, comme si on l'avait perdue par accident. Puis j'ai ficelé le trou du sac pour qu'il ne fuie plus, et je l'ai remporté avec la scie au canoë.

Il commençait à faire nuit. J'ai laissé le canoë descendre le fleuve jusqu'à un bouquet de saules, en attendant que la lune se lève. J'ai amarré à un saule, j'ai cassé la croûte, puis je me suis allongé dans le canoë pour fumer une pipe, et je me suis mis à tirer des plans. On allait certainement suivre la piste de la cabane à la berge ; puis on draguerait le fleuve pour retrouver mon corps. Sans doute aussi qu'on suivrait la piste de la farine, jusqu'au lac, on descendrait la petite rivière pour retrouver les voleurs qui m'avaient tué et qui avaient dévalisé la cabane. Mais on ne viendrait pas jusqu'au fleuve, sauf pour y chercher mon cadavre. On se fatiguerait vite de me chercher, et on ne s'occuperait plus de moi. Je pourrais m'arrêter où ça me chanterait, à l'île Jackson [1], par exemple. Cette île-là, je la connaissais bien, et personne n'y venait jamais. De là, je pourrais aller en canoë jusqu'à la ville, la nuit, chercher ce dont j'aurais besoin.

J'étais fatigué, et je me suis endormi pile. Quand je me suis réveillé, j'ai commencé par ne plus savoir où je me trouvais. Je me suis redressé et, tout ahuri, j'ai regardé autour de moi. Puis je me suis rappelé. Le fleuve coulait comme une mer ; la lune était si claire qu'on aurait pu compter les troncs qui passaient, noirs et tranquilles, très loin de la rive. Tout était calme. On voyait qu'il était tard, on le *sentait ;* vous comprenez ce que je veux dire : c'était comme une odeur dans l'air.

J'ai bâillé un grand coup, je me suis étiré. J'allais détacher le canoë pour repartir, quand j'entendis un bruit sur l'eau. Il n'y avait pas à se tromper, c'était le bruit sourd et régulier que font les avirons, dans le silence de la nuit, avec un grincement à chaque coup. Je glissai un regard à travers les branches et vis un bateau au milieu de l'eau. Au moment où il est arrivé à la hauteur de mon canoë, j'ai pu voir qu'il n'y avait qu'un seul homme à bord. Je me suis dit : « Peut-être bien que c'est le paternel », mais je n'y croyais pas trop. Le courant l'a entraîné au-dessous de moi et, finalement, il a dérivé vers l'eau calme du bord ; il est passé si près qu'en allongeant le bras, j'aurais pu le toucher avec le canon de mon fusil. Et vous me croirez si vous voulez, mais c'était bien le vieux, et à jeun encore ; il suffisait de voir comment il appuyait sur ses avirons pour s'en rendre compte.

J'ai pas perdu de temps. Une minute après, je filais dans le courant, sans faire de bruit, mais sans m'endormir non plus, dans l'ombre des arbres de la rive. J'ai couvert deux miles et demi, puis j'ai viré vers le centre du fleuve : je savais que j'allais passer à la hauteur du débarcadère du bac, et je ne voulais pas risquer de me faire voir et héler par des gens. J'ai rejoint les troncs d'arbres qui suivaient le courant, je me suis couché au fond du canoë et je me suis laissé flotter. Je me suis reposé un bon coup en fumant ma pipe et en regardant le ciel où il n'y avait pas un nuage. Le ciel a toujours l'air plus profond quand on le regarde couché sur le dos, au clair de lune. Et comme les bruits portent loin, sur l'eau, la nuit ! J'entendais les gens qui parlaient, au débarcadère du bac ; je comprenais tout ce qu'ils disaient, chaque mot. Un homme a dit que maintenant, avec la saison qui avançait, les jours seraient plus longs et les nuits plus courtes ; un autre lui a répondu qu'à son avis, cette nuit-là, elle était sûrement pas encore parmi les courtes ; puis ils se sont mis à rire, et le gars a répété ce qu'il venait de dire, et ils ont encore ri. Puis, ils ont éveillé un autre type, et ils lui ont répété ça en riant mais lui, il n'a pas ri : il

leur a seulement dit de lui ficher la paix. Le premier a
dit alors qu'il la raconterait à sa femme ; sûr qu'elle la
trouverait bien bonne. Quelqu'un a annoncé qu'il
était près de trois heures, et il a dit qu'il espérait que
le soleil n'allait pas mettre une semaine à se lever.
Après ça, les voix se sont étouffées et je n'ai plus
compris ce qu'on disait ; j'entendais toujours les rires,
de temps en temps, mais ça semblait venir de très loin.

Maintenant, j'étais bien en aval du bac. Je me suis
redressé, et j'ai vu devant moi l'île Jackson, deux miles
et demi plus bas, en plein milieu du fleuve, avec ses
grands arbres serrés, sombres, compacts ; on aurait dit
un bateau à vapeur qui a éteint ses feux. On ne voyait
pas la barre qui se trouve d'ordinaire à la pointe de
l'île ; sans doute qu'elle était submergée.

Je n'ai pas mis longtemps à y aborder. Le courant
était tellement rapide que j'ai dépassé la pointe à une
allure d'enfer ; puis je suis arrivé en eau calme et j'ai
abordé sur le côté de l'île qui fait face à la rive du
fleuve, côté Illinois. J'ai fait entrer le canoë dans une
crique profonde que je connaissais, j'ai été obligé
d'écarter les branches des saules, mais, quand elles
ont repris leur place, personne n'aurait pu voir le
canoë.

Alors je suis monté m'asseoir sur un tronc d'arbre,
à la pointe de l'île, et je me suis mis à regarder le
fleuve énorme, et les troncs noirs emportés par le
courant et, là-bas, à trois miles, le village où brillaient
encore trois ou quatre lumières. Un énorme train de
bois descendait le fleuve en amont, à un mile ; il y
avait une lanterne au milieu du radeau. Je l'ai regardé
descendre lentement le courant et, au moment où il
arrivait à la hauteur de l'endroit où je me trouvais,
j'ai entendu une voix d'homme qui criait : « Attention à l'arrière ! Virez sur bâbord ! » Je l'ai entendu
aussi clairement que si l'homme avait été à côté de
moi.

Le ciel commençait à pâlir ; je me suis enfoncé dans
les bois et je me suis allongé, histoire de dormir un
peu avant le petit déjeuner.

VIII

Quand je me suis réveillé, le soleil était si haut que j'ai pensé qu'il devait être huit heures passées. J'étais couché là, dans l'herbe, à l'ombre, bien reposé, à l'aise pour réfléchir, et content. Par deux ou trois interstices du feuillage, je pouvais apercevoir la lumière du soleil, mais la plupart des arbres étaient serrés les uns contre les autres, et il faisait sombre. Là où le soleil filtrait à travers les feuilles, on voyait des taches claires qui dansaient un peu, d'où j'ai conclu qu'il y avait de la brise. Deux écureuils perchés sur une branche me parlaient gentiment dans leur jargon.

Je me sentais en paix, et je n'avais aucune envie de me lever pour préparer mon déjeuner. Bref, je commençais à me rendormir quand il m'a semblé entendre un gros « boum ! » sur le fleuve. Je m'appuie sur un coude, j'écoute : ça recommence. Je me relève et je regarde à travers les feuilles ; je vois un nuage de fumée qui flotte sur l'eau, là-bas, au loin, à la hauteur du bac, et un bac plein de gens, qui traversait le fleuve. J'ai deviné de quoi il s'agissait. « Boum ! » Une fumée blanche montait du flanc du bac : on était en train de tirer des coups de canon pour essayer de faire remonter mon corps du fond de l'eau [1].

J'avais faim ; mais il n'était pas question d'allumer un feu ; ils auraient pu repérer la fumée. Je me suis donc assis, et je me suis mis à regarder la fumée du canon et à écouter les détonations.

Le fleuve, en cet endroit, mesure un mile et demi de large, et c'est beau à voir par un matin d'été. Si seulement je n'avais pas eu l'estomac dans les talons, je n'aurais pas été à plaindre, à les regarder ainsi chercher mon cadavre. Brusquement, il m'est revenu à l'esprit un truc dont j'avais entendu parler : on met du mercure dans un pain de quatre livres, et on le jette à l'eau ; il paraît que le pain s'en va flotter juste au-dessus du corps du noyé [2]. « Ouvrons l'œil, me suis-je dit, pour le cas où un pain flotterait sur le fleuve ! » Histoire de tenter ma chance, j'ai passé sur la rive côté Illinois. Et voilà que j'aperçois un gros pain de quatre livres. J'essaie de l'attraper avec un long bâton : mon pied glisse, et le pain file dans le courant. Bien entendu, je m'étais placé à l'endroit où le courant vient le plus près du bord. Au bout d'un moment, voilà un autre pain qui approche. Je l'ai eu, celui-là [3]. J'ai ôté la partie touchée par le mercure, et j'ai mordu dedans. C'était du bon pain de boulanger, — pas une miche de son, du vrai pain.

J'ai choisi un joli endroit parmi les feuilles, je me suis assis, et j'ai mangé tout en surveillant le bac. Et l'idée m'est venue que la veuve, le pasteur, ou quelqu'un d'autre, avait prié pour que ce pain vienne vers moi, et il était venu. Après tout, il y avait peut-être du vrai dans ces histoires de prière, du moins quand c'était quelqu'un comme la veuve ou le pasteur qui priait. Mais quand c'est moi, ça ne marche plus.

J'ai fumé une pipe. Le bac se laissait emporter dans le courant qui l'amenait vers moi, comme le pain. Quand le bac a approché, j'ai éteint ma pipe et je me suis couché derrière un tronc d'arbre. Il y avait une fourche par laquelle je pouvais glisser un œil.

Le bac a longé la berge de si près qu'on aurait pu jeter une passerelle et débarquer. Ils étaient presque tous à bord : le paternel, le juge Thatcher, Bessie Thatcher, Jo Harper, Tom Sawyer et sa vieille tante Polly, et Sid et Mary, et bien d'autres encore. Tout le monde parlait de l'assassinat. Mais le capitaine a dit :

— Attention, maintenant. Ici, le courant passe tout près de la rive ; il a peut-être rejeté le corps dans les buissons du bord. Du moins, je l'espère.

Personnellement, je ne l'espérais pas. Ils sont tous venus se pencher sur le bastingage, du côté de la rive. Moi, j'étais aux premières loges. Mais pas de danger qu'ils me voient, eux.

Alors, le capitaine a crié : « Reculez tous ! » et le canon a tonné, si fort que la détonation m'a assourdi et que j'ai été aveuglé par la fumée. Pendant un moment, je me suis cru vraiment mort. Si le canon avait été chargé d'un boulet, ils l'auraient eu, leur cadavre. Enfin, grâce à Dieu, j'en suis sorti avec mes quatre membres. Le bateau a poursuivi sa route et disparu de l'autre côté de l'île. De temps à autre, j'entendais un coup de canon, de plus en plus loin ; et, au bout d'une heure, je n'ai plus rien entendu du tout. L'île avait trois miles de long : j'ai cru qu'ils étaient arrivés au bout, et qu'ils abandonnaient les recherches. Mais, pas du tout ! Les voilà qui contournent l'île, remettent la vapeur et s'engagent dans le bras du Missouri ; de temps en temps, ils tiraient un coup de canon. J'ai changé de bord, et je les ai observés. Une fois arrivés à la pointe de l'île, ils ont cessé de se servir du canon, ont longé la rive côté Missouri, et sont retournés vers la ville.

J'étais tranquille. Personne ne viendrait plus me relancer. J'ai débarqué mes affaires qui étaient restées dans le canoë, et je me suis installé un bon campement dans l'épaisseur du bois. Avec une couverture, j'ai fabriqué une espèce de tente, pour le cas où il pleuvrait. Puis j'ai attrapé un poisson-chat, je l'ai fendu avec ma scie pour le vider, et j'ai préparé un feu de camp. Au coucher du soleil, j'ai fait cuire mon dîner ; et enfin j'ai tendu une ligne pour avoir du poisson, le lendemain, pour mon déjeuner.

Quand la nuit est venue, j'ai fumé une pipe devant mon feu. Mais j'ai fini par me sentir trop seul. Alors je suis allé m'asseoir au bord de l'eau et j'ai écouté le courant qui battait le sable ; puis j'ai compté les étoiles et les morceaux de bois qui dérivaient, jusqu'au moment d'aller me coucher. Quand on se sent seul, il n'y a rien d'autre à faire que d'attendre que ça passe.

Ainsi pendant trois jours et trois nuits. Tous les jours pareils. Mais, le lendemain, je me suis mis à explorer l'île. J'y étais chez moi, elle m'appartenait, pour ainsi dire, et je voulais la connaître en détail. Mais, surtout, ça faisait passer le temps. Je trouvais des fraises, mûres et très bonnes ; les raisins sauvages et les framboises étaient encore verts : ça serait une réserve pour plus tard.

J'ai flâné dans les bois jusqu'au bout de l'île, en aval. J'avais pris mon fusil, mais je n'avais rien tiré ; c'était seulement par mesure de prudence ; j'avais l'intention de tuer un peu de gibier en revenant aux abords du camp. A un moment, j'ai failli marcher sur un serpent de bonne taille qui a filé parmi les herbes et les fleurs ; je me suis mis à lui courir après, avec l'intention de lui envoyer un peu de plomb et, tout à coup, je saute en plein dans les cendres d'un feu de camp qui fumait encore.

Mon cœur a fait un bond magistral dans ma poitrine. Sans perdre une minute, je désarme mon fusil et je me défile sur la pointe des pieds, à toute allure. De temps en temps, je m'arrêtais dans un fourré épais pour écouter ; mais j'étais tellement essoufflé que j'entendais pas autre chose que ma respiration. Alors je repartais puis, un moment après, je m'arrêtais de nouveau ; et ainsi de suite. Quand je voyais une souche, je la prenais pour un homme ; si je faisais craquer une branche sous mon pied, il me semblait qu'on venait de me couper le souffle en deux et qu'on ne m'en avait laissé que la portion la plus courte.

J'étais pas fier en arrivant au camp, mais je me suis dit que ce n'était pas le moment de tourner autour du pot. J'ai donc remis tout mon fourniment dans le canoë de façon que personne puisse voir mes affaires, j'ai éteint le feu, éparpillé les cendres, et j'ai grimpé dans un arbre.

J'ai dû y passer deux heures, sans rien voir, sans rien entendre, rien qu'à croire que j'entendais et que je voyais des milliers de choses. Mais je ne pouvais quand même pas y rester éternellement dans cet arbre ; ce qui fait que j'ai fini par en redescendre. Mais je n'ai plus quitté l'épaisseur des bois ; et je vous prie de croire que j'avais l'œil. Pour manger, il a fallu que je me contente de fraises et de ce qui me restait du petit déjeuner.

A la nuit j'avais l'estomac creux. J'ai attendu qu'il fasse tout à fait noir, puis je me suis glissé dans mon canoë et j'ai ramé dans la direction de la rive côté Illinois, pendant près d'un quart de mile. Arrivé là, je me suis enfoncé sous les arbres et je me suis fait à souper. Je venais de décider de passer la nuit là où j'étais quand j'ai entendu un galop de cheval, puis des voix. Le plus vite que j'ai pu, j'ai tout remis dans le canoë, puis je me suis glissé dans le bois, pour voir un peu ce qui se passait. J'étais pas allé très loin quand j'ai entendu un homme dire :

— Si nous pouvons trouver un endroit convenable par ici, nous ferions mieux d'y camper cette nuit. Les chevaux n'en peuvent plus. On va aller voir les alentours.

Je ne les ai pas attendus. Je suis remonté dans le canoë, j'ai ramé sans bruit, et je suis retourné m'amarrer à l'endroit où j'étais au commencement. Et j'ai décidé de dormir dans le canoë.

J'ai pas beaucoup dormi ; je pensais trop. Et chaque fois que je me réveillais, je croyais que quelqu'un me prenait par la peau du cou. Si bien que ça ne me servait à rien de dormir. Finalement, je me suis dit : « Je vais pas vivre dans les transes jusqu'à la fin de mes jours : autant aller voir tout de suite qui c'est qui se trouve sur cette île. Sinon, je vais éclater. » Rien que d'avoir décidé ça, je me sentais déjà mieux.

D'un coup de rame, j'éloigne un peu le canoë de la rive, puis je le laisse glisser dans les ombres du bord. La lune s'était levée et, en dehors de l'ombre, on y voyait presque comme en plein jour. Pendant une heure, j'ai bien regardé partout : rien. J'étais presque arrivé au bout de l'île ; une petite brise fraîche ridait la surface de l'eau ; ça voulait dire que la nuit était pour ainsi dire terminée. D'un coup d'aviron, je fais virer le canoë et je le dirige vers la terre ; puis je prends mon fusil, je débarque et je m'enfonce dans l'épaisseur des bois, puis je me mets à regarder à travers les feuilles. La lune disparaît, l'obscurité envahit le fleuve ; puis, un petit moment après, une ligne blanche est apparue à la cime des arbres, et j'ai su que le jour se levait. J'ai donc pris mon fusil et je me suis glissé vers l'endroit où j'avais aperçu les cendres d'un feu de camp ; je m'arrêtais toutes les deux minutes pour tendre l'oreille. Mais, pas de chance : impossible de retrouver l'endroit. Seulement, à la fin, j'ai fini par apercevoir le reflet d'un feu à travers les arbres. Je m'approche, sur la pointe des pieds, et finalement, je vois un homme couché par terre. J'ai failli mourir d'un arrêt du cœur. Il avait la tête entourée d'une couverture, et posée presque dans le feu. Je me suis assis derrière un fourré, à quelques pas du type, et je l'ai plus quitté des yeux. Le petit jour se lève. Voilà le type qui bâille, qui s'étire, rejette la couverture. C'était le Jim de Miss Watson ! Vous parlez si j'étais content de le voir !

— Bonjour, Jim, lui ai-je dit en avançant vers lui.

Il s'est redressé en me regardant comme un qui a peur. Puis il est tombé à genoux et, les mains jointes, il m'a dit :

— Me faites pas de mal ! J'ai jamais rien fait contre les revenants ! J'ai toujours été bon pour les morts, et j'ai fait tout ce que je pouvais pour eux. Retournez dans le fleuve, d'où vous venez, et ne faites pas de mal au vieux Jim qui vous a jamais fait que du bien !

J'ai pas été long à lui faire comprendre que j'étais bien vivant. Quelle chance pour moi de rencontrer Jim ! Je ne me sentais plus seul. Je lui ai recommandé de ne pas aller raconter qu'il m'avait vu. Je parlais, mais il restait là, assis, et me regardait sans répondre. Finalement, je lui ai dit :

— Voilà le jour. Si on déjeunait ? Refais ton feu.

— Ah oui, vous avez un fusil. On va pouvoir manger autre chose que des fraises.

— Depuis combien de temps t'es sur l'île, Jim ?

— Depuis que vous avez été assassiné.

— Et tu n'as mangé que des fraises ?

— Rien d'autre.

— Tu dois mourir de faim ?

— Il me semble que je pourrais manger un cheval... Et vous, depuis combien de temps que vous êtes sur l'île ?

— Depuis qu'on m'a assassiné.

— Pas possible ! Et de quoi vous avez vécu ? Ah, mais c'est vrai que vous avez un fusil ! Dans ce cas, allez nous tuer quelque chose ; moi, je vais faire du feu.

Nous sommes allés au canoë ; et, pendant que Jim préparait le feu, j'ai pris de la farine, du lard maigre, la cafetière, le café, une poêle à frire, du sucre et des gobelets en fer blanc. Le nègre en était ébahi. Il était persuadé que c'était de la magie. J'ai trouvé un poisson-chat accroché à ma ligne ; Jim l'a vidé, et on l'a fait frire.

Quand le déjeuner a été prêt, on s'est allongés sur l'herbe, et on a mangé ce qu'on avait préparé, bien chaud. Jim a dévoré ; il était quasi mort de faim. Quand on a eu le ventre plein, on s'est couchés, et on a causé.

— Mais qui c'est qu'a été tué dans cette cabane, Huck, si c'est pas vous ?

Je lui ai raconté toute l'histoire, et il a dit que j'avais été malin. D'après lui, Tom Sawyer n'aurait pas trouvé mieux.

Je lui ai demandé :

— Comment ça se fait que t'es ici ? Comment t'es venu ?

Il a paru gêné, et il s'est tu un bon moment.

— Peut-être que je ferais mieux de rien dire.

— Pourquoi, Jim ?

— Y a des raisons. Mais vous me dénoncerez pas, Huck, si je vous dis ce qu'il y a ?

— Parole !

— Je vous crois, Huck. Je me suis enfui.

— Jim !

— Vous avez promis de pas me dénoncer, Huck ; vous l'avez promis, hein ?

— Je l'ai dit, et je le répète. Ma parole ! les gens diront que je suis un salaud d'abolitionniste [4], mais tant pis. Je ne dirai rien. D'ailleurs, j'ai pas l'intention de retourner là-bas. Allez, raconte.

— Voilà comment ça s'est fait. La vieille Miss Watson, elle était toujours à me chercher noise. Elle avait bien dit qu'elle me vendrait pas à La Nouvelle-Orléans [5], mais j'ai remarqué que, depuis quelque temps, il y avait dans la région un marchand d'esclaves qui se démenait beaucoup. Ça m'a fait réfléchir. Là-dessus, un soir, tard, en passant près de la porte de la salle, qu'était pas bien fermée, j'entends la vieille dire à la veuve qu'elle avait l'occasion de me vendre huit cents dollars, et qu'elle était très tentée de le faire. J'ai pas eu besoin d'en entendre plus. Je me suis cavalé, je vous dis que ça.

« Je cours au fleuve dans l'espoir de trouver une barque et de l'emprunter ; mais il y avait tout le temps des gens qui passaient. Et le matin, voilà votre pa qu'arrive et qui raconte qu'on vous a assassiné. Les gens l'ont suivi en bateau pour aller voir dans l'île l'endroit où le meurtre avait eu lieu. Moi, caché dans les roseaux, j'avais bien de la peine, à cause de vous ; mais j'en ai plus, maintenant.

« Quand la nuit est venue, j'ai marché le long du fleuve jusqu'à ce qu'il n'y ait plus de maisons. Qu'est-ce que j'allais faire ? Je me suis dit, si je me sauve à pied, ils mettront les chiens après moi, et je vais me faire prendre. A ce moment-là, j'ai aperçu une lumière sur le fleuve. je me suis jeté à l'eau, j'ai traversé à la nage la moitié de la largeur, jusqu'au radeau où il y avait de la lumière, et je me suis accroché à l'arrière. Comme la nuit était noire, je suis monté sur le radeau et je me suis étendu sur les planches. L'eau montait, le courant devenait plus fort ; je me suis dit qu'au matin, je serais à plus de vingt miles en aval : à ce moment-là, je me remettrais à nager et je me cacherais dans les bois, sur la rive de l'Illinois [6].

« Mais j'ai pas eu de chance. Un des hommes a pris la lanterne et il est venu à l'arrière. J'ai été obligé de me laisser glisser dans l'eau et de me diriger à la nage vers l'île. Enfin j'ai abordé et me voilà ici.

— Mais tu n'avais pas mangé pendant tout ce temps-là, mon pauvre Jim. As-tu entendu le canon ?

— Bien sûr. Je savais qu'ils étaient après vous.

Des petits oiseaux tout jeunes, qui volent un instant, puis se posent, arrivent près de nous. Jim dit que c'est signe qu'il va pleuvoir. C'est le même signe, dit-il, quand des poussins viennent comme ça. Je voulais en attraper, mais Jim m'empêche de le faire. Il dit aussi que ce serait une cause de mort. Quand son père était malade, quelqu'un avait attrapé un petit oiseau et sa vieille grand-mère avait dit qu'il mourrait — et il était mort.

Et Jim dit qu'il ne faut pas compter les choses qu'on fait cuire pour manger. C'est « mauvais signe ». Même chose, si vous secouez la nappe après le coucher du soleil. Et il dit que si un homme a un rucher, et que cet homme meurt, il faut aller le dire aux abeilles avant le lever du soleil, le lendemain, autrement les abeilles ne veulent pas travailler et crèvent.

J'avais entendu parler de quelques-uns de ces mauvais signes mais pas de tous. Jim, il les connaissait tous. Je lui demande s'il n'y avait pas de « bons signes ».

— Pas beaucoup, et ils ne servent à rien. On n'a pas besoin de signes, quand on est en veine. Pourtant il dit :

— Si on a les bras et la poitrine velus, c'est signe qu'on deviendra riche.

— Est-ce que tu as les bras et la poitrine velus, Jim ?

— Pourquoi que vous me demandez ça ? vous le voyez pas ?

— Si. Mais es-tu riche ?

— Non. Mais je l'ai été et je le redeviendrai. Une fois j'ai eu quatorze dollars. Mais j'ai spéculé et j'ai tout perdu.

— Comment que t'as spéculé, Jim ?

— Je me suis risqué à acheter du bétail. Oui, une vache que j'ai payée dix dollars. Mais elle est morte, et je ne mettrai plus d'argent dans du bétail.

— Alors tu as perdu les dix dollars.

— Non, pas tout, parce que j'ai vendu la peau et la graisse un dollar et dix cents.

— Alors il te restait cinq dollars et dix cents. Est-ce que tu as encore spéculé ?

— Oui. Vous avez connu ce nègre qui n'avait qu'une jambe ? Eh bien, il a monté une banque, et il a dit que ceux qui mettraient un dollar en auraient quatre à la fin de l'année. Il y a des nègres qui ont répondu à son appel ; mais ils n'avaient pas grand-chose. Moi, j'avais cinq dollars. Et le nègre me dit que, si je les mettais, il me donnerait trente-cinq dollars à la fin de l'année.

« Je l'ai fait. Et je me suis dit que j'allais placer ces trente-cinq dollars tout de suite, pour ne pas perdre une chance. Il y avait un nègre, Bob, qui avait acheté un lot de bois, sans que son maître le sache. Je lui achète, et je lui dis que je lui achète, et je lui dis que je lui donnerai les trente-cinq dollars à la fin de l'année. Mais le lot de bois a été volé cette nuit-là, et le lendemain la banque du nègre qui n'avait qu'une jambe a fait faillite. Ça fait que personne n'a rien eu.

— Mais tu avais encore dix cents, Jim ?

— Oui, et j'allais les dépenser lorsque j'ai eu un rêve. Et ce rêve m'a dit de les donner à un nègre qui s'appelait Balam [7] (vous savez, on l'appelait : l'âne de Balam). Il avait de la chance et moi j'en avais pas. Le rêve m'a dit que Balam placerait les dix cents pour moi et qu'ils me rapporteraient quelque chose. Donc Balam prend l'argent, et, à l'église, il entend le ministre qui dit que ceux qui donnent aux pauvres prêtent au Seigneur, et qu'ils reçoivent cent pour un. Alors Balam, il a donné les dix cents aux pauvres ; mais il n'a rien reçu...

— Mais ça ne fait rien, Jim, puisque tu seras riche un jour ou l'autre.

— Bien sûr. Tenez, à tout prendre, je suis riche maintenant. Je suis possesseur de moi-même, et je vaux huit cents dollars. Je voudrais bien avoir l'argent ; j'en demande pas plus.

IX

Je voulais retrouver un endroit que j'avais découvert en explorant l'île. Ce fut assez vite fait car elle était tout en longueur, pas large et pas bien grande.

C'était un monticule assez élevé et assez raide. On a eu du mal à y grimper. Une fois là-haut, on va à droite et à gauche, et au bout de quelque temps, on trouve dans le roc une caverne grande comme trois pièces mises bout à bout, et dont l'ouverture est tournée du côté de l'Illinois. La caverne était assez vaste pour que Jim puisse s'y tenir debout, et il y faisait frais. Jim voulait qu'on apporte là toutes nos affaires. Il dit que si le canoë était dissimulé dans une bonne place, et toutes nos affaires dans la caverne, on pourrait se cacher dans la caverne, pour le cas où quelqu'un viendrait dans l'île, et sans chiens personne pourrait nous y trouver. Et de plus il allait pleuvoir.

On hisse donc notre bazar là-haut. On cache le canoë dans un bon endroit, tout près, au milieu de saules. Il y a avait des poissons pris à nos lignes qu'on retend ; et on se prépare à faire à manger.

On fait un feu dans la caverne ; on étend des couvertures par terre et on dîne. Et voilà que le ciel devient sombre et qu'il se met à tonner et à faire des éclairs. Donc, les petits oiseaux qui avaient annoncé la pluie avaient raison. La pluie tombe fort et le vent souffle comme je ne l'avais jamais vu. C'était un de ces gros orages d'été. Il faisait sombre ; dehors tout était noir et magnifique. La pluie tombait si dru que les arbres avaient l'air d'être recouverts par des toiles d'araignée. Il venait une rafale qui courbait les arbres et tournait les feuilles du côté blanc ; et puis un coup de vent encore plus fort qui secouait les branches comme des fous qui agitent leurs bras ; et c'était à ce moment-là que l'air était le plus noir et le plus beau... Pfst ! Tout redevient clair, et là-bas, dans l'orage qui file, on voit le sommet des arbres qui plongent. Tout d'un coup, il se met à faire noir, et le tonnerre éclate avec un terrible fracas, et on l'entend qui gronde et roule, comme s'il dégringolait de l'autre côté du monde, tout pareil à des tonneaux vides, là où il y a beaucoup d'escaliers et qu'ils rebondissent, que ça n'en finit plus.

— Jim, c'est beau à voir. Je voudrais pas être ailleurs qu'ici. Passe-moi un autre morceau de poisson et du pain de maïs chaud.

— Eh bien, c'est grâce à moi que vous êtes ici. Sans Jim vous seriez dans les bois, sans dîner, et comme qui dirait submergé. Les petits oiseaux, ils savent bien quand la pluie va venir.

Le fleuve a monté et monté, pendant plus de dix jours, et l'eau a passé par-dessus les rives. Il y avait trois à quatre pieds d'eau dans l'île, aux endroits les plus bas. La rive de l'Illinois était submergée et le fleuve avait plusieurs miles de large. Mais, du côté du Missouri, il y avait les falaises et la rive n'avait pas changé.

Pendant le jour, on montait dans le canoë et on pagayait dans l'île inondée. On était à l'ombre et il faisait frais, même aux heures de plein soleil. On serpentait entre les troncs d'arbres, et quelquefois les lianes étaient si serrées qu'il fallait rebrousser chemin et passer ailleurs. Et sur tous les arbres tombés on voyait des lapins, des serpents et d'autres bêtes. Au bout de quelques jours de crue, les bêtes n'étaient plus sauvages. Elles avaient faim, et on pouvait les toucher au passage. Mais pas les serpents ni les tortues qui se sauvaient dans l'eau. La crête où était notre caverne était couverte de bêtes. On aurait pu les apprivoiser, si on avait voulu.

Un soir, on a attrapé une moitié de radeau qui passait — neuf planches de pin clouées sur des solives. Pendant la journée, il passait beaucoup de pièces de bois sciées, mais on ne cherchait pas à les attraper parce que nous ne voulions pas être vus.

Une nuit, juste avant l'aube, j'étais à la pointe de l'île, quand je vois arriver une maison entière, pas démolie, une maison de bois qui flottait. Elle avait un étage. On prend le canoë, on s'amarre à une fenêtre du premier, du côté où la maison penchait. Quand le jour vient, on regarde par la fenêtre. Il y avait un lit, une table, deux vieilles chaises et des tas de choses sur le plancher. Dans un coin quelque chose qui ressemblait à un homme. Jim crie :

— Hé ! ho ! vous là-bas !

Il ne bouge pas. Je le hèle à mon tour. Alors Jim dit :

— C'est pas qu'y dort : il est mort. Attends ici ; je vas aller voir.

Il entre par la fenêtre, se courbe et va voir. Il dit :

— C'est un mort, et tout nu encore. On lui a tiré une balle dans le dos. Je pense qu'il y a deux ou trois jours qu'il est mort. Entrez Huck, mais ne regardez pas. Il est trop affreux.

Je ne regarde pas. Jim jette sur lui un vieux rideau. Il y avait des cartes graisseuses répandues sur le plancher, des bouteilles vides, et un ou deux masques en étoffe noire. Il y avait aussi deux vieilles robes de calicot, une coiffe et du linge de femme suspendus aux murs, et des habits d'homme aussi. Je porte tout ça dans le canoë. Ça pourrait servir. Il y avait un chapeau de paille de jeune garçon. Je le prends avec le reste. Il y avait une commode délabrée, et une vieille malle aux gonds brisés. Mais rien d'intéressant dedans ! On a pensé que les gens étaient partis en hâte et n'avaient pas eu le temps de rassembler leurs affaires.

On a trouvé une vieille lanterne, un couteau de boucher sans manche, un couteau à cran d'arrêt tout neuf, des chandelles de suif, un chandelier de fer, une gourde, un gobelet de fer blanc, une vieille courte-pointe de lit, un réticule avec des aiguilles, des épingles, des boutons, du fil et un petit morceau de cire, une hachette et des clous, une ligne à pêche grosse comme mon doigt, avec des hameçons énormes après, une peau de chamois, un collier de chien, un fer à cheval, et des fioles de pharmacie sans étiquettes ; et, comme nous allions partir, je trouve une étrille encore bonne, et Jim trouve un vieil archet et une jambe de bois. Seulement elle était trop longue pour moi et trop courte pour Jim. On a eu beau chercher, on n'a pas pu trouver l'autre.

En somme, on avait une bonne prise. Quand on a été prêts, on a glissé avec le courant à un demi mile au-dessous de l'île et il faisait plein jour. J'ai fait coucher Jim au fond du canoë et je lui ai mis la courtepointe dessus, parce qu'on aurait pu voir de loin que c'était un Noir. C'est moi qui ai pagayé pour revenir. Le courant m'a fait dériver mais j'ai pu arriver à l'eau calme le long de la rive. On n'a vu personne. On est rentré sans dommage.

X

Après déjeuner, j'aurais voulu parler du mort et chercher à deviner comment les choses s'étaient passées. Mais Jim n'en avait pas envie ; il a dit que ça portait malheur, et aussi que le fantôme pourrait venir nous hanter. Un mort qui n'est pas enterré revient plus facilement que ceux qu'on a installés avec tout le confort dans leur tombeau. C'était juste, et j'ai pas insisté. Mais je ne pouvais pas m'empêcher de ruminer et de me demander qui avait bien pu tirer sur cet homme, et pourquoi.

On a fouillé dans les vêtements qu'on avait rapportés, et on a trouvé huit dollars en pièces d'argent, cousus dans la doublure d'un vieux pardessus. D'après Jim, les gens de la maison avaient dû voler ce pardessus et ils ne devaient pas savoir que les huit dollars s'y trouvaient cachés, sans quoi ils ne les y auraient pas laissés. Je lui ai répondu que ces gens avaient aussi tué l'homme. Mais ça, Jim ne voulait pas en entendre parler.

— Maintenant, tu me dis que ça porte malheur. Mais qu'est-ce que t'as dit, hier, quand j'ai apporté cette peau de serpent que j'avais trouvée au haut de la colline ? T'as dit que ça portait malheur de toucher une peau de serpent. Si ça nous a porté malheur, je vois pas en quoi : on vient de rafler tout ce fourniment, et huit dollars par-dessus le marché. De la malchance comme ça, j'en veux bien tous les jours.

— Vous en faites pas, mon petit. Faites pas trop le mariole. Elle vient, la malchance, elle s'amène ; craignez rien.

Et elle est venue ! C'était un mardi qu'on causait comme ça. Eh bien, le vendredi après dîner, on s'était couchés sur l'herbe, au bout de la crête, quand on s'est aperçu qu'on avait plus un brin de tabac. Je m'en vais en chercher dans la caverne, et je trouve un serpent à sonnettes. Je le tue, et je le dispose en rond, à un bout de la couverture de Jim, histoire de rigoler. Le soir, j'avais oublié le serpent ; et quand Jim s'est couché sur sa couverture, la femelle du serpent était là, et elle l'a mordu.

Jim a bondi en hurlant. On a approché la lumière, et on a vu la sale bête en rond, toute prête à s'élancer de nouveau. Je l'ai assommée d'un coup de gourdin ; Jim s'est précipité sur le flacon de whisky pour s'en verser une lampée dans le gosier. Il était pieds nus, et le serpent l'avait mordu au talon. Et tout ça à cause de moi : j'avais été assez stupide pour oublier que si on laisse un serpent mort quelque part, son compagnon vient toujours s'enrouler sur son cadavre.

Jim m'a dit de couper la tête du serpent et de la jeter, d'écorcher la bête et d'en faire rôtir un morceau. Il paraît que c'est le meilleur moyen de se guérir. Il m'a dit aussi d'enrouler le bout de la queue, là où il y a les sonnettes, autour de son poignet. Après ça, je me suis faufilé au-dehors, et j'ai jeté les deux serpents dans les buissons. Je ne tenais pas à ce que Jim découvre que c'était de ma faute. A quoi ça aurait servi ?

Jim en a profité pour se verser du whisky, tant et plus. A certains moments, il perdait un peu le nord, et gesticulait en hurlant ; mais chaque fois qu'il revenait à lui, il revenait en même temps au whisky. Son pied a enflé, puis ça été le tour de sa jambe. Mais bientôt, la boisson a fait son effet et Jim a été complètement ivre. A mon avis, ça valait mieux.

Il est resté couché quatre jours et quatre nuits. Puis sa jambe s'est mise à désenfler, et il a pu marcher. Je me suis promis que plus jamais je ne toucherais à une peau

de serpent ; j'avais vu ce qui en résultait. « Tu me
croiras, peut-être, maintenant, me répétait-il, la prochaine fois que je te dirai que ça porte malheur de
toucher à une peau de serpent ! » Et il ajoutait que nous
n'avions pas encore vu le bout de notre malchance, et
qu'il aimerait mieux voir la nouvelle lune par-dessus son
épaule gauche que de prendre une peau de serpent dans
ses mains. Je commençais à être de son avis, bien que
j'aie toujours pensé qu'on ne pouvait rien faire de plus
téméraire que de regarder la nouvelle lune par-dessus
son épaule gauche. Le vieux Hunk Bunker l'avait fait,
une fois dans sa vie et s'en était vanté. Et, moins de deux
ans après, un jour qu'il était saoul, il était tombé d'une
tour et s'était écrabouillé sur le sol. En fait de cercueil,
on l'a glissé entre deux portes de grange, et on l'a
enterré comme ça. Je ne l'ai pas vu, mais le paternel me
l'a raconté. En tout cas, c'était parce qu'il avait regardé
la lune comme il ne faut pas, bêtement.

Les jours ont passé, et le fleuve est rentré dans son lit.
La première chose qu'on a faite, ç'a été d'amorcer un
des gros hameçons, sur la grosse ligne, avec un lapin
écorché ; et on a pris un poisson-chat gros comme un
homme [1]. On ne pouvait pas le tenir : il nous aurait jetés
à l'eau. On a attendu pour y toucher qu'il se soit bien
noyé à force de tirer sur la ligne. Dans son estomac,
nous avons trouvé un bouton de cuivre, une balle de
cuir et d'autres bricoles. C'était peut-être le plus beau
poisson qu'on ait jamais pris dans le Mississipi. Jim a dit
qu'il n'en avait jamais vu de pareil. A la ville, on l'aurait
vendu cher. Ça se débite en morceaux que les gens
achètent à la livre, au marché ; la chair est blanche
comme neige, et très bonne une fois frite.

Le lendemain, j'ai commencé à trouver le temps long.
J'avais envie de faire quelque chose qui me secoue un
peu, par exemple de traverser le fleuve et de voir ce qui
se passait. Jim dit que c'était pas une mauvaise idée,
mais qu'il fallait y aller le soir, tard, et avoir l'œil. Je
réfléchis et je lui dis : si je mettais ces habits qu'on a
trouvés, et que je m'habille en fille ? C'était une bonne
idée. Nous avons raccourci une des robes de calicot et

j'ai retroussé les jambes de mon pantalon jusqu'aux genoux. Jim m'a attaché la robe avec des épingles. Ça allait bien. J'ai mis la coiffe qu'on avait trouvée — et je me la suis attachée sous le menton. On aurait dit, à me regarder, qu'on regardait un coude de tuyau de poêle. Toute la journée, je me suis exercé à prendre l'allure qu'il fallait. Jim disait que ça n'irait pas trop mal, si je ne relevais pas ma robe pour prendre des choses dans les poches de mon pantalon. Je lui ai promis de faire attention.

La nuit venue, je remonte le fleuve en longeant la rive du côté de l'Illinois.

Arrivé un peu en dessous de l'embarcadère, je mets le cap sur l'autre rive et le courant me fait dériver au-delà des dernières maisons du village. J'amarre et je pars le long de la rive. Je vois une lumière dans une cabane toute délabrée, et je me demande qui peut bien habiter là. Je m'approche et je glisse un coup d'œil par la fenêtre. Il y avait là une femme d'une quarantaine d'années qui tricotait, avec une chandelle sur une table de bois blanc. Elle n'était pas du coin, car je connaissais tout le monde. C'était une sacrée veine parce que je commençais à faiblir ; j'étais pas tranquille, je craignais que ma voix ne me trahisse. Pourtant, si cette femme était là depuis deux ou trois jours, elle pourrait me dire ce que je voulais savoir étant donné que le bourg était pas bien grand. Donc, je frappe à la porte, sans oublier qu'il fallait que je me tienne comme une fille.

XI

— Entrez ! dit la femme.

J'entre.

— Asseyez-vous !

Je m'assieds. Elle me regarde de haut en bas avec de petits yeux perçants, et elle me dit :

— Comment que vous vous appelez ?

— Sarah Williams.

— Où que vous habitez ? Quelque part par ici ?

— Non. A Hookerville, sept miles plus bas. J'ai fait
le chemin à pied et je suis fatiguée.

— Vous avez peut-être faim aussi ; je vas vous
trouver quelque chose.

— Non, je n'ai plus faim. Je me suis arrêtée à une
ferme, à deux miles d'ici, où on m'a donné à manger.
C'est ce qui fait que j'arrive si tard. Ma mère est
malade, au lit, sans argent ni rien, et je viens le dire à
mon oncle Abner Moore. Il vit au haut du bourg.
Moi, je suis jamais venue ici. Le connaissez-vous ?

— Non, mais je ne connais pas encore tout le
monde. Il n'y a que deux semaines que je suis ici.
L'autre bout de la ville est loin. Vous feriez mieux de
rester la nuit ici. Enlevez votre coiffe.

— Non. Je me repose un instant, et je vais repartir.
J'ai pas peur dans le noir.

Elle me dit qu'elle ne veut pas me laisser partir
toute seule, que son mari va rentrer et qu'il m'ac-
compagnera. Elle parle de son mari, de ses parents en
amont et de ses parents en aval, et qu'ils étaient dans
une meilleure situation avant, et qu'ils avaient peut-
être eu tort de venir par ici, et patati et patata, si bien
que je me dis qu'elle ne m'apprendrait rien de ce que
je voulais savoir. Mais la voilà qui se met à me parler
de l'assassinat de Huck Finn, et du père de Huck, et
de Tom Sawyer qui avait trouvé dix mille dollars. Je
l'écoute de toutes mes oreilles.

— Qui est-ce qui a fait le coup ? On a su la chose
chez nous, à Hookerville ; mais on ne sait pas qui a
tué Huck Finn.

— Il y a pas mal de gens par ici qui voudraient bien
savoir qui a fait ça. Il y en a qui pensent que c'est le
vieux Finn.

— Vraiment ?

— Presque tout le monde le croyait d'abord. Il ne
saura jamais comme il a été près d'être lynché. Mais le
soir, ils ont changé d'idée et se sont mis à croire que
c'était Jim, le nègre marron.

— Pourquoi Jim ?

Je m'arrête et je me dis que je ferais mieux de

l'écouter. Elle ne s'était pas aperçue que j'avais dit quelque chose.

— Le nègre s'est sauvé le soir même où Huck Finn a été tué. Il y avait une récompense dc deux cents dollars pour amener le nègre, et une récompense de trois cents dollars pour amener le vieux Finn. Voilà le vieux Finn qu'arrive à la ville le matin après l'assassinat et qui annonce la chose aux gens et qui monte avec eux sur le bac pour aller chercher le corps. Après il s'en va et on ne le revoit plus. On aurait voulu le lyncher, mais il était parti. Le lendemain on découvre que le nègre s'était sauvé ; on ne l'avait pas vu depuis dix heures, la nuit où l'assassinat avait eu lieu. On met l'accusation sur lui ; et pendant qu'on en parle, voilà le vieux Finn qui revient et qui va faire du potin chez le juge Thatcher, pour avoir de l'argent pour se mettre à la recherche du nègre dans tout l'Illinois. Le juge lui donne un peu d'argent. Il se saoule ; on le voit après minuit avec un couple de gens de mauvaise mine ; et il s'en va avec eux. Il n'est pas revenu depuis. Alors on repense maintenant que c'est lui qui a tué le gamin, et que comme ça, il pourra dans quelque temps demander au juge Thatcher l'argent que lui avait donné Huck, sans avoir besoin de faire un procès. Oh ! c'est un malin. S'il revient dans un an, on ne pourra rien prouver contre lui ; on aura pas mal oublié la chose, et il pourra se faire donner l'argent.

— Oui, ça se pourrait bien. Les gens ont-ils cessé de penser que c'était le nègre qui avait fait le coup ?

— Oh ! non. C'est encore l'idée de beaucoup. Mais ils vont pas tarder à mettre la main sur le nègre, et on lui fera tout dire.

— Est-ce qu'on le poursuit ?

— Pauvre innocente ! Vous croyez que les gens ont comme ça tous les jours trois cents dollars à ramasser. Il y en a qui pensent que le nègre est pas loin. Moi, je suis de ceux-là. L'autre jour, je parlais avec deux vieilles gens qu'habitent là à côté ; ils disent qu'il y a une île en face : l'île Jackson où personne ne va jamais. J'étais à peu près sûre d'avoir vu de la fumée dans l'île, un jour ou deux avant. Je me dis qu'il y avait des chances que le nègre se cache là ; en tout cas, ça valait la peine d'aller y voir. Je n'ai pas revu de fumée depuis l'autre jour ; mais mon mari va tout de même y aller — lui et un copain. Il travaillait en amont, mais il est revenu, et je lui ai dit la chose, il y a deux heures.

J'étais si troublé que je ne pouvais plus tenir en place. Il fallait que j'occupe mes mains à quelque chose. Je prends une aiguille sur la table et j'essaie de l'enfiler. Mes mains tremblaient, je n'y arrivais pas. La femme s'est arrêtée de parler ; j'ai levé la tête : elle me regardait d'un air curieux. Elle a souri. J'ai reposé l'aiguille et le fil, faisant semblant d'être très intéressé par ses paroles, et j'ai dit :

— Trois cents dollars, ça fait beaucoup d'argent. Je voudrais bien que ma maman puisse gagner cette somme. Est-ce que votre mari va là-bas, ce soir ?

— Oui. Il est parti à la ville avec le copain que je vous disais, pour voir s'ils ne pourraient pas avoir un bateau et deux fusils. Ils ont l'intention de partir vers minuit.

— Ils verraient plus clair s'ils attendaient demain matin.

— Oui, mais le nègre verrait mieux, lui aussi. Après minuit, il y a des chances pour qu'il soit endormi, et ils pourront se glisser dans le bois et trouver un feu de camp plus facilement, s'il fait noir.

— C'est juste. Je n'y avais pas pensé.

La femme me regardait toujours d'un œil curieux, et je me sentais dans mes petits souliers. Elle a repris :

— Vous m'avez dit votre nom. Comment c'est, déjà ?

— M... Mary Williams.

J'avais comme une idée que je n'avais pas dit Mary, la première fois, et je n'osais pas regarder la femme. Je me sentais au pied du mur, et ça se voyait. J'attendais qu'elle parle : ça m'aurait ôté un poids de la poitrine. Au bout d'un moment, elle a dit :

— Ma petite, quand tu es entrée, tu m'as dit que ton nom, c'était Sarah.

— Ah oui, Sarah Mary Williams. On m'appelle des fois Sarah, des fois Mary.

— Oui, je vois.

Je me sentais mieux, mais j'aurais bien voulu être dehors. Je ne pouvais toujours pas regarder la femme. Elle s'est mise à parler de la dureté des temps et comme ils étaient pauvres, et comme les rats couraient partout, et ainsi de suite. Je ne me sentais pas à l'aise. Ce qu'elle disait des rats était vrai. On en voyait un, de temps en temps qui passait le bout de son nez par un trou. Elle me dit qu'il fallait qu'elle ait toujours quelque chose sous la main pour leur jeter dessus quand elle était seule. Elle me montre une barre de plomb, qu'elle avait tordue en boule, et elle me dit qu'elle leur lançait ça ; ça tombait assez juste généralement. Mais elle s'était foulé le poignet deux jours auparavant et elle ne savait pas si elle pourrait toujours lancer le plomb aussi juste. Elle était sur le qui-vive, et la voilà qui lance son plomb sur un rat ; mais elle le manque, et « ouille », elle s'était fait mal au bras. Alors, elle me dit de taper sur le premier qui se montrerait. Moi, je ne pensais qu'à m'en aller avant le retour du mari ; mais je ne laissais rien voir. Je prends le plomb, et, le premier rat qui tend le nez, je le lui jette dessus ; si le rat était resté à cet endroit, il aurait été bien malade. La femme me dit que c'était du bon travail, et que la prochaine fois je ferais encore mieux. Elle va ramasser le plomb et, en même temps, elle rapporte un écheveau de laine et me demande de l'aider à le mettre en pelote. Je lève mes deux mains, elle met l'écheveau dessus, et tout en faisant sa pelote, elle parle d'un tas de choses sur elle et son mari. Elle s'interrompt :

— Surveille les rats. Tu ferais bien de tenir le plomb sur tes genoux, à portée de main.

Elle pose le plomb sur mes genoux et je serre les jambes pour qu'il ne tombe pas. Au bout de quelque temps, elle s'arrête de parler, m'enlève l'écheveau des mains et me regarde droit dans les yeux, mais gentiment, et elle me dit :

— Allons, dis-moi ton vrai nom.

— Mais...

— Ton vrai nom, c'est-y Tom, ou Bob ou Jack ? dis-le, va.

Je pense que j'ai dû trembler comme une feuille, je ne savais plus quoi faire. Je dis :

— Oh ! madame, ne vous moquez pas d'une pauvre fille. Si je vous gêne, je vais m'en aller.

— Non. Reste où tu es. Je veux pas te faire du mal, ni te moucharder. Dis-moi seulement ton secret ; aie confiance, je le garderai, et mieux, je t'aiderai. Et mon vieux aussi, si tu as besoin de lui. Je vois. Tu es un apprenti qui a fichu le camp. C'est pas grave. Tu as été maltraité et tu as décidé de ne plus rester là. Sois tranquille, mon petit, je ne te donnerai pas. Allons, dis-moi tout, sois un bon garçon.

Je lui dis que je voyais bien qu'il n'y avait plus moyen de jouer le jeu et que je ferais aussi bien de tout lui raconter, mais qu'il fallait qu'elle tienne sa promesse. Je lui dis que mon père et ma mère étaient morts et que la loi m'avait lié à un vieux grigou de fermier, à trente miles du fleuve, qui me traitait si mal que je ne pouvais plus le supporter ; il était parti pour un couple de jours et j'avais saisi cette chance ; j'avais volé de vieux habits de sa fille, et j'avais pris la clé des champs ; j'avais mis trois nuits à faire les trente miles ; je voyageais la nuit, le jour je me reposais, caché quelque part ; et le sac de pain et de farine que j'avais emporté avait duré tout ce temps-là, et j'avais manqué de rien. Je dis que je pensais que mon oncle Abner Moore s'occuperait de moi, et que pour cette raison j'étais venu à Goshen [1].

— Goshen ! Mais ici, c'est pas Goshen. C'est Saint Petersburg. Goshen est à dix miles plus haut sur le fleuve. Qui est-ce qui t'a dit que c'était Goshen ?

— Un homme que j'ai rencontré de bonne heure ce matin, juste au moment où j'allais me défiler dans les bois pour dormir. Il m'a dit que là où il y avait un croisement de routes, faudrait que je prenne à droite, et que Goshen était à cinq miles.

— Il devait être saoul. Il t'a dit juste le contraire de ce qu'il fallait.

— Oui, il avait bien l'air d'avoir bu ; mais maintenant ça ne fait rien. Faut que je me mette en route. J'arriverai à Goshen avant le lever du soleil.

— Attends. Je vas te donner un morceau pour manger. Tu pourrais en avoir besoin.

Elle me donne un morceau de pain et me dit :

— Encore un mot, quand une vache se lève de par terre, quel côté de la bête bouge le premier ? Allons réponds sans chercher. Quel côté ?

— Eh bien, le derrière, madame.

— Et un cheval ?

— Eh bien, le devant, madame.

— Du quel côté d'un arbre que la mousse pousse ?

— Du côté du nord.

— S'il y a quinze vaches qui paissent sur le flanc d'une colline, combien qu'il y en a qui sont tournées dans la même direction ?

— Toutes les quinze, madame.

— Allons je pense que c'est vrai que t'es de la campagne. J'avais idée que tu pouvais bien encore essayer de me mettre dedans. Eh bien, dis-moi ton vrai nom, maintenant.

— George Peters, madame.

— Ah oui. Eh bien, essaye de t'en rappeler, George. N'oublie pas, et ne va pas me dire c'est Alexander, avant de t'en aller, ou de me dire que c'est George-Alexander si je te mets le nez dans ton mensonge. Et ne te montre pas à des femmes dans cette robe de calicot. Mais tu pourrais peut-être te faire passer pour une fille avec des hommes... Et puis, mon petit, quand tu enfiles une aiguille, ne tiens pas le fil ferme en approchant l'aiguille ; tiens l'aiguille ferme et approche le fil : c'est comme ça que font les femmes, bien que les hommes font de l'autre manière. Et quand tu lances quelque chose après un rat, mets-toi sur la pointe des pieds, lève le bras au-dessus de ta tête aussi gauchement que tu peux, et vise bien à côté. Lance de l'épaule avec le bras tout raide, comme s'il tournait sur un pivot — comme font les filles ; ne lance pas du poignet et du coude, avec le bras qui vient de derrière — comme font les garçons. Et rappelle-toi : quand une fille reçoit quelque chose sur ses genoux, elle écarte les jambes, elle ne les resserre pas comme tu as fait. Tu sais, j'avais vu que tu n'étais pas une fille quand tu as enfilé l'aiguille ; je t'ai jeté le plomb sur les genoux pour m'assurer que je me trompais. Et maintenant, pars chez ton oncle, Sarah Mary Williams, George-Alexander Peters, et si tu as besoin d'aide, demandes-en à Mrs. Judith Loftus, que c'est moi, et je ferai ce que je pourrai pour toi. Suis la route le long du fleuve, tout le temps, et la prochaine fois que tu partiras sur les grands chemins, prends des souliers et des chaussettes. La route le long du fleuve est caillouteuse, et tes pieds vont être dans un triste état quand tu arriveras à Goshen !

Je remonte la route un petit bout de temps ; puis je reviens sur mes pas et je me glisse là où j'avais amarré le canoë. Je saute dedans et me voilà parti. Je remonte le courant assez haut pour me trouver en face de la pointe de l'île, et puis je traverse. J'enlève la coiffe car ce n'était pas le moment d'avoir des œillères. J'étais à peu près au milieu, quand j'entends sonner l'heure ; je m'arrête pour écouter ; le son venait, faible par-dessus l'eau, mais clair — onze heures. En abordant à la pointe de l'île, j'ai pas pris le temps de souffler, et pourtant j'étais hors d'haleine ; j'ai couru droit à la futaie où j'avais fait mon premier camp et j'ai allumé un grand feu sur un endroit dégagé et bien sec.

Et puis je saute dans le canoë et je pagaye dur pour rejoindre notre endroit un mile et demi plus bas. J'aborde, je traverse le bois, j'escalade la crête, et me voilà dans notre caverne. Jim dormait, couché par terre. Je le réveille et je lui dis :

— Jim, lève-toi et grouille-toi. Pas une minute à perdre. Ils sont après nous !

Jim ne dit rien, ne pose pas de questions ; mais la façon dont il se démène pendant la demi-heure qui suit montre bien qu'il a la frousse. C'est tout ce qu'il nous fallût de temps pour transporter tout notre bazar sur le radeau, et on était prêts à démarrer de la crique aux saules. On avait éteint le feu de la caverne bien soigneusement, et on avait pris bien soin de ne pas allumer de chandelle.

Je monte dans le canoë et je vais à une petite distance du bord, pour inspecter le fleuve ; mais je n'ai pas pu voir s'il y avait un bateau dans les parages, avec les étoiles et les ombres, on n'y voyait pas grand-chose. Alors on décolle, on glisse dans l'ombre, on dépasse le bout de l'île, sans un bruit, sans dire un mot.

XII

Il devait être près d'une heure du matin quand on a enfin laissé l'île derrière nous. Mais le radeau semblait aller bien lentement. Si nous avions vu arriver un bateau, nous serions montés dans le canoë et nous aurions piqué droit vers la rive de l'Illinois. C'est une chance qu'aucun bateau ne se soit montré, car nous n'avions pas pensé à mettre le fusil dans le canoë, ni à prendre une ligne ou des provisions. Nous avions la tête trop brouillée pour penser à tout ça et pour réfléchir qu'il aurait fallu mettre tout notre équipement dans le canoë.

Si les hommes sont allés dans l'île, ils ont dû aller directement au feu de camp que j'avais allumé et attendre toute la nuit le retour de Jim. En tout cas, ils étaient loin de nous, et si mon feu ne les a pas trompés, je n'y suis pour rien. J'ai fait ce que j'ai pu pour brouiller la piste.

A la première lueur du jour, nous avons amarré à une presqu'île de sable, dans une courbe de la rive de l'Illinois, nous avons coupé des branches de peuplier et en avons couvert le radeau.

Côté Missouri, il y avait des collines ; côté Illinois, de la haute futaie. Le courant passait du côté de la rive du Missouri : pas de danger qu'un bateau vienne de notre côté. Nous sommes restés là toute la journée, à regarder de loin les radeaux et les navires à vapeur qui descendaient le long de la rive du Missouri, et les steamers qui remontaient au milieu, en luttant contre la violence du courant. Je raconte à Jim tout ce que la bonne femme m'avait appris, et Jim dit qu'elle était bien fine, et que si c'était elle qui était à nos trousses, elle ne perdrait pas son temps autour d'un feu de camp — non, elle aurait amené un chien. Alors, dis-je, pourquoi n'a-t-elle pas dit à son mari d'emmener un chien ? Jim répondit qu'il était prêt à parier qu'elle y avait pensé avant leur départ, et qu'ils étaient allés chercher un chien, et c'est pour ça qu'ils avaient perdu du temps, et c'est aussi pour cette raison qu'on se trouvait ici à plus de quinze miles en aval du bourg — au lieu d'être là-bas, dans ce village, et pas très à l'aise qu'on y aurait été. Je lui dis que tout ça n'avait pas d'importance, puisqu'après tout on était en sûreté.

Quand la nuit commence à venir, on sort la tête de dessous les branches de peuplier pour inspecter, en amont, en aval et en travers. Rien en vue. Alors Jim prend quelques-unes des planches de dessus du radeau et construit au milieu du radeau une cabane bien commode pour nous protéger du soleil ou de la pluie, et pour garder toutes nos affaires au sec. Jim fait aussi un plancher pour la cabane, à un pied ou deux au-dessus du radeau, pour que les vagues n'atteignent pas les couvertures et les provisions : les steamers faisaient beaucoup de remous. Et on apporte, au milieu de ce plancher, de la terre pour faire un emplacement carré surélevé entouré de planchettes, qui nous servirait à faire du feu, par temps humide ou par temps froid ; la cabane cacherait le feu. On fait aussi une autre rame-gouvernail, pour le cas où l'autre se casse-

rait contre un de ces troncs d'arbres fixés dans la vase
au fond du fleuve. Nous avons préparé un bâton
fourchu pour accrocher la lanterne, parce qu'il faudrait avoir une lumière pour ne pas chavirer ni être
coulé par un steamer descendant le fleuve ; ce n'était
pas nécessaire pour les steamers remontant le fleuve,
sauf aux croisements, parce que les bateaux qui
remontaient ne suivaient pas le courant, ils cher-
chaient près des bords l'eau plus calme.

La seconde nuit, on navigue sept ou huit heures,
avec un courant qui faisait plus de quatre miles à
l'heure. On prend du poisson, on bavarde, on se
baigne de temps en temps pour chasser le sommeil. Il
y avait quelque chose de solennel à glisser sur le grand
fleuve silencieux, couchés sur le dos, en regardant les
étoiles ; et on ne se sentait pas envie de parler fort ou
de rire ; seulement on gloussait un peu de temps en
temps. Il faisait beau et rien ne nous est arrivé, cette
nuit-là, ni celle d'après.

Chaque nuit, on passait devant des villes, quelques-
unes perchées loin sur des collines noires, et on ne
voyait que des lignes de lumière, pas une maison. La
cinquième nuit, on a dépassé Saint Louis [1], et c'était
comme si le monde entier avait été allumé. Les gens
de Saint Petersburg disaient qu'il y avait de trente à
quarante mille habitants à Saint Louis ; mais je ne le
croyais pas avant d'avoir vu ce magnifique déploie-
ment de lumières à deux heures, cette nuit-là. On
n'entendait pas un bruit ; tout le monde dormait.

Tous les soirs, maintenant, j'accostais, vers dix
heures, dans quelque village, pour acheter de la farine,
du bacon ou autre chose pour manger ; et quelquefois
je chipais un poulet qui n'avait pas l'air de dormir à
l'aise dans son poulailler. Le paternel le disait toujours : « Prenez un poulet quand vous en avez l'occasion ; si vous n'en avez pas besoin vous-même, vous
trouverez facilement quelqu'un à qui ça fera plaisir, et
un bienfait n'est jamais perdu. » Je n'ai jamais vu le
cas où le paternel n'avait pas besoin du poulet lui-
même, mais c'est ce qu'il disait.

Le matin, avant l'aube, je me glissais dans les champs et j'empruntais une pastèque, ou un melon, ou un potiron, ou des épis tendres de maïs. Le paternel disait toujours que ce n'est pas mal « d'emprunter » des choses, si on a l'intention de les payer un jour ; mais la veuve disait que c'était un mot hypocrite pour « voler » et qu'il ne fallait pas le faire. Jim disait qu'il pensait que la veuve avait en partie raison et que le paternel avait en partie raison ; le mieux donc, serait de rayer de la liste certaines choses qu'on n'emprunterait pas — et ça ne serait pas mal d'emprunter les autres. On a discuté la chose une nuit, pendant qu'on glissait sur l'eau, essayant de décider si ça serait les pastèques, ou les cantaloups, ou les melons fondants qu'on n'emprunterait pas. Vers le matin on est tombé d'accord sur les pommes amères et les prunes sauvages. On n'avait pas la conscience tranquille avant ; mais à partir de ce moment-là tout a marché comme sur des roulettes. J'étais content que ça se soit si bien arrangé, parce que les pommes amères ne sont jamais bonnes, et que les prunes sauvages ne sont bonnes qu'après la gelée.

On tirait de temps en temps un oiseau d'eau qui se levait trop tôt le matin ou qui se couchait trop tard le soir. A tout prendre, on ne vivait pas mal.

La cinquième nuit, au-dessous de Saint Louis, un gros orage a éclaté après minuit, avec roulements de tonnerre et éclairs, et la pluie tombait en trombes. On s'est abrité dans la cabane, laissant le radeau aller comme il voulait. Quand un éclair illuminait la nuit, on voyait le fleuve à l'avant, entre les hautes falaises des deux rives. A un moment, j'ai dit :

— Hé, Jim, regarde, là-bas !

C'était un steamer qui avait donné sur un écueil. Le courant nous entraînait dans sa direction. On le voyait distinctement, à cause des éclairs. Il penchait sur le côté, tout l'avant du pont hors de l'eau, et on distinguait même un hauban à côté de la grosse cloche, ainsi qu'un drôle de chapeau qui se trouvait là.

C'était la nuit, en plein orage ; et tout ça paraissait bien mystérieux. Aussi, comme n'importe quel garçon à ma place, je me sentais l'envie de visiter cette épave, arrêtée là, sinistre et lamentable, au milieu du fleuve. Je voulais monter à bord et voir un peu ce qu'il y avait dedans. J'ai dit :

— Montons voir, Jim.

Mais Jim n'était pas de cet avis. Il a répondu :

— Qu'est-ce qu'on irait faire sur cette épave ? Les choses ne vont pas trop mal pour nous ; prenons garde que le mieux ne soit l'ennemi du bien. Et puis, rien ne dit qu'il n'y a pas un gardien, sur cette épave.

— Un gardien ? Tu rêves ? Qu'est-ce qu'il garderait ? La cabine du pilote ? Tu t'imagines qu'il y a des gens qui risqueraient leur vie par une nuit pareille, rien que pour garder la cabine du pilote, quand le navire peut s'en aller en pièces détachées d'un moment à l'autre ?

Jim n'a rien trouvé à répondre. J'ai encore dit :

— Sans compter qu'on pourrait peut-être trouver quelque chose d'utile à emprunter dans la cabine du capitaine. Peut-être des cigares à cinq cents pièce. C'est riche un capitaine de navire à vapeur ; ça touche soixante dollars par mois, et ça ne recule pas devant la dépense. Prends une chandelle, Jim ; je peux pas y tenir, faut qu'on aille voir. Tu crois que Tom Sawyer laisserait passer une occasion pareille ? Non, ma parole. Il appellerait ça une aventure, et il aborderait l'épave, même si ça devait lui coûter la vie. Et il ferait ça avec chic ; il se gonflerait, faudrait voir. Tu croirais que c'est Christophe Colomb découvrant l'Autre Monde. Ce que je regrette qu'il soit pas là, Tom !

Jim a un peu grogné mais, finalement, il a cédé. Mais il a posé comme condition que nous parlerions le moins possible, et tout bas. Au même moment, un éclair a jailli. J'ai mis la main sur le palan de bâbord, et je me suis cramponné ferme.

Nous avons grimpé ; puis nous avons avancé, glissant sur le pont en direction tribord avant, tâtant avec les pieds et les mains, car on n'y voyait goutte.

L'écoutille était ouverte et devait conduire à la cabine du capitaine. Et tout à coup, loin, dans le fond, nous avons aperçu une lumière ; en même temps, il nous a semblé entendre des voix !

— J'ai peur à en être malade, m'a murmuré Jim à l'oreille. Faut pas rester ici !

— D'accord.

Je me préparais à reprendre le chemin du radeau quand j'ai entendu une voix qui gémissait :

— Non, les gars, faites pas ça ! Je dirai rien, parole !

— Tu mens, Jim Turner, a répondu une autre voix, assez forte. On te connaît, on sait de quoi t'es capable. Tu trouves toujours moyen d'avoir plus que ta part en faisant du chantage. Mais cette fois-ci, t'auras parlé une fois de trop. T'es bien la plus belle saloperie du pays.

Jim était reparti en direction du radeau. Moi, je grillais de curiosité. Je me suis dit : « Tom Sawyer ne calerait pas, lui. Moi non plus ; je vais voir ce qui se passe ici. » Et me voilà à quatre pattes dans le corridor, rampant dans le noir jusqu'au moment où il n'y a plus eu que l'espace d'une cabine entre le carré des officiers et moi. A ce moment-là, j'ai vu un homme étendu sur le parquet, pieds et poings liés, avec deux types penchés sur lui. L'un avait une lanterne à la main, l'autre un pistolet. L'homme au pistolet visait la tête du type étendu sur le parquet et disait :

— J'en brûle d'envie ; je sais pas ce qui me retient, salaud !

L'homme par terre se recroquevillait :

— Non, non, Bill, répétait-il, fais pas ça ! Jamais je vous donnerai !

Et chaque fois qu'il disait ça, l'homme à la lanterne rigolait :

— Parle toujours, tu m'intéresses ; t'as jamais rien dit de plus vrai. Ecoutez-moi ça ! Et si on n'avait pas pris les devants, c'était lui qui nous faisait notre affaire. Et pourquoi ? Pour rien, simplement parce qu'on défendait nos droits. Pas plus. Mais t'auras plus l'occasion de menacer personne, je te le promets, Jim Turner... Bill, relève ton pistolet !

— Mais non, Jake Packard ! a protesté Bill. J'ai l'intention de le tuer. Est-ce qu'il n'a pas tué le vieux Hatfield, exactement de la même façon ? Il mérite rien de plus.

— Oui, mais moi j'ai mes raisons pour pas être de ton avis.

— Merci, merci, pour ces paroles, Jake Packard ! Je ne l'oublierai jamais, de toute ma vie ! s'est écrié en sanglotant l'homme étendu sur le plancher.

Sans l'écouter, Packard est allé pendre sa lanterne à un clou et, s'avançant dans le noir vers l'endroit où je me trouvais, il a fait signe à Bill de le suivre. J'ai reculé à quatre pattes. Mais le bateau était tellement en pente que je ne pouvais pas aller vite. Alors, pour ne pas être découvert, je me suis glissé dans la cabine à tribord et je me suis blotti dans la couchette du haut. Les hommes sont arrivés en tâtonnant.

— Entrons ici, a dit Packard.

Ils sont entrés. J'étais coincé là, bien embêté. Ils sont restés debout et se sont mis à causer, appuyés à la couchette. Je ne pouvais pas les voir, mais je pouvais dire où ils se trouvaient, à cause de l'odeur du whisky qu'ils avaient bu. J'étais content de n'avoir pas bu, moi ; mais ça n'aurait pas fait une grande différence. Ils ne m'auraient pas senti : j'en avais le souffle coupé. D'ailleurs n'importe qui l'aurait eu, à les entendre parler. Bill tenait à liquider Turner :

— Il a dit qu'il nous dénoncerait, et il le fera. Maintenant, même si on lui donnait nos deux parts, ça ne changerait rien, après ce qui vient de se passer. Aussi sûr que j'existe, il va aller tout droit à la police. Moi, je suis pour qu'on l'empêche de nuire, une fois pour toutes.

— Moi aussi, a répondu Packard tranquillement.

— Parfait, alors. J'avais eu comme l'idée que t'étais d'un autre avis. Eh bien, y a pas à tergiverser. Allons-y !

— Minute. J'ai pas dit ce que j'avais à dire. Écoute un peu. Une balle dans la peau, c'est très bien, mais y a des moyens plus discrets. A quoi ça avancerait d'aller au-devant de la potence, alors qu'on peut avoir ce qu'on veut tout aussi bien et sans risque. Hein ?

— Pour sûr. Mais comment que tu veux arranger ça ?

— Voici l'idée : on va tous les deux bien explorer le bateau et s'assurer qu'on n'a rien négligé ; puis on prend le chemin du rivage et on cache notre prise. Il n'y aura plus qu'à attendre. Faudra pas deux heures pour que l'épave se brise et que tout tombe au fond de l'eau. Alors, lui il sera noyé, et ça sera pas de notre faute ? Ça vaut bien mieux que de le tuer, tu penses pas ? Je suis pas pour tuer, quand on peut faire autrement. C'est pas raisonnable et c'est pas moral ! Tu crois pas que j'ai raison ?

— Oui, je crois que tu as raison. Mais si le navire ne se brise pas, et s'il se remet à flotter ?

— Eh bien, on peut toujours attendre une ou deux heures et voir ce qui va se passer.

— D'accord. Viens.

Ils sortent. Moi, je descends de la couchette, tout couvert de sueur froide, et je remonte vers le pont. Il faisait un noir de poix. Je dis tout bas : Jim ! et il répond, tout à côté de moi, par une sorte de gémissement.

— Vite, Jim. Pas de temps à perdre à gémir. Il y a ici une bande d'assassins. Si nous ne prenons pas leur canot pour le lancer sur le fleuve à la dérive, de façon qu'ils ne puissent pas quitter l'épave, il y en a un qui va passer un mauvais quart d'heure. Mais si nous les privons de leur canot, ils seront tous dans de mauvais draps, car le shériff va leur mettre la main dessus. Allons vite. Je vais explorer à bâbord, toi à tribord. Toi, tu pars du radeau, et moi...

— Seigneur, il n'y en a plus de radeau. Il est parti, disparu ! Et nous voilà ici !

XIII

J'en ai eu le souffle coupé, et j'ai failli tomber dans les pommes. Me faire prendre sur cette épave avec

une bande d'assassins ! Mais c'était pas le moment de
s'attendrir. Il fallait trouver le canot et nous en servir.
Tremblants, frissonnants, nous nous sommes dirigés
vers l'arrière ; j'ai eu l'impression que le trajet durait
une semaine. Pas de canot. Jim a protesté qu'il pouvait pas aller plus loin, que la frousse lui ôtait tous ses
moyens. Mais moi j'étais d'avis qu'il fallait sortir de là
coûte que coûte ; pas question de rester coincés sur
cette épave. Nous sommes repartis, nous avons tourné
autour du gaillard d'arrière, grimpé sur l'écoutille en
nous suspendant par les mains, car l'écoutille était à
moitié dans l'eau. Le canot était là. Dans le noir,
c'était tout juste si je pouvais l'apercevoir. J'étais
plutôt soulagé ! J'allais monter dedans quand un
homme passe la tête par l'écoutille ouverte, à deux pas
de moi. Je me suis cru perdu. Mais, aussitôt, il a
rentré la tête en disant :

— Eteins cette sacrée lanterne, Bill !

Puis il a jeté un sac plein d'affaires dans le bateau, il
y est monté lui-même, et il s'est assis. C'était Packard.
Bill est arrivé à son tour et l'a rejoint dans le canot.

— Tout est paré, lui murmure Packard. Laisse
allez !

Je me sentais défaillir, quand Bill a répliqué :

— Minute : tu l'as fouillé ?

— Non. Et toi ?

— Moi non plus.

— Alors, il a toujours sa part dans ses poches ?

— Allez, amène-toi, on y retourne. C'est pas la
peine d'emporter les affaires si on laisse l'argent.

— T'as pas peur qu'il se demande ce qu'on lui
veut ?

— Penses-tu ! Et d'ailleurs, cet argent, faut qu'on
le prenne. Allons-y.

Ils quittent le canot et retournent au navire. La
porte a claqué derrière eux. Une seconde après, j'étais
dans le canot et Jim dégringolait à ma suite. Avec mon
couteau, j'ai coupé l'amarre, et en route !

On n'a pas touché aux rames, on n'a pas dit un
mot ; on ne respirait même pas. On s'est laissé

emporter par le courant, sans bruit. On a dépassé le haut du coffre de la roue, puis l'arrière ; en deux minutes, on se trouvait un peu en aval de l'épave qui disparaissait dans l'obscurité. On était sauvés !

Au bout d'un moment, on a vu le petit point lumineux d'une lanterne apparaître sur le gaillard d'arrière, l'espace d'une seconde. Maintenant, les bandits savaient que leur canot avait foutu le camp, et ils étaient dans les mêmes draps que Jim Turner.

Jim a pris les rames, et nous sommes partis à la recherche du radeau. Moi, je réfléchissais à la situation de ces hommes sur l'épave. Ça devait être terrible, même pour des assassins ! J'ai pensé : « Qui me dit que je serais pas un assassin, un jour, moi aussi ? Et j'aimerais pas me trouver dans le même cas. » Alors, j'ai dit à Jim :

— A la première lumière qu'on apercevra, on abordera légèrement plus haut ou plus bas, à un endroit où le bateau et toi serez bien cachés ; et moi j'irai à terre. Je raconterai une histoire, de façon que quelqu'un aille jusqu'à cette épave recueillir ces bandits, et qu'on les pende quand le moment sera venu.

Mais ç'a été impossible, parce que la tempête a repris, et pire qu'avant. La pluie tombait à seaux. Pas une lumière sur le rivage. Tout le monde devait être couché. On a longé la berge, tout en dansant sur les vagues, cherchant à apercevoir une lumière et le radeau. Après un bon bout de temps, la pluie a cessé. Mais les nuages n'ont pas disparu. Le tonnerre grondait dans le lointain. Un éclair nous a permis de voir devant nous une masse noire qui flottait. On approche : c'était le radeau. Ah, ce que j'étais heureux !

Puis, une lumière est apparue sur la rive. J'ai décidé d'y aller. Le canot était rempli d'affaires que la bande avait volées sur le navire. Nous nous sommes hâtés de les transporter sur le radeau. Puis j'ai dit à Jim de laisser flotter au gré du courant. Quand il aurait dérivé environ deux miles, il allumerait une lumière et la garderait allumée jusqu'à mon retour. Sur ce, je prends les rames, je me dirige vers la lumière. En approchant, je vois deux ou trois autres lumières à flanc de colline : c'était un village. Arrivé plus près encore, je vois une lanterne attachée à une perche sur un bac à double quille. J'aborde près du bac, je monte, et je pars à la recherche du garde de nuit : je le trouve à l'avant, la tête entre les genoux. Je le secoue un peu, et je me mets à pleurer. Il a tressailli, un peu effrayé ; mais en me voyant, il s'est étiré, a bâillé, puis il m'a dit :

— Eh, mon gars, qu'est-ce que t'as ? Faut pas pleurer comme ça ! Qu'est-ce qu'il t'arrive ?

— Papa et maman, et petite sœur...

Puis je me suis arrêté.

— Bonté divine, ne te fais pas tant de chagrin. On a tous ses peines. Qu'est-ce qui leur est arrivé ?

— Y sont..., y sont... Est-ce que c'est vous, le garde du bac ?

— Oui. Je suis le capitaine et le propriétaire et le lieutenant et le pilote et le garde et le matelot de pont, et quelquefois la cargaison et les passagers. Je suis pas riche comme le vieux Jim Hornback et je peux pas être aussi généreux que lui pour Dick, Tom et Harry, et jeter l'argent par les fenêtres comme il fait. Mais je lui ai dit bien des fois que je voudrais pas changer avec lui : que ce qu'il me faut à moi, c'est la vie du marin, et je veux bien être pendu si j'accepte de vivre dans un trou perdu, à deux miles de la ville. Je lui ai dit...

— Ils sont dans une bien triste situation et...

— Qui tu veux dire ?

— Eh bien, papa et maman et petite sœur et Miss Hooker et si vous vouliez prendre votre bac et aller où ils sont...

— Aller où ? Où qu'ils peuvent bien être ?

— Sur l'épave.

— Quelle épave ?

— Y en a qu'une.

— Tu veux pas dire le *Walter Scott* [1] ?

— Si.

— Bonté divine, qu'est-ce qu'ils font là ?

— Ben, ils sont pas là pour leur plaisir.

— Je crois bien. Bonté divine ! Y a pas de chance qu'ils s'en tirent s'ils sortent pas de là tout de suite. Cré nom d'une pipe, comment qu'ils se sont fourrés dans ce pétrin ?

— Facile à comprendre. Miss Hooker, elle était en visite dans cette ville...

— Oui. Booth's Landing ; et puis ?

— Elle était en visite à Booth's Landing, et vers le soir elle part avec sa négresse dans le bac aux chevaux, pour aller passer la nuit chez son amie, Miss Chose, j'ai oublié son nom, et voilà qu'ils perdent leur rame-gouvernail et ils flottent à la dérive pendant deux miles, et vlan ! ils s'écrasent sur l'épave, et l'homme du bac et la négresse et les chevaux sont noyés, mais Miss Hooker, elle, s'accroche et monte à bord. Alors, une heure environ après la tombée de la nuit, nous, on arrive dans notre péniche à voiles, et il faisait si noir qu'on n'a pas vu l'épave et qu'on a donné droit dedans. Heureusement tous sont sauvés, excepté Bill Whipple — et, le pauvre, c'était bien le meilleur homme... J'aurais mieux aimé que ça soit moi, je vous assure !

— Nom d'une pipe ! C'est bien triste. Et qu'est-ce que vous avez fait ?

— Eh bien, on a crié et appelé, mais c'est tellement grand là-bas, que personne n'a entendu. Alors papa dit qu'il faut qu'il y en ait un qui aille au rivage pour chercher de l'aide. J'étais seul qui savais nager. Je me lance. Miss Hooker avait dit que je vienne demander de l'aide ici à son oncle. J'aborde à environ deux miles en aval d'ici, et je remonte en direction d'ici, demandant aux gens que je rencontrais de faire quelque chose. Mais ils me disaient : « Par ce temps et avec le courant qu'il y a, c'est de la folie. Va au bac. » Et, Monsieur, si vous, vous voulez bien...

— Parole de marin, je veux bien ; tu peux croire que je me défile pas. Mais qui paiera ? Penses-tu que ton papa...

— Oh, pour ça, monsieur, ça fait pas de difficulté. Miss Hooker, elle a dit qu'on pouvait être sûr que son oncle Hornback...

— Nom d'un pétard, c'est son oncle ? Tiens, petit, tu vois cette lumière là-bas : quand tu seras là, tourne à l'ouest, et à un quart de mile de là tu arriveras à la taverne. Ils t'indiqueront où habite Jim Hornback et tu lui demanderas un papier pour le paiement des frais. Le laisse pas t'embobiner, il voudra que tu lui racontes toute l'histoire. Reviens le plus vite possible. Je vais jusqu'au coin, là, réveiller mon mécanicien.

Je pars dans la direction de la lumière ; mais dès que l'homme a tourné le coin, je me dirige vers mon canot ; j'écope l'eau qui était dedans, et je remonte le long du rivage environ un demi-mile, et je me faufile entre les bateaux chargés de bois ; car je n'étais pas tranquille tant que je n'avais pas vu le bac se mettre en route. A tout prendre, je sentais que j'avais fait mon devoir, comme aurait dit la veuve, pour cette bande, et qu'il n'y en a pas beaucoup qui l'auraient fait. Je me dis que la veuve serait fière de moi pour le service que je rendais à ces chenapans étant donné que les chenapans et les voyous, c'est ce que la veuve et les gens charitables secourent le plus volontiers.

Pas longtemps après, qu'est-ce que je vois ? L'épave, toute noire qui passe en flottant sur le courant. Je me sens froid dans le dos. Je prends mes rames et je mets le cap dans sa direction. Elle avait beaucoup enfoncé et je vois d'un coup d'œil qu'il n'y avait pas beaucoup de chances qu'il y ait des gens vivants à bord. J'approche près et je crie fort — pas de réponse ! Je me suis senti un peu triste pour la bande, mais pas beaucoup ; parce que je me suis dit qu'ils n'avaient que ce qu'ils méritaient !

Arrive le bac. Je m'éloigne de façon à n'être pas vu, mais j'observe ce qu'ils font. Je me dis que le vieux voudra récupérer les restes de Miss Hooker, pour être sûr que son oncle Hornback paiera. Mais je vois qu'ils abandonnent la partie. Alors, à force de rames, je redescends le courant.

Il m'a fallu du temps avant d'apercevoir la lumière de Jim, et quand enfin je l'ai aperçue elle me semblait être à des milliers de miles. Le temps que je la rejoigne, le ciel avait tourné au gris du côté du levant. Jim et moi sommes allés aborder à l'île la plus proche, on a caché le radeau, coulé le canot. Puis on s'est couchés, et on a dormi à poings fermés.

XIV

Une fois réveillés, nous avons examiné les affaires que la bande avait volées dans le navire et nous avons trouvé des souliers, des couvertures, des habits et un tas d'autres choses ; des livres, des jumelles, et trois boîtes de cigares. On n'avait jamais été si riches, ni l'un ni l'autre. Les cigares, c'était le plus chic. Nous sommes restés couchés sur le dos tout l'après-midi dans les bois, à bavarder, moi je lisais les livres, on était formidablement bien. J'ai raconté à Jim ce qui s'était passé sur l'épave, puis au bac, car c'étaient des aventures ! Mais lui, il dit qu'il ne voulait plus d'aventures. Quand j'étais dans le navire et qu'il avait rampé sur le pont pour rejoindre le radeau et qu'il ne l'avait plus trouvé, il était presque tombé mort, parce qu'il estimait qu'il était perdu, de quelque côté que ça tourne : s'il n'était pas sauvé, il se noyait ; et s'il était sauvé, celui qui le sauverait le ramènerait chez Miss Watson pour avoir la récompense, et Miss Watson le vendrait au Sud, pour sûr. C'était fait ; Jim ne manquait pas de bon sens. Il avait une bonne tête, pour un nègre.

En feuilletant un livre d'histoire, je suis tombé sur des rois, des ducs, des comtes et autres gens de cette espèce ; je lus des pages à Jim. Ils étaient vêtus richement, ils vivaient dans la pompe, ils s'appelaient l'un l'autre : « Votre Majesté », « Votre Grâce », « Votre Seigneurie » et ainsi de suite ; et Jim ouvrait de grands yeux ; ça l'intéressait. Il me dit :

— Je savais pas qu'il y en avait tant que ça. Je n'avais jamais entendu parler pour ainsi dire que du vieux roi Salomon, à moins qu'on ne compte ceux qui sont dans les paquets de cartes. Un roi, combien que ça gagne ?

— On peut pas parler de gagner. Ils ont des milliers et des milliers de dollars, tant qu'ils en veulent, puisqu'ils n'ont qu'à les prendre. Tout est à eux.

— Ils en ont de la veine ! Et quoi qu'ils font, Huck ?

— Ils font rien. Tu sais donc pas ? Ils restent assis.

— Pas possible !

— C'est comme ça. Ils restent assis. A moins qu'il y ait une guerre ; alors ils vont à la guerre. Mais le reste du temps, ils flânent, ou ils vont chasser au faucon ; tu sais à cheval avec... Chtt ! T'entends pas un bruit ?

Nous nous glissons hors du bois et regardons. Mais c'était rien que le clapotement, après le passage d'un steamer, là-bas au loin. Nous revenons à notre place.

Je lui explique :

— Oui, et d'autres fois quand ils s'ennuient ils s'occupent du Parlement, et si les gens ne font pas ce qu'ils veulent, ils leur coupent la tête. Mais ils passent presque tout le temps dans leur harem.

— Qu'est-ce que c'est que ça ?

— Eh bien, c'est l'endroit où ils ont leurs femmes. Tu sais donc pas que Salomon en avait un ; et il avait quelque chose comme un million de femmes [1].

— Puisque vous le dites... Je l'avais oublié. Un harem, ça doit être une espèce de pension de famille. Ça doit brailler dans la pouponnière. Et toutes ces femmes, ça doit se chamailler et faire un raffut du diable. Pourtant on dit que Salomon était l'homme le plus sage de la terre. Ça ne doit pas être vrai ; parce qu'un sage pourrait pas vivre dans ce chahut. A mon sens, du moins.

— Mais c'était pourtant bien l'homme le plus sage de la terre ; la veuve me l'a dit.

— La veuve, la veuve, ça ne m'impressionne pas. De toutes façons, il avait des idées pas ordinaires.

Vous vous rappelez cet enfant qu'il voulait couper en deux ² ?

— Oui, la veuve m'a raconté ça.

— Eh bien ! Est-ce que c'était pas l'idée la plus bête qu'on peut avoir ? Regardez un peu. Ce tronc-là, tenez c'est une des femmes ; vous ici, c'est l'autre femme ; moi, je suis Salomon ; et ce billet d'un dollar, c'est l'enfant. Vous deux, vous prétendez que le dollar est à vous. Quoi que je fais ? Au lieu d'aller causer avec les voisins pour tâcher de savoir à qui qu'est le dollar, et le donner à celui qui y a droit, comme n'importe qui qu'a un peu de tête le ferait, je déchire le dollar, et j'en donne la moitié à vous et l'autre moitié à la femme. C'est ça la manière de Salomon pour régler l'affaire de l'enfant. Maintenant, je vous demande : à quoi que ça peut servir une moitié de dollar ? On ne peut rien acheter avec. Et une moitié d'enfant, à quoi que ça peut servir ? Je donnerais pas un poil de ma main pour en avoir un million !

— Mort de ma vie, Jim, t'as pas saisi le joint de la chose.

— Moi ? Pas saisi ? Qu'est-ce que vous me parlez de joint ? Quand y a du bon sens dans quelque chose, je le saisis ; et dans cette affaire-là y a pas de bon sens. La dispute était pas au sujet d'une moitié d'enfant, mais d'un enfant tout entier ; celui qui croit qu'il peut régler la dispute au sujet d'un enfant tout entier avec une moitié d'enfant est un homme qu'en sait pas assez pour se mettre à l'abri quand il pleut. Ne me parlez pas de Salomon, Huck ; je le reconnais rien qu'à le voir de dos.

— Mais je te dis que tu n'as pas saisi le joint.

— Laissez-moi tranquille avec votre joint. Je sais ce que je sais. Et bien mieux que ça, le vrai joint, il faut aller le chercher plus profond. Il est dans la manière que Salomon avait été élevé. Prenez un homme qui n'a qu'un ou deux enfants : il s'en va pas les gaspiller. Il n'en a pas de trop. Il en sait la valeur. Mais prenez un homme qu'a un million d'enfants, qui courent par toute la maison, c'est différent. Il vous coupera un

enfant en deux, comme un rat. Il lui en restera toujours assez. Un enfant de plus ou de moins, qu'est-ce
que ça pouvait faire à Salomon ?

Je n'ai jamais vu un nègre comme Jim. Quand il a
une idée dans la tête, il n'y a pas moyen de l'en faire
sortir. Je n'avais jamais vu un nègre tomber sur
Salomon comme il l'a fait. Alors j'ai parlé d'autres
rois, pour changer de sujet. Je lui ai parlé de
Louis XVI à qui on a coupé la tête en France, il y a
longtemps de ça et de son gamin, le Dauphin qui
aurait été roi, mais qui a été mis en prison, et il y en a
qui disent qu'il est mort là.

— Pauvre petit gars !

— Mais il y en a qui disent qu'il a échappé et qu'il
est venu en Amérique.

— Bonne affaire ! Mais il devait être bien seul — y
a pas de rois ici, hein, Huck ?

— Non.

— Alors il ne pouvait pas s'y faire une situation.
Qu'est-ce qu'il pouvait bien faire ?

— Je sais pas. Peut-être entrer dans la police, ou
peut-être apprendre le français aux gens.

— Mais, Huck, les Français parlent donc pas
comme nous ?

— Non, Jim, tu pourrais pas comprendre un mot
de ce qu'ils disent.

— Pas possible ! Ça me renverse. Comment que ça
se fait ?

— Je sais pas. Mais c'est comme ça. J'ai vu un peu
ce que c'est que leur jargon dans un livre. Suppose
qu'un homme vienne vers toi et te dise : *Pârlez-vous
francè ?* Qu'est-ce que tu dirais ?

— Je dirais rien. Je lui aplatirais le museau — si
c'était pas un Blanc. Je laisserais pas un nègre m'in-
sulter comme ça.

— Erreur. C'est pas une insulte. C'est seulement
pour te demander si tu sais parler français.

— Eh bien, il n'a qu'à le dire.

— Mais il le dit. C'est la manière que les Français
le disent.

— Eh bien, c'est la chose la plus ridicule que j'aie jamais entendue. Y a pas de sens là-dedans.

— Dis-moi, Jim. Un chat, est-ce que ça parle comme nous ?

— Non.

— Et une vache ?

— Non plus.

— Et un chat, est-ce que ça parle comme une vache, et une vache comme un chat ?

— Non.

— C'est naturel ! Tu l'admets, pour eux qu'ils parlent différemment l'un de l'autre ?

— Bien sûr.

— Et c'est naturel pour une vache et un chat de parler différemment de nous ?

— D'accord.

— Eh bien, pourquoi que ça ne serait pas naturel pour un Français de parler différemment de nous ? Qu'est-ce que tu as à répondre à ça ?

— Un chat, c'est-y un homme, Huck ?

— Non.

— Eh bien, ça serait absurde pour un chat de parler comme un homme. Et une vache, c'est-y un homme ? Et une vache, c'est-y un chat ?

— Non.

— Eh bien, une vache peut pas parler comme un chat, ni comme un homme. Mais un Français, c'est-y un homme ?

— Oui.

— Eh bien, tonnerre de Dieu, pourquoi qu'il parle pas comme un homme ?

J'ai vu que ce n'était pas la peine de perdre mon temps et ma salive. Un nègre ne peut pas apprendre à discuter. J'ai abandonné la partie.

XV

Nous avions calculé qu'en trois nuits, nous arriverions à Cairo[1], au bout de l'Illinois, là où l'Ohio se jette dans le Mississipi. On vendrait le radeau, on prendrait un billet sur un vapeur, et on remonterait l'Ohio jusqu'aux Etats libres, où Jim serait en sûreté.

Mais voilà que la seconde nuit, la brume s'est levée. Nous avons cherché une pointe de terre où amarrer. Il n'était pas prudent de naviguer dans cette brume. Je suis parti en avant dans le canoë, avec la corde pour nous attacher. Mais il n'y avait que des tout petits arbustes. J'ai passé la corde autour de l'un d'eux, à un endroit où la berge était à pic. Il y avait un fort courant ; le radeau arrive à toute vitesse, crac ! Il arrache le petit arbre, racines et tout, et part à la dérive pour aller se perdre dans le brouillard. Ça m'a tellement ému que, pendant une bonne minute, j'ai pas pu bouger, et au bout de cette minute le radeau avait disparu. On n'y voyait goutte. Je saute dans le canoë, je cours à l'arrière, je donne un coup de pagaie, j'avance pas d'un pouce. J'étais tellement affolé que j'avais oublié de détacher l'amarre. Il a fallu que je ressorte, mes mains tremblaient tant que j'ai mis longtemps à défaire le nœud.

Une fois détaché, je me mets à la poursuite du radeau, aussi vite que je peux. Tant que j'ai pu longer le banc, ça allait, mais dès que j'en suis sorti, je me suis trouvé en pleine brume, et je savais pas plus où j'étais qu'un homme mort.

Je me dis que c'était pas la peine de pagayer pour aller me jeter contre la berge, une pointe de terre ou n'importe quoi. Je me laisse donc filer ; mais c'était bougrement énervant de rester immobile à ne rien pouvoir faire de ses mains dans cette situation. J'ai lancé un appel, et j'ai écouté. Venant de très loin, en aval, je perçus une faible réponse qui me redonna du courage. Je pagayai dans cette direction, tendant l'oreille tant que je pouvais. La seconde fois que je l'entendis, je compris que j'obliquais trop sur la droite. Une autre fois, j'étais trop à gauche. Et je n'avançais guère, moi je tournais plutôt en rond, tandis que le radeau allait droit en avant.

Ah, si Jim avait pensé à taper sur une casserole et à battre le rappel sans arrêt. Mais il n'y pensait pas. C'étaient les moments de silence entre les cris qui me trompaient. Je continuai à pagayer ferme jusqu'au moment où je perçus les réponses comme venant de derrière moi. Je ne savais plus où j'en étais. Ou bien c'étaient des cris poussés par quelqu'un d'autre que Jim, ou bien alors j'avais viré de bord sans m'en apercevoir.

Je posai la pagaie. J'entendis encore un cri derrière moi, mais en un autre endroit. Les cris continuaient, et j'y répondais. Et voilà qu'ils viennent de nouveau de devant moi. Le courant avait tourné le canoë la pointe en avant. Après tout, ça devait être Jim, et non un autre qui criait. Impossible de reconnaître les voix dans la brume, car dans la brume rien n'est normal, ni les choses ni les sons. Les appels continuaient. Au bout de quelque temps, je fus poussé contre une falaise à pic ; le courant me rejetait à gauche, tandis qu'il filait à droite, à toute vitesse, en rugissant parmi des fantômes d'astres. Une seconde ou deux après c'était de nouveau la brume blanche et le silence. Je suis resté sans bouger, écoutant mon cœur battre, et je crois bien qu'il a battu cent coups avant que je respire une seule fois.

Je me dis qu'il n'y avait rien à faire. Je compris que cette berge à pic était celle d'une île, et que Jim était passé de l'autre côté de l'île. La futaie était bien celle d'une île. Une île, c'est quelquefois long ; ça peut avoir cinq ou six miles de long et plus d'un demi-mile de large.

Je restai tranquille, l'oreille dressée, à me laisser flotter, à quatre ou cinq miles à l'heure. Mais on ne s'aperçoit pas qu'on avance ; on se sent comme un poids mort sur l'eau ; et si l'on aperçoit une branche au passage qui file à côté de vous, on ne se dit pas : comme je vais vite ! mais : comme cette branche passe vite ! et on retient sa respiration. Si vous croyez que ça n'est pas sinistre d'être seul dans la brume comme ça, eh bien, essayez et vous verrez ce que c'est.

Je continuai à lancer des appels de temps en temps. Au bout d'une demi-heure, j'entendis une réponse qui venait de loin et j'essayai d'aller dans sa direction, mais rien à faire : j'étais engagé dans un dédale d'îlots. Je les apercevais par éclairs, je les frôlais tantôt d'un côté, tantôt de l'autre. Et il y en avait que je ne voyais pas, mais j'entendais le bruissement du courant contre les branches, sur la berge. Dans ce labyrinthe, je perdis les appels. Ils semblaient venir de côtés toujours différents. Vous n'avez pas idée de la façon que les bruits s'en vont et changent de place, quand vous n'allez pas droit.

Souvent il fallait se détourner vivement d'une berge, j'aurais piqué du nez dans une île. Je me suis dit que le radeau devait lui aussi buter contre les bords, ce qui expliquait pourquoi il n'allait pas plus vite et restait à portée de voix. Il avançait à peine un peu plus vite que mon canoë.

Au bout d'un moment, je me suis dit que je devais être de nouveau au milieu du fleuve. Mais alors je n'entendais plus rien du tout. Jim avait peut-être donné sur un tronc, et perdu le radeau ? Je n'en pouvais plus. Je me suis couché au fond du canoë. Je n'avais pas l'intention de dormir, pour sûr. Mais j'ai pas pu résister, et j'ai fait un somme.

Le somme a dû être sérieux car, à mon réveil, le brouillard était levé ; les étoiles brillaient, et je passais le long d'une grande courbe, à reculons. D'abord, j'ai cru rêver. Quand le sens de la réalité m'est revenu, je me suis demandé s'il n'y avait pas une semaine que j'étais là.

A cet endroit, le fleuve était immense, avec des bois serrés sur les deux rives : à la lueur des étoiles, on aurait dit un mur. J'ai regardé en aval, et j'ai vu un point noir sur l'eau. J'ai mis le cap dessus ; mais c'étaient seulement quelques poutres attachées ensemble. Puis, j'ai aperçu un autre point sombre, et je me suis mis en chasse ; puis, encore un autre, et cette fois, c'était le radeau.

En approchant, j'ai vu Jim assis là, la tête entre les jambes, endormi, avec le bras droit sur la rame-

gouvernail. L'autre rame était brisée, et le radeau était
jonché de branches, de feuilles, et d'un tas de saletés.
Il avait dû passer un mauvais quart d'heure, Jim.

Je me suis amarré au radeau, et je me suis couché
sur le plancher du radeau, sous le nez de Jim. J'ai
bâillé, je me suis étiré, j'ai bousculé Jim ; et, finalement, j'ai dit :

— Allô, Jim ; je crois que j'ai dormi. Pourquoi que
tu ne m'as pas réveillé ?

— Bonté divine, c'est vous, Huck ? Vous n'êtes pas
mort, vous n'êtes pas noyé, vous voilà revenu ? C'est
trop beau pour être vrai. Ah, mon petit gars, laissez-moi vous regarder, laissez-moi vous palper. Non,
vous n'êtes pas mort, vous êtes sain et sauf, juste le
même Huck, Dieu soit loué !

— Qu'est-ce que tu as, Jim ? Tu as trop bu ?

— Bu ? Et comment que j'aurais fait ?

— Alors, pourquoi est-ce que tu divagues comme
ça ?

— Je ne divague pas.

— Comment ? Tu racontes que je reviens comme
si j'étais parti ?

— Huck, regardez-moi dans les yeux. Vous n'êtes
pas parti ?

— Parti ! Qu'est-ce que tu veux dire ? Je ne suis allé
nulle part. Où veux-tu que je sois allé ?

— Il y a quelque chose qui ne va pas. Est-ce que je
suis moi, ou est-ce que je suis un autre ? Je suis-t-y ici
ou j'y suis-t-y pas ? Je voudrais bien savoir ?

— Eh bien je crois que tu es ici, Jim, c'est clair ;
mais ta vieille tête est tout embrouillée.

— Je suis moi, que vous me dites. Eh bien ; vous,
n'avez-vous pas pris la corde dans le canoë pour aller
nous attacher à la berge ?

— Non. Quelle berge ? Je ne sais pas ce que tu
veux dire.

— Vous n'êtes pas allé à la berge ? Et la corde n'a
pas lâché ? Et le radeau n'est pas parti en vitesse avec
le courant ? Et vous et le canoë n'êtes pas restés en
plan dans la brume ?

— Quelle brume ?

— Eh bien, la brume. La brume dans laquelle on a été toute la nuit. Et vous, n'avez-t-y pas crié, et moi j'ai-t-y pas crié en réponse, et on s'est-y pas embrouillés dans les îles, que l'un de nous était perdu, et que l'autre était bien à peu près la même chose, parce qu'il ne savait pas où il était ? Et le radeau, ne s'est-il pas perdu contre les îles, que je ne savais plus quoi devenir et que j'ai pas été loin de me noyer ? N'est-ce pas ce qui s'est passé ? Qu'est-ce que vous avez à dire à ça ?

— Eh bien, Jim, ça me dépasse. Je n'ai pas vu de brouillard, ni d'îles, ni rien. Je suis resté assis ici, causant avec toi toute la nuit, jusqu'à ce que tu t'endormes, il y a peut-être dix minutes, et je crois bien que j'ai fait comme toi. Tu n'as pas eu le temps de te saouler, il faut donc que tu aies rêvé.

— Comment voulez-vous que j'aie rêvé tout ça en dix minutes ?

— Nom d'une pipe, il faut bien que tu l'aies rêvé, puisque c'est pas arrivé ?

— Mais Huck, c'est clair dans mon esprit, comme si...

— Que ça soit clair ou pas clair, c'est la même chose : ça n'existe pas. Je le sais bien, puisque j'ai été ici tout le temps.

Jim ne dit rien pendant un bon bout de temps, occupé à réfléchir. Puis il dit :

— Eh bien, Huck, si c'est un rêve, c'est le rêve le plus formidable que j'aie jamais fait. Et jamais un rêve ne m'a fatigué comme celui-ci.

— D'accord ; il y a des rêves qui vous fatiguent comme on n'a pas idée. Mais ce rêve-là était pommé — raconte-moi tout, comme c'était.

Alors Jim s'est mis à me raconter toute l'histoire, d'un bout à l'autre, mais en brodant beaucoup. Puis il a dit qu'il fallait qu'il interprète tout ça, qui lui a été envoyé comme un avertissement. Il a déclaré que la première pointe de terre, c'était sûrement un homme qui nous voulait du bien, mais le courant c'était un autre homme qui ne voulait pas qu'on reste sous la protection du premier. Les cris, les appels, c'étaient des avertissements qui nous venaient de temps en temps, et si on n'y faisait pas attention, cela nous porterait malheur, au lieu de nous protéger. Le dédale des îlots, c'étaient des difficultés que nous aurions avec des mauvais coucheurs et des tas de vilaines gens. Mais si on ne s'occupait pas de ce qui ne nous regardait pas, si on ne leur répondait pas, pour éviter d'aggraver les choses, on s'en tirerait ; on sortirait du brouillard, on se retrouverait au milieu du fleuve large et libre, c'est-à-dire dans les Etats libres, et on n'aurait plus rien à craindre.

De gros nuages s'étaient rassemblés au moment où je rejoignais le radeau ; mais le ciel s'éclaircissait de nouveau.

— Cette interprétation n'est pas mauvaise, Jim. Mais qu'est-ce que c'est que ce tas de saletés qu'est là, et qu'est-ce que ça veut dire ?

C'étaient les branches et les feuilles et la rame cassée et le reste. Maintenant, il faisait assez clair pour qu'on puisse les voir.

Jim regarde ces débris, puis me regarde, puis regarde encore les débris. Le rêve le travaillait tellement qu'il ne pouvait pas s'en débarrasser et qu'il ne pouvait revenir à la réalité d'un seul coup. Mais voilà qu'il se ressaisit, me regarde ferme, sans sourire, et me dit :

— Qu'est-ce que ça veut dire ? Je vais vous l'expliquer. Quand je me suis senti si fatigué, à force de lutter et de crier, que je suis tombé mort de fatigue, j'avais le cœur brisé à cause de vous que je croyais perdu, et il me serait arrivé n'importe quoi que ça m'aurait été égal. Et quand je me réveille, et que je vous retrouve sain et sauf, les larmes me viennent aux yeux et je me sens envie de tomber à genoux et de vous baiser les pieds, tant je suis heureux. Et à quoi que vous pensez, à ce moment-là ? A vous moquer du pauvre Jim et à lui faire avaler un mensonge. Tenez, ce tas qui est là, sur le radeau, c'est des saletés : et

quand quelqu'un salit la tête d'un ami et le rend tout
triste, c'est aussi des saletés.

Puis il s'est levé lentement, il est allé à la cabane et
s'y est retiré sans un mot. Mais ça m'avait suffi. J'avais
tant de remords de ce que j'avais fait, que j'avais
envie, à mon tour, de lui baiser les pieds et de lui
demander de retirer ce qu'il venait de dire.

Il m'a bien fallu un quart d'heure pour me décider
à aller m'humilier devant un Noir, mais j'ai fini par le
faire, et je ne l'ai jamais regretté. Je ne lui ai plus
jamais joué de mauvais tour, à Jim, et je ne lui aurais
pas joué celui-là si j'avais pu prévoir que cela lui ferait
tant de peine.

XVI

Nous avons dormi presque toute la journée pour
repartir à la nuit, à distance d'un radeau qui était si
long que lorsqu'il était passé devant nous, c'était une
vraie procession. Il y avait dessus quatre cabanes,
séparées les unes des autres, et au milieu un grand feu
de camp. Il devait bien y avoir trente hommes d'équipage. A chaque extrémité se dressait un mât avec un
pavillon. C'était plutôt impressionnant. Ça devait être
quelque chose d'être matelot sur un pareil radeau.

Le courant nous poussa dans une grande courbe, et
la nuit devint noire et étouffante. Le fleuve était large
et bordé de chaque côté par des bois épais comme des
murailles. On ne voyait aucune éclaircie ; pas une
lumière. Nous nous demandions si nous saurions
reconnaître Cairo. Moi, je prétendais que non. On
m'avait dit qu'il n'y avait qu'une douzaine de maisons, et si elles n'étaient pas éclairées, on ne s'apercevrait pas qu'on passait devant. Jim disait que si deux
grands cours d'eau se rejoignent là, nous saurions à
quoi nous en tenir. Je lui répondais qu'on croirait
peut-être qu'on passait au bout d'une île comme si
c'était toujours le même fleuve. Jim fut troublé par
mes arguments — et moi aussi. On ne savait plus que

faire. Il fut convenu que j'irais avec le canoë vers la première lumière qu'on verrait, et que je dirais que mon père arrivait derrière moi dans une péniche chargée, qu'il ne connaissait pas le fleuve, et qu'il voudrait savoir si c'était loin pour aller à Cairo. Jim estimait que c'était un bon plan. On a allumé une pipe et on a attendu [1].

Il n'y avait rien à faire qu'à regarder pour voir si on passait devant une ville. Jim disait qu'il ne la manquerait pas, puisqu'il serait libre dès qu'il la verrait ; et que s'il la laissait passer, il retomberait dans les Etats à esclaves, et alors il n'y aurait plus de liberté pour lui. De temps en temps, il se dressait et criait : « La voilà ! »

Mais ce n'était pas la ville. C'était un feu-follet ou un ver luisant. Il se rasseyait et reprenait la veille. Il disait qu'il en avait la fièvre, qu'il en tremblait d'être si près de la liberté. Et moi, je veux vous dire que cela me donnait aussi la fièvre et la tremblote de l'entendre dire ça. Après tout, Jim était presque libre, et c'était à cause de moi. Oui, de moi ! Ça n'était que trop évident. Ça m'agitait tellement cette idée-là que je ne pouvais pas tenir en place. Je ne m'étais pas rendu compte jusque-là de ce que je faisais. Maintenant, je m'en rendais compte, et ça me tourmentait. J'essayai de me dire que je n'avais rien fait de mal, parce que c'était pas moi qui avait mis dans la tête de Jim de se sauver. Mais ma conscience me disait : « Tu savais que c'était un esclave en fuite ; tu aurais pu aller en canoë à la ville et alerter les gens. » Et c'était vrai — il n'y avait pas à sortir de là. Ma conscience me remettait le grappin dessus. « Qu'est-ce qu'elle t'avait fait Miss Watson ? Tu as vu son nègre se sauver et tu n'as rien dit ! Qu'est-ce qu'elle t'avait fait cette pauvre femme pour que tu te conduises si mal à son égard ? Elle qui t'apprenait à lire, qui te montrait les bonnes manières et qui était bonne pour toi de toutes les façons. »

Je me sentais si misérable que j'aurais voulu être mort. Je marchais de long en large sur le radeau, à me dire des sottises ; et Jim marchait de long en large, en sens contraire. Ni lui, ni moi, ne pouvions rester tranquilles. Toutes les fois qu'il faisait un bond et disait : « C'est Cairo ! » ça me traversait le corps comme un coup de poignard, et je pensais que si c'était Cairo, je mourrais de désespoir.

Jim parlait à haute voix pendant que je me parlais à moi-même. Il disait que la première chose qu'il ferait, quand il serait dans un Etat libre, ce serait de mettre de côté de l'argent pour racheter sa femme qui était dans une ferme près de chez Miss Watson. Et lui et sa femme mettraient de côté tout leur argent pour racheter leurs deux enfants. Au cas où le maître ne voudrait pas les vendre, ils trouveraient bien un abolitionniste qui les enlèverait.

Ça me glaçait les sangs de l'entendre parler comme ça. Il n'aurait jamais parlé ainsi auparavant. Il aurait jamais osé. Voyez le changement que cela faisait chez lui, l'idée qu'il allait être libre ! Cela me rappelait le vieux dicton : « Donnez-leur un pouce, ils prennent le bras. » Voilà à quoi ça menait de ne pas réfléchir avant d'agir. J'avais devant moi un nègre que j'avais quasi aidé à se sauver et qui là, devant moi, me disait, ses pieds plats bien sur le sol, qu'il volerait ses enfants — des enfants qui appartenaient à un maître que je ne connaissais même pas, et qui ne m'avait jamais fait de mal.

Je regrettais d'entendre Jim parler comme ça, ça le rabaissait. Ma conscience me mettait si mal à l'aise que je ne pouvais plus endurer ce qu'elle me disait. Je me dis : « Halte-là ! il est encore temps ! Je vais rejoindre la rive, atteindre la première lumière qui se montrera et tout dire. » Soulagé par cette idée, j'ouvre grand les yeux avec l'espoir de voir une lumière. Et voilà que j'en vois une ! Jim s'écrie :

— Hourrah, Huck ! nous voilà sauvés ! Sautez vite dans le canoë. Perdez pas de temps, c'est enfin Cairo, j'en suis sûr !

— Je vais prendre le canoë et aller voir, Jim. Peut-être que c'est pas ça, répondis-je prudemment.

Il fait un bond, amène le canoë, étend son vieux paletot pour que je m'assoie dessus, me donne la pagaie, et me dit :

— Y en a plus pour longtemps maintenant. Et je dirai partout : « C'est grâce à Huck que je suis libre... Sans Huck, je n'aurais jamais été libre... C'est grâce à Huck ! Je ne l'oublierai jamais, Huck ! » Vous êtes le meilleur ami que Jim ait jamais eu ; et maintenant, vous êtes le seul ami du vieux Jim.

Je m'éloignai en pagayant. La sueur me coulait dans le dos à la pensée qu'il fallait que je le dénonce. Je n'avais pas le courage de l'entendre me parler comme ça. J'étais encore à portée de voix quand il me cria :

— Ah, mon bon, mon fidèle Huck. Vous êtes le seul Blanc qui ait jamais tenu parole au vieux Jim.

J'en avais le cœur malade. Pourtant, je me disais qu'il fallait que je le dénonce, que je ne pouvais rien faire d'autre. Juste à ce moment surgit un canot monté par deux hommes avec des fusils. Ils s'arrêtent, je m'arrête. L'un des deux me dit :

— Qu'est-ce que c'est que ça, là-bas ?

— Un radeau, dis-je.

— Vous en venez ?

— Oui, m'sieur...

— Il y a des gens dessus ?

— Un homme seulement, monsieur.

— Eh bien, il y a cinq nègres qui se sont échappés cette nuit-là, à la pointe de la crique. Votre homme, est-il Noir ou Blanc ?

Je ne réponds pas tout de suite. J'essaye de me secouer ; mais je n'étais plus un homme, je me sentais anéanti. Enfin je dis, d'instinct :

— Il est Blanc.

— On va aller voir.

— Je serai bien content, parce que c'est mon père qu'est là, et peut-être que vous m'aiderez à remorquer le radeau jusqu'au rivage parce qu'il est malade.

— Mais nous sommes pressés, mon petit. Enfin, on va y aller. A ta pagaie !

Je me mets à pagayer et eux à ramer. On avait fait quelques brasses quand je leur dis :

— Papa vous sera bien reconnaissant, je vous assure. Tout le monde se défile quand je demande qu'on m'aide à remorquer le radeau.

— Ils sont pas obligeants... Mais c'est quand même un peu bizarre. Qu'est-ce qu'il a ton père ?

— C'est... oh, c'est grave... une espèce de maladie...

Ils s'arrêtent de ramer. On était près du radeau, maintenant.

— Gamin, tu mens. Qu'est-ce qu'il a, ton père ? Réponds la vérité, ça vaudra mieux pour toi.

— Je vous le jure... Ne nous abandonnez pas... C'est... Attendez... Je vais aborder et vous lancer un filin.

— En arrière, Jack ! crie l'un des hommes. Aussitôt, ils rament en arrière.

— A distance, gamin, n'approche pas ! Mort de ma vie, le vent nous emprisonne ! Ton père a la petite vérole, et tu le sais, misérable ! Pourquoi ne l'as-tu pas dit ? Tu veux qu'on l'attrape tous la maladie !

— Ah ! messieurs, je l'ai dit aux autres, mais alors ils nous ont laissé tomber.

— Oui, c'est pas gai. On te plaint. Mais, bon Dieu, on ne veut pas attraper la petite vérole, tu comprends. Je vais te dire ce qu'il faut faire. N'essaye pas d'aborder tout seul ; tu n'arriverais à rien. Laisse-toi flotter sur une vingtaine de miles, tu arriveras à une ville sur la rive gauche. Le soleil sera levé, tu demanderas de l'aide. Dis-leur que tu as un malade, mais ne les laisse pas deviner ce que c'est, comme tu viens de le faire. Tu vois qu'on te veut du bien. Pars tout de suite, et mets vingt miles entre vous et nous. Crois bien que ce n'est pas possible d'aborder ici ; la lumière que tu vois, c'est un chantier de bois. J'ai idée que ton père n'est pas riche, et le voilà dans le malheur. Tiens, je te mets une pièce d'or de vingt dollars sur ce bout de planche ; tu l'attraperas quand elle flottera près de toi. Ça m'embête de te laisser seul comme ça, mais il ne faut pas jouer avec la petite vérole, tu comprends ?

— Attends Parker, dit l'autre homme, voilà une autre pièce de vingt dollars. Mets-la sur la planche avec la tienne. Adieu, petit. Fais bien comme on t'a dit, ça te réussira...

— C'est pour ton bien, petit. Adieu, adieu. Si tu vois des nègres en fuite, mets-leur le grappin dessus, ça te rapportera gros.

— Adieu, monsieur. Comptez sur moi pour ne pas laisser courir des nègres qui se sauvent.

Ils sont partis, et je suis remonté sur le radeau, pas content de moi, parce que je savais que je n'avais pas bien agi et que je voyais que j'avais beau essayer, que je ne pourrais jamais faire autrement. Quand on n'a pas pris le bon chemin dès le début, il n'y a rien à faire, on retombe toujours dans la même ornière. Sur ce, je me mis à réfléchir : à supposer que tu aies agi comme il fallait et que tu aies livré Jim, est-ce que tu te sentirais le cœur léger, maintenant ? Non ! Ça serait tout pareil. Dans ces conditions, à quoi sert d'apprendre à faire le bien ? C'est difficile de faire bien, et facile de faire mal, mais le résultat est le même. Rien à répondre à ça. Alors je me dis que je ne me casserais plus la tête avec tout ça, mais que je ferais ce qui se présenterait tout naturellement à mon esprit.

Jim n'était pas dans la cabane, ni alentour ; j'appelai :

— Jim !

— Je suis là, Huck. Sont-ils partis ? Criez pas si fort !

Il s'était glissé dans l'eau, sous la rame-gouvernail, en ne laissant dépasser que le bout de son nez. Je lui dis qu'ils étaient partis, et qu'ils ne reviendraient pas. Il me dit :

— J'ai tout entendu et je me suis mis à l'eau, prêt à filer à la nage si jamais ils montaient à bord. Je serais revenu au radeau après, quand ils auraient été partis. Mais comme vous les avez roulés ! Ça, c'était du beau travail, Huck ! Je vais vous dire, mon petit ; c'est vous, encore une fois, qu'avez sauvé le vieux Jim. Et ça, le vieux Jim ne l'oubliera jamais.

Alors je lui ai parlé de l'argent. Vingt dollars pour chacun, c'était un beau pécule. Jim dit qu'on pourrait s'offrir un billet sur un vapeur, et qu'il nous resterait encore de l'argent pour arriver jusqu'aux Etats libres. Il devait nous rester une vingtaine de miles à faire : ce n'était pas trop, mais il lui tardait d'arriver.

Le jour venu, nous avons amarré, et Jim a pris toutes les précautions nécessaires pour que le radeau soit bien caché. Puis, dans la journée, il a travaillé à mettre nos affaires en paquets puisque nous allions abandonner le radeau.

La nuit d'après, vers dix heures, on a vu les lumières d'une ville, à main gauche, en aval. Je suis parti en canoë, histoire de m'informer. J'ai rencontré un homme sur le fleuve, en bateau. Je l'ai abordé et je lui ai demandé :

— Est-ce que c'est Cairo, m'sieur ?

— Cairo ? Sûrement pas ! Pourquoi ce serait Cairo ?

— Quelle ville est-ce, alors, m'sieur ?

— Si tu veux le savoir, va le demander. Et ne reste pas là à tourner autour de moi, ou je vais te faire voir ce que t'as encore jamais vu.

Je suis revenu au radeau. Jim était bien déçu. Mais je lui ai dit de ne pas s'en faire, et que Cairo serait la prochaine ville qu'on verrait.

Avant le matin, on a encore passé une ville ; mais la berge était haute, ça ne devait pas être ça : il n'y a pas de falaise à Cairo. On s'est arrêté pour la journée sur une pointe de terre, sur le côté gauche du fleuve. Moi, je commençais à avoir des doutes. J'ai dit à Jim :

— Peut-être qu'on est passé devant Cairo, cette nuit où il y avait du brouillard.

— Parlons pas de ça, Huck. Les pauvres nègres n'ont pas de chance. Cette peau de serpent a pas fini de nous porter malheur, j'en suis sûr.

— Ah, Jim, je voudrais bien n'avoir jamais vu cette peau de serpent.

— C'est pas votre faute, Huck ; vous saviez pas. Vous faites pas de souci pour ça.

Quand le jour s'est levé, on a vu l'eau claire de l'Ohio, sur la rive gauche, qui tranchait sur les eaux boueuses du Mississipi. C'était donc que nous avions dépassé Cairo !

Nous avons examiné la situation. On ne pouvait pas remonter le courant avec le radeau. Il n'y avait donc qu'à attendre la nuit, à partir dans le canoë vers la rive et là on verrait... Toute la journée nous avons dormi sous un bouquet de peupliers, afin d'être en pleine forme. Quand à la tombée de la nuit on est allé chercher le canoë, il n'était plus là.

Nous n'avons d'abord rien trouvé à dire. Nous savions, l'un comme l'autre, que c'était encore un coup de malchance à cause de la peau de serpent. Si nous avions continué à nous plaindre, nous aurions eu l'air de ne pas accepter notre sort et ça nous aurait attiré d'autres malheurs, jusqu'au moment où nous aurions enfin appris à nous taire.

Nous avons discuté ce qu'il y avait de mieux à faire, et trouvé qu'il ne restait qu'à continuer sur le radeau jusqu'à ce qu'on ait une occasion d'acheter un canoë et d'y monter pour refaire le chemin en sens inverse. Nous nous sommes dit qu'il valait mieux ne pas en emprunter un quand il n'y aurait personne, comme l'aurait fait mon paternel, étant donné qu'on pourrait lancer des gens à nos trousses.

Donc, on a rejoint le radeau à la nage et, à la nuit venue, on est partis.

A supposer qu'il y ait quelqu'un qui ne croit pas qu'il est dangereux de toucher une peau de serpent, après tout ce que cette peau nous a fait, il le croira maintenant, surtout s'il lit plus loin pour voir ce qui nous est encore arrivé.

Ce qu'il y a de mieux pour acheter un canoë, c'est de s'adresser à des gens qui ont un radeau amarré à la rive. Mais on ne vit pas de radeau pendant des heures et des heures. La nuit devint grise, épaisse — une espèce de brouillard. On ne distinguait plus le chenal, on n'y voyait rien du tout. Il commençait à se faire tard, quand voilà un vapeur qui arrive... On allume la lanterne et on pense qu'il la verra. Les vapeurs qui remontent le courant ne naviguent pas généralement au milieu, ils recherchent plutôt les eaux calmes, plus près des rives. Mais dans une nuit comme cette nuit-là, il avançait droit dans le fort du courant.

On entendait les roues qui battaient l'eau, mais on ne l'a vu que lorsqu'il était tout près. Il fonçait droit sur nous. Il arrive que le pilote fasse ça pour s'amuser, quelquefois la roue vous emporte votre aviron-gouvernail et alors le pilote sort la tête et rigole, il croit qu'il a fait quelque chose de malin. Le voilà donc qui s'avance sur nous comme s'il voulait seulement nous frôler et nous faire peur. Mais il ne faisait pas mine de se détourner. C'était un gros vapeur et il allait vite. C'était comme un nuage noir avec des rangées de vers luisants tout autour. Tout d'un coup, il se dresse, ses portes de foyer ouvertes luisent comme des dents de feu. Sa proue et ses bastingages nous surplombent comme la gueule d'un monstre. Les voilà qui hurlent après nous. On entend carillonner les sonnettes pour arrêter la machine. Un jet de vapeur siffle au-dessus de nous. Des jurons volent dans l'air. Jim saute dans l'eau d'un côté et moi de l'autre, tandis que le navire heurte le radeau, le disjoint et le met en morceaux !

Je plonge et nage à plein vers le fond : car il faut laisser passer la roue, et j'aimais mieux lui donner trop de place que pas assez. Je peux heureusement rester une minute entière sous l'eau. Cette fois-là, je suis bien resté une minute et demie. Puis je remonte à la surface à toute hâte, car j'allais étouffer. Je me sors de l'eau jusqu'aux aisselles, et je souffle l'eau par le nez, et je respire. Le courant était d'une force infernale et le navire avait remis ses machines en marche dix secondes après les avoir arrêtées. On se moque pas mal des gens qui voyagent sur un radeau. Le vapeur avait repris son battement de baratte, et avait disparu dans le noir, mais on l'entendait encore.

J'ai appelé Jim au moins dix fois de suite. Pas de réponse. J'ai mis la main sur une planche qui passait près de moi, pendant que je nageais sur place, et alors en poussant la planche devant moi, j'ai pu avancer vers la rive[2]. Le courant allait vers la gauche, ce qui me donnait à comprendre que j'étais à un tournant du chenal, et je me suis laissé aller où l'eau me portait.

C'était un de ces longs tournants, un tournant de deux miles au moins, si bien qu'il me fallut plusieurs minutes avant d'atteindre le bord. Enfin je touche terre et j'escalade la berge. Je ne voyais pas loin devant moi, j'arrivai juste devant une vieille demeure en rondins à l'ancienne mode. J'étais sur le point de la dépasser quand des chiens se sont précipités sur moi en aboyant et en hurlant ; je savais que, dans ce cas-là, le mieux c'est de ne pas bouger.

XVII

Les chiens menaient la danse depuis une minute, quand une tête se montra à la fenêtre, et une voix cria :

— Allez coucher ! Qui est là ?

— C'est moi.

— Qui, moi ?

— George Jackson, monsieur.

— Qu'est-ce que vous voulez ?

— Rien, m'sieur. Je veux seulement passer et les chiens ne me laissent pas avancer.

— Qu'est-ce que vous avez à rôder par ici, la nuit ?

— Je ne rôde pas, monsieur ; j'étais sur le fleuve dans le vapeur, et je suis tombé à l'eau.

— Ah ! C'est peut-être bien une histoire que vous me racontez là. Hé ! Allumez une lumière ! Quel nom avez-vous dit ?

— George Jackson, m'sieur. Je ne suis qu'un petit gars.

— Eh bien, si c'est vrai ce que tu dis, tu n'as pas besoin d'avoir peur ; on ne te fera pas de mal. Mais ne

bouge pas d'où tu es. Hé ! Tom, hé ! Bob, grouillez-
vous, décrochez les fusils. George Jackson, y a-t-il
quelqu'un avec toi ?

— Non, m'sieur, personne.

J'entendis des gens qui couraient çà et là dans la
maison, et je vis une lumière qu'on allumait.
L'homme cria :

— Pas ici, idiots que vous êtes ! Mettez-vous par
terre, derrière la porte. Bob, Tom, à vos places !

— Ça y est ; on est prêts.

— Toi, George Jackson, connais-tu les Shepherdson ?

— Non, m'sieur, j'ai jamais entendu parler d'eux.

— C'est ce que tu dis... Vous autres, ouvrez l'œil !
Avance, George Jackson. Et fais attention de ne pas
marcher trop vite. S'il y a quelqu'un avec toi, qu'il
reste en arrière — s'il se montre, on lui tire dessus.
Allons, viens, et vas-y doucement. Ouvre la porte juste
assez pour te glisser dans la maison, tu entends ?

Je ne me suis pas pressé — j'aurais pas pu, même si
j'en avais eu envie. J'ai marché à pas comptés, sans
bruit. Il me semblait entendre mon cœur battre. Les
chiens ne disaient plus rien, mais ils étaient sur mes
talons. Quand je suis arrivé aux trois marches de rondins, j'ai entendu les gens qui tiraient les verrous et
qui enlevaient la barre. J'ai poussé un peu la porte,
jusqu'à ce que quelqu'un dise : « Ça suffit, montre la
tête. » Ce que j'ai fait en me disant qu'ils allaient me la
couper.

La chandelle était sur le plancher, et ils étaient tous
là, à me regarder, et moi, de mon côté, je les regar-
dais. Ça a duré comme ça un quart de minute. Trois
grands gaillards me couchaient en joue avec leurs
fusils, ce qui me donnait la chair de poule, je vous
assure. Le plus vieux, un grison d'une soixantaine
d'années [1], les deux autres de trente ans ou plus
— tous beaux et forts — et une brave vieille aux cheveux gris, et derrière elle deux jeunes filles que je ne
pouvais pas bien voir. Le vieux m'a dit : « Ça va,
entre ! »

Une fois à l'intérieur, le vieux a refermé la porte, poussé les verrous et replacé la barre et il a dit aux jeunes de raccrocher leur fusil. J'ai été introduit dans une grande salle où il y avait un tapis fait en morceaux d'étoffe, et ils se sont mis tous dans un coin, hors de portée des fenêtres de devant (il n'y en avait pas sur les côtés). Quelqu'un a levé la chandelle et ils m'ont dévisagé en disant : « C'est pas un Shepherdson, non ; il n'a rien des Shepherdson. » Alors le vieux m'a dit qu'il fallait que je me laisse fouiller, qu'il ne me voulait pas de mal, mais qu'il fallait qu'il s'assure que je n'avais pas d'armes. Il m'a tâté les poches, mais seulement de l'extérieur. « Bon ! ça va. Mets-toi à l'aise, me dit-il, et raconte ce qui t'est arrivé. » Mais la vieille dit alors :

— Bonté divine, Saül, il est tout trempé, le pauvre ; et peut-être qu'il a faim.

— Tu as raison, Rachel, je n'y avais pas pensé.

— Betsy (c'était une négresse), va à la cuisine chercher un morceau à lui mettre sous la dent, le pauvret. Et vous, les petites, allez éveiller Buck... Oh, le voilà. Buck, emmène ce petit visiteur, enlève-lui ses habits mouillés et donne-lui-en des secs, à toi.

Buck devait avoir à peu près mon âge — treize ou quatorze ans — mais il était plus grand que moi. C'était un petit frisé. Il était arrivé en chemise, en bâillant et en s'enfonçant un poing dans un œil ; de l'autre main il traînait un fusil.

— C'est-y qu'il y a des Shepherdson ? demanda-t-il.

Ils dirent que non, que c'était une fausse alerte.

— Eh bien, je crois que si il y en avait eu, j'en aurais descendu un.

Les voilà tous partis à rire, et Bob dit :

— Eh bien, Buck, ils auraient pu nous scalper tous, tu as été si long à venir.

— Oui, mais on ne vient jamais me réveiller, on me laisse toujours en plan. J'ai jamais l'occasion de rien faire.

— Ça ne fait rien, mon petit gars, dit le vieux, tu auras l'occasion de te montrer en ton temps, ne crains rien. Allons, emmène ce gamin, et fais comme ta mère t'a dit.

Une fois dans sa chambre, il m'a donné une chemise de grosse toile, un pantalon et un jersey à lui. Il m'a demandé mon nom, mais avant que j'aie eu le temps de lui répondre, il s'est mis à me raconter que la veille, il avait attrapé un geai et un petit lapin, et puis il m'a demandé où était Moïse quand la chandelle s'est éteinte. Je lui ai dit que je n'en savais rien et que je n'avais jamais entendu parler de ça.

— Eh bien, devine, dit-il.

— Je ne peux pas deviner, puisque je n'ai jamais entendu parler de ça ?

— Mais ça ne t'empêche pas de pouvoir deviner.

— Quelle chandelle ?

— Eh bien, n'importe laquelle.

— Je ne sais pas où il était ; je ne peux pas te dire où.

— Eh bien, il était *dans le noir ;* c'est là qu'il était !

— Alors, si tu savais où il était, pourquoi me le demandes-tu ?

— Mais, tu ne vois donc pas que c'est une devinette ? Dis un peu combien de temps vas-tu rester ? Moi, je voudrais que tu restes toujours. On aurait du bon temps, mon vieux ; il n'y a pas d'école, en ce moment. As-tu un chien ? J'en ai un, et je le fais aller dans le fleuve et il rapporte les bouts de bois que je lance. Est-ce que tu aimes qu'on te peigne, le dimanche, et toutes les idioties comme ça ? Moi pas ; mais maman a ses idées. Tous ces habits, il faut que je les mette ; moi j'aimerais mieux pas ; il fait si chaud. Es-tu prêt ? Allons, vieux cheval, descends avec moi.

De la bouillie de maïs froide, du bœuf à l'étouffée froid, du beurre et du petit lait — voilà ce qu'ils m'avaient préparé, en bas, et j'avais jamais mangé rien d'aussi bon. Buck et sa maman et tous les autres fumaient des pipes d'épi de maïs, excepté la négresse qui était partie, et les deux jeunes filles. Ils fumaient et parlaient, et moi, je mangeais et je parlais. Les jeunes filles avaient des jupes courtes et des tresses dans le dos. Ils m'ont posé des questions, et je leur ai dit que mon père et moi et toute la famille, on vivait dans une petite ferme de l'Arkansas, et que ma sœur Mary-Ann s'était sauvée pour se marier et qu'on ne l'avait jamais revue, et que Bill était parti à sa recherche et qu'on ne l'avait jamais revu, et que Tom et Mark étaient morts, et qu'il n'y avait donc plus que papa et moi qui restaient, et que papa avait dépéri tout le temps depuis, à cause de ses chagrins ; aussi, quand il était mort, j'avais emporté ce qui nous appartenait, et j'avais pris un billet de pont sur un vapeur qui remontait le fleuve, et j'étais tombé à l'eau ; et c'est comme ça que j'étais là. Ils m'ont déclaré que je pouvais rester chez eux tant que je voudrais. A ce moment-là, il faisait presque jour ; tout le monde est allé se coucher. Moi, j'ai couché avec Buck, et quand je me suis réveillé le matin, sacré nom de nom ! j'avais oublié mon nom. Je restai éveillé dans mon lit plus d'une heure, essayant de le retrouver. Quand Buck s'est réveillé, je lui ai dit :

— Tu sais épeler, Buck ?

— Oui.

— Je te parie que tu ne saurais pas épeler mon nom.

— Je te parie tout ce que tu voudras que je peux.

— Admettons ; vas-y !

— G-o-r-g-e J-a-x-o-n, tu vois ?

— Bon, tu l'as fait, mais je croyais pas que tu pourrais. C'est pas un nom facile à épeler, comme ça tout droit, sans l'avoir appris.

J'en pris note, en cachette, au cas où quelqu'un me le demanderait encore, je voulais l'avoir sur le bout de la langue et le débiter d'un seul coup, comme si j'en avais l'habitude.

C'était une bien gentille famille, et une bien jolie maison aussi. Je n'avais jamais vu, avant ça et à la campagne, une maison aussi jolie. A la porte d'entrée, il n'y avait ni targette de fer ni targette de bois avec une cordelette, mais un bouton de cuivre qu'on tournait comme dans les maisons des villes. Il n'y avait pas de lit dans la salle. Il y avait une grande cheminée avec des briques par terre, et les briques étaient bien propres et rouges ; on voyait qu'on les entretenait en les lavant et les frottant avec une autre brique ; peut-être même qu'on les passait au rouge avec de la peinture, comme on le fait dans les villes. Il y avait encore des chenets en cuivre sur lesquels on pouvait poser une bûche tout entière. Il y avait une horloge sur la cheminée avec l'image d'une ville peinte sur le bas de la glace et un trou rond au milieu pour le soleil, et on voyait le balancier passer et repasser derrière. C'était magnifique de l'entendre faire son tic-tac et quelquefois, quand il y avait un ouvrier de passage qui l'avait astiquée et fourbie, elle se mettait à sonner cinquante coups avant qu'on ait pu la régler. Ils n'auraient pas voulu la vendre, à n'importe quel prix.

Il y avait un grand perroquet exotique de chaque côté de l'horloge, fait d'une espèce de plâtre peint de couleurs brillantes. Près de l'un des perroquets, il y avait un chat de faïence, et près de l'autre, un chien de faïence. Derrière l'un et l'autre, il y avait un grand éventail en plumes de dindon sauvage. Sur une table au milieu de la chambre, il y avait un joli panier en faïence avec des pommes, des oranges, des pêches et des raisins empilés dedans, qui étaient plus rouges et plus jaunes et plus jolis que des vrais, mais qui n'étaient pas vrais, comme on le voyait aux endroits où des éclats étaient tombés, laissant voir le blanc en dessous.

La table était couverte d'une belle toile cirée, avec un aigle rouge et bleu, aux ailes étendues peint dessus, et une bordure peinte tout autour. Cela venait tout droit de Philadelphie, me dit-on. Il y avait aussi des livres, empilés bien régulièrement sur chaque coin de la table. L'un était une grosse bible de famille, avec beaucoup d'images. Un autre était le *Progrès du pèlerin* [2] où il y avait l'histoire d'un homme qui quitte sa famille sans dire pourquoi. J'ai lu assez souvent là-dedans. Ce qu'on lisait, c'était bien, mais difficile. Un autre était *L'Offrande de l'amitié* [3] où il y avait de

grands passages et de la poésie. Je n'ai pas lu la poésie.
Il y avait les *Discours d'Henry Clay* [4] et la *Médecine
familiale* du docteur Gunn [5], qui vous dit tout ce qu'il
faut faire quand il y a quelqu'un de malade ou de
mort. Il y avait un livre d'hymnes et des tas d'autres
livres. Et il y avait de jolies chaises en rotin, en parfait
état, pas du tout enfoncées au milieu, ni crevées
comme un vieux panier.

Aux murs, il y avait des tableaux : Washington, La
Fayette, des batailles, Marie des Highlands [6], et un,
appelé *La Signature de la Déclaration* [7]. Il y en avait
qu'ils appelaient des fusains, qu'une des filles, elle
était morte, avait fait elle-même quand elle n'avait pas
quinze ans. Ce n'était pas comme les autres tableaux
que j'avais vus auparavant. C'était surtout plus noir. Il
y en avait un qui représentait une femme en robe
noire, avec une ceinture haut sous les bras, avec des
manches boursouflées au milieu, et un grand chapeau
noir à larges bords, entouré d'un voile noir, et des
chevilles minces lacées d'un ruban noir, et des tout
petits souliers noirs, et elle appuyait, l'air pensif, son
coude droit sur une pierre tombale, sous un saule
pleureur, et son autre bras qui pendait le long de son
corps tenait un mouchoir blanc et un réticule, et
au-dessous du tableau, il y avait : « Ne le reverrai-je
jamais plus, hélas ? » Un autre représentait une jeune
fille avec ses cheveux relevés très haut, en avant d'un
peigne comme un dos de chaise, et elle pleurait dans
son mouchoir et elle tenait dans l'autre main un
oiseau mort, sur le dos, les pattes en l'air, et au-dessous du tableau il y avait : « Jamais plus je n'entendrai
ton doux gazouillis, hélas ! » Et il y en avait un autre
où l'on voyait une jeune fille à une fenêtre regardant la
lune, et des larmes coulaient de ses yeux ; et elle tenait
dans l'une de ses mains une lettre ouverte avec un
cachet de cire noire, et elle écrasait contre sa bouche
un médaillon attaché à une chaîne, et au-dessous du
tableau, il y avait : « Es-tu parti ? Oui, tu es parti,
hélas ! » C'étaient de beaux tableaux, je pense, mais il
ne me revenaient pas beaucoup parce que, quand je

n'étais pas bien, ils me donnaient des idées noires. Tout le monde regrettait qu'elle soit morte parce qu'elle avait eu l'intention d'en faire beaucoup d'autres de ces tableaux, et d'après ce qu'elle avait fait, ils pouvaient voir ce qu'ils avaient perdu. Mais, à ce que je pense, étant donné ses dispositions, elle est mieux au cimetière qu'ici. Elle travaillait, quand elle est tombée malade, à un tableau qui, à ce qu'on disait, devait être le plus beau de tous, son chef-d'œuvre, et tous les jours et toutes les nuits elle priait qu'il lui soit donné de vivre pour l'achever. Mais elle n'a pas pu. C'était une jeune femme en longue robe blanche, debout sur la balustrade d'un pont, prête à sauter dans l'eau, les cheveux flottant sur le dos, les yeux levés vers la lune, le visage ruisselant de larmes, et elle avait deux bras croisés sur sa poitrine, deux bras tendus devant elle, deux bras levés vers le ciel — histoire de voir lesquels feraient le mieux, et d'effacer les autres. Mais, comme je vous le disais, elle est morte avant d'avoir pu faire son choix, et ils gardaient le tableau à la tête de son lit dans sa chambre, et à chacun de ses anniversaires, on le décorait de fleurs. Le reste du temps, il était caché par un petit rideau. La jeune femme dans le tableau avait une jolie figure douce, mais il y avait tant de bras qu'elle ressemblait trop à une araignée pour mon goût.

La jeune fille avait un album, quand elle était de ce monde, sur lequel elle collait des annonces de décès et d'accidents, et des articles sur des cas de constance dans le malheur, détachés du « Courrier presbytérien ». Et elle écrivait des poèmes de son invention en s'inspirant de ces articles-là. C'était de la belle poésie. Par exemple, elle avait écrit un poème sur un garçon du nom de Stephen qui était tombé dans un puits et qui s'était noyé, comme ça :

> *Ce n'est pas de maladie qu'il est mort*
> *Il a connu beaucoup plus triste sort...*
> *Le jeune Stephen, ô quel affreux malheur*
> *Il y a bien de quoi verser des pleurs !*

Ce n'est pas non plus la bise du nord
Qui nous a privés de ce cher trésor,
Ni les tourments terribles de l'amour
Ni les fiers roulements du tambour...

Si de cette terre il a pris son essor
Tout rayonnant de ses belles boucles d'or,
C'est en tombant hélas au fond d'un puits
Qui était aussi profond que la nuit...

Si elle pouvait comme ça écrire de la poésie à quatorze ans, vous pensez ce qu'elle aurait pu faire plus tard. Buck dit que la poésie lui coulait des doigts. Elle n'avait même pas besoin de penser. Il dit qu'elle griffonnait un vers, et si elle ne pouvait pas trouver la rime, elle le barrait, en griffonnait un autre, et allait de l'avant. Elle n'était pas difficile. Elle écrivait sur tout ce qu'on lui disait, à condition que ce soit triste. Chaque fois qu'un homme ou une femme, ou un enfant mouraient, elle leur consacrait un « hommage » avant que le corps ne soit froid. Elle appelait ça des « hommages ». Les voisins disaient : c'est le docteur qui vient le premier, puis Emmeline, puis le croquemort — le croque-mort n'est jamais arrivé avant Emmeline, qu'une seule fois où elle a eu de la peine à trouver une rime pour le nom du défunt qui s'appelait Whistler. Après ça, elle n'a plus jamais été tout à fait la même. Elle ne se plaignait pas, mais elle déclinait et n'a pas survécu bien longtemps. Pauvre Emmeline ! Bien des fois je suis monté à la chambre qui avait été la sienne, et j'ai lu des passages de son album, quand ses tableaux m'avaient plongé dans une humeur triste. J'aimais toute la famille, les vivants et les morts et je ne demandais qu'à leur faire plaisir. La pauvre Emmeline, qui de son vivant avait fait des vers pour tous les morts, n'avait pas été honorée d'un seul vers quand elle était morte. J'essayai d'en pondre un ou deux, moi-même ; mais rien à faire. La maman tenait la chambre d'Emmeline bien propre, avec chaque chose à la place où elle avait aimé l'avoir du temps où elle vivait ; personne n'y couchait jamais. La maman faisait cette chambre elle-même, bien qu'il ne manquât pas de nègres dans la maison. C'est là qu'elle allait coudre, et c'est là aussi qu'elle lisait la Bible.

Dans la salle dont je vous parlais, il y avait de beaux rideaux aux fenêtres, blancs avec des images peintes, des châteaux avec des vignes-vierges sur les murs, et des vaches qui viennent s'abreuver. Il y avait un vieux piano, qui devait être plein de casseroles à l'intérieur, et c'était charmant d'entendre les jeunes filles chanter : *Le dernier chaînon est brisé* [8] et jouer *La Bataille de Prague* [9]. Les murs de toutes les chambres étaient plâtrés, et il y avait des tapis presque partout. L'extérieur était blanchi à la chaux.

Il y avait deux corps de bâtiments, séparés par un espace couvert d'un plancher et protégé d'un toit. On dressait parfois la table en cet endroit pour déjeuner. Il y faisait frais et on y était bien. On ne peut rien imaginer de mieux. La cuisine était bonne ; et il y avait à manger autant qu'on voulait.

XVIII

Le colonel Grangerford [1], vous le voyez, était un personnage d'importance. Il était distingué, et sa famille aussi. Il était bien né, comme on dit ; et ça vaut autant pour un homme que pour un cheval, comme disait la veuve Douglas, et personne n'a jamais pensé qu'elle n'était pas de la plus pure aristocratie de notre ville ; et mon paternel l'a toujours dit, quoique lui n'eût pas plus de qualité qu'un chat de gouttière. Le colonel Grangerford était grand et mince, d'un teint brun pâle, sans un brin de rouge nulle part. Il se rasait de frais chaque matin sur toute la figure. Il avait des lèvres très minces, des narines très minces, le nez haut, les sourcils épais, des yeux très noirs, enfoncés si profond qu'on aurait dit qu'il vous regardait du fond d'une caverne. Il avait le front haut, des cheveux noirs très raides, qui lui tombaient sur les épaules [2]. Ses mains étaient longues et minces et, chaque jour, il mettait une chemise propre et des vêtements faits, du

haut en bas, d'une toile si blanche que l'on avait mal
aux yeux rien que de les regarder. Le dimanche, il
portait un habit bleu à basques, avec des boutons de
cuivre. Il sortait avec, à la main, une canne d'acajou
surmontée d'une pomme d'argent. On peut dire qu'il
n'y avait rien de frivole dans son aspect. Il ne disait
jamais un mot plus haut que l'autre. Il était très bienveillant. Cela se sentait, et l'on avait confiance en lui.
Des fois, il souriait, et cela faisait du bien de le voir.
Mais quand il se redressait comme un mât de la
liberté, et que les éclairs partaient de dessous ses sourcils, on avait envie de grimper en haut d'un arbre
d'abord, avant de demander ce qu'il y avait. Il n'avait
pas besoin de dire aux gens d'être polis. Les gens
étaient toujours polis avec lui. On aimait bien l'avoir
autour de soi. Je veux dire que, quand il était là,
c'était toujours le beau temps. Quand il s'embrumait
de nuages, il faisait terriblement noir pendant une
demi-minute ; puis tout redevenait clair pour une
semaine.

Quand lui et la patronne descendaient le matin,
toute la famille se levait pour leur dire bonjour, et ne
se rasseyait que quand ils étaient assis. Alors Tom et
Bob allaient au buffet où étaient les carafons et préparaient un verre de grog pour le père qu'ils lui passaient. Il le tenait, ce verre, dans sa main jusqu'à ce
que Tom et Bob aient préparé leur grog à eux.
Ceux-ci s'inclinaient et disaient : « En votre honneur,
monsieur et madame. » Le père et la mère faisaient un
petit signe de la tête et disaient merci ; alors les trois
hommes buvaient et, pour moi et Buck, Tom et Bob
versaient une cuillerée d'eau sur du sucre et une
goutte de whisky ou d'eau-de-vie de pomme qui restait au fond de leurs verres, et nous aussi, nous
buvions en l'honneur des parents.

Bob était l'aîné ; Tom venait après. C'étaient de
beaux jeunes gens, grands, aux épaules larges, au teint
basané, avec de longs cheveux noirs et des yeux noirs.
Ils étaient vêtus de toile blanche, de la tête aux pieds,
comme leur père, et portaient des panamas.

Venait ensuite Miss Charlotte, vingt-cinq ans, grande, fière et majestueuse, très bonne, quand il n'y avait rien pour la mettre en colère ; mais si elle se fâchait, elle avait un regard à vous faire trembler dans votre culotte, comme son père. Elle était belle.

Puis il y avait sa sœur Miss Sophia, qui était toute différente. Elle était aimable et douce, comme une tourterelle. Elle avait vingt ans.

Chaque membre de la famille avait un nègre, comme serviteur — Buck aussi. Mon nègre à moi n'avait rien à faire. Je n'avais pas l'habitude de demander à ce qu'on travaille pour moi ; mais celui de Buck était toujours à tourner et à virer.

C'était toute la famille au moment où je l'ai connue ; mais il y avait eu trois autres fils qui avaient été tués ; et Emmeline qui était morte.

Le père était propriétaire de plusieurs fermes, et possédait plus de cent nègres. Des fois, des gens venaient à cheval, de dix ou quinze miles à la ronde, restaient cinq ou six jours, avec un programme de réjouissances dans la campagne et sur le fleuve, des danses et des pique-niques dans les bois, le jour, et des bals dans la maison, la nuit. Ces gens étaient surtout des parents. Les hommes venaient avec leur fusil. C'étaient des gens de qualité, je peux le dire.

Il y avait un autre clan d'aristocrates dans la région, cinq ou six familles, du nom de Shepherdson. Ils étaient aussi bien nés, aussi fiers, aussi hautains que les Grangerford. Les Shepherdson et les Grangerford se servaient du même débarcadère pour les vapeurs, à deux miles environ en amont de notre maison. Aussi, quand je me rendais là avec d'autres gens de notre famille, je voyais des Shepherdson, souvent nombreux, sur leurs belles montures.

Un jour, Buck et moi, on était à la chasse dans les bois. Soudain on entendit un cheval qui arrivait au galop. On allait traverser la route quand Buck dit :

— Vite ! cachons-nous dans le bois !

Ce que nous avons fait. En regardant à travers les branches nous avons vu s'avancer un splendide jeune homme sur la route, bien en selle, comme un soldat. Il avait un fusil en travers, sur le pommeau de sa selle. Je l'avais déjà vu. C'était le jeune Harney Shepherdson. Buck tira un coup de fusil près de mon oreille et je vis le chapeau du jeune cavalier tomber de sa tête. Il saisit alors son fusil et poussa son cheval droit sur l'endroit d'où était parti le coup. Mais nous ne l'avions pas attendu. Nous nous étions sauvés dans le bois. Le bois était clairsemé. Aussi regardais-je par-dessus mon épaule pour être prêt à éviter la balle. Deux fois je vis Harney mettre Buck en joue. Mais il a préféré faire demi-tour pour aller ramasser son chapeau, j'imagine. Quant à nous, nous n'avons pas cessé de courir jusqu'à ce que nous soyons arrivés à la maison. Les yeux du patron en nous voyant ont lancé des éclairs de plaisir ; et puis son visage s'est refermé et il a dit d'une voix douce :

— Je n'aime pas cette manière de tirer de derrière les buissons. Pourquoi ne t'es-tu pas avancé sur la route, petit ?

— Les Shepherdson ne le font jamais, papa. Ils cherchent toujours à avoir l'avantage.

Miss Charlotte tint la tête droite comme une reine pendant que Buck racontait son histoire ; ses narines palpitaient et ses yeux brillaient. Les deux jeunes gens avaient l'air sombre, mais ne disaient rien. Miss Sophia devint pâle, mais reprit des couleurs lorsqu'elle comprit que l'homme n'avait pas été blessé.

Dès que je pus prendre Buck à part, près de la grange au maïs, sous les arbres, je lui dis :

— Avais-tu l'intention de le tuer ?

— Bien sûr.

— Qu'est-ce qu'il t'avait fait ?

— Lui ? Rien.

— Alors, pourquoi voulais-tu le tuer ?

— Pour rien. C'est seulement à cause de la vendetta [3].

— Qu'est-ce que c'est que ça ?

— Mais... où as-tu été élevé ? Tu ne sais pas ce que c'est qu'une vendetta ?

— Je n'en ai jamais entendu parler. Parle-moi de ça !

— Eh bien, dit Buck, une vendetta, voilà ce que c'est. Un homme se dispute avec un autre, et le tue ; alors le frère de l'autre tue le premier ; alors les autres frères, des deux côtés, se cherchent pour se venger ; puis les cousins entrent dans la danse. A la fin, tout le monde est tué et il n'y a plus de vendetta. Mais ça ne se fait pas vite ; ça prend du temps.

— Et celle-ci, Buck, y a-t-il longtemps qu'elle dure ?

— Je te crois ! Elle a commencé, il y a trente ans. Il y a eu du grabuge à propos de quelque chose, et il a fallu un procès pour régler ça. Le procès a tourné contre l'un des hommes ; alors il a pris son fusil et il a tué celui qui avait gagné le procès. Il n'y avait plus que ça à faire naturellement. N'importe qui l'aurait fait.

— Et le sujet de la dispute, qu'est-ce que c'était ? Des terres ?

— Je pense ; je sais pas au juste.

— Et qui était-ce celui qui a tiré le premier ? Un Grangerford ou un Shepherdson ?

— Ah, tu m'en demandes trop ! Il y a si long-temps !

— Est-ce qu'il y en a qui le savent ?

— Oui, mon père, peut-être, ou quelque vieux de la famille ; mais à vrai dire, on ne sait pas la première occasion de la dispute.

— Et il y a eu beaucoup de tués, Buck ?

— Ma foi oui, c'est chic pour les funérailles. Mais on n'est pas toujours tué. Mon père a reçu quelques chevrotines, mais ça ne lui a rien fait. Bob a eu un morceau de viande enlevé par un coup de coutelas, et Tom a écopé quelques mauvais coups.

— Et cette année, y a-t-il eu des tués ?

— Oui, il y en a eu un de notre côté et un du leur. Il y a trois mois environ, mon cousin Bud, qui avait quatorze ans, passait à cheval dans les bois, de l'autre côté du fleuve. Il n'avait pas d'arme, ce qui était de la plus grande imprudence. Dans un endroit solitaire, il

entend un cheval qui vient derrière lui, et il voit le
vieux Baldy Shepherdson qui s'avance sur lui, son
fusil à la main et ses cheveux blancs flottant au vent.
Au lieu de sauter dans le bois et de se faufiler dans la
brousse, Bud croit qu'il peut le devancer à la course.
Ils partent au galop, sur cinq miles ou plus, le vieux
gagnant toujours un peu ; à la fin, Bud, voyant qu'il
ne peut pas le distancer, s'arrête et se retourne pour
lui faire face et ne pas recevoir les balles dans le dos.
Le vieux arrive sur lui et le tue. Mais il n'a pas pu
jouir longtemps de son succès, car, dans l'espace
d'une semaine, nos gens l'ont abattu à son tour.

— J'ai idée que ce vieux était un lâche, Buck.

— Non. Tu ne piges pas le fin du fin. Il n'y a pas
de lâches parmi ces Shepherdson — pas un. Et il n'y a
pas de lâches parmi les Grangerford, non plus. Tiens,
ce vieux, un jour, il s'est battu pendant une demi-
heure seul contre trois Grangerford, et il l'a emporté.
Ils étaient tous à cheval. Lui, il met pied à terre, et il
se défile derrière une petite pile de bois, et il tient son
cheval devant lui pour se garantir contre les balles.
Eux, les Grangerford ils restent à cheval, et ils caraco-
lent autour du vieux, et ils l'arrosent — et lui, il les
arrose. Lui et son cheval sont repartis pas mal démo-
lis ; mais les Grangerford, il a fallu les rapporter sur
des civières — et il y en avait un de mort, et un qui est
mort le lendemain. Non, si on veut trouver des lâches,
faut pas les chercher parmi les Shepherdson, il n'y en
a pas de cette espèce-là.

Le dimanche d'après, on partit tous à cheval à
l'église, qui était à trois miles. Les hommes avaient
leur fusil, Buck aussi. Ils les tenaient sur leurs genoux
pendant la route, et après, à portée de main contre le
mur. Les Shepherdson, de même. Le ministre a
prêché un joli sermon, bien arrangé, sur l'amour fra-
ternel et des bêtises comme ça. Tout le monde dit que
c'était un beau sermon, et en parla en rentrant, et ils
ont eu tant de choses à dire au sujet de la foi et des
œuvres, et de la grâce, et de la prédestination, et
autres histoires à vous faire éclater la cervelle que j'ai

considéré que c'était bien le dimanche le plus ennuyeux que j'aie jamais passé.

Après le repas de midi, tout le monde s'est installé pour faire un somme, les uns sur leur fauteuil, d'autres dans leur chambre. Buck était allé se coucher dans l'herbe, avec un des chiens, et dormait à poings fermés. Je suis monté dans notre chambre, avec l'intention de me mettre aussi à roupiller. Miss Sophia était debout devant sa porte, et elle m'a dit d'entrer dans sa chambre. Elle a refermé la porte tout doucement et m'a demandé si on était amis tous les deux. Bien sûr, lui ai-je répondu. Alors elle m'a demandé si je voulais bien faire quelque chose pour elle, sans rien dire à personne. Je ne demandais pas mieux. Alors elle me dit qu'elle avait oublié sa bible à l'église, sur son banc, entre deux livres, et demandé si je voulais bien aller la chercher, et n'en parler à personne. Bien sûr. Alors je me suis faufilé hors de la maison et je suis parti sur la route. Il n'y avait personne à l'église, excepté peut-être un ou deux cochons, car on ne fermait jamais les portes et les cochons aimaient bien le sol de terre battue, l'été, parce que c'est frais. Remarquez que les gens ne vont à l'église que quand il faut qu'ils y aillent. Mais les cochons, c'est différent.

Je me dis : « Il y a quelque chose là-dessous. C'est pas naturel pour une fille de se mettre tellement en peine pour une bible. » Je secouai le livre et il en tomba un petit bout de papier avec ces mots écrits dessus au crayon : *Deux heures et demie.* Je tournai les pages mais je ne pus rien trouver d'autre. Comme je n'y comprenais rien, je remis le bout de papier dans le livre, et quand j'arrivai à la maison, Miss Sophia m'attendait à sa porte. Elle m'entraîna vite dans sa chambre et ferma la porte. Elle eut vite fait de trouver le bout de papier, et de le lire. Elle parut très contente. Et avant que j'aie eu le temps de penser à ce qui m'arrivait, elle m'avait pressé contre elle et embrassé fort en me disant que j'étais un bon petit gars et qu'il fallait surtout pas que je dise rien à personne. Ses joues étaient devenues toutes rouges ; ses

yeux brillaient, et elle était bien jolie. Quand je fus
capable de me ressaisir, je lui demandai ce que voulait
dire ce papier. Elle me demanda si je l'avais lu ; je lui
dis que non ; et elle me demanda si je savais lire l'écriture, je lui dis : « Non, seulement les grosses lettres ! »
Alors elle me dit que ce papier ne voulait rien dire,
que c'était seulement une marque pour garder la page,
et que je pouvais aller jouer.

Je partis dans la direction du fleuve, tout en rumi-
nant sur ce qui s'était passé, quand je vis mon nègre
qui me suivait. A bonne distance de la maison, il vint
à moi et me dit :

— Monsieur George, si vous voulez venir du côté
du marais, je vais vous montrer toute une touffe de
mocassins d'eau.

« C'est drôle, me dis-je. Il m'a déjà dit ça hier. Il
devrait bien comprendre que je ne m'intéresse pas
assez aux mocassins d'eau pour être tout le temps à en
chercher. Il doit avoir une idée de derrière la tête. » Je
lui dis :

— Bon ; va devant.

Je le suis jusqu'au marais. On y entre et on marche
dans l'eau jusqu'à la cheville pendant un bon mile. On
arrive à un petit tertre, bien sec, planté d'arbres, avec
des fourrés et des lianes, et il me dit :

— Entrez là, m'sieur George ; c'est là qu'ils sont.
Moi, je les ai déjà vus ; je n'ai pas besoin de les revoir.

J'explore l'endroit et j'arrive à une clairière, à peu
près grande comme une chambre, bien dissimulée par
des lianes, et je vois là un homme qui dort — Qui ? Je
vous le donne en mille : mon vieux Jim !

Je le réveille, en me disant que ça va être pour lui
une grande surprise. Mais non. Il pleure presque de
joie, mais il n'est pas surpris. Il me dit qu'il s'était mis
à la nage après moi, la nuit de l'accident, et qu'il
m'avait entendu héler, mais qu'il n'avait pas répondu,
pour ne pas se faire prendre et ne pas retourner en
esclavage. Il me dit :

— Je m'étais un peu blessé et je ne pouvais pas
nager vite ; vous aviez donc beaucoup gagné sur moi.

Quand vous avez atterri, je me suis dit que je pourrais vous rattraper sans vous héler ; mais quand j'ai vu cette maison, j'ai ralenti. Je ne savais pas ce qu'étaient les gens et j'avais peur des chiens. Mais quand j'ai vu qu'on vous avait fait rentrer et que tout allait bien pour vous je suis allé dans les bois pour attendre le jour. Le matin de bonne heure, des nègres sortent, se rendent aux champs. Ils m'accueillent et me montrent cet endroit, où les chiens ne peuvent pas me pister à cause de l'eau, et où ils m'apportent à manger tous les jours, et me disent ce que vous devenez.

— Pourquoi n'as-tu pas dit plus tôt à mon nègre Jack que je vienne te chercher.

— Parce que je ne voulais pas vous déranger, Huck, avant qu'on puisse faire quelque chose. Mais maintenant, ça prend tournure. J'ai acheté des ustensiles et des vivres, quand l'occasion se présentait et, la nuit, j'ai réparé le radeau.

— Quel radeau, Jim ?

— Notre vieux radeau.

— Comment ? Il n'a pas été mis en morceaux ?

— Mais non. Il est bien endommagé, à un des bouts ; mais c'est réparable. Malheureusement, presque tout notre barda a disparu. Si on n'avait pas été obligés de plonger si profond et de nager si longtemps sous l'eau, et si la nuit n'avait pas été si noire, et si on n'avait pas eu si peur, et si on n'avait pas été si gourdes, on aurait vu le radeau. Mais ça n'a pas grande importance, parce que le radeau est réparé maintenant et remis presque à neuf et on a des ustensiles neufs à la place de ceux qu'on a perdus.

— Comment as-tu récupéré le radeau, Jim ? Est-ce que tu l'as rattrapé ?

— Comment que j'aurais pu le rattraper, puisque j'étais dans les bois ? Non ; c'est des nègres qui l'ont attrapé, pas loin, là dans la baie, arrêté sur un des troncs fichés dans la vase. Ils l'ont caché dans les saules, et ils se sont mis à tant jaboter pour décider à qui il reviendrait, que j'en ai vite entendu parler. Alors je suis intervenu, et je leur ai dit que c'était pas à l'un

ni à l'autre, mais que le radeau appartenait à Huck
Finn et à moi ; et je leur ai demandé s'ils allaient nous
dérober notre bien et se faire tanner la peau pour vol.
Puis je leur ai donné dix cents à chacun, et ils ont été
bien contents, et ils ont dit qu'ils voudraient bien qu'il
y ait souvent des radeaux de perdus pour toucher
encore de l'argent. Ils ont été bien gentils avec moi,
ces nègres, et ce que je leur demande ils le font tout
de suite. Jack, vous savez, c'est un brave type de
nègre, et qui n'a pas son esprit dans sa poche.

— Ça c'est vrai. Par exemple, il ne m'a jamais dit
que tu étais là. Il m'a dit d'aller avec lui, qu'il me
montrerait des tas de mocassins d'eau. Comme ça, s'il
arrive quelque chose, il ne sera pas mêlé dedans. Il
pourra dire qu'il ne nous a jamais vus ensemble — et
c'est vrai.

Je n'en dirai pas long sur ce qui est arrivé le lendemain ; je vais abréger. Je me réveille de bon matin et je
me retourne pour dormir, quand je m'aperçois que
tout est étonnamment tranquille. Il semble que personne ne bouge. Ce n'était pas ordinaire. Je remarque
aussi que Buck s'était levé et qu'il était sorti. Je me
lève tout intrigué, et je descends, — personne ; tout
est tranquille comme une souris. Dehors, pareil.
Qu'est-ce que ça veut dire ? Je me le demande.
Là-bas, du côté de la pile de bois, je rencontre Jack et
je lui dit :

— Qu'est-ce qu'il y a ?

— Vous savez pas, m'sieur George ?

— Non, dis-je. Je ne sais rien.

— Eh bien, Miss Sophia s'est sauvée ! Elle s'est
sauvée pendant la nuit, on ne sait pas au juste à quelle
heure. Elle s'est sauvée pour se marier avec ce jeune
Harney Shepherdson, vous savez — du moins c'est ce
qu'ils croient. La famille a découvert ça, il y a à peu
près une demi-heure — peut-être un peu plus — et ils
n'ont pas perdu de temps, vous pouvez croire. J'ai
jamais vu pareil remue-ménage de fusils et de chevaux. Les femmes sont parties alerter tous les parents,
et le vieux Saül Grangerford et ses fils, ils ont pris

leurs fusils et ils se sont dirigés du côté du fleuve pour
rattraper les fugitifs et tuer Harney Shepherdson avant
qu'ils n'aient pu passer de l'autre côté de l'eau. Il va y
avoir du vilain.

— Buck est parti sans me réveiller.

— Naturellement, il ne voulait pas vous mêler à ça.
M'sieur Buck, il a chargé son fusil, et il a dit qu'il
allait en crever un ou se faire crever, lui-même. Des
Sherpherdson, il en aura des tas là-bas, et ça sera une
belle occasion d'en descendre.

Je prends la route du fleuve et je marche comme
un dératé. Au bout de quelque temps, j'entends des
détonations dans le lointain. Quand j'arrive en vue
du dépôt de bois et du quai où se rangent les bateaux
à vapeur, je me glisse sous les arbres et dans les
buissons jusqu'à ce que je sois assez près, et je
grimpe dans un peuplier. Il y avait une pile de
bois assez haute devant l'arbre, et j'avais eu d'abord
l'idée de me cacher derrière ; par chance, je ne l'ai
pas fait.

Il y avait quatre ou cinq cavaliers qui poussaient
leurs chevaux dans tous les sens dans l'espace libre
entre les piles de bois, jurant et hurlant, et essayant
d'atteindre deux jeunes gens qui se cachaient derrière,
mais ils n'y réussissaient pas. Toutes les fois qu'un
gars se laissait voir, ils lui tiraient dessus. Les deux
gars restaient le plus possible accroupis derrière une
pile, glissant un œil pour voir.

Au bout de quelque temps, les cavaliers cessent leur
manège et ils se dirigent vers une remise qui était là
tout près. Alors l'un des gars se met debout, prend un
point d'appui sur la pile de bois, tire et abat l'un des
hommes à cheval. Tous les hommes sautent à bas de
leurs montures pour ramasser le blessé et l'emporter
dans la remise. Aussitôt, les deux gars prennent leurs
jambes à leur cou. Ils arrivent à moitié chemin de
l'arbre où j'étais avant que les hommes ne les visent.
Mais ils les aperçoivent, remontent sur leurs chevaux
et se mettent à leur faire la chasse. Ils gagnent du
terrain, mais les gars avaient de l'avance ; et ils arri-

vent à la pile de bois qui était devant mon arbre. Ils se glissent derrière et ont de nouveau l'avantage. L'un des gars était Buck, et l'autre un luron très alerte d'une vingtaine d'années.

Les hommes rôdent tout autour un moment, et puis s'en vont. Aussitôt qu'ils ont disparu, j'appelle Buck. Il ne comprend rien d'abord à cette voix qui vient d'un arbre. Quand il reprend ses esprits, il me dit de veiller à ce qui se passe et de lui dire quand les hommes vont réapparaître ; car il était sûr qu'ils préparaient un mauvais coup, et qu'ils ne tarderaient pas à revenir. J'aurais bien voulu ne pas être dans cet arbre, mais je n'ose pas descendre. Buck se met à tempêter, avec des larmes dans la voix, jurant que lui et son cousin Joe (c'était l'autre gars) allaient prendre leur revanche. Il dit que son père et ses deux frères avaient été tués, et deux ou trois de l'autre camp. Les Shepherdson leur avaient dressé une embuscade. Buck dit que son père et ses frères auraient dû attendre l'arrivée de leurs parents ; les Shepherdson étaient trop nombreux. Je lui demande ce que sont devenus Harney et Miss Sophia. Il me dit qu'ils avaient traversé le fleuve sans encombre. J'en étais content. Mais la façon dont Buck se mettait en rage parce qu'il n'avait pas tué Harney le jour où il avait tiré sur lui — c'était trop pour moi.

Tout d'un coup : « Bang ! bang ! bang ! » trois ou quatre coups de fusil. Les hommes avaient fait le tour par les bois et arrivaient par-derrière sur leurs chevaux. Les deux gars courent au fleuve et sautent dans l'eau, blessés tous les deux. Tandis qu'ils nagent en descendant le courant, les hommes courent le long de la berge tirant sur eux en criant : « A mort ! à mort ! » Ça m'a soulevé le cœur au point que j'ai failli tomber de l'arbre. Mais je ne vais pas vous raconter tout ce qui s'est passé — ça me donnerait de nouveau des haut-le-cœur. J'aurais bien voulu ne pas être venu là, pour voir de pareilles choses. Je crois bien que je ne pourrai jamais les oublier, et que je les reverrai souvent en rêve.

Je reste dans l'arbre jusqu'à ce que la nuit arrive, car j'avais peur de descendre. Des fois j'entendais des coups de feu dans les bois : des fois je voyais des petits groupes de cavaliers passer au galop devant les piles de bois et je me disais que ce n'était pas encore la fin du grabuge. Je n'avais plus de courage ; je prends la résolution de ne plus revenir près de cette maison. Je me sentais fautif. Je réfléchis que ce morceau de papier voulait dire que Miss Sophia devait rencontrer Harney quelque part à deux heures et demie, et se sauver avec lui ; et je réfléchis que j'aurais dû parler à son père de ce papier et de la manière étrange dont elle avait agi. Il l'aurait peut-être enfermée et rien de tout ça ne serait arrivé.

Je descends de l'arbre en fin de compte et je me glisse le long de la berge du fleuve un bout de chemin. Je trouve les deux corps qui flottent dans une crique près du bord ; je les tire à terre et je leur recouvre la figure le plus vite que je peux. J'ai pleuré un peu en recouvrant la figure de Buck. Il avait été bien gentil avec moi.

Maintenant, il fait noir. Je me tiens à l'écart de la maison, et je me dirige à travers les bois vers le marais. Jim n'était pas sur l'île. Je cours à la baie, je me fraye un chemin à travers les saules, prêt à sauter sur le radeau et à fuir loin de ce maudit pays : le radeau avait disparu ! Mes amis ! quel coup j'ai ressenti ! Je ne pouvais plus retrouver mon souffle. Au bout d'un moment, je réussis à pousser des cris. Une voix me répond à vingt pas :

— Seigneur Dieu ! c'est vous, mon petit ? Ne faites pas tant de bruit !

C'était la voix de Jim. Rien ne m'a jamais fait tant de plaisir. Je cours à l'endroit et je saute sur le radeau ; et Jim me reçoit dans ses bras et m'embrasse ; il était si content de me revoir ! Il me dit :

— Par les anges du ciel, mon pauvre petit. Je croyais bien que vous étiez mort. Jack est venu ici. Il pensait qu'ils vous avaient fait votre affaire, puisque vous n'étiez pas revenu à la maison. Alors je viens juste de détacher le radeau et de me placer à l'entrée de la baie, pour être prêt à prendre le large quand Jack reviendrait me dire que c'était bien vrai que vous étiez mort. Ciel ! Je suis bien heureux, vous voilà revenu !

Je lui dis :

— Allons, tout a bien tourné. Ils ne me trouveront pas ; ils croiront que j'ai été tué et que mon corps est parti à vau-l'eau. Ne perdons pas de temps. Dépêchons-nous de piquer vers le milieu du fleuve, le plus vite possible.

Je n'ai pas été rassuré tant que le radeau n'a pas été au moins deux miles plus bas et au milieu du Mississipi. Alors on a hissé notre lanterne et j'ai estimé qu'on avait paré à tout. Je n'avais pas mangé depuis la veille. Jim sortit du pain de maïs et du petit lait, du porc froid et des choux avec de la salade, et pendant que je prenais mon souper, on a causé et on s'est donné du bon temps. J'étais diablement content d'échapper à cette vendetta, et Jim, de son côté, était content d'échapper au marais. On s'est dit qu'après tout un radeau n'était pas un mauvais chez-soi. Ailleurs, on vit trop à l'étroit et on manque d'air. Sur un radeau on peut jouer des coudes et on est puissamment à son aise.

XIX

On a ainsi passé deux ou trois jours et autant de nuits à se la couler douce. Je vais vous dire comment on divisait le temps. Le Mississipi est fameusement large après son confluent avec l'Ohio. On naviguait la nuit, on amarrait et on se cachait le jour ; dès que la nuit tirait à sa fin, on s'arrêtait et on se mettait à l'abri, généralement dans l'eau calme au-dessous d'un promontoire boisé ; on coupait des branches de peuplier et de saule pour camoufler le radeau. Puis on tendait des lignes. On se laissait glisser dans l'eau pour prendre un bain, histoire de se rafraîchir ; et on s'asseyait sur un fond de sable là où l'eau ne vous montait pas plus haut que les genoux, et on regardait venir le

jour. Pas un bruit — partout le silence ; on aurait dit
que le monde tout entier dormait, excepté quand les
grenouilles taureaux se mettaient à coasser. La première chose qu'on voyait en regardant au loin sur
l'eau, c'était une espèce de ligne sombre : les bois de
l'autre rive, on ne voyait rien d'autre ; puis, un coin
pâle dans le ciel ; cette tache pâle s'élargissait ; une
teinte un peu plus claire s'étendait sur le fleuve, loin
là-bas ; l'eau n'était plus noire, mais grise ; on apercevait des petits points sombres flottant sur l'eau,
c'étaient des péniches ; de longues raies sombres,
c'étaient des radeaux. Des fois, on entendait le cri
d'un marinier, ou un bruit de voix — le son, vous
savez, porte loin sur l'eau. Un peu après, on distinguait un remous, et on voyait d'après la forme du
remous qu'il y avait un tronc fiché dans le courant ; le
courant se brise et cela forme un remous. Après le
brouillard se levait, le ciel rougissait à l'est ; et on
distinguait une cabane de bûcheron à la lisière du
bois, de l'autre côté ; les stères de bois formaient des
piles si malhonnêtement faites qu'on aurait pu lancer
les chiens à travers [1]. Puis une brise fraîche soufflait,
qui vous éventait gentiment, revigorante et parfumée à
cause des arbres et des fleurs. Mais des fois, ça ne
sentait pas aussi bon parce qu'on avait laissé des poissons crevés ou des ordures quelque part. Enfin, c'était
vraiment le jour, et tout souriait sous le soleil, et les
oiseaux chantaient. C'était l'heure où une légère
fumée ne risquait pas d'être remarquée. On décrochait
quelques poissons de nos lignes et on les faisait frire
pour avoir un petit déjeuner chaud. Après, on
contemplait le fleuve, on se laissait vivre, on dormait.
Et puis, un bruit nous réveillait brusquement, on
apercevait un vapeur qui remontait le courant en tous-
sant, si loin de l'autre côté qu'on ne pouvait dire si
c'en est un à aubes ou à hélice. Pendant une heure ou
deux, il n'y avait plus rien à voir ni à entendre — rien
que la solitude. Puis un radeau passait au loin, et sur
le radeau un type fendait du bois (c'est ce qu'on fait
généralement sur un radeau) ; on voyait l'éclair de la

hache qui se levait et qui retombait ; on n'entendait rien ; la hache remontait en l'air et quand elle était au-dessus de la tête du bonhomme, on entendait enfin « tchauk » — il fallait tout ce temps-là pour que le son vienne jusqu'à nous.

Voilà comment on passait les journées, à paresser, à écouter le silence. Une fois, il y a eu un brouillard épais, et les gens dans les radeaux et les autres embarcations tapaient sur des casseroles pour que les bateaux à vapeur ne leur rentrent pas dedans. Un radeau ou une péniche sont passés si près de nous qu'on pouvait entendre les gens parler et jurer et rire — on les entendait distinctement ; mais on ne pouvait pas les voir. Ça vous donne la chair de poule ; c'est comme si des esprits volaient dans l'air. Jim prétendait que c'était des esprits, moi je disais : « Non, des esprits ne diraient pas : Sacrée saloperie de brouillard ! »

Bientôt la nuit tombait ; on prenait le large. Une fois au milieu du fleuve, on laissait le radeau flotter au fil de l'eau suivant les caprices du courant ; on allumait une pipe, on laissait ses jambes traîner dans l'eau et on parlait de toutes sortes de choses. On était nu, jour et nuit, quand il n'y avait pas de moustiques ; les vêtements neufs que les parents de Buck m'avaient fait faire étaient beaucoup trop beaux pour qu'on y soit à l'aise ; et moi, vous savez, les habits ça ne me convient guère !

Des fois, on était tout seuls sur le grand fleuve. Là-bas, il y avait les rives et les îles ; plus loin, une lumière qui venait peut-être d'une chandelle dans une chaumière, ou bien sur l'eau, d'une lanterne sur un radeau ou une péniche. Des fois on entendait un air de violon ou une chanson qui venait d'une de ces embarcations. C'est chic, de vivre sur un radeau. On a le ciel au-dessus de soi, tout parsemé d'étoiles. On se couche sur le dos et on regarde les étoiles ; on discute pour savoir s'il y a quelqu'un qui les a faites, ou si elles se sont trouvées là comme ça. Jim disait qu'il y avait quelqu'un qui les avait faites, moi je prétendais qu'elles s'étaient trouvées là comme ça, parce que s'il avait fallu les faire ça aurait pris trop de temps ; Jim pensait que c'était peut-être la lune qui les avait pondues, et ça me paraissait assez raisonnable, car j'ai vu une grenouille pondre des œufs en quantité — donc ça peut se faire. On regardait aussi les étoiles filantes, qu'on voyait tomber avec une grande traînée de lumière. Jim disait que c'en est qui sont pourries et qu'on a jetées hors du nid.

Une ou deux fois, au cours de la nuit, il passait un vapeur dans le noir, et il vomissait un torrent d'étincelles qui sortaient des cheminées et tombaient en averse lumineuse dans le fleuve — c'était joli. Le bateau à vapeur montrait le flanc à une courbe, et on voyait clignoter toutes ses lumières ; puis il disparaissait, son bruit s'éteignait et le fleuve redevenait solitaire et silencieux. Les vagues du sillage nous atteignaient longtemps après que le bateau fut passé ; le radeau dansait un peu. Après ça, c'était fini ; il n'y avait plus de bruit pendant des heures, excepté les grenouilles.

Après minuit, tout le monde sur les rives était couché ; plus de lumières aux fenêtres des maisons, plus de lumières non plus aux hublots des vapeurs. Ça, pour nous, c'était comme une horloge, quand on voyait une lumière reparaître, c'était signe que le matin approchait, alors on cherchait un endroit où se cacher et amarrer.

Un matin, à l'aube, j'ai trouvé un canoë. J'ai monté dedans et franchi un rapide près de la berge, laquelle n'était pas très éloignée. Je pagayai sur un mile en remontant une petite rivière dans un bois de cyprès pour voir si je ne trouverais pas des baies à manger. Comme j'arrivais à un endroit où il y avait une sorte de gué qui raccordait un chemin sur les deux rives, je vis deux hommes qui dévalaient à toute vitesse. Je me dis : je suis foutu, car j'étais toujours porté à croire que quand quelqu'un poursuivait quelqu'un d'autre c'était qu'il était après moi ou après Jim. J'étais sur le point de m'enfuir, quand les

hommes, arrivés près de moi, se mirent à me supplier
de les sauver — ils n'avaient rien fait et on les poursuivait et il y avait des chiens à leurs trousses. Ils
voulaient sauter tout de suite dans mon canoë, mais
je leur dis :

— Ne faites pas ça ! on n'entend pas encore les
chiens. Vous avez donc le temps de traverser les
fourrés et de remonter le long de la berge, puis d'entrer dans l'eau et de redescendre vers moi, comme ça
les chiens perdront la piste.

C'est ce qu'ils ont fait. Dès qu'ils ont été dans le
canoë, j'ai filé du côté de notre crique et du radeau.
Deux minutes après, on distinguait le bruit des
hommes et des chiens. On comprit qu'ils arrivaient
sur la berge mais on ne pouvait les voir, ils ont dû
s'arrêter et se demander ce qu'il fallait faire. Pendant
ce temps-là, nous, on prenait nos distances, en sorte
que le bruit se faisait de plus en plus lointain. Une fois
sur le fleuve, on a commencé à respirer et puis on est
allé se cacher sous les peupliers.

L'un de ces hommes devait avoir dans les soixante-dix ans ou plus, car il était chauve et avait la barbe
grise. Il portait un vieux chapeau à larges bords, une
chemise de flanelle bleue toute graisseuse et une vieille
culotte courte enfoncée dans les tiges de ses bottes.
Sur son bras, un manteau bleu à pans avec des boutons de cuivre. Tous les deux avaient de gros sacs de
voyage très usés.

L'autre devait avoir dans les trente ans et il était
aussi habillé d'une façon voyante. Après le déjeuner,
on s'est assis et on a causé. La première chose qu'on a
découverte, c'est que ces deux gaillards ne se connais-
saient pas.

— Pourquoi est-ce que vous vous sauviez ? a
demandé le chauve à l'autre.

— Je vendais un article pour enlever le tartre des
dents — et ça l'enlève, vous savez, et généralement
l'émail avec — mais je suis resté une nuit de plus qu'il
n'était prudent, et j'étais en train de filer en douce,
quand je suis tombé sur vous, sur le chemin, et vous

m'avez dit qu'ils arrivaient et vous m'avez demandé de vous aider à leur échapper. Je vous ai dit que je n'étais pas rassuré non plus et que j'allais me joindre à vous. C'est tout. Et vous, qu'est-ce que vous avez à raconter ?

— Moi, je menais dans ce pays une petite campagne de tempérance, qui m'avait gagné le cœur des femmes (car je tapais dur sur les bistrots, je vous assure) et je faisais des cinq à dix dollars tous les soirs — à dix cents par tête, excepté les enfants et les nègres — et les recettes augmentaient ; quand, après environ une semaine de ce gentil succès, voilà que le bruit court que quand j'étais seul, loin des regards indiscrets, je m'enfermais avec un pot... Un nègre est venu me prévenir ce matin qu'il y avait des gens qui s'assemblaient en secret, avec des chevaux et des chiens, pour me poursuivre, et que, quand ils m'attraperaient, ils me passeraient au goudron et aux plumes et me mettraient à cheval sur une perche [2]. Je n'ai pas pris le temps de déjeuner, vous pensez — je n'avais pas faim.

— Dites donc, vieux, dit le plus jeune, vous et moi on pourrait peut-être faire équipe à deux. Qu'est-ce que vous en pensez ?

— La chose ne m'irait pas trop mal. Quelle est votre spécialité ?

— Je suis typographe de mon métier ; je fais aussi les spécialités pharmaceutiques ; et je suis acteur — la tragédie, vous savez. Je m'occupe un peu d'hypnotisme et de phrénologie à l'occasion ; j'enseigne le chant et la géographie, pour changer ; j'ajoute de temps en temps une conférence... En somme, je fais des tas de choses, tout ce qui se présente, pourvu que ça ne soit pas du travail. Et vous ?

— Je fais de la médecine. L'imposition des mains est ma spécialité — pour le cancer, la paralysie, et autres choses de ce genre. Et je sais dire la bonne aventure, surtout quand j'ai quelqu'un pour me renseigner à l'avance. Et je suis aussi prédicateur, missionnaire et organisateur de camps religieux.

Personne n'a rien dit pendant un bon moment, puis le jeune homme a poussé un soupir : « Hélas ! »

— Pourquoi est-ce que tu pousses des « hélas » ? a dit le chauve.

— Penser que je suis réduit à mener une telle vie, à me dégrader en pareille compagnie ! Et il a essuyé une larme dans le coin de son œil.

— Vous auriez pu trouver pire compagnie ! a dit le chauve d'un ton piqué.

— Oh, cette compagnie est bien assez bonne pour moi ; je ne mérite pas mieux : car celui qui m'a ravalé si bas, tombant de si haut, c'est moi. Je ne vous fais pas de reproches, messieurs ; non, bien sûr, je ne fais de reproches à personne. Je mérite tout ce qui m'est arrivé. Que le monde m'accable... Il y a une chose que je sais, c'est qu'il y a quelque part une tombe pour moi. Le monde peut continuer à aller son chemin, et me prendre tout — famille, richesses, tout — mais mon tombeau, il ne me le prendra pas. Un jour ou l'autre je serai allongé dedans et mon pauvre cœur brisé connaîtra enfin le repos. Et les larmes ont repris.

— Ne nous embêtez pas avec votre pauvre cœur brisé, a dit le chauve. Qu'est-ce que vous voulez qu'on y fasse, votre pauvre cœur brisé ? Nous n'y sommes pour rien, nous.

— Non, ce n'est pas votre faute. Je n'ai rien contre vous, messieurs. C'est moi qui suis responsable, moi seul. Que j'en souffre, ce n'est que justice. Je ne me plains pas.

— D'où est-ce que vous êtes donc tombé ? Et qu'est-ce qui vous a fait tomber si bas ?

— Ah, vous ne me croirez pas ; le monde ne veut jamais me croire ; mais ça ne fait rien. Le secret de ma naissance...

— Le secret de votre naissance ? Vous voulez nous faire entendre...

— Messieurs, a dit le jeune, d'un ton solennel, je vais vous révéler le secret de ma naissance, car je sens que je peux avoir confiance en vous. J'ai droit au titre de duc.

Les yeux de Jim lui sont sortis de la tête quand il a entendu ça, et les miens aussi, j'imagine. Alors le chauve a dit :

— Qu'est-ce que vous nous chantez là ?

— La vérité. Mon grand-père, fils aîné du duc de Bridgewater [3] est passé en Amérique à la fin du siècle dernier, pour respirer ici l'air de la liberté. Il s'est marié et il est mort, laissant un fils. Mais le fils cadet du duc s'était emparé du titre et du domaine — dépossédant le petit enfant. Je suis le descendant direct de cet enfant — je suis le vrai duc de Bridgewater. Et me voici perdu, dépouillé, pourchassé, méprisé par tous, en guenilles, épuisé, et réduit à la société de fugitifs sur un radeau !

Jim eut pitié de lui et moi aussi. On a essayé de le consoler, sans arriver à grand-chose. Il a dit que si on le reconnaissait, ça lui ferait plus de bien que n'importe quoi. Alors, on dit qu'on voulait bien, à condition qu'il nous montre comment faire. Il a dit qu'il faudrait s'incliner devant lui quand on lui adresserait la parole, et dire : « Votre Grâce », ou « Monseigneur », ou « Votre Seigneurie », et qu'on pourrait aussi dire tout simplement « Bridgewater », puisque c'était un titre et non pas un nom. L'un de nous le servirait à table, et lui rendrait les petits services dont il aurait besoin.

Ce n'était pas trop difficile à faire, et nous l'avons fait. Pendant tout le dîner, Jim est resté debout pour le servir, disant : « Votre Grâce veut-elle voir un peu de ceci, un peu de cela ? » et ainsi de suite, et ça lui faisait plaisir.

Mais le vieux se taisait, il n'avait pas l'air content de tous ces embarras que nous faisions pour ce duc. Quelque chose lui trottait dans la tête. Dans l'après-midi, il dit :

— Dis donc, Bilgewater [4], je te plains bien ; mais tu n'es pas le premier qui a des ennuis. Tu n'es pas le premier qui a un secret sur sa naissance. Et ma parole, voilà qu'il s'est mis lui aussi à pleurer.

— Qu'est-ce que vous dites là ?

— Bilgewater, est-ce qu'on peut se fier à vous ? dit le vieux en sanglotant presque.

— Jusqu'à la mort ! Il prit la main du vieux, la serra et lui dit :

— Le secret de votre identité, dites-le-moi !

— Bilgewater, je suis le Dauphin qui est mort !

Moi et Jim, on a ouvert de grands yeux. Alors le duc a dit :

— Qu'est-ce que vous dites que vous êtes ?

— Ben oui, c'est la vérité vraie — vous voyez en ce moment le pauvre Dauphin disparu, Louis XVII, fils de Louis XVI et de Marie-Antoinette.

— Non ! A votre âge [5]. Vous devez être feu Charlemagne ; vous devez avoir six ou sept cents ans, au moins.

— C'est la peine qui m'a vieilli ; c'est la peine qui m'a fait blanchir les cheveux et qui m'a rendu chauve. Oui, messieurs, vous avez sous les yeux, en surtout bleu et dans la misère, le malheureux exilé, errant et souffrant, l'héritier légitime du trône de France.

Et il se mit à pleurer et à se désoler, si bien que Jim et moi nous ne savions que faire tant nous étions tristes — et heureux aussi, et fiers de l'avoir avec nous. Alors nous nous sommes mis en frais, comme nous l'avions fait pour le duc, pour le consoler. Mais il a dit que ce n'était pas la peine, que rien ne pouvait lui faire du bien que d'être mort et enterré. Pourtant, cela le soulageait et lui faisait du bien quand pour un moment les gens le traitaient comme il y avait droit, et qu'ils mettaient le genou à terre pour lui parler, et qu'ils l'appelaient « Votre Majesté », le servaient le premier à table et ne s'asseyaient pas en sa présence avant qu'il ne leur ait dit de le faire. Alors Jim et moi, on s'est mis à lui donner du « Majesté » et à faire comme il nous l'avait dit. Ça lui faisait beaucoup de bien et le rendait heureux. Mais le duc le regardait de travers. Il n'avait pas l'air content du tout de la façon dont les choses se passaient. Malgré tout, le roi était bien honnête à son égard. Il lui disait que le grand-père du duc et tous les Bilgewater étaient bien vus de son père à lui, le roi de France. Mais le duc lui faisait toujours grise mine. Alors le roi lui a dit :

— Il y a bien des chances, Bilgewater, pour que toi et moi, on reste un long bout de temps sur ce radeau. Alors à quoi bon se faire la tête ? Ça ne fait que jeter un froid. Ce n'est pas ma faute si je ne suis pas né duc, et ce n'est pas ta faute si tu n'es pas né roi — alors à quoi bon se tourmenter ? Prenons les choses comme elles viennent — c'est ma règle. On n'est pas trop mal ici — à manger tant qu'on veut. Allons, ta main, duc, et soyons amis !

Le duc s'est laissé faire, et Jim et moi, nous avons été bien contents. Cela mettait du liant — ce qui est une bonne chose, car ce ne serait pas drôle de ne pas être amis, sur un radeau. Ce qu'il faut surtout, sur un radeau, c'est que tout le monde s'entende et qu'on se conduise bien les uns envers les autres.

Il ne m'a pas fallu longtemps pour voir que ces menteurs n'étaient ni duc ni roi, mais tout simplement des filous de première. Mais je ne dis rien, je laissai faire ; c'était le meilleur moyen de n'avoir ni querelles, ni embêtements. S'ils voulaient qu'on les appelle duc et roi, ça m'était bien égal, pourvu qu'on ait la paix dans la famille. Ce n'était pas la peine de rien dire à Jim. La seule chose que j'avais apprise du paternel, c'était que les gens de cette espèce, il faut les laisser faire ce qu'ils veulent.

XX

Ils nous ont posé des tas de questions : « Pourquoi couvrions-nous le radeau de branchages ? Pourquoi nous cachions-nous pendant le jour au lieu de naviguer ?... Est-ce que Jim était un esclave fugitif ? »

— Bonté divine, leur dis-je, est-ce qu'un esclave fugitif prendrait la direction du sud [1] ?

Ils ont reconnu que ça ne serait pas à faire. Je leur ai expliqué :

— On habitait dans le com.. de Pike, dans le Missouri, où je suis né et où tous sont morts excepté papa et moi. Papa a décidé qu'on allait tout bazarder et qu'on irait retrouver l'oncle Ben qui a une petite ferme en aval, à quarante-cinq miles de La Nouvelle-Orléans. Papa était pauvre et avait des dettes. Quand il a liquidé son affaire, il n'avait plus que dix-sept dollars et notre nègre Jim. C'était pas assez pour payer notre voyage. Quand il y a eu la crue, papa a eu la chance de mettre la main sur ce radeau, et on a décidé de naviguer là-dessus jusqu'à La Nouvelle-Orléans. Mais la malchance nous a poursuivis : une nuit un bateau à vapeur a heurté l'avant du radeau ; nous avons tous été précipités dans l'eau et on a plongé sous la roue. Jim et moi, nous sommes remontés à la surface, mais le paternel était saoul et lui il est resté au fond. Ensuite on a eu toutes sortes d'embêtements, parce que les gens venaient en canot et ils essayaient d'emmener Jim sous prétexte que c'était un esclave marron. C'est pour ça qu'on ne navigue plus pendant le jour, la nuit, on est plus tranquille.

Le duc a dit :

— Laissez-moi réfléchir à la manière dont on pourrait aussi naviguer pendant le jour si c'était nécessaire. Je vais manigancer quelque chose. Mais pas aujourd'hui parce que ce n'est pas la peine de passer devant cette ville là-bas en plein jour — ça ne serait pas très sain.

Vers le soir, des nuages se sont amoncelés, des éclairs de chaleur sillonnaient le ciel, les feuilles frémissaient — ça prenait mauvaise tournure. Aussi le duc et le roi sont-ils allés inspecter notre cabane, pour voir ce que valaient nos paillasses. La mienne était en paille de blé ; celle de Jim en paille de maïs. Dans la paille de maïs, il y a toujours des épis de maïs qui sont durs et qui vous piquent, et, quand on remue, la paille de maïs crisse, ça fait un tel bruit que ça vous réveille. Le duc a déclaré qu'il prenait mon lit, mais le roi lui dit :

— J'aurais cru que notre différence de rang vous aurait suggéré que la paille de maïs ne me conviendrait pas. Votre Grâce prendra le lit de paille de maïs.

Jim et moi, on a eu la sueur dans le dos ; on craignait qu'ils se disputent. Aussi a-t-on été contents quand le duc a dit : « C'est mon destin d'être piétiné dans la boue sous le talon de la tyrannie. Le malheur, hélas ! a brisé mon orgueil ! Je cède, je me soumets. Je suis seul au monde et voué à la souffrance, mais je sais me résigner. »

On a appareillé dès qu'il a fait nuit et nous n'avons pas allumé de feu avant d'avoir dépassé la ville. Ensuite nous avons hissé la lanterne. Vers dix heures, la pluie s'est mise à tomber, le vent à souffler, il a tonné et il y avait des éclairs. Alors le roi nous a dit de monter la garde nous deux pour veiller au grain ; et lui et le duc se sont glissés dans la cabane pour la nuit. J'étais de garde, bon ; mais je n'aurais pas voulu rentrer, même s'il y avait eu un lit pour moi. On ne voit pas un orage comme ça tous les jours. Mes amis, quelles trombes de vent et quels hurlements ! Toutes les deux secondes il y avait un éclair pour illuminer les crêtes blanches à des miles à la ronde ; les îles étaient comme enveloppées de poussière sous la pluie, et les arbres se démenaient follement sous le choc du vent. On entendait « krrakk ! — boum, paraboum, boum, boum, boum ! » et le tonnerre grondait, et s'éteignait, et s'en allait plus loin — et puis ça recommençait, éclairs et grondements. Les vagues me passaient par-dessus, mais ça n'avait pas d'importance puisque j'étais pas habillé. On n'avait rien à craindre des écueils parce que les éclairs nous les montraient, et il y en avait presque tout le temps, des éclairs, alors on pouvait détourner l'avant du radeau et les éviter les écueils.

J'étais encore de garde à minuit mais j'avais bien envie de dormir, et Jim, qui était toujours si bon, dit qu'il me remplacerait pour le premier quart. Je me suis donc glissé dans la cabane ; mais les jambes du roi et du duc s'étalaient tellement que je ne pouvais pas me faire une petite place. Je suis resté dehors, la pluie ne me gênait pas, elle était tiède. Les vagues n'étaient plus si hautes. Et puis tout à coup il s'en est amené une qui m'a presque roulé par-dessus bord. Jim s'est mis à rire comme un fou. Quand il s'agit de rire, il est imbattable.

J'ai pris la garde, Jim s'est couché et s'est mis à ronfler. Bientôt l'orage est tombé. Dès que j'ai vu poindre
une lumière dans une maison, je l'ai réveillé et nous
avons conduit le radeau dans un abri pour la journée.

Après le déjeuner, le roi a sorti un jeu de cartes
crasseux et ils ont joué pendant un bout de temps,
à cinq cents la partie. Et puis ils en ont eu assez et
ils ont décidé de « préparer une campagne », comme
ils disaient. Le duc a fouillé dans son sac, il en a sorti
des quantités de petits prospectus qu'il s'est mis à
lire : *Le célèbre docteur Armand de Montalban de Paris
fera une conférence sur la phrénologie, le... à... ; entrée
dix cents ; analyses individuelles de caractère, vingt-cinq
cents.* Le duc a dit : « C'est moi. » Un autre prospectus disait : *Le célèbre interprète des tragédies de Shakespeare, Garrick le Jeune* [2], *de Londres.* Sur d'autres,
il portait d'autres noms et faisait d'autres choses mer-
veilleuses, telles que découvrir des sources ou des
mines d'or au moyen d'une baguette magique, dis-
siper les maléfices et ainsi de suite. Au bout de
quelque temps, il a dit :

— Mais la muse du théâtre est celle que je préfère.
Avez-vous jamais foulé les planches, Majesté ?

— Non, dit le roi.

— Eh bien, vous le ferez bientôt, Grandeur déchue,
dit le duc. Car, à la première ville, nous louerons une
salle et jouerons la scène du combat à l'épée, dans
Richard III, et la scène du balcon, dans *Roméo et
Juliette.* Qu'en dites-vous ?

— Je suis prêt à faire n'importe quoi qui paye, Bilgewater ; seulement, je ne connais rien au métier d'acteur, et je n'ai pas vu beaucoup de pièces. Pouvez-
vous me l'enseigner ?

— C'est facile !

— Très bien. Je brûle de faire quelque chose de
nouveau. Commençons tout de suite.

Le duc lui a dit qui était Roméo, et qui était
Juliette, et comme il avait l'habitude de jouer Roméo,
le roi ferait Juliette.

— Mais si Juliette est une toute jeune fille, duc, ma

tête pelée et ma barbe blanche ne feront pas très bien sur son visage.

— Ne vous en inquiétez pas, ces lourdauds de campagnards ne s'en apercevront même pas. De plus, vous serez en costume, ce qui fait une grande différence. Juliette est à son balcon, regardant le clair de lune avant d'aller se coucher, et elle est en chemise et en bonnet de nuit à ruches. Voici les costumes pour les rôles.

Il a tiré deux tuniques de calicot à ramages, qui étaient les armures moyenâgeuses de Richard III et de son partenaire, et une longue chemise de nuit en coton blanc avec un bonnet de nuit à ruches assorti. Le roi parut convaincu. Le duc prit le livre et lut les rôles d'une voix de crieur public, jouant avec des ronds de jambe, pour montrer comment il fallait faire. Puis il a tendu le livret au roi et il lui a dit d'apprendre son rôle.

Il y avait une petite ville de rien à un tournant du fleuve [3]. Après le dîner, le duc a dit qu'il avait mis au point une idée pour naviguer de jour sans que ça soit dangereux pour Jim... Et puis ils ont décidé d'aller voir s'il n'y aurait pas moyen d'arranger quelque chose dans cette petite ville. Comme nous n'avions plus de café, Jim m'a conseillé de partir avec eux pour tâcher de m'en procurer et nous sommes partis tous les trois en canoë.

Dans la ville, il n'y avait personne, tout paraissait mort comme si c'était dimanche. Nous avons enfin aperçu un nègre malade qui prenait le soleil dans une cour, et il nous a dit que tout le monde, jeunes et vieux, était parti à un camp de missionnaires, à deux miles de là dans les bois. Le roi a demandé où c'était exactement et puis il nous a déclaré qu'il allait travailler dans ce camp-là et en tirer profit, et que je pouvais aller avec lui.

Le duc, lui, voulait d'abord trouver une imprimerie et on en a trouvé une — un petit atelier au-dessus d'un menuisier. C'était sale, souillé d'encre, encombré de papiers, avec des prospectus, des images de chevaux et des portraits de nègres marrons sur les murs. Il n'y avait personne. Le duc a ôté sa veste et dit que

c'était ce qu'il lui fallait. Le roi et moi nous sommes
partis pour le camp.

Nous y sommes arrivés au bout d'une demi-heure,
en nage tellement il faisait chaud. Il y avait peut-être
un millier de personnes venues de vingt miles à la
ronde. Les bois étaient pleins d'attelages et de carrioles, et de chevaux rendus nerveux à cause des mouches. Il y avait des buvettes faites avec des branchages
où on servait de la limonade et où on vendait du pain
d'épices et aussi des melons et des épis de maïs verts.

Le prêche se déroulait sous des toits de verdure. Les
bancs étaient faits de troncs sciés dans la longueur,
avec l'écorce, posés sur des rondins. Les prédicateurs
se tenaient sur des plates-formes surélevées. Les
femmes avaient de grands chapeaux de soleil et des
robes légères. Les jeunes gens étaient pieds nus, et la
plupart des enfants, sans vêtements, portaient juste
une chemisette. Les vieilles tricotaient, les jeunes gens
et les jeunes filles flirtaient en cachette.

Nous sommes allés là où un prédicateur faisait chanter
un hymne. Tout le monde entonnait l'hymne, et c'était
impressionnant car ils étaient nombreux et ils chantaient fort ! Et ils ont chanté de plus en plus fort, à la fin
il y en avait même qui poussaient des gémissements et
d'autres qui hurlaient. Alors le prédicateur a réclamé le
silence et commencé son sermon — et il se démenait
drôlement. Il marchait d'un bout à l'autre de la plate-
forme, se penchait par-dessus en gesticulant, et il décla-
mait. De temps en temps il ouvrait sa bible, la tenait en
l'air et la montrait à droite et à gauche en criant : « C'est
le serpent d'airain dans le désert ! » Et la foule s'écriait :
« Gloire ! Amen ! » Il continuait, et la foule poussait des
gémissements et hurlait : « Amen ! »

— Oh ! accourez au banc de la pénitence ! Accourez,
brebis galeuses, brebis pécheresses ! Accourez, vous les
malades et les calamiteux ; accourez, vous les boiteux et
les infirmes, accourez les aveugles, accourez les misé-
reux et les déshérités, accourez vous qui êtes plongés
dans la honte, accourez tous les désespérés ! Accourez
avec votre âme brisée ! Accourez avec votre cœur contrit !

Accourez avec vos haillons, vos péchés, vos turpitudes !
L'eau qui lave est gratuite, la porte du ciel est ouverte —
entrez et trouvez le repos ! (Amen ! Gloire, gloire, allé-
luia !)

A la fin, on ne pouvait pas entendre ce que disait le
prédicateur tant il y avait de bruit. Des gens se
levaient et se frayaient un chemin à travers les rangs
serrés de l'assistance pour parvenir au banc de la pénitence, le visage baigné de larmes. Et quand tous les
pénitents furent rassemblés sur les bancs de devant, ils
se mirent à chanter, à brailler, à se rouler par terre
comme des possédés.

Soudain, qu'est-ce que je vois ? Le roi qui mène le
chœur, et qui vocifère plus que personne. Il prend l'estrade d'assaut et le prédicateur lui passe la parole. Il dit :

— Pendant trente ans, j'ai été pirate — là-bas, dans
l'océan Indien. Mon équipage a fondu petit à petit
dans les batailles, et je suis revenu pour recruter des
hommes, et, Dieu soit loué, j'ai été volé la nuit dernière, et je me suis trouvé à bord d'un vapeur sans le
sou, et tant mieux, c'était la plus heureuse chose qui
pouvait m'arriver, parce que je suis un autre homme
maintenant, et heureux pour la première fois de ma
vie ; et tout pauvre que je suis, je vais retourner dans
l'océan Indien et consacrer le reste de ma vie à
ramener les pirates dans le droit chemin ; car je peux
faire ça mieux que personne, puisque je connais tous
les équipages de pirates dans cet océan ; et si longtemps que ça doive me prendre pour arriver là-bas
sans argent, j'y arriverai, et chaque fois que je conver-
tirai un pirate, je lui dirai : « Ne me remercie pas, c'est
dû à ces braves gens du camp de prières de Pokeville,
qui sont par nature les frères et les bienfaiteurs de tous
les hommes — et à ce brave prédicateur, l'ami le plus
véritable que les pirates aient jamais eu ! »

Et il éclate en sanglots, et tout le monde de même.
Alors quelqu'un s'écrie : « On va faire une quête pour
lui ! » Et il y en a une demi-douzaine qui se lèvent. Il
y en a un qui crie : « Qu'il fasse passer son chapeau ! »
Et tout le monde est d'accord, le prédicateur aussi.

Le roi est donc passé parmi la foule en tendant son chapeau, en s'essuyant les yeux, et en bénissant les gens, les remerciant d'être si bons pour les pirates de là-bas ; et les plus jolies filles, les joues tout humides, lui ont demandé de les laisser l'embrasser, pour mieux se souvenir de lui ; et il y a consenti et il en a pris dans ses bras pour les baiser cinq ou six fois de suite — et puis, ils l'ont invité à rester toute la semaine ; c'était à qui l'aurait chez lui, ce serait un honneur qu'ils disaient, mais lui, il répondait que c'était impossible, qu'avant tout il fallait qu'il parte pour l'océan Indien afin de commencer à convertir les pirates.

Quand on s'est retrouvé sur le radeau, il a compté son argent : il y avait quatre-vingt-sept dollars soixante-quinze cents. Plus un pot de whisky d'un gallon qu'il avait resquillé dessous une carriole dans les bois. Il a déclaré que tout compte fait, c'était la journée la plus profitable qu'il avait jamais eue depuis qu'il faisait les missionnaires. Il a dit que ce n'était pas de « païens » qu'il fallait parler, que les « pirates » prenaient bien mieux, dans les camps de prières.

Le duc, de son côté, paraissait très content de lui avant que le roi eut fait ses comptes, mais après il n'était plus si fier. Il avait composé et imprimé deux petites séries de prospectus pour les fermiers, et il s'était payé quatre dollars. Et il avait pris pour dix dollars de réclames, dans le journal, qu'il avait ramenés à quatre dollars, payables d'avance — et il avait empoché l'argent. Le prix d'abonnement au journal était de deux dollars par an ; mais il avait réduit le taux à un demi-dollar, si on payait d'avance. Les gens se préparaient à payer en bois de chauffage et en oignons comme d'habitude, mais il avait dit qu'il venait d'acheter l'affaire, qu'il avait mis le prix aussi bas que possible, et qu'il fallait payer en argent. Il avait même composé une petite pièce de vers — lui tout seul —, des vers tendres et un peu tristes — le titre était : *Broie ce cœur, monde insensible* et il avait laissé ce poème tout prêt à être imprimé, sans rien faire payer. Il avait comme ça fait neuf dollars et demi, et il pensait que c'était plutôt une bonne journée.

Il nous a montré une feuille volante, qu'il avait imprimée, pour rien, parce que c'était pour nous. Il y avait une image de nègre marron avec un bâton et un baluchon sur l'épaule, et au-dessous : *200 dollars de récompense.* Le texte était au sujet de Jim et le décrivait bien exactement. On pouvait lire que Jim s'était enfui de la plantation Saint-Jacques, à quarante miles en aval de La Nouvelle-Orléans, qu'il avait dû se diriger vers le nord et que celui qui le ramènerait toucherait la récompense et le montant de ses frais.

— Après ça, dit le duc, on pourra naviguer pendant le jour, si on veut. Si quelqu'un vient inspecter le radeau, on attachera Jim par les mains et les pieds avec une corde, dans la cabane, on montrera le papier, on dira qu'on a attrapé Jim sur le fleuve, qu'on est trop pauvre pour voyager en steamer, qu'on a construit un radeau avec un peu d'argent prêté par des amis, et qu'on descend vers le sud pour toucher la prime.

Nous tous, on a dit que le duc avait du nez et qu'on pourrait en effet, à partir de maintenant, naviguer pendant le jour. Mais d'abord il fallait profiter de la nuit pour être aussi loin que possible des gens quand ils s'apercevraient de ce que le duc avait fabriqué dans l'imprimerie. Après il n'y aurait plus qu'à aller de l'avant.

On s'est tenu bien coi jusque vers dix heures ; on s'est laissé emporter par le courant à une bonne distance de la ville, sans allumer notre lanterne.

Quand Jim s'est réveillé pour prendre la garde, à quatre heures du matin, il m'a dit :

— Huck, pensez-vous qu'on va encore rencontrer des rois pendant ce voyage ?

— Je ne le pense pas.

— Eh bien, tant mieux. Un ou deux rois, ça passe ; mais pas plus. Ce roi qu'on a, il est plein comme une barrique, et l'autre est tout pareil.

Jim avait essayé de le faire parler français pour voir comment ça sonnait. Mais le roi lui avait répondu qu'il y avait si longtemps qu'il était dans ce pays-ci et qu'il avait eu tant de misères, qu'il avait oublié.

XXI

Le soleil était levé mais on a continué à naviguer.

Le roi et le duc sont sortis de la cabane, un peu tard, pas mal fripés ; mais ils ont sauté par-dessus bord, se sont baignés, et ça les a retapés. Après le déjeuner, le roi s'est assis sur le bord du radeau ; il a enlevé ses souliers, relevé son pantalon et laissé ses jambes dans l'eau pour être bien à l'aise ; puis, il a allumé une pipe, et il s'est mis à apprendre par cœur la scène de Roméo et Juliette. Quand il a eu l'impression de la savoir à peu près, lui et le duc ont commencé à répéter. Le duc a été obligé de lui faire répéter ses répliques des tas de fois, de lui apprendre à soupirer et à mettre la main sur le cœur. Enfin, il a déclaré que ça pourrait aller.

— Mais faut pas mugir *Roméo !* comme un taureau ! Faut murmurer ça doucement, d'un air extasié, comme ça : *Ro-mé-o !* C'est une jeune demoiselle toute tendre, Juliette ; il ne faut pas la faire braire comme un âne.

Ensuite, ils ont empoigné deux grands sabres que le duc avait fabriqués avec des lattes, et ils se sont mis à se battre. Le duc jouait le personnage de Richard III. Et ils se cambraient, et ils se démenaient, que c'en était impressionnant.

Mais voilà que le roi a fait un faux pas et qu'il est tombé à l'eau... Après ça, ils se sont reposés en parlant de leurs aventures passées.

Après le dîner, le duc a dit :

— Dites donc, Capet, si on veut que ça marche, faudrait ajouter un petit quelque chose. D'ailleurs, il faut préparer un *bis*.

— Qu'est-ce que c'est un *bis ?*

Le duc lui a expliqué, puis il a ajouté :

— Moi, je danserai la bourrée des montagnards

d'Écosse. Pour vous, voyons... Ah, je sais, il y a le monologue d'Hamlet.

— Le quoi d'Hamlet ?

— Le monologue, le plus fameux morceau de Shakespeare. Ah, c'est sublime ! Ça empoigne l'auditoire. Je n'ai pas le livre, mais je crois que je peux le reconstituer de mémoire. Je vais marcher de long en large une minute ou deux, et ça va me revenir.

Il s'est mis à arpenter le pont en fronçant les sourcils que c'était terrible à voir, et en se frappant le front et en poussant des soupirs ; et puis des larmes qui sont montées aux yeux. Enfin, il le tenait son monologue ! Il nous a dit de bien l'écouter. Il a pris une pose noble, une jambe en avant, les bras levés au ciel, la tête rejetée en arrière. Il a commencé à déclamer, à beugler, en grinçant des dents. Et pendant toute la tirade, il a gesticulé en bombant la poitrine. J'avais jamais vu aucun acteur faire tant d'efforts. J'ai retenu le début pendant qu'il l'apprenait au roi :

> *Être ou ne pas être — c'est là le passe-lacet*
> *Qui fait d'une si longue vie une calamité.*
> *Car qui supporterait, messieurs, de jouer aux dames*
> *Jusqu'à ce que Birnam arrive à Dunsiname* [1]...

Une fois lancé, il n'en finissait plus. On aurait dit qu'il était né pour ça. Il bramait, il ruait, il roulait des yeux, il pétaradait que c'était prodigieux.

A la première occasion, le duc a fait imprimer des affichettes. Et les deux ou trois jours suivants, pendant qu'on flottait, ça a bardé sur le radeau : ce n'étaient que passes d'escrime et déclamations ; des « répétitions », qu'il disait, le duc.

Un matin, alors qu'on venait d'entrer dans l'Arkansas, on voit au fond d'une baie une petite ville tout ce qu'il y a de plus modeste. On s'amarre, et on va tous y jeter un coup d'œil, Jim excepté, pour voir s'il y aurait là une occasion de donner notre spectacle.

Une chance : il devait y avoir un spectacle de cirque l'après-midi même, et les campagnards commençaient déjà à rappliquer à cheval et dans toutes sortes de carrioles. Le cirque devait repartir avant la nuit, de sorte que notre spectacle avait une bonne occasion de faire salle comble. Le duc a loué la salle de réunions, et nous sommes partis coller nos affichettes un peu partout. Voilà ce qu'elles disaient :

FESTIVAL SHAKESPEARIEN !

ATTRACTION FORMIDABLE !
pour une soirée seulement !

Vous verrez, entendrez les célèbres acteurs connus dans le monde entier

DAVID GARRICK junior, du théâtre de Drurylane de Londres,
EDMOND KEAN [2] aîné, du Royal Haymarket de Piccadilly.

———————

Dans « **LA SCÈNE DU BALCON** » de Roméo et Juliette

Roméo . . . . **Mr. GARRICK**
Juliette . . . . **Mr. KEAN**
Avec toute la troupe dans de nouveaux costumes, des décors nouveaux et des attributions nouvelles.

———————

De plus, vous assisterez au terrifiant, au magnifique, au grandiose :

DUEL de RICHARD III

Richard III . . . . **Mr. GARRICK**
Richemond . . . . **Mr. KEAN**

et enfin, sur demande spéciale, l'immortel
monologue d'**HAMLET** dit par l'illustre **KEAN**
qui en a donné plus de 300 représentations à Paris

ATTENTION : POUR UNE SEULE SOIRÉE

Entrée : 25 cents ; Enfants et domestiques : 10 cents

Puis nous sommes allés flâner en ville [3]. Les boutiques et les maisons étaient toutes en bois, délabrées et
gondolées, et comme si elles n'avaient jamais été
peintes. Elles étaient surélevées de trois ou quatre
pieds sur des échasses, pour être hors de portée de
l'eau quand le fleuve débordait. Il y avait des petits
jardins autour des maisons, mais où rien ne poussait
que des bardanes, des soleils, des tas de cendres, des
vieux souliers éculés, des culs-de-bouteille, des chiffons et des casseroles de fer défoncées. Les palissades
étaient faites de planches de différentes sortes qui
avaient été clouées à des époques différentes, et qui
penchaient de divers côtés, avec des portes qui ne
tenaient que par un gond — généralement en cuir. Il y
avait des palissades qui avaient été passées à la chaux,
mais le duc disait que ça devait remonter à Christophe
Colomb. Il y avait généralement des cochons dans les
jardins, et des gens qui les pourchassaient.

Toutes les boutiques étaient dans la même rue. Des
caisses vides traînaient sous les auvents et des flâneurs
s'asseyaient dessus toute la journée, qui les tailladaient
avec leur couteau, et qui chiquaient et bâillaient, et
regardaient et se couchaient tout de leur long — ça
faisait une belle bande ! Ils portaient des chapeaux de
paille jaune grands comme des parapluies, et ils parlaient en grasseyant et ils juraient, je ne vous dis que
ça. Tout ce qu'on les entendait dire, c'était :

— Passe-moi une chique, Hank !

— Je peux pas, j'en ai qu'une. Demandes-en une à
Bill.

Ces pouilleux n'avaient pas un cent, pas même une
chique à eux. Ils se procuraient leurs chiques en les
empruntant. Ils disaient à un gars : « Prête-moi une
chique, Jack ; je viens de donner la dernière que j'avais
à Ben » — ce qui n'était pas vrai. Ils ne pouvaient
donner le change qu'à un étranger ; mais Jack était à
la coule. Il dit :

— Tu lui as donné une chique, que tu dis ? Ah oui,
c'est la grand-mère du chat de ta sœur qui l'a donnée.
Rends-moi les chiques que je t'ai déjà prêtées, Lafe

Buckner, et je t'en reprêterai une ou deux tonnes, et
sans intérêts.

— Mais je t'en ai déjà redonné, tu le sais ben.

— Oui, peut-être cinq ou six. Moi, je t'avais donné
du bon tabac de marchand, et tu m'as rendu de la
camelote de ta fabrication.

Le tabac qu'on vendait était une carotte noire et
aplatie, mais ces gaillards-là chiquaient plutôt des
feuilles enroulées. Quand ils empruntaient une
chique, ils n'en coupaient pas un bout au couteau, ils
la coupaient et la déchiraient avec leurs dents et
tiraient dessus et le gars à qui était la carotte regardait
ça d'un œil mélancolique et quand on lui rendait ce
qui en restait, il disait : « Donne-moi plutôt la chique
et garde la carotte. »

Les rues et les ruelles n'étaient que boue noire
comme du goudron, et épaisse d'un pied par
endroits. Les cochons grouillaient et fouillaient partout. Voilà une truie toute sale de boue qui arrive
avec sa portée de cochonnets, et elle se couche au
milieu de la rue, et les gens doivent se détourner
pour passer pendant qu'elle s'allonge et ferme les
yeux et remue les oreilles et que les cochonnets la
tètent, et elle a l'air aussi heureuse que si elle était
payée pour ça. Mais un des pouilleux ne tarde pas
à crier : « Kss, kss, Médor, mords-la ! » et voilà la
truie qui couine et qui se sauve, un chien accroché
à chaque oreille, et une douzaine d'autres qui lui
courent après, et on voit tous les pouilleux qui se
lèvent et qui regardent la scène, et plus la truie fait
de raffut, plus ils sont contents. Puis ils se recou-
chent et regardent les chiens se battre. Il n'y a rien
qui les ragaillardit comme une bataille de chiens ; à
moins que ça ne soit de verser de l'essence sur un
chien égaré et d'y mettre le feu, ou d'attacher une
casserole à la queue du chien et de le voir courir et
courir jusqu'à ce qu'il en crève.

Sur la berge du fleuve, il y avait des maisons en
surplomb au-dessus de l'eau, toutes penchées. On
aurait dit qu'elles allaient plonger. Les gens avaient

déménagé. Sous d'autres maisons où les gens étaient restés, la berge était creuse ; et c'était dangereux, parce qu'il arrive que la berge s'effondre d'un seul coup, et toute la maison avec. On voit même parfois une bande de terre large d'un demi-mile s'affaisser et glisser jusqu'à ce que, l'été venu, tout le morceau dévale dans le fleuve. Dans ce cas, la ville recule, d'année en année, grignotée par le fleuve.

Vers midi, les carrioles et les chevaux sont arrivés de plus en plus nombreux dans les rues. Les familles avaient apporté leur repas qu'elles mangeaient dans les voitures. Le whisky coulait à flots. J'ai vu trois batailles.

Un type s'est mis à crier :

— Voilà le vieux Boggs qu'arrive de la cambrousse pour prendre sa cuite : vous le voyez, les gars [4] ?

Ils avaient l'air content — c'est que quand le vieux Boggs était là en général on ne s'ennuyait pas.

— Je me demande à qui il va s'en prendre, cette fois. S'il avait réglé leur compte à tous ceux qu'il a menacés depuis vingt ans, il aurait une belle réputation, au jour d'aujourd'hui !

Un autre a repris :

— Je voudrais qu'il s'en prenne à moi, le vieux Boggs, alors je serais sûr de ne pas mourir d'ici mille ans.

Boggs arrive à cheval, à grand train, criant et hurlant comme un Indien :

— Gare là-dessous, vous autres. Je suis sur le sentier de la guerre. Le prix des cercueils va monter !

Il était saoul et vacillait sur sa selle. Tout le monde lui criait après, et se moquait de lui, et l'enguirlandait — et il répondait, disant qu'il allait leur faire leur affaire, chacun à leur tour, mais qu'il n'avait pas le temps maintenant parce qu'il allait tuer le colonel Sherburn [5]. Puis, il se mettait à crier sa devise : « La viande d'abord, la soupe après s'il reste de la place ! » Soudain il m'aperçoit, dirige son cheval sur moi et me crie : « D'où que tu viens, gamin ? Es-tu prêt à mourir ? » Et il passe.

J'avais peur. Mais un homme me dit :

— Ça ne signifie rien. Y déblatère toujours comme ça, quand il est saoul. C'est un vieux fou inoffensif ; il n'a jamais fait de mal à personne, saoul ou à jeun.

Boggs s'avance jusqu'au plus grand magasin de la ville, regarde par-dessous l'auvent et crie :

— Allons, montre-toi, Sherburn ! Viens regarder en face celui que t'as filouté ! Tu es le gibier que je traque et je vais te faire ton affaire !

Et il continue, appelant Sherburn par tous les noms qu'il peut trouver. Au bout de quelque temps, on voit sortir du magasin un homme fier, d'à peu près cinquante-cinq ans — l'homme le mieux habillé de toute la ville. La foule se recule. Il dit à Boggs, sans se presser, d'un ton calme :

— J'en ai assez. Que ça ne dure pas plus tard qu'une heure. Jusqu'à une heure, t'entends, pas plus tard. Si tu ouvres la bouche pour dire du mal de moi après cette heure-là, tu auras beau te sauver, je te rattraperai.

Il rentre. La foule ne riait plus. Boggs s'en va, enguirlandant Sherburn tant qu'il peut, au plus haut de sa voix. Puis il revient et s'arrête devant le magasin, continuant toujours à dégoiser. Quelques hommes se groupent autour de lui et essaient de le faire taire ; mais il ne veut pas. Ils lui disent qu'une heure va sonner dans quinze minutes et qu'il faut qu'il s'en aille, et tout de suite. Tout ça ne servait à rien. Il se remet à jurer tant qu'il peut ; il jette son chapeau dans la boue et le fait piétiner par son cheval. Enfin il se met en route vers le bout de la rue, avec ses cheveux blancs qui flottent au vent. Tous ceux qui peuvent le rejoindre essaient de le faire descendre de cheval, pour pouvoir l'enfermer et le laisser cuver son vin. Mais sans réussir à rien. Il se remet à tempêter et à jurer contre Sherburn. Il y en a un qui dit : « Allez chercher sa fille ! Vite ! Quelquefois il l'écoute. S'il y a quelqu'un qui peut le persuader, c'est elle ! »

L'un d'eux part en courant. Je descends un bout de chemin dans la rue, et j'attends. Voilà Boggs qui revient au bout de quelques minutes mais pas à cheval. Il tangue dans la rue, avec un ami sous chaque bras pour le soutenir. Il ferme sa gueule et n'a pas l'air à son aise. J'entends quelqu'un appeler :

— Boggs !

Je me retourne, et je vois que c'est le colonel Sherburn. Il était là dans la rue, parfaitement immobile, avec un pistolet à la main. Au même moment, je vois une jeune fille qui arrive en courant, et deux hommes avec elle. Boggs et ses deux amis se retournent pour voir qui les appelle ; les deux hommes se jettent de côté ; le pistolet se dirige lentement sur Boggs, et reste immobile, les deux chiens levés. Boggs lève les deux mains en l'air et crie : « Bon Dieu, ne tirez pas ! » Bang ! le premier coup part. Il vacille, bat l'air de ses bras. Bang ! le second coup part. Il tombe par terre comme une masse, les deux bras étendus. La jeune fille pousse des cris aigus, se précipite et se jette sur le corps de son père en s'écriant : « Oh ! il l'a tué ! » La foule se presse autour d'eux, se poussant des coudes et des épaules, le cou tendu, essayant de voir ; et ceux du centre du groupe les repoussent tant qu'ils peuvent, criant : « Arrière ! Donnez-lui de l'air ! » Le colonel Sherburn jette son pistolet, pivote sur ses talons et s'en va.

On a porté Boggs dans une petite pharmacie, avec toute la foule qui suivait derrière. Je me suis précipité pour avoir une place près de la devanture. On a étendu Boggs sur le plancher ; on lui a mis une grosse bible sous la tête, et une autre ouverte sur la poitrine — mais avant ils avaient déchiré sa chemise, et j'avais vu les endroits où les deux balles étaient entrées. Il a poussé de profonds soupirs qui soulevaient la bible — puis il n'a plus bougé. Il était mort. On a emmené sa fille qui continuait à pousser des cris. Elle avait seize ans, elle était jolie et douce, mais terriblement pâle.

La foule se disputait pour arriver à la devanture et voir ce qui se passait ; mais ceux qui avaient les bonnes places ne voulaient pas les céder, et les autres criaient : « Eh ! vous autres, vous avez assez vu ; c'est pas du jeu de rester là tout le temps ; les autres ne peuvent rien voir, et ils ont autant de droits que vous. »

Ça prenait mauvaise tournure. Je me suis défilé. Les rues étaient pleines et tout le monde semblait très excité. Ceux qui avaient vu la scène la racontaient, et il y avait une foule compacte autour d'eux, tendant le cou pour entendre. Un individu, grand et maigre, avec de longs cheveux, un chapeau haut de forme à poils sur le derrière de la tête, et une canne à poignée recourbée à la main, a montré sur le terrain les endroits où se tenaient Boggs et Sherburn. Les gens le suivaient d'un endroit à l'autre, le regardaient avec de grands yeux, secouaient la tête pour indiquer qu'ils comprenaient, se baissaient un peu, appuyaient leurs mains sur leurs cuisses pour mieux le voir désigner les endroits avec sa canne. L'homme s'est redressé à l'endroit où se tenait Sherburn, il a ramené son chapeau sur ses yeux et froncé les sourcils, et il a crié : « Boggs ! » Alors, pointant sa canne comme un pistolet, il a crié : « Bang ! » et il s'est reculé. Il a crié : « Bang ! » une seconde fois, et il est tombé par terre comme une masse. Tous ceux qui avaient vu la chose ont dit que c'était parfait, que c'était exactement comme ça que ça s'était passé. Une douzaine d'assistants ont tiré leur bouteille de leur poche et lui ont offert à boire.

Au bout de quelque temps, il y en a un qui a dit que Sherburn mériterait d'être lynché [6]. Les autres l'ont approuvé, et ils se sont mis en route en hurlant et en arrachant les cordes à linge pour pendre Sherburn.

XXII

Alors, la foule se rue vers la maison de Sherburn en hurlant et il fallait se garer si on ne voulait pas être mis en charpie. Il y avait des gosses qui galopaient en tête en poussant des cris ; à toutes les fenêtres, des femmes regardaient ; dans tous les arbres il y avait des petits nègres ; et des gars et des filles tendaient la tête par-dessus les palissades ; et dès que la foule arrivait à leur niveau, tous disparaissaient le plus vite possible. Les femmes et les filles poussaient des glapissements de peur.

La foule s'est massée devant la palissade qui entourait la maison de Sherburn, serrée à ne plus pouvoir respirer, et hurlant si fort qu'on ne pouvait pas s'entendre penser. Il y en a un qui a crié : « Démolissez la palissade ! » Aussitôt on a entendu un fracas de bois. Par la brèche, le premier rang de la foule s'est précipité dans la cour.

A ce moment-là Sherburn est descendu par une fenêtre sur le toit de la marquise au-dessus du perron, avec un fusil à deux coups. Il s'est installé tranquillement, sans se presser, sans dire un mot. Le raffut a cessé et les assaillants ont reculé.

Sherburn, parfaitement silencieux est resté là, regardant les gens. Le silence donnait la chair de poule. Sherburn a fait des yeux le tour de la foule. Il y en avait qui essayaient de soutenir son regard mais pas pour longtemps, et ils détournaient vite les yeux, tout penauds. Alors Sherburn s'est mis à rire, aurait-on dit, mais ce n'était pas un vrai rire ; c'était la grimace qu'on fait quand on mange du pain qui contient du sable. Il a dit d'un ton méprisant :

— Ah, vous croyez que vous allez me lyncher ! C'est grotesque ! Vous croyez que vous avez assez de cran pour lyncher quelqu'un qui n'a pas froid aux yeux ? On vous a vus passer au goudron et aux plumes de pauvres filles perdues ; mais un *homme,* vous n'avez pas assez de tripes pour lui mettre la main dessus. Un homme qui est un homme n'a rien à craindre de dix mille crapules comme vous — tant qu'il fait clair et qu'on ne peut l'attaquer par-derrière.

« Je vous connais. Je suis né dans le Sud, mais j'ai vécu dans le Nord. Je sais que vous êtes des lâches. Ici, on se laisse piétiner, et on rentre chez soi pour prier Dieu de vous donner le courage de bien supporter les gifles. Dans le Sud, un seul homme vous arrête une diligence pleine de voyageurs, en plein jour, et il leur fait cracher à tous leur argent. C'est vos journaux qui vous font croire que vous êtes plus braves que les autres, mais vous n'êtes pas plus braves, non. Ici, les jurés n'osent pas déclarer les meurtriers coupables, de peur que les amis de l'accusé ne les tuent à la faveur de la nuit, — parce que c'est ce qu'ils feraient. Aussi ils l'acquittent toujours et alors, un *homme* part dans le noir avec une centaine de lâches masqués derrière lui et ils lynchent le bandit, mais vous, *primo,* vous n'avez pas un *homme* parmi vous et *secundo,* il ne fait pas nuit et vous n'avez pas vos masques. Il y a une espèce de moitié d'homme, Buck Harness, qui vous a amenés ici en criant : "Lynchons-le !" Mais vous n'aviez pas envie de venir ; vous vous êtes accrochés à ses basques, en hurlant et en jurant qu'on allait voir ce qu'on allait voir. Il n'y a rien de plus lamentable qu'une foule ; et une armée, c'est aussi une foule ; le courage n'est pas dans les cœurs, mais vient du nombre et des officiers. Mais une foule sans un *homme* à sa tête, c'est encore pire. Maintenant, mettez votre queue entre vos pattes et retournez vous cacher dans vos trous. S'il doit y avoir un lynchage par ici, il sera fait la nuit, à la mode du Sud ; et quand les justiciers viendront, ils auront leurs masques et un *homme* pour les commander. Maintenant filez, et emmenez votre moitié d'homme avec vous.

Et il lève son fusil et il l'arme tout en leur débitant ces gentillesses.

La foule a reculé en se bousculant, et Buck Harness, pas fier, a reculé avec tout le monde. J'aurais pu rester si j'avais voulu, mais je n'en avais pas envie.

Je me suis dirigé vers le cirque et j'ai rôdé derrière la tente. Je me suis faufilé par-dessous la toile. J'avais bien ma pièce d'or de vingt dollars et de la petite monnaie mais j'aimais mieux garder cet argent-là pour le cas où j'en aurais besoin. Je veux bien dépenser de l'argent pour me payer le cirque, quand il n'y a pas moyen de faire autrement, mais je n'en suis pas pour *gaspiller* mon pécule, quand je peux m'arranger autrement.

C'était un cirque au poil. Je n'ai jamais rien vu de plus beau ; il fallait les voir s'amener à cheval, deux par deux, un homme, une femme, côte à côte, les hommes en culotte et maillot, sans chaussures ni éperons, les mains sur les hanches, très à l'aise — ils pouvaient être une vingtaine —, et les femmes avec un teint si joli, parfaitement belles, des reines, vraiment des reines, avec des corsages qui avaient dû coûter des millions, couverts de diamants. C'était joliment beau, j'ai jamais rien vu de pareil. Et alors, un par un, ils se dressaient, debout, faisant le tour de l'arène, gracieux et tout, les hommes grands et minces, la tête en l'air, et les écuyères avec leur jupon rose épanoui à la taille, jolies comme des parasols.

Et alors ils commençaient à tourner de plus en plus vite, en dansant, un pied en l'air, puis l'autre, les chevaux de plus en plus penchés sur le côté, et autour du mât central, le maître du manège faisant claquer son fouet en criant : « Hi ! hi ! » et le clown derrière lui débitait ses bêtises, et peu à peu, les mains lâchaient les rênes et chaque écuyère mettait les poings sur les hanches et les hommes croisaient les bras, et voilà les chevaux qui se mettaient à genoux et les cavaliers et les cavalières qui sautaient dans l'arène et faisaient le plus ravissant salut que j'aie jamais vu, et puis ils décampaient, et tout le monde applaudissait et criait de plaisir.

Ils en ont fait des choses ! Et le clown vous faisait rire à en éclater. Le directeur pouvait même pas placer un mot, le clown lui sortait de ces blagues, on mettrait plus d'une année à en trouver de pareilles. Et voilà qu'un ivrogne fait des pieds et des mains pour entrer dans l'arène, criant que, lui aussi, il sait faire des tours sur les chevaux. On parlemente pour le persuader de rester tranquille, mais il ne veut pas écouter et tout le spectacle s'arrête. Le public se met à hurler après lui ; ça l'exaspère et il rue dans les brancards. Alors des hommes se précipitent pour le mettre dehors et il y a des femmes qui poussent des cris. Alors le maître de manège fait un petit discours pour dire aux gens de ne

pas faire de bruit, et que si le bonhomme promet de
ne plus faire de bêtises, il va le laisser monter sur un
cheval. Tout le monde rit, et le bonhomme se met à
cheval. Il n'est pas plutôt dessus que le cheval se cabre
et rue et fait des bonds et tourne en rond, tellement
que deux hommes du cirque qui le prennent par la
bride ne peuvent pas le retenir. Le poivrot s'agrippe
au cou de la bête, et ses jambes montent en l'air à
chaque saut du cheval, et la foule debout sur les bancs
hurle et rit, que les larmes leur en coulent des yeux. A
la fin, le cheval s'échappe et part comme une flèche
tout autour de l'arène, avec cet idiot sur son dos,
agrippé à son cou. On le voit glisser tantôt d'un côté
tantôt de l'autre, et les gens s'esclaffent et piétinent
comme des fous. Mais pas moi, j'ai vu le danger. Tout
à coup, le bonhomme se dresse debout sur le cheval,
en pleine course effrénée, et il se tient là bien à son
aise, comme s'il n'avait jamais été saoul — et il se met
à se dévêtir et à jeter ses frusques l'une après l'autre. Il
y en avait, il y en avait, que ça obscurcissait l'air. J'ai
compté dix-sept complets. En fin de compte, il se
transforme en un écuyer élégant et mince, habillé d'un
maillot resplendissant qui, de sa cravache, fait prendre
au cheval une allure d'enfer — puis l'arrête net, saute
à terre, salue la compagnie et disparaît d'un pas léger,
tandis que tout le monde applaudit et crie de surprise
et de plaisir.

Le maître de manège voit qu'on s'est moqué de lui,
et il en fait une tête ! Eh bien, c'était un de ses lascars
qui avait imaginé cette bonne blague, sans en rien dire
à personne. Moi, je m'en voulais de m'être laissé
prendre ; mais je n'aurais pas voulu être à la place du
maître de manège. Croyez-moi si vous voulez, il y a
peut-être des cirques plus épatants que celui-là, mais
je ne les connais pas.

Ce même soir, nous avons donné notre spectacle ;
mais il y avait tout juste une douzaine de badauds, à
peine de quoi payer les frais. Ils ont ri tout le temps,
ce qui a mis le duc en rage. Il a dit que ces gens de
l'Arkansas n'étaient pas capables de comprendre Sha-

kespeare ; qu'ils n'en tenaient que pour les farces, ou pour quelque chose d'encore pire. Il a dit qu'il voyait bien leur genre. Alors le lendemain, on a pris de grandes feuilles de papier d'emballage et de la peinture noire, et on a fait des affiches pour poser dans la ville :

DANS LA SALLE DU TRIBUNAL

POUR TROIS JOURS SEULEMENT

les deux acteurs tragiques les plus renommés du monde

DAVID GARRICK cadet

et

EDMOND KEAN aîné

des théâtres de Londres et du Continent

dans la pièce émouvante

LE CAMÉLÉOPARD DU ROI

ou

LE MONARQUE SANS PAREIL

Prix des places : 50 cents

Puis, en bas, il y avait en gros caractères :

ENTRÉE INTERDITE AUX FEMMES ET AUX ENFANTS.

— Si ça ne les fait pas venir en foule, me dit le duc, je ne connais pas les gens de l'Arkansas !

XXIII

Pendant toute la journée le duc et le roi ont travaillé dur à préparer la scène et le rideau et une rangée de chandelles pour faire la rampe ; et le soir, la salle s'est remplie d'hommes. Quand il n'y a plus eu de places, le duc a quitté son son poste à la porte, il est passé par-derrière pour venir sur la scène et, devant le rideau, il a fait un petit discours pour vanter la tragédie et dire que c'était la plus émouvante qu'on ait jamais vue ; et il a fait un éloge ébouriffant d'Edmond Kean aîné, qui devait jouer le principal rôle ; et, en fin de compte, quand il leur a bien mis l'eau à la bouche, il lève le rideau, et on voit arriver le roi, à quatre pattes, tout nu. Il était peint sur tout le corps avec des raies et des ronds de toutes les couleurs, comme un arc-en-ciel. Et en plus... mais je vous passe le reste de son costume [1]. C'était complètement fou — et burlesque. Les hommes ont éclaté de rire à en crever. Le roi a fait des cabrioles, et toujours en cabriolant, il a disparu dans la coulisse. Ils se sont mis à battre des mains, à crier, à taper des pieds, à le rappeler jusqu'à ce qu'il revienne et recommence. Et après ça, ils l'ont encore fait revenir. Ça aurait fait éclater de rire une vache de le voir faire ses quatre cents coups.

Alors le duc a baissé le rideau, il est venu saluer l'assistance et déclarer que la grande tragédie ne serait plus donnée que deux fois parce que la troupe était engagée pour Londres et que les places étaient déjà louées à Drury Lane. Il leur a dit, avec encore un salut, que si le spectacle leur avait fait plaisir il serait aimable à eux de bien vouloir le dire à leurs amis et connaissances, et de leur conseiller de venir.

Alors, ils se sont écriés à vingt à la fois :

— Quoi, c'est fini ? C'est tout ?

— Oui, dit le duc.

Ah ! fallait voir le chahut qu'ils ont fait ! Ils ont tous crié : « On est refait ! » Ils se sont levés pour se précipiter vers la scène mais alors un grand type costaud est monté sur un banc et il a crié :

— Arrêtez ! Un mot, les gars ! Nous sommes refaits — refaits jusqu'à la garde. Mais il ne faut pas s'exposer à faire rire de nous dans toute la ville. On en entendrait parler toute notre vie. Non. Il faut sortir d'ici tranquillement, et parler de ce spectacle, et refaire les autres, là-bas en ville. Alors on sera tous dans le même bateau. Vous croyez pas que c'est à faire ? (Si... Je te crois... Bien dit...) Bon. Plus un mot du tour de cochon qu'on nous a joué. Rentrons chez nous et conseillons à tout le monde de venir voir la tragédie.

Le lendemain, tout le monde en ville parlait du spectacle et disait que c'était une chose à voir. La salle de nouveau était bondée et la farce a recommencé. Quand nous sommes revenus au radeau pour dîner, nous avons décidé qu'il valait mieux que le radeau soit amarré un peu plus bas pour pouvoir se sauver plus vite.

La troisième nuit, la salle était encore bondée. C'étaient pas de nouvelles gens, mais les mêmes qui étaient venus les deux autres fois. J'étais à la porte avec le duc, et je remarquai que tous les hommes qui entraient avaient quelque chose qui gonflait leur poche ou quelque chose de caché sous leur manteau — et ce n'était pas de la parfumerie, oh, non ! Ça puait les œufs pourris et le chou, et il y avait aussi une odeur de chat crevé — je m'y connais. Ils sont entrés à soixante-quatre. Je suis entré dans la salle pendant une minute, mais c'était intenable. Quand ce fut plein à craquer, le duc remit vingt-cinq cents à un homme pour faire le caissier à sa place, et en m'emmenant derrière la scène, il me dit en douce :

— Maintenant, mon gars, prends tes jambes à ton cou, et file vers le radeau comme si tu avais le diable à tes trousses !

Nous sommes arrivés au radeau en même temps et, en deux secondes à peine, les amarres ont été détachées et puis on a filé avec le courant en obliquant vers le milieu du fleuve, dans le noir, sans un mot. Je me disais que le pauvre roi devait passer un mauvais quart d'heure, tout seul sur la scène. Mais pas du tout ; le voilà qui sort en rampant de la cabane et qui dit : « Eh bien, duc, comment cela s'est-il passé là-bas ? »

Il n'était pas sorti de toute la journée.

On n'alluma le fanal que beaucoup plus tard. Après dîner, le duc et le roi ont éclaté de rire à se faire péter le ventre tant ils étaient heureux de leur coup. Le duc dit :

— Bande d'idiots ! Je savais d'avance que la première salle ne dirait rien et qu'elle nous amènerait le reste de la ville le lendemain ; et je savais d'avance que, le troisième soir, ils considéreraient que ce serait à leur tour de nous mener la danse. Eh bien, sûr que c'est leur tour, et je donnerais bien quelque chose pour voir la tête qu'ils font. Ils peuvent faire un piquenique ; ils ont assez de provisions.

Ces vauriens avaient fait quatre cent soixante-cinq dollars de recette. J'avais jamais vu ramasser l'argent à la pelle comme ça.

Quelque temps après, quand nos deux bougres se furent endormis, et qu'il les eut entendus ronfler, Jim dit :

— Est-ce que ça ne vous étonne pas, Huck, la façon dont ces rois se conduisent ?

— Non !

— Et pourquoi, Huck ?

— Parce qu'ils ont ça dans le sang. Ils agissent tous comme ça.

— Mais, Huck, nos deux rois sont des vauriens ; on ne peut pas le nier ; de fieffés vauriens.

— Eh bien, c'est ce que je dis ; tous les rois sont des vauriens.

— Pas possible !

— Si tu avais lu dans les livres, tu le saurais [2]. Tiens, prends Henry VIII ; il n'y a pas un inspecteur du catéchisme qui lui vienne à la cheville. Et prends Charles II, et Louis XIV, et Louis XV, et Jacques II, et Richard III, et quarante autres ; sans compter les heptarchies saxonnes qui, il y a longtemps, partaient en guerre pour un oui ou pour un non — et ça bardait. Revenons à Henry VIII ; fallait le voir quand il était dans sa fleur. Quelle fleur ! Il se mariait avec une nouvelle femme tous les jours et il lui coupait la tête le lendemain matin. Et il faisait ça sans plus s'émouvoir

que s'il avait demandé un œuf à la coque. « Qu'on
amène Nell Gwynn [3] », qu'il disait. On l'amenait. Le
lendemain matin : « Qu'on lui coupe la tête ! » Et on
lui coupait la tête. « Qu'on amène Jane Shore », qu'il
disait. Elle venait. Le lendemain matin : « Qu'on lui
coupe la tête ! » Et on lui coupait la tête. « Donnez un
coup de sonnette pour la belle Rosamond. » La belle
Rosamond accourt au coup de sonnette. Le lendemain matin : « Qu'on lui coupe la tête ! » Et il leur
faisait à toutes raconter une histoire par ce moyen,
jusqu'à ce qu'il ait eu mille et une histoires et il les a
mises dans un livre, qu'on appelle les *Annales du crime*
— et qui est bien nommé. Tu ne connais pas les rois,
Jim ; moi, je les connais ; et ce roi qui est avec nous,
après tout, c'est un des plus propres qu'il y ait eu dans
l'histoire. Continuons. Ce Henry, voilà qu'il se met en
tête de chercher noise à l'Amérique. Qu'est-ce qu'il
fait ? Il nous envoie un avertissement ? Il nous donne
une chance ? Non. Tout d'un coup il jette dans la mer
tout le thé qu'il y avait dans le port de Boston, et il
rédige une déclaration d'indépendance, et il nous dit :
« Venez-y donc ! » C'était sa manière ; il ne vous donnait jamais une chance. Il avait des soupçons au sujet
de son père, le duc de Wellington. Qu'est-ce qu'il
fait ? Il lui demande de venir s'expliquer ? Non il le
noie dans une cuve de malvoisie, comme un chat. A
supposer que des gens aient de l'argent, à l'endroit où
il était — qu'est-ce qu'il faisait ? Il mettait la main
dessus. A supposer qu'il ait promis par contrat de faire
quelque chose ; on l'avait payé, mais si on ne restait
pas là pour être sûr qu'il ferait la chose, il ne la faisait
pas. A supposer qu'il ouvre la bouche ; s'il ne la refer-
mait pas tout de suite, il lâchait un mensonge. Voilà le
coco. Et si c'est lui qu'on avait eu au lieu de nos deux
personnages, il aurait berné les gens de cette ville de
bien pire façon. Les rois, c'est toujours des rois. Par
quelque bout qu'on les prenne, c'est une fichue
engeance.

— Notre duc, lui, il n'est pas trop mal.

— Oui, un duc, c'est différent. Mais pas très différent. Quand il est saoul, un myope pourrait pas le distinguer d'un roi.

— De toute façon, Huck, moi, j'en ai assez d'un de chaque espèce. C'est tout ce que je peux supporter.

— Moi aussi. Mais nous les avons sur les bras ; il faut les prendre comme ils sont.

Il n'aurait servi à rien de dire à Jim que ce n'étaient pas de vrais ducs ni de vrais rois. D'ailleurs, comme je le disais, ils ressemblaient tout à fait aux vrais.

Je tombais de sommeil et je m'endormis... Jim ne me réveilla pas pour prendre mon tour de garde — comme il le faisait souvent. Au matin, je le trouvai assis, la tête entre les mains, gémissant et se plaignant. Je ne fis pas attention tout de suite. Je savais ce que c'était. Il pensait à sa femme et à ses enfants, là-bas, loin, et il avait le cafard. Il n'avait jamais quitté son chez-lui, et vous savez, il aimait les siens, comme un Blanc. Ça ne paraît pas naturel ; mais, à mon avis, c'est comme ça. Souvent il gémissait et se plaignait ; la nuit, quand il croyait que je dormais. Il disait : « Pauvre Lizabeth ! Pauvre petit Johnny ! C'est dur. Je vous reverrai peut-être plus jamais, jamais ! » C'était un brave nègre, Jim.

Cette fois-ci je lui ai demandé ce qu'il en était de sa femme et de ses enfants. Il m'a dit :

— Ce qui me donne le cafard, c'est que j'ai entendu sur la rive le bruit d'une taloche et ça m'a fait penser à ma petite Lizabeth, que je houspillais. Quand elle avait quatre ans, elle a attrapé la fièvre scarlatine, et elle a passé un mauvais moment. Elle s'est guérie. Un jour elle était là debout à musarder. Je lui dis : « Ferme la porte. » Au lieu de la fermer, elle est restée là à me regarder avec un sourire. Ça m'a mis en rage, et je lui ai crié : « Tu ne m'entends pas ? Ferme la porte ! » Mais elle restait toujours à me regarder avec son espèce de sourire. Ça m'a mis hors de moi et j'ai hurlé : « Je vais te faire obéir ! » Et je lui ai lancé une taloche sur la joue. Je suis passé dans l'autre pièce où je suis resté dix minutes. Quand je suis revenu, cette damnée porte était toujours ouverte ; la petite était debout, sur le pas de la porte, la tête baissée, gémissant et pleurant. Sacrédié, je suis devenu enragé. Tout à coup (c'était une porte qui s'ouvrait à l'intérieur), un coup de vent terrible a fermé la porte en la faisant claquer et en poussant la petite au-dehors... Alors je saurais pas dire ce qui s'est passé au-dedans de moi. Tout doucement, j'ai entrouvert la porte, j'ai passé la tête derrière l'enfant, et j'ai crié : « Coucou ! » aussi fort que je pouvais. Elle n'a pas bronché. Oh, Huck, j'ai fondu en larmes et j'ai pris la petite dans mes bras. Que le bon Dieu pardonne au pauvre vieux Jim, parce qu'il ne pourra jamais se pardonner à lui-même de toute sa vie ! Oh, Huck, la pauvre petite était devenue sourde-muette, sourde-muette, Huck, et je l'avais battue !

XXIV

Le lendemain à la nuit tombante on s'est amarrés à une petite île plantée de saules, au milieu du fleuve, à un endroit où il y avait un village à droite et à gauche sur chaque rive ; le duc et le roi ont commencé à faire des plans pour exploiter deux endroits. Jim dit au duc qu'il espérait que ça ne durerait pas trop longtemps parce que ça n'était pas drôle pour lui de rester toute la journée attaché dans la cabane. On l'attachait quand on le laissait seul, comme ça, si quelqu'un le découvrait, il avait vraiment l'air d'un esclave marron. Le duc reconnut que ça devait être ennuyeux et il dit qu'il allait réfléchir à ça.

Il était malin, le duc, et il eut bientôt trouvé. Il a habillé Jim en roi Lear, c'est-à-dire en robe de calicot blanc avec une perruque et une barbe d'étoupe blanche ; il a pris ses fards de théâtre et il lui a peint la figure, les mains, les oreilles et le cou en bleu, comme un noyé qui serait resté huit jours dans l'eau. C'était horrible. Après ça, il a écrit sur un bout de planche : *Arabe malade, pas dangereux quand il n'est pas en crise.* Et il a cloué cet écriteau sur une latte et l'a planté devant la cabane. Jim a dit : « Ça va. » Ça valait mieux que de rester attaché toute la journée et de trembler à chaque fois qu'il entendait du bruit. Le duc lui a conseillé de se donner du bon temps et, si quelqu'un venait, de sortir de la cabane en dansant et en hurlant comme une bête sauvage ; les gens ne resteraient pas longtemps à bord. Il y avait du bon sens là-dedans. Jim n'avait pas seulement l'air d'un mort, il était plus effrayant encore.

Nos deux vauriens auraient bien voulu recommencer le coup du *Monarque sans pareil,* mais ils pensaient que ça serait dangereux, le bruit de l'affaire s'était peut-être répandu le long du fleuve. Il était difficile de combiner un projet convenable. Alors le duc dit qu'il allait réfléchir une couple d'heures ; et le roi dit qu'il allait se rendre dans l'un de ces villages, sans plan arrêté, en se fiant à la providence, je pense qu'il voulait dire au diable. Quelques jours auparavant, on avait acheté des vêtements. On les a mis. Le roi était en noir et il avait l'air imposant. Je ne m'étais jamais douté à quel point les vêtements pouvaient vous changer un homme. Avant, c'était la plus décorative des vieilles fripouilles, maintenant, quand il saluait avec son chapeau blanc et souriait, il avait l'air si noble qu'on aurait dit qu'il sortait tout droit de l'arche et qu'il était le lévitique [1] en personne. Jim a débarrassé le canoë et j'ai pris la pagaie. Il y avait un grand vapeur le long de la rive, à environ deux miles en amont du village [2] qui achevait de charger du fret. Le roi a dit :

— Avec les frusques que j'ai sur le dos, je pourrais faire comme si je venais de Saint Louis ou de Cincinnati. Mets le cap sur le vapeur, Huck. On va monter dessus et on arrivera au village comme ça.

J'ai pris la direction indiquée, et nous sommes arrivés au rivage un peu au-dessus du vapeur. Il y avait là un gars de la campagne qui n'avait pas l'air bien malin, il se débarbouillait à grande eau (il faisait très chaud) et il avait deux grandes valises de toile à ramages près de lui.

— Où allez-vous, jeune homme ? dit le roi.

— Je vais prendre le bateau pour La Nouvelle-Orléans.

— Eh bien, mon domestique va vous aider à porter vos bagages. Adolphus, remue-toi, aide ce monsieur !

J'ai fait ce qu'il demandait et nous sommes partis tous les trois. Le jeune gars était content. Il a demandé au roi où nous allions. Le roi lui a dit qu'il descendait le fleuve, qu'il s'était déjà arrêté à un village en amont et qu'il voulait aller voir un vieil ami à quelques miles plus bas, dans une ferme. Le jeune gars lui a dit :

— Quand je vous ai vu, je me suis dit : C'est Mr. Wilks, pour sûr ; mais il arrive un peu tard. Et puis j'ai réfléchi : Non, ce n'est pas lui ; il n'arriverait pas en canoë sur le fleuve. Est-ce que vous êtes Mr. Wilks ?

— Non, je m'appelle Blodgett, Alexander Blodgett — le révérend Alexander Blodgett. Je regrette bien que Mr. Wilks soit en retard, surtout si ça doit lui faire manquer quelque chose.

— Oh, il ne perdra pas d'argent, parce qu'il n'en manque pas. Mais il va arriver trop tard pour voir mourir son frère Peter. Peut-être que ça lui est égal, mais son frère aurait bien voulu lui dire adieu avant de mourir ; il ne parlait que de ça les trois dernières semaines. Ils ne se sont pas revus depuis qu'ils étaient gamins. Et il n'a pas revu son frère William non plus — c'est le sourd-muet, vous savez, — il a dans les trente à trente-cinq ans. Peter et George sont les deux seuls qu'on ait vus par ici. George, c'était le frère marié. Lui et sa femme sont morts l'année dernière. Harvey et William sont les deux seuls qui restent, et, comme je vous le disais, ils ne sont pas arrivés à temps.

— Les a-t-on prévenus ?

— Oh oui, il y a un mois ou deux, quand Peter est tombé malade ; parce que Peter disait qu'il sentait bien que cette fois-ci, il ne s'en tirerait pas. Voyez-vous, il était déjà âgé, et les filles de George n'étaient pas une société pour lui, excepté Mary-Jane, celle qui est rousse ; et il se sentait seul depuis que George et sa femme sont morts, et il n'avait plus de goût à vivre. Il désirait beaucoup revoir Harvey — et William aussi bien sûr — parce que c'était pas un homme à faire un testament. Il a laissé une lettre pour Harvey dans laquelle il dit où il a caché son argent, et qu'il veut que les propriétés soient partagées entre les filles de George, pour qu'elles soient à l'aise, parce que George n'a rien laissé. Cette lettre-là, c'est tout ce qu'on a pu le décider à écrire.

— Pourquoi pensez-vous que Harvey ne viendra pas ? Où habite-t-il ?

— Oh, en Angleterre, à Sheffield ; c'est là qu'il prê-che ; il n'est jamais venu par ici. La lettre qu'on lui a envoyée ne lui donnait pas beaucoup de temps ; et peut-être qu'il ne l'a pas reçue.

— Triste, triste, pour lui, de ne pas revoir ses frères, le pauvre. Vous allez à La Nouvelle-Orléans, dites-vous ?

— Oui, mais ça n'est que le commencement. Après ça, je prendrai le bateau pour Rio de Janeiro où habite mon oncle.

— Ça, c'est un long voyage. Mais ce sera un beau voyage. J'aimerais partir avec vous ; Mary-Jane, c'est l'aînée ? Quel âge ont les autres ?

— Mary-Jane a dix-neuf ans, Susan quinze, et Joanna quatorze ; c'est elle qui s'adonne aux bonnes œuvres et qui a un bec-de-lièvre, Joanna.

— Les pauvres ! Rester seules dans un monde pareil !

— Vous savez, elles pourraient être plus mal. Le vieux Peter a des amis et ils ne vont pas les laisser dans le pétrin. Il y a Hobson, le pasteur baptiste, et Lot Hovey, et Ben Rucker, et Abner Shackleford, et Levi Bell, l'avoué, et le docteur Robinson, et leurs femmes, et la veuve Bartley, et, vous savez, il y en a beaucoup ; mais c'est avec ceux-là que Peter était le mieux, et au sujet de qui il écrivait quelquefois à ses frères. Harvey saura donc qui aller trouver, quand il arrivera.

Bref, le vieux lui a posé toutes sortes de questions et il lui a tiré les vers du nez. Ma parole, je crois bien qu'il lui fait dire tout ce qu'il savait sur tout le monde et sur tout — et sur ce que faisait Peter (qui était tanneur), et sur ce que faisait George (qui était charpentier), et sur ce qu'était Harvey (je vous le disais, ministre dissident), et ainsi de suite.

— Et pourquoi, lui a-t-il demandé, allez-vous à pied au bateau ?

— Parce que c'est un grand vapeur, et que j'avais peur qu'il ne s'arrête pas ici. Il y a des bateaux qui se font prier. Celui de Cincinnati s'arrête, mais celui-ci vient de Saint Louis.

— Est-ce que Peter Wilks était riche ?

— Oh, à l'aise. Il avait des maisons et des terres et on estime qu'il laisse trois ou quatre mille dollars en espèces cachés quelque part.

— Quand dites-vous qu'il est mort ?

— Je ne vous l'ai pas dit ? Il est mort hier soir.

— L'enterrement aura lieu demain, je suppose.

— Oui, demain après-midi.

— Ah, c'est triste. Mais il faut bien s'en aller un jour ou l'autre, l'important c'est d'être toujours prêt, alors tout va bien.

— Oui, monsieur. C'est ce que maman disait toujours.

Quand on est arrivé au vapeur, il finissait de charger et était prêt à partir. Le roi ne parlait plus de monter à bord. Quand le vapeur fut reparti, le roi me dit de continuer à ramer sur un mile jusqu'à un endroit désert, là il a sauté à terre et il m'a dit :

— Retourne au radeau le plus vite possible, et ramène ici le duc avec les deux valises neuves. S'il est parti sur l'autre rive, va le chercher tout de suite, et dis-lui de se mettre sur son trente-et-un. Allons, file !

J'ai bien compris ce qu'il complotait mais je n'ai rien dit. Quand je suis revenu dans le canoë avec le duc, on s'est assis sur un tronc, et le roi lui a raconté tout ce que le jeune homme lui dit, mot pour mot. Et pendant tout ce temps qu'il racontait, il essayait de parler comme un Anglais ; et il réussissait pas mal, d'ailleurs. Je ne serais pas capable de l'imiter, et je n'essaierais même pas, mais ce n'était vraiment pas mal. « Seriez-vous capable de faire le sourd-muet, Bilgewater ? »

Le duc lui a répondu que ça le connaissait, qu'il a déjà fait le sourd-muet sur les planches. Alors on a attendu le passage d'un vapeur.

Vers le milieu de l'après-midi, nous avons vu arriver un vrai navire. Nous l'avons hélé ; il arrivait de Cincinnati, il a détaché un canoë pour nous prendre. Quand ils ont su qu'on ne voulait faire que quatre ou cinq miles, ils se sont mis en colère et ils ont voulu nous débarquer, mais le roi est resté calme et leur a dit :

— Si les passagers prennent la peine de vous payer un dollar le mile, le bateau peut bien prendre la peine de les transporter, hein ?

Ça les a calmés. Une fois arrivés à hauteur du village, ils nous ont conduits en canot au débarcadère. Une douzaine de curieux s'étaient déjà rassemblés pour nous voir débarquer. Le roi leur a dit :

— L'un de vous, messieurs, peut-il me dire où habite Mr. Peter Wilks ?

Ils se sont regardés, ont secoué la tête, comme pour dire : « Je savais bien. » L'un d'eux a dit, d'une voix douce et gentille :

— Excusez-nous, monsieur. Mais tout ce qu'on peut faire, c'est de vous dire où il habitait hier au soir.

En un clin d'œil, notre roi s'écroule, tombe sur l'épaule de celui qui a parlé, se met à pleurer et dit :

— Hélas ! hélas ! notre pauvre frère — le voilà parti ; et on arrive trop tard pour le revoir ; oh, que c'est dur !

Il se retourne, toujours sanglotant, vers le duc et lui fait toutes sortes de signes incohérents, si bien que l'autre lâche les valises et qu'il se met à pleurer. Ah, il n'y a pas plus canaille que ces vauriens-là !

Les hommes les entourent, sympathisent avec eux, leur offrent toutes sortes de consolations, prennent

leurs valises pour monter la colline, leur donnent le
bras pour les soutenir, et leur racontent tous les détails
des derniers moments de leur frère. Et le roi répète
tout au duc par des signes de mains, et tous deux se
désolent sur le tanneur mort comme s'ils avaient
perdu douze disciples. Si jamais je revois quelque
chose comme ça, je veux bien être pendu ! Il y avait
vraiment de quoi avoir honte de l'espèce humaine.

XXV

En deux minutes, la nouvelle avait couru la ville.
Des gens arrivaient à toutes jambes, de tous les côtés,
quelques-uns enfilant leur veste tout en marchant.
Une foule déjà nous entourait. Il y avait des villageois
aux fenêtres et les cours étaient pleines de curieux. On
entendait des voix par-dessus les barrières :

— C'est-y eux ?

Et un de la troupe qui marchait avec nous
répondit :

— Bien sûr que c'est eux !

Quand on est arrivé à la maison, la rue grouillait de
monde. Les trois filles étaient sur le pas de la porte.
Mary-Jane était rousse en effet ; mais ça n'avait pas
d'importance, elle était jolie comme un cœur, et ses
yeux brillaient de joie tant elle était contente de voir
que ses oncles étaient venus. Le roi a ouvert les bras et
Mary-Jane s'y est précipitée, et celle au bec-de-lièvre
s'est jetée dans les bras du duc. Ah ! comme c'était
émouvant ! Tout le monde, du moins les femmes,
pleurait de joie de voir qu'ils étaient enfin réunis.

Alors le roi a cligné de l'œil au duc, sans se faire
remarquer, et tous les deux, un bras par-dessus
l'épaule de l'autre, et tenant de l'autre main leur mouchoir, ils se sont dirigés lentement vers le cercueil qui
était posé sur deux chaises ; et les gens s'écartaient
pour les laisser passer et faisaient : « Chut ! » et tous
les hommes ôtaient leur chapeau et baissaient la tête ;
on aurait entendu tomber une épingle. Ils se sont pen-

chés sur le cercueil, et ils ont regardé le mort, et alors
ils ont fondu en larmes, éclaté en sanglots si bien
qu'on aurait pu les entendre de La Nouvelle-Orléans.
Ils sont tombés dans les bras l'un de l'autre ; et pendant trois minutes, peut-être quatre, je n'ai jamais vu
tant d'eau à la fois. Et comme tout le monde les imi-
tait, je n'ai jamais vu non plus un endroit aussi
mouillé. Alors ils se sont placés chacun d'un côté du
cercueil, ils se sont agenouillés en appuyant leur front
contre le cercueil, et ils ont prié à voix basse. Quand
les gens ont vu ça, ils se sont tous mis à sangloter, les
trois filles aussi ; et les femmes, l'une après l'autre se
sont avancées vers ces pauvres filles pour les baiser sur
le front ; puis elles sont parties les yeux au ciel en
pleurant, montrant bien l'une à l'autre comme elles
savaient sangloter. Je n'ai jamais rien vu d'aussi écœu-
rant.

Quelque temps après, le roi s'est levé, et après
toutes sortes de grimaces, il a fait un discours entre-
coupé de larmes : « Ah ! c'était si pénible pour lui et
pour son pauvre frère de perdre le défunt, et de
n'avoir pu le revoir vivant, après ce long voyage de
quatre mille miles ; mais que leur chagrin était adouci
et sanctifié par cette touchante sympathie et ces
saintes larmes », et il les remerciait de tout son cœur et
de tout le cœur de son frère, car les paroles ne pouvaient exprimer ce qu'ils ressentaient l'un et l'autre...
Il a parlé, parlé, que ça n'en finissait plus. Enfin, il a
balbutié un « amen » larmoyant et il s'est détourné
pour pleurer ; on aurait dit qu'il allait s'étrangler.

Il avait pas refermé la bouche que quelqu'un a
entonné la doxologie [1]. La foule a repris en chœur, ça
vous réchauffait et vous donnait cette espèce de paix
qu'on éprouve dans les églises. Quelle bonne chose
que la musique après toute cette lavasse de sentiments
à l'eau de boudin ! C'était quelque chose qui vous
ragaillardissait !

Le roi a repris la parole pour dire que lui et ses
nièces invitaient les principaux amis de la famille à
dîner avec eux ce soir-là, et il leur a demandé de les

aider à veiller le défunt. Il a dit que si son pauvre frère
pouvait parler, il désignerait ceux qui lui étaient les
plus chers, dont les noms revenaient souvent dans ses
lettres : le révérend Hobson, le diacre Lot Hovey,
Mr. Ben Rucker, Abner Shackleford, Levi Bell, le
Dr Robinson et leurs femmes, et la veuve Bartley.

Le révérend Hobson et le Dr Robinson étaient en
ville, se prêtant main-forte, à savoir que le médecin
embarquait un malade pour l'autre monde et que le
révérend l'équipait pour le voyage. Levi Bell, le
notaire, était en voyage d'affaires à Louisville ; les
autres étaient là. Ils vinrent serrer la main du roi et le
remercier. Après ils ont serré la main du duc, sans rien
dire. Ils se contentaient de s'incliner et de saluer de la
tête ; et lui, il faisait toutes sortes de signes avec ses
mains et faisait : « Euh, euh, euh » comme un nour-
risson.

Alors Mary-Jane est allée chercher la lettre que son
père avait écrite pour après sa mort, et le roi l'a lue
tout haut en pleurant. Il donnait la maison et trois
mille dollars en or aux trois filles ; et il donnait la
tannerie (qui marchait très bien) et d'autres maisons
et les terres (qui valaient dans les sept mille) et trois
mille dollars en or à Harvey et à William, et il indiquait qu'il y avait six mille dollars en espèces cachés
dans la cave. Ensuite nos filous ont dit qu'ils iraient
chercher l'argent et tout arranger pour que ça marche
comme sur des roulettes ; et ils m'ont demandé de les
accompagner avec une chandelle. On a fermé la porte
de la cave derrière nous, et quand ils ont trouvé le sac,
ils ont versé le contenu par terre — c'était joli, tous
ces jaunets ! Les yeux du roi brillaient, je ne vous dis
que ça ! Il a tapé sur l'épaule du duc et il a dit :

— Rupin, hein, Bilge ? Ça bat le Sans Pareil, hein ?

Ils ont caressé les jaunets et ils les ont fait rouler
dans leurs doigts, tinter sur le sol, et le roi a dit :

— Pas besoin de commentaires : Frères d'un
richard et représentants d'héritiers qui sont absents à
l'étranger, ça nous connaît, hein, Bilge ? C'est la providence qui nous envoie ça.

— En fin de compte, rien ne vaut la providence ; j'ai tout essayé, mais c'est ça qui rend le mieux.

Ils ont compté le magot et ils ont trouvé qu'il manquait quatre cent quinze dollars. Le roi a dit :

— Le diable l'emporte ! Je me demande ce qu'il a fait de ces quatre cent quinze dollars !

Ils ont fouillé partout, et le duc a fini par dire :

— Il était malade, et il a dû se tromper. Ça doit s'expliquer comme ça. Le mieux, c'est de n'en pas parler. On peut se passer de ça.

— Ce n'est pas la question, de savoir si on peut s'en passer. Moi ce qui me chiffonne, c'est le compte. Faut que tout soit régulier. Quand on va monter cette pile de jaunets là-haut, faut pas qu'ils aient de soupçons. Puisque le vieux a dit six mille dollars, il faut pas qu'ils croient...

— Minute ! dit le duc. Il faut compléter la somme nous-mêmes.

— Bonne idée ! dit le roi. Il y en a dans cette caboche !

Et les voilà qui tirent de leurs poches des dollars d'or à eux. Ils se sont mis à sec, mais ils ont trouvé de quoi compléter les six mille dollars.

— Dis donc, j'ai une autre idée. On va emporter les six mille là-haut ; on va compter l'argent devant les trois filles, et on va tout leur donner.

— Ah ! pour ça, il faut que je vous embrasse, c'est une fameuse idée ! Ça va en faire un effet ! Avec ça, ils ne pourront plus avoir le moindre soupçon !

Tout le monde s'est rassemblé autour de la table, et le roi a compté les dollars et les a rangés en piles de trois cents. Ça faisait vingt jolies piles. Toutes les personnes présentes s'en pourléchaient les babines. Ensuite ils ont tout remis dans le sac et le roi a fait un discours de plus :

— Amis, mon pauvre frère qui dort là, s'est montré généreux pour ceux qui restent derrière lui dans la vallée des larmes. Il s'est montré généreux pour ces pauvres agneaux qu'il a aimés et protégés, et qu'il laisse sans père et sans mère. Oui, et nous qui le

connaissions bien, nous savons qu'il aurait fait encore
plus s'il n'avait pas craint de blesser son frère William
et moi. Oui, il n'y a pas de doute là-dessus. Eh bien,
quelle sorte de frères serions-nous, si nous allions
nous mettre en travers de ce qu'il souhaitait ! Et quelle
sorte d'oncles serions-nous si nous volions — oui,
volions — ces pauvres agneaux qu'il a aimés ! Et si je
connais bien William — et je crois que je le connais —
eh bien, je suis sûr..., mais attendez, je vais le lui
demander.

Il s'est tourné vers le duc et lui a fait toutes sortes
de signes avec les mains. Le duc l'a regardé d'abord
d'un air stupide, comme s'il était de bois, puis tout
d'un coup, il a eu l'air de comprendre ce que l'autre
lui disait ; il s'est précipité sur le roi, en faisant des
« euh, euh », pour exprimer sa joie, et il l'a embrassé quinze fois de suite au moins. Alors le roi a
dit :

— Je savais bien ; tout le monde a compris ce qu'il
ressent. Allons, Mary-Jane, Susan et Joanna, prenez
l'argent — prenez tout. C'est le don de celui qui dort
là-bas, dans la froide tombe, mais heureux.

Mary-Jane a couru dans ses bras, et Susan et celle
au bec-de-lièvre sont allées embrasser le duc. Et tout
le monde avait les larmes aux yeux, et on a serré les
mains des deux filous en s'exclamant : « Ah ! les
braves gens ! Comme c'est généreux ! Quel beau
geste ! »

Et tout le monde a recommencé à parler du défunt
— un si honnête homme qu'on n'en reverrait jamais
de pareil ! Là-dessus un gaillard à la mâchoire carrée
est arrivé venant du dehors, il écoutait et regardait
sans rien dire. Personne ne lui disait rien non plus ;
le roi parlait et il n'en finissait pas. Il disait : « ... Oui
parce que ce sont les amis intimes du défunt. C'est
pour ça qu'on les a invités ce soir ; mais demain tout
le monde est invité à venir, parce qu'il avait de l'estime et de l'amitié pour tout le monde ; et c'est pour
ça qu'il faut que ses orgies funèbres soient publi-
ques. »

Le duc a eu l'air gêné. Il a écrit sur un bout de papier : « Dis : la cérémonie funèbre, vieux crétin », et il a plié le papier, et l'a passé au roi, par-dessus la tête des gens, avec des « euh, euh ! » Le roi a lu le papier et l'a mis dans sa poche. « Mon pauvre William, malgré son infirmité a le cœur bien en place. Il me dit qu'il faut inviter tout le monde à l'enterrement, et qu'ils seront les bienvenus. Mais il n'a pas besoin de s'inquiéter — c'est justement ce que je faisais. »

Puis il a repris le fil de son discours, parlant encore d'« orgies funèbres » comme avant. Mais la troisième fois, il a dit : « Je dis "orgies", bien que ce ne soit pas le terme habituel, mais c'est l'expression juste. En Angleterre, on ne dit plus "cérémonie", on dit "orgies". Ça vient du grec *orgo*, dehors, et de l'hébreu *jissum*, planter, recouvrir, d'où : enterrer. Donc vous voyez, les orgies, c'est les funérailles. »

Ah ! c'était un malin ! Mais voilà que l'homme à la mâchoire carrée lui a ri au nez. Tout le monde fut choqué et s'écria : « Vraiment, docteur ! » Et Abner Shackleford lui dit : « Quoi, Robinson, vous ne savez pas la nouvelle ! C'est Harvey Wilks ! »

Le roi lui fit son plus beau sourire et lui tendit son battoir en disant :

— Au médecin et au meilleur ami de mon pauvre frère, je...

— Bas les pattes, lui dit le docteur. Vous croyez parler comme un Anglais, hein ? C'est la plus lamentable imitation que j'aie jamais entendue. Vous voulez nous faire croire que vous êtes le frère de Peter Wilks ? Vous n'êtes qu'un imposteur !

Ah, ça a fait un beau tohu-bohu ! On a entouré le docteur, et on a essayé de le calmer. On lui a expliqué que c'était bien Harvey, qu'il l'avait prouvé de vingt façons, qu'il connaissait le nom de tout le monde, même des chiens. Et on l'a supplié de ne pas heurter les sentiments d'Harvey et des pauvres jeunes filles. Mais le docteur ne voulait rien entendre, et il a dit qu'un homme qui faisait semblant de parler anglais aussi grossièrement que celui-là ne pouvait être qu'un menteur et un sacripant. Les pauvres jeunes filles s'accrochaient au roi en pleurant. Le docteur s'adressant à elles, leur dit :

— J'étais l'ami de votre père et je suis votre ami ; et je vous supplie en tant qu'ami qui ne désire que vous protéger de tourner le dos à ce vaurien, à ce vagabond ignare, avec ses ridicules allusions au grec et à l'hébreu. Je ne sais pas où il a ramassé les noms qu'il vous a débités, mais croyez-moi ce ne sont pas des preuves, et tous ces idiots qui vous entourent ne font que vous aider à vous tromper vous-mêmes. Mary-Jane Wilks, vous savez que je suis votre ami, votre ami désintéressé. Écoutez-moi, mettez ce vilain monsieur dehors !

Mary-Jane s'est redressée — elle avait fière allure, ma parole — et elle a dit :

— Voici ma réponse.

Elle soulève le sac de pièces d'or, le met dans les mains du roi et lui dit :

— Prenez ces six mille dollars et veuillez les placer, pour mes sœurs et moi, de la façon que vous jugerez la meilleure — et nous ne voulons pas de reçu.

Elle a posé une main sur l'épaule du roi d'un côté, et Susan et celle au bec-de-lièvre ont posé leur main sur l'autre épaule. Tout le monde a applaudi et tapé du pied en délire, et le roi, dominant la foule a souri complaisamment. Le docteur a dit : « Eh bien, je me lave les mains de cette affaire. Mais le moment viendra, souvenez-vous-en, où vous vous mordrez les doigts de ce que vous faites maintenant. » Et il est parti. « Merci docteur, a dit le roi d'un ton moqueur ; on ne manquera pas de vous appeler. » Et tous ont ri et dit que c'était joliment bien répondu.

XXVI

Quand tout le monde a été parti, le roi a demandé à Mary-Jane si elle avait de quoi nous coucher. Elle a dit qu'elle avait une chambre d'ami pour l'oncle William, et qu'elle donnerait sa chambre à l'oncle

Harvey, et qu'elle irait coucher dans la chambre de ses
sœurs sur un lit de camp. Elle avait aussi une mansarde, avec un grabat dedans. Le roi dit que ça ferait
l'affaire pour son valet : c'était moi.

Donc Mary-Jane nous a fait monter et leur a
montré leurs chambres qui étaient simples mais
convenables. Elle a dit qu'elle ferait enlever ses robes
et ses autres affaires si elles gênaient oncle Harvey,
mais il a dit que ça n'était pas la peine. Les jupes
étaient accrochées au mur et protégées par un rideau
de coton qui tombait jusqu'au plancher. Il y avait une
vieille malle dans un coin, une guitare dans un autre,
et toutes sortes de babioles comme les filles aiment en
avoir. Le roi a dit que ça n'en était que plus agréable
pour lui, plus intime, et que ça ne le gênerait pas. La
chambre du duc était plutôt petite mais suffisante, et
mon coin à moi aussi.

Ce soir-là, il y eut un grand souper, et tous les
hommes et les femmes étaient là, et je me tins derrière
le roi et le duc pour les servir, et les Noirs servaient les
autres. Mary-Jane était à un bout de la table, avec
Susan à côté d'elle, et elle a dit que les biscuits étaient
mauvais, que les conserves ne valaient rien, que les
poulets rôtis étaient trop secs, et toute cette salade que
disent les femmes pour qu'on leur fasse des compli-
ments quand on sait que tout est parfait, et alors on
disait « Comment faites-vous pour avoir des biscuits
aussi dorés ? » ou « Où diable avez-vous trouvé ces
merveilleux cornichons ? » et tout ce qu'on dit à ce
genre de souper.

Et après ça, Bec-de-lièvre et moi, on a eu notre
dîner à la cuisine, avec les restes, tandis que les Noirs
aidaient les autres à faire la vaisselle. Et Bec-de-lièvre
s'est mise à me tirer les vers du nez sur l'Angleterre. Il
y avait des moments où je laissais percer le bout de
l'oreille. Elle me dit :

— As-tu jamais vu le roi ?

— Qui ? Guillaume IV [1] ? Je crois bien. Il vient à
notre église.

— Régulièrement ?

— Oui. Son banc est juste en face du nôtre, de l'autre côté de la chaire.

— Je croyais qu'il habitait Londres.

— Bien sûr. Il ne peut pas habiter ailleurs.

— Je croyais que vous, vous habitiez à Sheffield ?

Je me voyais coincé. Je fais semblant de m'étrangler avec mon os de poulet, pour gagner du temps.

— Je peux dire qu'il vient régulièrement à notre église quand il est à Sheffield. C'est seulement en été, quand il vient pour les bains de mer.

— Mais Sheffield n'est pas au bord de la mer.

— Je ne dis pas que c'est sur la mer.

— Vous l'avez dit.

— J'ai rien dit de pareil !

— Qu'est-ce que vous avez dit alors ?

— J'ai dit qu'il vient pour les bains de mer — pas autre chose.

— Comment peut-il prendre des bains de mer, si ce n'est au bord de la mer ?

— Et puis, après ? Vous n'avez jamais vu de l'eau du Jourdain ?

— Si.

— Est-ce que vous êtes allée sur le Jourdain pour ça ?

— Non.

— Eh bien, Guillaume IV n'a pas besoin d'aller au bord de la mer pour prendre un bain de mer.

— Comment fait-il alors ?

— Eh bien, il se fait envoyer de l'eau de mer dans des barriques. Au palais de Sheffield, ils ont de grands fourneaux, parce qu'il aime avoir son eau chaude.

— Je vois. Vous auriez pu le dire plus tôt !

Quand elle a dit ça, je me suis senti soulagé ; j'étais tiré d'affaire. Alors elle dit :

— Vous, allez-vous aussi à l'église ?

— Bien sûr, régulièrement.

— Où est-ce que vous êtes assis ?

— Sur le banc de l'oncle Harvey.

— Pourquoi a-t-il besoin d'un banc ? Je croyais que sa place était dans la chaire.

Miséricorde ! J'avais oublié qu'il était ministre. Me voilà de nouveau embarrassé. Je fais semblant d'avoir avalé un autre os de poulet et je dis :

— Ma pauvre petite, vous ne savez donc pas qu'il y a plus d'un ministre ?

— Et pourquoi ? Ils en ont donc besoin de plusieurs ?

— Eh bien, pour prêcher devant le roi ! Vous savez donc rien ! Il y en a dix-sept.

— Dix-sept ! Vrai ! Je ne voudrais pas être obligée de les écouter à la file, même si ça devait me coûter la félicité du ciel. Ça doit durer une semaine !

— Des blagues ! Ils ne prêchent pas tous le même jour ; il n'y en a qu'un à la fois.

— Alors, les autres, qu'est-ce qu'ils font ?

— Oh, pas grand-chose. Ils se prélassent, ils font la quête, ou quelque chose comme ça.

— Alors, pourquoi ils sont là ?

— Eh bien, juste pour faire bien. Vous ne savez donc rien ?

— Ça, ça ne m'intéresse pas. Comment traitent-ils les domestiques en Angleterre ? Est-ce qu'ils les traitent mieux que nous les nègres ?

— Non, pour sûr. Les domestiques ne sont rien là-bas. Ils les traitent pire que des chiens.

— Est-ce qu'ils ne leur donnent pas de vacances, comme nous faisons au nouvel an, à Noël et le jour de la fête nationale [2] ?

— Ah, on voit bien que vous n'êtes jamais allée en Angleterre. Écoutez Bec-de... euh, Joanna. Ils n'ont jamais de vacances d'un bout de l'année à l'autre. Ils ne vont jamais au cirque, ni au théâtre, ni au spectacle pour les nègres, nulle part.

— Ni à l'église ?

— Ni à l'église.

— Mais vous, vous allez à l'église.

J'étais coincé une fois de plus. J'avais oublié que j'étais le domestique du vieux. Mais là-dessus, j'ai fait un rétablissement, *presto*. Je lui ai expliqué qu'un valet n'était pas un domestique ordinaire, qu'il fallait que j'aille à l'église, que je le veuille ou non, pour être avec la famille, que c'était la règle. Mais je vis bien qu'elle n'était pas complètement convaincue. Elle a dit :

— Là, voyons, est-ce bien vrai, ce que vous me dites ?

— Ma parole... !

— Jurez-le sur le livre !

Je vis que ce n'était qu'un dictionnaire, ça ne tirait donc pas à conséquence, alors j'ai juré, la main sur le livre. Elle a eu l'air un peu rassurée, et elle a dit :

— Je veux bien croire certaines choses, mais pas tout.

— Qu'est-ce que tu ne veux pas croire, Joanna ? dit Mary-Jane qui entrait juste à ce moment, suivie de Susan. Ce n'est pas bien de lui parler comme ça, à lui qui est étranger et loin de sa famille. Tu ne voudrais pas qu'on te traite comme ça, toi.

— Ah, c'est bien de toi de venir toujours au secours de gens qui n'ont pas besoin qu'on les aide. Il m'en a repassé des vertes et des pas mûres. Je n'ai pas voulu tout avaler ; c'est tout.

— Que ce soit ça ou autre chose, ça m'est égal. Je dis qu'il est chez nous et tu as eu tort de lui faire sentir qu'il est un étranger ici. Si tu étais à sa place, tu sentirais que c'est vilain.

— Mais Mary...

— Peu importe ce qu'il a dit. Toi, tu dois être aimable pour lui et ne pas lui dire des choses qui lui rappellent qu'il n'est pas chez lui, dans son pays, avec les siens.

Et c'est à cette bonne fille, que je me suis dit, que j'allais laisser voler tout son argent par ce reptile !

Susan est entrée dans la danse ; et si vous voulez m'en croire elle lui rappelait ce qui l'attendait dans l'au-delà de la tombe. « Et en voilà une autre, que je me dis, à qui je vais laisser voler tout son argent ! »

Et Mary-Jane lui a répondu, — d'un petit ton doux et gentil — c'était sa manière —, mais quand elle a eu fini, il ne restait plus grand-chose du pauvre Bec-de-lièvre. Elle s'est mise à sangloter. « C'est bon, dirent les deux autres ; demande-lui pardon. »

C'est ce qu'elle a fait, et si gentiment que j'aurais voulu lui redire un tas d'autres mensonges pour qu'elle recommence.

Je me suis dit : et en voilà une autre que je vais laisser dépouiller de tout son argent ! Et toutes les trois, elles se mettent en quatre pour me faire sentir que je suis comme chez moi et un ami de la maison. Je me sentais bien coupable, bien petit, bien bas. Alors, je me dis : « C'est décidé ; il faut que je reprenne cet argent ou que j'en crève. »

Alors j'ai dit que j'allais me retirer pour dormir. Et, une fois seul, je me suis mis à réfléchir. Je me disais : « Faut-il que j'aille trouver ce docteur, en cachette, et que je démasque les filous ? Non, ça n'irait pas. On saurait que j'avais vendu la mèche. Le roi et le duc me le feraient payer cher. Fallait-il que j'aille prévenir Mary-Jane, discrètement ? Mais alors elle laisserait voir quelque chose sur sa figure. Ils avaient l'argent, ils fileraient avec. Non, il n'y avait qu'un moyen. C'était de m'emparer du magot de telle façon qu'ils ne puissent pas soupçonner que c'était moi le responsable. »

Ils étaient en terrain fertile et ils ne s'en iraient pas avant d'avoir pressé le citron jusqu'au bout. J'avais donc du temps devant moi. D'abord, il fallait mettre la main sur l'argent, et que je le cache. Ensuite, quand on aurait repris la navigation sur le fleuve, je pourrais écrire à Mary pour lui dire où il était caché. Mais je ferais bien tout de même de ne pas perdre de temps car le docteur n'avait sûrement pas abandonné la partie comme il avait voulu le laisser croire et il était capable de trouver le moyen de les faire décamper en vitesse.

J'ai décidé d'aller fouiller leurs chambres. Au premier, il faisait noir. Mais j'ai trouvé la chambre du duc et je me suis mis à tâter tout partout. Je me suis dit qu'il n'y avait pas beaucoup de chances pour que le roi laisse un autre que lui monter la garde sur cet argent. Je me rendis donc dans la chambre du roi ; je n'y voyais goutte et il m'aurait fallu une chandelle. Au bout d'un moment j'entendis des pas. J'ai juste eu le temps de me fourrer derrière le rideau où Mary-Jane suspendait ses affaires et de me blottir dans les cotillons.

Ils sont entrés et ils ont fermé la porte ; la première chose que fit le duc fut de se mettre à quatre pattes et de regarder sous le lit. J'étais tout content de ne pas avoir trouvé le lit au moment où je le cherchais pour me glisser dessous. Puis ils se sont assis et le roi a dit :

— Qu'est-ce que vous avez à me dire ? Soyez bref, car il est plus sûr pour nous d'être en bas avec eux à gémir et à sangloter, que de rester ici où l'on pourrait venir nous entretenir de choses gênantes.

— Eh bien, voilà, Capet. Pour moi, la situation n'est pas claire. Ce docteur m'inquiète. J'aimerais connaître votre plan. Moi, j'ai une idée, que je voudrais vous communiquer.

— Qu'est-ce que c'est, duc ?

— C'est qu'on ferait mieux de filer d'ici au milieu de la nuit, avant trois heures du matin, et de se carapater vers le fleuve avec le magot. D'autant plus qu'on l'a eu comme ça, qu'on nous l'a pour ainsi dire jeté à la tête alors qu'on s'attendait à être obligé de le revoler. Je suis partisan de mettre les bouts tout de suite.

Moi, dans mon coin, je me voyais déjà frustré de ma bonne intention. Mais le roi a dit :

— Et on renoncerait à vendre le reste des biens ? Et on s'en irait comme des imbéciles, en laissant ici pour huit ou neuf mille dollars de biens qui, à mon avis, se vendront très facilement.

Le duc a grogné. Il a dit que le sac d'or était bien suffisant, qu'il ne fallait pas en vouloir trop — et puis aussi, qu'il ne voudrait pas déposséder les pauvres orphelines.

— Comme vous parlez ! a dit le roi. Nous ne les déposséderons que de l'argent. Pour le reste, c'est les acheteurs qui seront dans le lac ; parce que dès qu'on découvrira que nous ne sommes pas les vrais héritiers

— et ça ne sera pas long après notre départ — la vente sera invalidée et tout reviendra aux trois filles. Ces pauvres orphelines récupéreront leur maison. C'est tout ce qu'il leur faut. Elles sont jeunes et actives ; elles gagneront facilement leur vie. Réfléchis ; il y a des milliers de personnes qui ne sont pas dans une aussi bonne situation. Elles n'ont pas à se plaindre.

Le roi lui en a mis plein la vue, si bien que le duc ne savait plus quoi dire après avoir répété encore une fois qu'il était dangereux de rester là et que ce docteur ne lui disait rien qui vaille. Mais le roi lui a dit :

— Le diable emporte votre docteur ! A quoi bon s'occuper de lui ? Est-ce que nous n'avons pas tous les imbéciles de la ville de notre côté ?

Ils se sont donc préparés à redescendre. Le duc a dit alors :

— Je ne crois pas que cet argent soit dans une bonne cachette.

Ça m'a remis du baume au cœur ; je me suis dit que j'allais apprendre quelque chose d'utile. Il a continué :

— Parce que Mary-Jane ne va plus porter que des vêtements de deuil. Elle va donner l'ordre au nègre qui fait la chambre de serrer dans des caisses les frusques pendues sous le rideau, et le nègre verra le sac...

— Ça, c'est bien vu, duc, dit le roi. Là-dessus, il se lève et vient fouiller sous le rideau tout à côté de moi. Je me colle contre le mur, et je me tiens coi, tout tremblant. Je me demande ce que je ferais s'ils me découvraient. Mais le roi a attrapé le sac sans soupçonner ma présence. A eux deux ils l'ont fourré dans la paillasse du lit qui avait une ouverture juste assez grande et qui était sous l'édredon. Ils savaient bien que le nègre ne se donnerait la peine que de retaper le dessus, sans toucher à la paillasse. Donc, la place était bonne.

Ils n'étaient pas sitôt sortis, que je me suis emparé du sac. Je l'ai emporté dans ma mansarde et j'ai réfléchi à l'endroit où je pourrais bien le cacher en dehors de la maison, parce que, s'ils devaient s'apercevoir que le magot n'était plus là, ils se mettraient à

fouiller partout dans la maison. Je suis resté aux
aguets en haut de mon échelle. Au bout de quelque
temps, je les ai entendus qui montaient à leur
chambre. Mon cœur battait ; mais rien de particulier
ne se produisit.

J'ai attendu que tous les bruits du soir aient cessé et
avant que les matinaux aient commencé, je me suis
glissé au bas de l'échelle.

XXVII

J'ai rampé jusqu'à leur porte et j'ai écouté. Ils ronflaient. Alors, je me suis défilé sur la pointe des pieds
et j'ai descendu l'escalier. On n'entendait pas un bruit
dans toute la maison. J'ai jeté un coup d'œil par la
fente de la porte de la salle à manger, et j'ai vu les
gens qui veillaient le mort qui ronflaient assis sur leurs
chaises. La porte de communication avec le salon où
se trouvait le corps était ouverte, et les deux pièces
étaient éclairées par des bougies : dans le couloir je me
suis aperçu que la deuxième porte, celle qui donnait
sur le salon, n'était pas fermée ; il n'y avait personne
dans la pièce, en dehors du mort ; j'ai continué mon
chemin mais la porte d'entrée était fermée à clef, et la
clef nulle part en vue. A ce moment-là, j'ai entendu
des pas dans l'escalier, derrière moi. J'ai filé jusqu'au
salon et j'ai vite cherché un endroit où dissimuler mon
sac : il n'y avait que le cercueil. On avait fait glisser le
couvercle de façon à laisser voir la tête du mort recouverte d'un tissu humide, et le corps enveloppé de son
linceul. J'ai déposé le sac plein d'or sous le couvercle,
à l'endroit même où les mains du mort était croisées
sur son ventre ; des mains froides à vous donner le
frisson. Puis de nouveau, j'ai traversé la pièce en courant et je suis allé me cacher derrière la porte.

La personne qui descendait, c'était Mary-Jane. Elle
est allée jusqu'au cercueil, bien doucement et s'est
agenouillée devant. Elle a tiré son mouchoir et elle a
pleuré, du moins c'est ce que j'imagine, parce que je

ne l'entendais pas et elle me tournait le dos. Je suis
parti en passant devant la salle à manger, j'ai de nouveau regardé par la fente de la porte, pour m'assurer
que les veilleurs ne m'avaient pas vu : pas un n'avait
bougé... Tout allait bien.

Je me suis couché, et toutes sortes d'idées macabres
me sont passées par la tête. Je me suis dit tout de
même que si le sac restait là, j'écrirais à Mary-Jane
quand le radeau serait assez loin sur le fleuve pour
l'avertir. Elle pourrait faire déterrer le cercueil et
récupérer le magot. Mais ça ne se passerait pas
comme ça : on allait découvrir le sac au moment où
on visserait le couvercle. Alors le roi reprendrait le
magot et tout serait à recommencer, mais en plus difficile. Évidemment, j'ai bien pensé à me faufiler jusqu'en bas et à récupérer le sac, mais je n'osais pas. Et
à mesure que le temps passait, ça devenait de plus en
plus impossible. Les veilleurs allaient se réveiller et je
risquais d'être pris sur le fait — pris avec, entre les
mains, six mille dollars que personne ne m'avait
chargé de garder ; et je n'avais pas envie de me trouver
dans une situation aussi scabreuse.

Le lendemain matin le salon était fermé et les veilleurs partis. Il n'y avait plus que la famille et la veuve
Bartley et notre bande. Je les dévisageais tous, mais on
ne pouvait rien lire sur leurs figures.

Vers midi, le croque-mort est arrivé, accompagné
de son assistant, et ils ont placé le cercueil sur deux
chaises, au milieu de la pièce, et alors ils ont disposé
les chaises sur plusieurs rangées, et comme il n'y en
avait pas assez, ils sont allés en emprunter chez les
voisins jusqu'à ce qu'il y en ait eu plein le salon et la
salle à manger. Le couvercle du cercueil n'avait pas
bougé, mais je n'osais pas regarder dedans, avec tous
ces gens alentour.

Alors les gens ont commencé à défiler en saluant
d'abord les trois filles assises au premier rang avec nos
deux escrocs, et, pendant une demi-heure, ils se sont
succédé comme ça devant le mort dont la figure était
restée à découvert. Là, ils s'arrêtaient une minute, cer-

tains avaient la larme à l'œil ; tout cela se déroulait en silence, solennellement. Les trois filles et les deux bandits, le mouchoir sur les yeux, tête baissée, étouffaient leurs sanglots. On n'entendait que le bruit des pieds et des nez qui se mouchaient, parce qu'il n'y a pas d'occasion où l'on se mouche plus qu'à un enterrement, sauf à l'église.

Quand tout le monde fut là, le croque-mort en gants noirs mit la dernière main à son affaire, disposa les gens et les choses comme il convient, avec des petits signes, à pas feutrés, comme un chat. Il ne disait mot, il poussait les retardataires, il ouvrait le passage, il se faisait comprendre par gestes et hochements de tête. Puis il se colla au mur. C'était l'homme le plus souple, le plus glissant, le plus doucereux que j'aie jamais vu, et moins souriant qu'une porte de prison.

Ils avaient un harmonium un peu malade, et lorsque tout fut prêt, une jeune femme se mit à en jouer ; c'était grinçant et gnangnan, et tout le monde a commencé à chanter ; et je me suis dit que Peter avait une sacrée veine de ne pas devoir écouter ce raffut. Alors, le révérend Hobson, lent et solennel, a pris la parole ; et tout aussitôt un chahut du diable a éclaté dans la cave ; ce n'était qu'un chien ; mais il avait de la voix ; et il n'arrêtait pas de gueuler, si bien que le révérend n'avait plus qu'à se taire et à attendre que ça cesse, là, devant le cercueil — on ne pouvait même plus s'entendre penser. C'était plutôt bizarre, et personne n'avait l'air de savoir que faire. Mais voilà le croque-mort qui allonge ses grandes pattes et qui fait un signe au révérend comme pour lui dire : « Ne vous inquiétez pas — je vais arranger ça. » Il se faufile le long du mur et ses épaules sont à la hauteur des têtes des gens, et pendant qu'il avance comme ça, le dos au mur, le boucan continue de plus belle jusqu'au moment où il disparaît par la porte du cellier. Alors au bout de deux secondes, on entend un « couic », puis un drôle de petit hurlement, puis un silence de mort, et le révérend reprend son discours lent et solennel exactement là où il avait dû le laisser. Au bout d'une

ou deux minutes, le croque-mort se ramène et se faufile, le dos au mur comme avant, mais en sens inverse,
il met sa main devant sa bouche, allonge le cou vers le
révérend par-dessus la tête des gens, et dit, dans une
sorte de souffle rauque : « Il y avait un rat ! » Puis il
retourne au mur, à sa place. Il était facile de voir que
tout le monde était content de savoir ce que c'était,
car évidemment, ils voulaient tous savoir. Une petite
chose comme ça ne coûte rien, mais ça suffit pour
faire aimer un homme. Il n'y avait pas plus populaire
que ce croque-mort dans toute la ville.

Il était bien, l'éloge funèbre, mais un peu longuet,
et assommant, je ne vous dis que ça ! Là-dessus, le
roi y est allé de sa propre salade, et quand il en eut
fini, le croque-mort s'est avancé vers le cercueil avec
son tournevis. Je suais à grosses gouttes, c'était un
sale moment pour moi. Mais tout s'est passé comme
sur des roulettes, il a mis le couvercle en place et
vissé dare dare. Donc, ça y était ! Je ne savais pas si
le magot était dedans ou s'il n'y était plus. Et si
quelqu'un l'avait fauché ? Comment savoir si je
devais oui ou non écrire à Mary-Jane ? Supposez
qu'elle fasse ouvrir le cercueil et qu'elle ne trouve
plus rien — qu'est-ce qu'elle penserait ? Que j'étais
le voleur ; on me poursuivrait et on me mettrait à
l'ombre ; je n'avais rien de mieux à faire qu'à la boucler, ne rien écrire. C'était un fameux méli-mélo que
j'avais fait là en voulant arranger les choses. J'avais
tout compliqué et j'aurais bien mieux fait de me tenir
tranquille.

Après l'enterrement, on revint à la maison ; j'obser-
vais toutes les physionomies, je ne pouvais pas m'en
empêcher. Mais ça ne servait à rien, je lisais rien sur
les figures.

Le roi fit des tas de visites dans la soirée pour être
gentil avec tout le monde et se faire bien voir ; et il
disait comme ça que sa congrégation en Angleterre
devait se faire un mauvais sang du diable et qu'il fallait qu'il se dépêche de mettre ses affaires en ordre et
de rentrer. Il regrettait beaucoup d'être si pressé ; et

tous le regrettaient aussi ; ils auraient voulu qu'il puisse rester plus longtemps, mais ils disaient qu'ils se rendaient bien compte que c'était pas possible. Il dit qu'évidemment William et lui se chargeaient des orphelines, et ça aussi ça faisait bien parce que comme ça elles resteraient dans leur famille — et ça leur plaisait aussi à elles — ça les émoustillait tant qu'elles en oubliaient leurs malheurs ; elles lui dirent de vendre aussi vite qu'il pourrait, qu'elles étaient prêtes. Ça me faisait mal au cœur de les voir si contentes et si confiantes et de savoir qu'on les roulait, mais je voyais aucun moyen d'empêcher ça.

Là-dessus, le roi a annoncé la vente de la maison et des Noirs, et de toute la propriété, vente aux enchères — deux jours après l'enterrement, mais on pouvait acheter avant si on voulait.

Le lendemain de l'enterrement, vers midi, les filles ont reçu leur premier choc ; des marchands d'esclaves se sont présentés et le roi leur a vendu les nègres un prix raisonnable, et ils sont partis, les deux fils à Memphis, et leur mère à La Nouvelle-Orléans. Je pensais qu'ils allaient tous mourir de chagrin et ils pleuraient tellement que j'en étais malade de les voir. Les filles disaient qu'elles n'avaient jamais pensé que la famille serait séparée et en dehors de la ville. Je ne pourrais jamais sortir de ma mémoire le spectacle de ces pauvres filles et de ces pauvres nègres suspendus au cou les uns des autres, et j'aurais jamais pu supporter ça, si j'avais pas su que la vente n'était pas valable et que les nègres reviendraient à la maison au bout d'une ou deux semaines.

La chose fit du bruit dans la ville et il y en eut plus d'un pour dire tout net que c'était scandaleux de séparer la mère et ses enfants de cette façon [1]. Ça leur fit du tort ; mais le vieux fou allait de l'avant, malgré ce que le duc pouvait lui dire, et le duc était plutôt mal à l'aise, je vous le dis.

Le lendemain était le jour de la vente ; il faisait presque grand jour quand le roi et le duc sont arrivés dans ma mansarde et m'ont réveillé ; et j'ai tout de suite vu à leur figure que quelque chose ne tournait pas rond. Le roi me dit :

— Tu as été dans ma chambre avant-hier soir ?

— Non, Votre Majesté (c'est comme ça que je lui parlais quand on était entre nous).

— Et hier dans la journée, et hier soir ?

— Non, Votre Majesté.

— Tu nous en donnes ta parole ? Pas de mensonge, hein ?

— Sur l'honneur, Majesté, je vous dis la vérité. J'ai pas revu votre chambre depuis que Mary-Jane nous l'a montrée.

Le duc dit :

— As-tu vu quelqu'un d'autre entrer chez nous ?

— Non, Votre Grâce, je crois pas.

— Prends le temps de réfléchir.

Ça m'a donné une chance et j'ai dit :

— Ah, j'ai vu les nègres entrer plusieurs fois.

Tous les deux ont eu un petit mouvement en arrière, comme s'ils ne s'étaient pas attendus à ça, ou peut-être parce qu'ils s'y attendaient.

— Tous les nègres ?

— Non, pas tous à la fois, du moins !

— Et quand était-ce ?

— C'était le jour de l'enterrement, le matin, mais pas de bonne heure, parce que je me suis pas réveillé. J'allais descendre par mon échelle quand je les ai vus.

— Parle, parle ! Qu'est-ce qu'ils ont fait ?

— Ils n'ont rien fait. Ils sont repartis sans faire de bruit. Ils étaient venus, je pense, pour faire la chambre de Votre Majesté, croyant que vous étiez levés. Comme vous n'étiez pas levés, ils s'en sont retournés le plus doucement possible, pour ne pas vous réveiller.

— Tonnerre de tonnerre, s'écrie le roi ; et les deux filous avaient l'air bien refaits. Ils étaient là à se gratter la tête ; et alors le duc s'est mis à rigoler doucement et il a dit :

— Ça, ils nous ont bien roulés, ces nègres ; pour sûr, ils en avaient du chagrin de s'en aller, et je les ai crus, et vous les avez crus, et tout le monde les a crus. Pour des

acteurs ce sont des acteurs, ils jouent comme personne.
A mon avis, c'est une fortune, des talents pareils. Si
j'avais de l'argent et un théâtre, je les engagerais tout de
suite — et alors, comme ça, on les a vendus pour une
chanson, une chanson dont on ne savait même pas l'air
— et alors où qu'il est cet argent ?

— A la banque, où veux-tu qu'il soit ?

— Bon, tant mieux !

J'ai demandé d'une voix timide :

— Est-ce qu'il y a quelque chose qui ne va pas ?

Le roi furieux m'a répondu :

— Ça ne te regarde pas ! Occupe-toi de tes affaires ! Et ferme-la tant que tu seras ici, tu entends ?
Alors, le roi dit au duc :

— Il va falloir avaler ça et ne rien dire : motus !

En descendant l'échelle, le duc ricanait :

— Ventes rapides et petits bénéfices ! C'est une
affaire, hein !

— On a fait pour le mieux, a grommelé le roi. Si le
profit n'est pas gros, c'est pas plus ma faute que la
vôtre !

— Eh bien, si on avait suivi mon conseil, les nègres
seraient encore là, mais nous, on n'y serait plus.

Avant de descendre, il s'en est encore pris à moi. Il
m'a dit que j'avais été idiot de ne pas venir lui dire
tout de suite que j'avais vu les nègres entrer dans sa
chambre ; que le premier imbécile venu aurait compris
qu'il se passait quelque chose. Puis, il s'en est pris à
lui-même, a dit que tout ça venait de ce qu'il n'avait
pas fait la grasse matinée, comme il aurait été naturel,
et qu'il ne recommencerait plus. Et il s'en est allé en
bougonnant ; moi, j'étais rudement content d'avoir
repassé ça sur les nègres, sans pourtant leur avoir fait
aucun tort.

XXVIII

Finalement le matin est venu, et il a été l'heure de
se lever. Je suis descendu de ma mansarde et, en pas-

sant devant la chambre des jeunes filles, j'ai vu la
porte ouverte et Mary-Jane assise devant sa malle en
cuir où elle emballait ses affaires pour partir pour
l'Angleterre. Elle était immobile et, une robe sur les
genoux, pleurait. Ça m'a fait de la peine, et je lui ai
dit :

— Miss Mary-Jane, vous ne pouvez pas voir
souffrir les gens ; moi non plus. Dites-moi pourquoi
vous pleurez.

Elle m'a répondu que c'était à cause des nègres ; je
m'en doutais. Tout le plaisir qu'elle pouvait attendre
de ce beau voyage en Angleterre se trouvait gâché
pour elle.

— Comment pourrai-je jamais être heureuse
là-bas, m'a-t-elle fait observer, quand je penserai que
la mère et les enfants sont séparés à jamais ? Oh ! mon
Dieu, mon Dieu, dire que plus jamais ils ne se reverront !

— Mais ils se reverront, lui ai-je répondu. Et dans
moins de quinze jours : c'est moi qui vous le dis.

J'avais parlé sans réfléchir. Avant que j'aie pu lever
le petit doigt, Mary-Jane s'était jetée à mon cou en
s'exclamant :

— Répétez ! Oh, répétez ce que vous venez de
dire !

J'ai vu que j'en avais trop dit, et que je m'étais mis
dans un mauvais cas. Je lui ai demandé de me laisser
réfléchir une minute. Elle est restée assise, nerveuse,
agitée, belle aussi, — mais heureuse et soulagée
comme une personne à qui on vient d'arracher une
dent. Je me suis donc mis à méditer, et je me suis dit
qu'il est toujours dangereux de dire la vérité (bien que
je n'aie guère d'expérience dans ce domaine) ; en tout
cas, c'est comme ça que je vois les choses. Pourtant,
j'avais l'impression que, pour le moment, la vérité me
faisait courir moins de risques qu'un mensonge. Ça
m'a paru tellement bizarre que je me suis promis d'y
réfléchir à mes moments perdus ; c'était la première
fois que je pensais une chose pareille. Finalement, je
me suis décidé à risquer le coup et à étaler mon jeu ;

mais j'avais un peu l'impression d'être assis sur un baril de poudre et d'en approcher une allumette enflammée, juste pour voir ce qu'il arriverait.

Alors, j'ai annoncé :

— Miss Mary-Jane, y a-t-il aux environs de la ville un endroit où vous pourriez aller passer trois ou quatre jours ?

— Oui, chez Mr. Lothrop. Pourquoi ?

— Vous verrez tout à l'heure. Si je vous explique comment il se fait que je sais, avec certitude, que d'ici quinze jours les Noirs se retrouveront dans cette maison même, est-ce que vous consentirez à aller vous installer chez Mr. Lothrop pour quatre jours ?

— Quatre jours ! elle s'est exclamée. Mais j'y resterais une année entière !

— Très bien. Je ne vous demande rien de plus que votre parole d'honneur — j'ai plus confiance en votre parole que dans un serment sur la Bible venant de quelqu'un d'autre. (Elle a souri et rougi d'une façon très jolie.) Si ça ne vous fait rien, j'ai ajouté, je vais aller fermer la porte au verrou.

Puis je suis revenu m'asseoir auprès d'elle, et je lui ai dit :

— Ne poussez pas de cris ; ne bougez pas. Prenez la chose comme si vous étiez un homme. Il va vous falloir du courage pour entendre ce que j'ai à vous dire, Miss Mary-Jane, mais je vois pas comment je pourrais vous éviter ça. Vos oncles, c'est pas vos oncles du tout, mais une équipe d'imposteurs ; deux filous authentiques. Voilà, maintenant, vous avez entendu le pire ; le reste est plus facile à entendre.

Bien sûr, ça lui a fait un coup terrible ; mais le plus mauvais moment était passé, ce qui fait que j'ai continué ; les yeux de Mary-Jane brillaient de plus en plus. Je lui ai tout raconté, jusqu'au moindre détail, depuis le moment où on avait rencontré ce jeune imbécile qui allait s'embarquer sur le vapeur jusqu'à celui où elle s'était jetée au cou du roi et où il l'avait embrassée quinze ou vingt fois. Finalement, elle a bondi et, la figure rouge comme un coucher de soleil, elle m'a dit :

— L'animal ! Venez, ne perdons pas une minute,
même pas une seconde. On va les faire badigeonner
au goudron, rouler dans des plumes, et jeter dans le
fleuve !

— Certainement, répondis-je. Mais, vous voulez
dire, *avant* d'aller vous installer chez Mr. Lothrop,
ou...

— A quoi est-ce que je pense ! s'est-elle exclamée.
Et elle s'est rassise. Ne faites pas attention à ce que je
dis, elle a ajouté. Vous voulez bien, dites ?

Et elle a posé sa main douce et fine sur la mienne
d'une telle façon que je lui ai répondu que j'aimerais
mieux mourir plutôt que de lui en vouloir.

— Je n'aurais jamais cru être tellement emportée.
Mais continuez, je ne vous interromprai plus.
Dites-moi ce que je dois faire, et je vous obéirai aveu-
glément.

— Eh bien, ai-je répondu, ces fripouilles-là, c'est
des durs ; et, que je le veuille ou non, je suis bien
obligé de continuer à voyager avec eux pendant
quelque temps encore ; j'aime mieux pas vous dire
pourquoi. Si vous deviez leur jouer un mauvais tour,
la ville s'arrangerait pour me tirer de leurs griffes ;
mais il y a une autre personne que vous ne connaissez
pas qui en pâtirait. Cette personne, il faut qu'on la
sorte d'affaire, vous êtes bien d'accord ? Dans ce cas,
impossible de dénoncer ces brigands.

Tout en disant cela, il m'est venu une idée. J'ai vu
comment, moi et Jim, on pourrait se débarrasser de
ces deux coquins, les faire boucler en prison, et puis
filer. Seulement, je voulais pas me servir du radeau
en plein jour et tout seul ; il fallait que j'attende la
nuit.

— Miss Mary-Jane, je vais vous dire ce que nous
allons faire ; vous verrez que ça vous permettra de ne
pas rester si longtemps chez Mr. Lothrop. C'est à
combien de miles d'ici, chez ce monsieur ?

— A près de quatre miles, en pleine campagne.

— Ça colle. Allez chez lui, restez-y bien tranquille
jusqu'à neuf heures, neuf heures et demie ce soir ;

puis demandez-leur de vous ramener chez vous ; vous trouverez bien un prétexte. Si vous arrivez ici avant onze heures du soir, mettez une bougie allumée sur le rebord de cette fenêtre. Si vous ne me voyez pas arriver, attendez jusqu'à onze heures ; si je n'arrive pas à ce moment-là, ça voudra dire que je suis parti, et en sécurité. Alors, vous pourrez sortir de chez vous, raconter partout ce qui s'est passé, et faire mettre ces bandits en prison.

— Entendu, elle m'a répondu ; je le ferai.

— Et si le hasard fait que je n'arrive pas à m'échapper et qu'on me mette en prison avec eux, il faudra que vous veniez témoigner que je vous avais déjà tout raconté, et que vous me défendiez le mieux que vous pourrez.

— Si je vous défendrai ! On ne touchera pas à un seul de vos cheveux, a-t-elle déclaré les yeux brillants, les narines frémissantes.

— Si je réussis à filer, je ne serai pas là pour prouver que ces gredins ne sont pas vos oncles ; d'ailleurs, même si je restais, j'en serais pas capable. Tout ce que je peux démontrer, c'est que ce sont des vagabonds et des bandits ; ce serait déjà quelque chose, remarquez bien. Mais d'autres feront ça mieux que moi, d'autres en qui on aura plus confiance. Ces gens-là, je vais vous dire comment les trouver. Donnez-moi un crayon et une feuille de papier. Tenez : « *Le Monarque sans pareil*, Bricksville. » Faites bien attention à ne pas perdre ce bout de papier. Quand les juges voudront se renseigner sur ces deux individus, dites-leur de s'adresser à Bricksville, d'y annoncer qu'ils ont mis la main sur les individus qui ont joué *Le Monarque sans pareil*, et de demander des témoins : vous verrez arriver toute la population de Bricksville ici avant d'avoir pu dire ouf, Miss Mary-Jane.

J'ai eu l'impression que l'affaire était bien au point. Je lui ai dit aussi :

— Quant à la vente, laissez-la s'effectuer et ne vous en faites pas. Quand on achète quelque chose à une vente, on n'est pas obligé de payer avant vingt-quatre heures ; et les bandits ne quitteront pas la ville avant d'avoir l'argent. Or nous avons organisé cette vente de telle façon que, cet argent, ils n'en verront pas la couleur. C'est exactement comme ça que ça s'est passé pour les nègres : c'était pas une vraie vente, et les nègres seront de retour avant peu. Vous vous rendez compte qu'ils pourront pas toucher l'argent de la vente des Noirs. Ils sont dans un pétrin épouvantable, croyez-moi.

— Bon, m'a-t-elle dit, je cours prendre mon petit déjeuner, puis je pars chez Mr. Lothrop.

— Mais pas du tout ! Pas du tout : il faut que vous partiez avant le petit déjeuner.

— Pourquoi ça ?

— Et pourquoi pensez-vous que je vous ai conseillé d'y aller ?

— Je... je ne me suis pas posé la question ; et, en y réfléchissant, je me rends compte que je ne le sais pas. Dites-le-moi.

— Eh bien, c'est parce que vous êtes loin d'avoir la figure de marbre d'une statue ; il suffit de vous regarder pour savoir tout ce que vous pensez. Vous croyez que quand vos oncles vont venir vous souhaiter le bonjour et vous embrasser, vous allez pouvoir tenir le coup sans...

— Oh, non, je vous en prie ! Entendu, je pars avant le petit déjeuner, et sans regrets, encore. Mais, je laisse mes sœurs avec eux ?

— Ne vous inquiétez pas de vos sœurs ; il faut qu'elles restent. Si vous partiez toutes les trois, ces deux bandits soupçonneraient quelque chose. Il faut que vous ne voyiez ni eux ni vos sœurs. Pas un seul habitant de cette ville. Il suffirait que quelqu'un vous demande des nouvelles de vos oncles pour que votre visage vous trahisse. Non, partez tout de suite, et je m'arrangerai des autres. Je dirai à Miss Susan de dire au revoir pour vous à vos oncles et de les prévenir que vous êtes partie pour quelques heures, ou que vous êtes en visite chez des amis, et que vous rentrerez ce soir, ou demain matin.

— Qu'on leur dise que je suis allée chez des amis, je veux bien ; mais pas qu'on leur dise au revoir de ma part.

— Eh bien, entendu (je pouvais toujours faire semblant de lui céder sur ce point-là ; c'était un détail, et quelquefois, ce sont les détails de ce genre qui facilitent la vie aux gens, sur cette terre : Mary-Jane partirait contente sans que ça coûte rien à personne. Je lui ai donc dit). Mais c'est pas fini : il y a aussi le sac de dollars en or.

— Ce sont eux qui l'ont ; et quand je pense à la façon dont ils ont réussi à mettre la main dessus, je me battrais !

— Eh bien, vous vous trompez. C'est plus eux qui l'ont. Je le leur ai repris, — pour vous le donner. Je l'ai caché ; et j'espère qu'il est encore là où je l'ai mis. J'ai failli me faire prendre, ce qui fait que je l'ai fourré dans un endroit... qui était plutôt mal choisi.

— Ne vous accusez pas. Vous avez fait ce qu'il fallait, puisque vous n'aviez pas le choix. Où l'avez-vous caché ?

— J'aimerais mieux ne pas vous le dire, maintenant, Miss Mary-Jane. Je vais vous l'écrire sur un morceau de papier que vous lirez en allant chez Mr. Lothrop. Vous êtes d'accord ?

— Oh, oui.

Sur un bout de papier, j'ai écrit : *J'ai mis l'argent dans le cercueil*. De penser à la nuit d'avant l'enterrement, quand elle était à côté du cercueil, à pleurer, et que nos chenapans dormaient sous son toit, la trompaient et la volaient, ça m'a fait venir les larmes aux yeux. J'ai vu que les larmes lui venaient aussi, quand je lui ai remis le papier.

— Au revoir, m'a-t-elle dit. Je ferai tout ce que vous m'avez dit. Et si je ne vous revois pas, je ne vous oublierai jamais, et je prierai pour vous.

Elle m'a serré les mains de toutes ses forces, puis elle est partie.

Prier pour moi ! Si elle m'avait connu, elle se serait sans doute donné une tâche plus en rapport avec ses

forces. Mais elle était comme ça : elle ne reculait pas
devant l'impossible. Vous direz ce que vous voudrez,
mais cette fille, à mon avis elle était tout sentiment. Et
pour la beauté, — et la bonté aussi — les autres pouvaient toujours s'aligner ! Je ne l'ai jamais revue, mais
j'ai pensé à elle des millions et des millions de fois ; je
me suis rappelé sa promesse de prier pour moi. Et si
j'avais pu croire que ça lui serve à quelque chose,
j'aurais prié pour elle, je le jure !

Là-dessus, Mary-Jane a filé par-derrière pour que
personne la voie s'en aller. Quand j'ai rencontré Susan
et Bec-de-Lièvre, je leur ai dit :

— Comment s'appellent donc ces gens que vous
connaissez de l'autre côté du fleuve ?

Elles ont répondu :

— Il y en a plusieurs, mais c'est surtout les Proctor.

— C'est bien ça, dis-je, j'avais déjà oublié. Eh bien,
figurez-vous que Miss Mary-Jane m'a dit de vous dire
que l'un d'eux était malade et qu'elle y courait.

— Lequel ?

— Je ne sais plus, j'ai déjà oublié, c'est quelque
chose comme...

— Sakes va bien. J'espère que ce n'est pas Hanner !

— Si, c'est ça, dis-je, Hanner, c'est bien ce qu'elle
a dit.

— Mon Dieu — et dire qu'elle était si bien il y a
seulement une semaine ! Est-ce qu'elle a pris mal ?

— On ne sait pas ce que c'est. Ils ont veillé toute la
nuit et ils ne pensent pas qu'elle va durer bien longtemps, d'après ce que m'a dit Miss Mary-Jane.

— Qu'est-ce que ça peut bien être ? Allez-y comprendre quelque chose ! Est-ce qu'ils ont une idée ?

Je ne trouvais rien sur le moment, alors, comme ça,
je dis :

— Les oreillons.

— Les oreillons ! Mais on ne veille pas les gens qui
ont les oreillons !

— Eh bien, ils le font avec ces oreillons-là. C'est
une nouvelle espèce, a dit Miss Mary-Jane.

— Comment ça ?

— C'est mélangé à autre chose.

— Quoi d'autre ?

— La varicelle, la coqueluche, l'érysipèle et la tuberculose, la jaunisse et la méningite, et je ne sais pas quoi encore.

— Seigneur ! et ils appellent ça les oreillons ?

— C'est ce que Miss Mary-Jane a dit.

— Pourquoi donc appellent-ils ça les oreillons ?

— Parce que c'est par là que ça commence.

— Ça n'a pas de sens. Quelqu'un bute contre une pierre, tombe dans un puits, se casse la colonne vertébrale, se brise le crâne et meurt, et si alors on demande ce qui est arrivé, va-t-on répondre qu'il a buté contre un caillou ? Est-ce que ça aurait un sens ? Non. Eh bien, ce que vous dites n'en a pas plus.

— En tout cas, c'est affreux, dit Bec-de-Lièvre. Je vais aller le dire à oncle Harvey et...

— Sûrement, dis-je. A votre place, je ne perdrais pas une minute.

— Et pourquoi pas ?

— Réfléchissez une seconde et vous comprendrez. Est-ce que vos oncles ne sont pas obligés de rentrer en Angleterre le plus tôt possible ? Et croyez-vous qu'ils auraient le cœur de vous laisser faire tout ce voyage toutes seules ? Vous savez bien qu'ils vous attendront. Votre oncle Harvey est prêtre, n'est-ce pas ? Est-ce qu'un prêtre peut mentir au capitaine pour permettre à Mary-Jane de monter à bord ? Non, n'est-ce pas ? Alors quoi ? Il dira : « Tant pis, il faudra que mon église se passe encore de moi, car ma nièce s'est exposée à la contagion de ces oreillons à forme multiple et qui n'en finit plus, et c'est mon devoir de rester ici les trois mois de quarantaine. »

— Quoi, rester ici à piétiner alors que nous pourrions tous être si heureux en Angleterre, et tout cela pour savoir si Mary-Jane a ou n'a pas les oreillons ?

— C'est possible. En tout cas, il vaudrait mieux prévenir les voisins.

— Ça alors, vous êtes encore plus bête que je ne pensais. Est-ce que vous ne comprenez pas qu'ils vont le répéter à tout le monde ! Non, il n'y a qu'un moyen d'éviter ça, c'est de faire en sorte que personne ne sache rien.

— Peut-être bien que vous avez raison. Mais oui, bien sûr, vous avez tout à fait raison !

— Mais je crois aussi qu'il vaudrait mieux dire à oncle Harvey qu'elle est partie mais qu'il ne s'en inquiète pas, qu'en pensez-vous ?

— Oui, Miss Mary-Jane voulait que vous fassiez ça : « Dites-leur d'embrasser oncle Harvey et oncle William pour moi, et dites que j'ai traversé le fleuve pour aller chez Mr... Mr... » Quel est le nom de cette famille de richards que votre oncle Peter aimait tant ?

— Vous voulez dire les Apthorp ?

— C'est ça, avec tous ces noms, on perd son latin. Oui, elle a dit que vous disiez qu'elle était partie demander aux Apthorp d'acheter la maison parce qu'elle était sûre que c'est ça qui aurait fait plaisir à oncle Peter, que ce soit eux qui l'aient, et elle veut les convaincre et rester avec eux le temps qu'il faudra, jusqu'à demain matin si c'est nécessaire. Elle a dit : « Ne parlez pas des Proctor, seulement des Apthorp. » Et d'ailleurs c'est bien vrai qu'elle veut leur dire d'acheter la maison, elle me l'a dit.

— Très bien, ont-elles répondu ; et elles sont allées prévenir leurs oncles, les embrasser et transmettre le message.

Tout marchait bien. Elles ne diraient rien parce qu'elles voulaient aller en Angleterre, et le roi et le duc seraient satisfaits aussi. C'était du beau travail. Ça manquait peut-être de style mais ça tenait debout.

La vente aux enchères commença au début de l'après-midi, sur la place publique, et se prolongea sans incident, le vieux surveillait les enchères et prenait des notes et le duc allait çà et là, quêtant la sympathie. Mais peu à peu tout fut vendu, sauf un petit lot qui se trouvait dans le cimetière et pour lequel il fallait aussi trouver acquéreur — il avait un estomac d'autruche, le roi, il aurait boulotté n'importe quoi. Ils en étaient là quand un vapeur accoste et au bout de deux minutes voilà une foule qui s'avance en criant, en riant, en braillant : « Voilà les opposants ! Une autre paire d'héritiers du vieux Peter Wilks, choisissez, messieurs-dames, ceux que vous voudrez ! »

XXIX

Un vieux monsieur à l'air bien gentil, et un plus jeune, bien gentil lui aussi, avec le bras droit en écharpe, se sont avancés. Les gens criaient, braillaient, se tenaient les côtes à force de rire. Pour moi, ce n'était pas drôle : je me disais que le roi et le duc allaient avoir trop à faire. Je les voyais déjà blêmir. Mais non, pas du tout ! Le duc allait de-ci de-là, heureux et content, comme si de rien n'était ; et le roi se donnait des gants de jeter des regards de pitié sur ces nouveaux venus, comme si ça lui donnait des haut-le-cœur de penser qu'il pouvait y avoir dans le monde des imposteurs et des filous de cette espèce. Il jouait son rôle à merveille. La majorité des gens se groupait autour de lui, pour montrer qu'ils étaient avec lui. Le vieux monsieur qui venait d'arriver avait l'air tout décontenancé. Il se décida à parler — lui, au moins, il parlait vraiment comme un Anglais — et il dit quelque chose dans ce genre :

— Voilà une surprise à laquelle je ne m'attendais pas ; et je ne vous cacherai pas que je n'y étais pas préparé. Mon frère et moi, nous avons eu toutes sortes d'ennuis : il s'est cassé le bras ; nos bagages ont été descendus à l'arrêt qui précède celui-ci. Je suis le frère de Peter Wilks, Harvey, et voici mon frère William qui ne peut ni parler ni entendre, ni même s'expliquer par gestes puisqu'il a une main hors d'usage. Nous sommes bien ceux que nous prétendons être et, dès que nous pourrons récupérer nos bagages, je vous en donnerai la preuve. Jusque-là, je ne dirai plus rien ; je vais jusqu'à l'hôtel où j'attendrai.

Le roi a ricané en disant d'un ton de mépris :

— Il dit qu'il s'est cassé le bras ! C'est commode quand on devrait parler par signes et qu'on en est incapable. Et ils ont perdu leurs bagages, en plus : très bien trouvé, très ingénieux, compte tenu des circonstances !

Puis il a éclaté de rire, et tout le monde a ri avec lui, excepté cinq ou six personnes ; parmi ces dernières se trouvait le docteur et aussi un monsieur qui n'avait pas l'air sot et qui venait de descendre du vapeur avec un sac de tapisserie genre ancien. Tous les deux parlaient bas en regardant le roi de temps à autre et en hochant la tête. Le second était Levi Bell, le notaire. Et il y avait aussi un énorme gaillard qui écoutait tout ce que disaient le vieux monsieur et le roi. Quand le roi a eu fini de parler, le costaud s'est levé et il a dit :

— Dites-moi un peu : si vous êtes bien Harvey Wilks, quand donc êtes-vous arrivé dans cette ville ?

— La veille de l'enterrement, mon ami, répondit le roi.

— Mais, à quelle heure ?

— Dans la soirée, une ou deux heures avant le coucher du soleil.

— Comment êtes-vous venu ?

— Sur la *Susan Powell*, de Cincinnati.

— Dans ce cas, comment se fait-il que vous vous trouviez à la Pointe, le matin du même jour, et dans un canoë ?

— Je n'étais pas à la pointe ce matin-là.

— Vous mentez !

Plusieurs personnes se sont interposées, disant qu'il était inconvenant de parler sur ce ton à un vieil homme de pasteur.

— Pasteur ? Mon œil ! C'est un imposteur et un menteur. Ce matin-là, il était à la Pointe. J'y habite, non ? Eh bien, je l'y ai vu. Il est arrivé en canoë avec Tim Collins et un petit gars.

Le docteur s'est levé et a demandé :

— Si vous vous trouviez en face du jeune garçon, Hines, seriez-vous capable de le reconnaître ?

— Je le pense, mais je n'en suis pas sûr. Mais... le voilà ! Si, si, je le reconnais parfaitement !

C'était moi qu'il désignait. Le docteur a annoncé :

— Voisins, j'ignore si ces deux nouveaux messieurs sont des imposteurs. Mais si ceux-là n'en sont pas, alors, je suis un âne bâté. A mon avis, il est de notre devoir de faire en sorte qu'ils ne sortent pas d'ici jusqu'au moment où nous aurons éclairci l'affaire. Venez, Hines, et tous les autres aussi. Nous allons emmener ces messieurs à la taverne et les confronter avec les deux autres. Et je suis certain que, avant d'en avoir fini avec eux, nous aurons découvert quelques petites choses.

La foule buvait du petit lait, — à l'exception, sans doute, des amis du roi. Donc, tout le monde s'est mis en route. Le soleil était en train de se coucher. Le docteur me conduisait par la main, et fort gentiment ; mais il ne me lâchait pas quand même.

Arrivé à l'hôtel, on s'est tous installés dans une grande chambre, on a allumé des bougies, et on est allé chercher les deux nouveaux. Le docteur a dit d'abord :

— Je ne tiens pas à être trop dur avec ces deux messieurs, mais je crois, personnellement, que ce sont des imposteurs, et il se peut qu'ils aient des complices. Si c'est le cas, il est à craindre que leurs complices ne s'enfuient avec le sac de dollars d'or qu'a laissés Peter Wilks. Ce n'est pas impossible. Si ces messieurs sont d'honnêtes gens, ils accepteront de remettre le sac entre nos mains jusqu'à ce que l'affaire soit éclaircie.

Tout le monde est tombé d'accord là-dessus. Moi et ma bande, on était dans de mauvais draps. Mais le roi s'est contenté de dire d'un air peiné :

— Messieurs, je voudrais bien que l'argent soit là, car je ne désire rien tant que de voir cette enquête aboutir. Mais, hélas ! l'argent n'est plus là. Vous pouvez faire le nécessaire et vous en rendre compte par vous-mêmes !

— Dans ce cas, où est-il ?

— Quand ma nièce me l'a confié, je l'ai caché dans la paillasse de mon lit ; je pensais que, pour deux ou trois jours, ça ne valait vraiment pas la peine de le mettre à la banque. Je considérais que, dans ma chambre, il se trouvait en sécurité, car je n'ai pas l'habitude des nègres et je les croyais aussi honnêtes que les domestiques que nous avons en Angleterre. Les nègres ont volé l'argent. Quand on les a vendus, je n'avais pas encore découvert le larcin. Ils sont partis avec le sac. Mon valet, que voici, peut bien vous le dire.

Personne n'eut l'air de le croire. Quelqu'un m'a demandé si j'avais vu de mes yeux les nègres voler cet argent. J'ai répondu que non ; mais je les avais vus se glisser hors de la chambre les uns après les autres ; je pensais que, craignant d'avoir éveillé mon maître, ils préféraient s'esquiver avant qu'il ne leur fasse des ennuis. Puis le docteur s'est retourné brusquement vers moi et m'a demandé :

— Tu es anglais, toi aussi ?

— Oui ! répondis-je. Ce fut un assez joli succès.

Là-dessus, ils se sont lancés dans un interrogatoire détaillé ; ça a duré des heures, sans que personne ait eu l'air de penser au dîner. J'avais jamais vu pareil méli-mélo. Ils faisaient raconter son histoire au roi ; puis c'était le tour du vieux monsieur ; et n'importe quel individu un peu sensé aurait compris que le vieux monsieur ne disait que la vérité, tandis que l'autre débitait mensonge sur mensonge. Finalement ça a été mon tour, et on m'a demandé de raconter ce que je savais. Le roi m'a adressé un coup d'œil significatif qui m'a fait comprendre qu'il valait mieux que j'abonde dans son sens. J'ai commencé par parler de Sheffield, à raconter que nous y avions vécu ; puis j'ai donné des tas de détails sur les Wilks d'Angleterre, et ainsi de suite. Mais avant que j'aie pu en dire long, le docteur s'est mis à rire et Levi Bell, le notaire, m'a dit :

— Assieds-toi, mon garçon. A ta place, je ne me donnerais pas tant de mal. J'ai l'impression que tu n'as guère l'habitude de mentir, ça ne te vient pas naturellement. Tu devrais t'entraîner car tu t'y prends mal.

Je me serais passé du compliment ; mais j'étais bien soulagé quand même de ne pas être obligé de continuer mon boniment.

A ce moment, le docteur a dit :

— Si vous aviez été ici, dès le début, Levi Bell...

Le roi l'interrompt et, tendant la main, s'exclame :

— Ah ! vous êtes le vieil ami de mon pauvre frère, celui dont il m'a tant parlé dans ses lettres ?

Ils se donnent une poignée de main et le notaire sourit d'un air ravi. Ils se mettent à bavarder à voix basse, puis il ajoute tout haut :

— Bon, entendu, je vais prendre votre ordre et celui de votre frère. Écrivez ici, s'il vous plaît, vous et lui.

Il lui présente une feuille de papier ; le roi s'assied, penche la tête de côté, se mord la langue, et griffonne quelque chose. Il passe la plume au duc qui, pour la première fois, paraît mal à l'aise mais il écrit à son tour. Alors le notaire se tourne vers le vieux monsieur et lui demande d'écrire aussi une ou deux lignes, lui et son frère. Le vieux monsieur écrit, mais personne ne peut lire.

Le notaire dit :

— Il y a là quelque chose qui me dépasse, et il tire de sa poche un paquet de vieilles lettres ; et il les examine, les comparant à l'écriture du vieux monsieur.

— Ces vieilles lettres, dit-il, sont de Harvey Wilks. Regardez, les gars ! On voit tout de suite que ce n'est pas la même écriture que celle de ces deux-ci (le roi et le duc ont l'air tout penauds, ils ne s'attendaient pas à celle-là !). Mais ce n'est pas non plus la même écriture que celle du vieux monsieur qui vient d'écrire. En fait, ce vieux monsieur n'a pas vraiment écrit ; il n'a fait que gribouiller.

Le vieux monsieur intervient pour expliquer :

— Pardon, messieurs. Personne ne peut lire mon écriture, que mon frère que voici. C'est lui qui recopie

mes lettres. C'est son écriture que vous voyez sur les
lettres.

— Ah, dit le notaire, je vois. Mais j'ai aussi des
lettres de William. S'il veut bien écrire quelques mots
ici, sur ce papier, nous pourrons comp...

— Malheureusement, il s'est cassé le bras droit, dit
le vieux monsieur, et il n'écrit pas de la main gauche.
Mais comparez ses lettres et les miennes, elles sont de
la même écriture.

— Il me semble que c'est bien ça, dit le notaire.
Tout de même, il est fâcheux qu'on ne puisse pas faire
la preuve jusqu'au bout. Enfin, il y a quelque chose de
clair, c'est que ces deux-ci (et il désigne de la tête le
roi et le duc) ne sont pas les Wilks.

Vous croyez peut-être que cette tête de mule allait
lâcher la partie ? Pas du tout ! Il dit que son frère
William est le pire des farceurs, et que pour faire
une farce, il a changé son écriture. Il parle, il parle,
cela n'en finissait plus. Le vieux monsieur l'interrompt :

— Je pense à quelque chose. Y a-t-il ici des personnes qui ont aidé à mettre en bière mon pauvre
frère — le feu Peter Wilks ?

— Oui, dit quelqu'un, il y a moi et Ab Turner.

Le vieux monsieur se tourne vers le roi et lui dit :

— Ce monsieur peut-il nous dire ce qu'il y avait de
tatoué sur la poitrine du défunt ?

Il a fallu que le roi se tienne ferme, sans quoi il se
serait écroulé comme un pan de falaise rongé par le
fleuve, tant il a été surpris. Et, remarquez bien, n'importe qui en aurait fait autant à sa place. Comment
voulez-vous qu'il sache quel tatouage se trouvait sur la
poitrine du mort ? Il a un peu pâli, malgré lui. On
n'entendait rien dans la pièce ; tout le monde se penchait vers lui. Je me suis dit : « Maintenant, il va tirer
l'échelle ; plus la peine de bluffer. » Mais non. Vous
me croirez si vous voulez. Il espérait sans doute faire
durer la comédie jusqu'à ce que les gens se lassent et
s'en aillent, les uns après les autres ; à ce moment-là,
lui et le duc en auraient profité pour filer. En tout cas,

il n'a pas bronché ; puis, au bout d'un moment, il a souri et il a répondu :

— Voilà une question difficile ! Mais je vais vous le dire, monsieur, ce que représentait ce tatouage. Parfaitement ! C'était tout simplement une petite flèche bleue, très fine. Et il fallait y regarder à deux fois avant de la voir. Qu'est-ce que vous en dites, hein ?

Il en avait du cran, ce vieux filou ! Le vieux monsieur se tourne rapidement vers Ab Turner et son copain, et, avec dans les yeux une petite flamme qui prouvait qu'il croyait bien tenir le roi cette fois, il lui dit :

— Vous l'avez entendu ? Eh bien, dites-moi si Peters Wilks portait une marque de ce genre sur la poitrine.

Tous les deux ensemble, ils se sont exclamés :

— On n'a rien vu de pareil !

— Eh bien, dit le vieux monsieur, je vais vous le dire, moi, ce que vous avez vu sur sa poitrine ; c'étaient ses trois initiales : P.B.W. ; est-ce que c'est ce que vous avez vu ? Et il les écrivit sur un bout de papier.

— Non, on n'a rien vu, rien du tout.

Mais tout le monde avait compris, ils étaient tous très excités, et criaient :

— C'est des menteurs ! Faut les noyer ! A la flotte ! Faut les pendre ! Et tous hurlaient en même temps, et ça faisait un drôle de chahut. Mais le notaire a sauté sur une table et il a crié :

— Messieurs, s'il vous plaît. Un mot seulement, rien qu'un mot. Il y a encore une chose à faire : aller au cimetière et déterrer le corps de Peter Wilks.

Ça, alors, ça les a tous emballés. Ils se sont mis à crier : « Hourrah ! » et ils se mettaient déjà en route quand le notaire et le docteur se sont écriés :

— Hé là, minute ! Prenez ces quatre hommes au collet et le gamin ; on va les emmener avec nous.

— Pour sûr, pour sûr ! ils se sont tous écriés. Et si on trouve pas les marques, on lynche toute la bande.

J'avais vraiment la frousse, vous pouvez me croire. Mais comment voulez-vous que je leur échappe ? La foule nous entraîna tout droit dans la direction du cimetière qui se trouvait à un mile et demi de là. Nous avions toute la ville sur les talons et il n'était pas plus de neuf heures du soir.

Au moment où nous sommes passés devant la maison, j'ai regretté d'avoir éloigné Mary-Jane de la ville ; si j'avais pu l'avertir, maintenant, elle aurait pu venir me tirer d'affaire et démasquer nos coquins.

Bref, on prend tous le chemin du fleuve avec autant de calme qu'une bande de chats sauvages. Et pour rendre la situation plus tragique encore, voilà que le ciel s'assombrit ; des éclairs jaillissent, et le vent commence à faire frissonner les feuilles. Je m'étais jamais trouvé dans un si mauvais pas ; et j'étais comme assommé : rien n'avait marché comme je l'avais prévu. Au lieu de voir les événements du premier balcon, comme je l'avais espéré avec Mary-Jane à côté de moi pour me sauver la mise le cas échéant, je me trouvai à deux doigts de la mort avec seulement, entre moi et ce dénouement déplorable, ces tatouages. Si on ne les trouvait pas...

Je n'osais même pas y penser ; et pourtant, je ne sais pas pourquoi, je n'arrivais pas à penser à autre chose. Le ciel s'assombrissait de plus en plus. Je n'aurais pu mieux choisir mon moment pour filer à l'anglaise ; mais ce costaud de Hines me tenait solidement par le poignet ; autant essayer d'échapper à Goliath en personne. Et il marchait vite, avec ça ; j'avais toutes les peines du monde à le suivre.

En arrivant au cimetière, ils se sont répandus un peu partout en un clin d'œil. Et quand est venu le moment d'ouvrir la tombe, on s'est aperçu qu'on disposait de cent fois plus de pelles qu'il n'était nécessaire, mais que personne n'avait eu l'idée d'apporter une lanterne. Ça ne les a pas empêchés de se mettre à creuser, à la lueur des éclairs pendant qu'un homme partait jusqu'à la maison la plus proche emprunter de quoi nous éclairer.

Donc, ils creusent ; il faisait de plus en plus noir, la pluie s'est mise de la partie, le vent balayait tout de plus en plus fort, les éclairs se sont multipliés, et le tonnerre éclatait à tout instant. Mais les gens paraissaient pas s'en apercevoir tant ils étaient absorbés par leur affaire.

Finalement, ils ont sorti le cercueil et commencé à dévisser les écrous du couvercle. Tout le monde s'est jeté en avant pour ne pas perdre une miette du spectacle ; ça faisait une de ces mêlées ! Et dans le noir, par-dessus le marché. Hines me faisait mal à force de me serrer le poignet ; je crois qu'il avait tout simplement oublié que j'existais, tant il était excité.

Brusquement, un éclair illumine la scène si bien qu'on y voyait comme en plein jour, et voilà que quelqu'un s'écrie :

— Mince, les gars ! le sac d'or est sur sa poitrine !

Mon gardien, dévoré de curiosité, s'avance d'un mouvement si brusque qu'il me lâche la main. Vous pensez bien que j'ai pas attendu qu'il s'en aperçoive...

Me voilà sur la route, dans le noir, sous la pluie, dans les rafales de vent, au milieu du tonnerre et des éclairs. En un rien de temps, j'arrive à la maison de Mary-Jane : je la contourne et, aussi vrai que je vous le dis, je vois la chandelle qui s'allume à la fenêtre. Quelle brave et bonne fille c'était ! Mais je ne devais plus la revoir. J'avais déjà dépassé la maison et, derrière moi, tout était retombé dans l'obscurité.

Je m'oriente pour m'assurer de la direction de la crique où était le radeau. Je détache du bord un canoë qui s'y trouvait amarré sans cadenas, et je me mets à pagayer de toutes mes forces. Je n'en pouvais plus, lorsque j'ai atteint le radeau.

— Vite, Jim, j'ai crié, largue l'amarre et filons. Nous sommes débarrassés d'eux !

Jim n'a fait qu'un bond ; et il était tellement content qu'il a ouvert les bras tout grand pour m'embrasser. Mais quand je l'ai aperçu à la lueur d'un éclair, ça m'a fait un coup, et j'ai si bien reculé que je suis passé par-dessus bord : j'avais oublié qu'il était censé représenter à la fois le roi Lear et un Arabe noyé. J'ai eu

une de ces peurs ! Mais Jim m'a tiré de la flotte. Et il
se préparait à m'embrasser et à me bénir, dans sa joie
de me voir de retour et de nous savoir débarrassés du
roi et du duc. Mais je lui ai dit :

— Garde ça pour le dessert, Jim. C'est pas le
moment. Pour l'instant, faut larguer les amarres, et
vite !

Deux minutes après, le radeau s'engageait dans le
courant. J'étais heureux de nous sentir libres, et d'être
enfin seul avec Jim, sans personne pour nous embêter.
J'ai fait un pas de gigue en claquant les talons, tant ça
me démangeait d'exprimer ma joie. Mais soudain,
j'entends au loin un bruit que je crois bien
reconnaître. Je retiens ma respiration, j'écoute, j'attends : pas de doute ! A l'éclair suivant, je les vois
arriver, en canot, avec deux paires de rames qui bras-
saient furieusement.

C'étaient le roi et le duc.

Je me suis affalé sur les planches, prêt à abandonner
la partie. Pour un rien, j'en aurais pleuré.

XXX

Une fois à bord, le roi m'est tombé dessus en
criant :

— T'as essayé de nous fausser compagnie, petit
bandit !

J'ai répondu :

— Non, Votre Majesté, pour sûr que non... Oh !
vous me faites mal !

— Alors, explique-toi — et en vitesse, ou je te mets
en charpie !

— Vrai, comme je suis Huck, je vais vous dire ce
qui est arrivé, exactement comment ça s'est passé.
L'homme qui m'avait mis la main dessus n'était pas
méchant. Il avait perdu l'année dernière, qu'il m'a dit,
son petit gars qui avait mon âge. Pendant que les gens
étaient tout abasourdis de la découverte de l'or, il me
dit à l'oreille : « File, ou ils vont te pendre ! » Je ne

voyais pas ce que j'aurais gagné à rester. Je prends mes jambes à mon cou, et je cours sans arrêt, jusqu'à ce que je voie le canoë. Quand j'arrive au radeau, je dis à Jim de se dépêcher de nous faire partir, autrement, ils allaient venir me chercher pour me pendre. Je lui dis que je craignais que le duc et vous, ne soyez plus vivants ; et j'avais bien du chagrin, et Jim aussi ; et on a été bien contents tous les deux, quand on vous a vus venir. Demandez à Jim si c'est pas vrai ?

Jim a dit que c'était vrai ; et le roi lui a dit :

— Ferme ça !

Il m'a encore secoué, disant qu'il avait bien envie de me jeter à l'eau, mais le duc est intervenu :

— Lâche ce gamin, idiot ! Qu'est-ce que tu aurais fait à sa place ? Est-ce que tu t'es inquiété de ce qu'il était devenu quand tu as vu que tu pouvais te sauver ?

Alors le roi s'est mis à déblatérer contre cette ville et tous les gens qui l'habitent. Mais le duc lui a dit :

— Tu ferais mieux de t'en prendre à toi-même, car c'est toi qui nous a mis dans le pétrin. Tu n'as rien fait de sensé, depuis le commencement, excepté peut-être la façon dont tu t'en es tiré quand il s'est agi de cette marque en forme de flèche bleue ; ça a fait découvrir l'or ; tout le monde a voulu voir et c'est ça qui nous a sauvés. Sans ça, toi et moi, on se serait endormis avec une cravate au cou — et pour plus longtemps que de besoin.

Le roi a réfléchi une minute et, l'air distrait, il a dit comme ça :

— Et moi qui croyais que les nègres avaient volé le magot !

Ça m'a donné des battements de cœur.

— Oui, dit le duc sans se presser, d'un ton sarcastique et bien calculé, c'est ce qu'on croyait...

Au bout d'un moment, le roi dit :

— Du moins, c'est ce que moi j'ai cru.

Alors, du tac au tac, le duc dit :

— C'est ce que j'ai cru, moi !

Le roi a commencé à monter sur ses grands chevaux :

— Dites-donc, Bilgewater, qu'est-ce que vous insinuez ?

Le duc a répondu, aussi sec :

— Et vous, Majesté, qu'est-ce que vous voulez dire au juste ?

— Après tout, a répondu le roi toujours sarcastique, je ne sais pas, moi, peut-être que vous avez agi dans une crise de somnambulisme, sans savoir ce que vous faisiez.

Là-dessus, le duc a bondi :

— Suffit, hein ! Est-ce que vous me prenez pour un imbécile ? Est-ce que vous croyez que je ne sais pas qui a été fourrer le magot dans le cercueil ?

— Vous devez le savoir en effet mieux que personne, puisque c'est vous !

— Menteur ! Et voilà que le duc lui tombe dessus.

— Bas les pattes ! crie le roi que le duc commençait à étrangler. Je retire tout ce que j'ai dit.

Le duc dit :

— Vous feriez aussi bien de reconnaître que c'est vous qui avez caché l'argent avec l'idée de revenir le déterrer un de ces jours et de tout garder.

— Minute, duc, répondez-moi bien franchement ; si vous avez pas mis le magot dans le cercueil, dites-le, je vous croirai, et je retirerai tout ce que j'ai dit.

— Vieille canaille, je ne l'ai pas fait et vous le savez bien !

— C'est bon, je vous crois. Mais répondez encore à une question sans vous mettre en colère : n'aviez-vous pas l'intention de le cacher ?

Le duc est resté silencieux un moment, puis il a dit :

— Peu importe ce que j'ai pensé ; ce qui compte, c'est ce que j'ai fait, et je ne l'ai pas fait. Tandis que vous, vous avez fait mieux que d'y penser.

— Que je sois immortel si jamais j'ai fait ça, duc ! Franchement, moi aussi j'en avais l'intention, je le reconnais ; mais vous — je veux dire : quelqu'un l'a eue avant moi.

— C'est un mensonge ! Et tu vas le reconnaître, sinon...

Le roi recommence à suffoquer sous la poigne du duc et dit :

— Assez ! J'avoue !

Là-dessus, j'ai recommencé à respirer. Alors le duc a retiré ses pattes et dit :

— Si jamais vous revenez là-dessus, je vous flanque à l'eau. Ça ne vous va pas de pleurnicher — après avoir voulu tout cacher comme une autruche — et moi qui vous faisais confiance comme à mon propre père. Vous devriez avoir honte, et avoir collé ça sur le dos des pauvres nègres par-dessus le marché, et moi qui gobais toute cette mélasse. Ah ! maintenant, je comprends pourquoi il fallait combler le déficit sur notre propre argent ; vous vouliez tout, le leur et le nôtre !

Le roi a dit timidement, tout en reniflant encore :

— Duc, c'est vous qui avez voulu combler le déficit sans qu'on dise rien.

— La ferme, compris ? a hurlé le duc. Maintenant, non seulement ils ont leur fric, mais ils ont le nôtre. Va te coucher — et ne recommence jamais un coup pareil !

Le roi a rampé sous la cabane en emportant sa bouteille, et bientôt le duc s'est attaqué à sa propre bouteille, et, en moins d'une demi-heure, ils étaient saouls comme des bourriques et plus copains que jamais et ils se sont mis à ronfler dans les bras l'un de l'autre. C'était lard et cochon entre eux, mais le roi ne se risquait tout de même pas à reparler du magot et j'étais bien content de ça. Naturellement, quand ils ont ronflé, j'ai tout raconté à Jim.

XXXI

On n'osait plus s'arrêter dans les villes et pendant des jours et des jours, on s'est laissé aller au fil de l'eau. Maintenant, on était dans le Sud, très loin de la maison et il faisait très chaud. Sur les arbres, il y avait de la mousse espagnole [1] qui pendait aux branches

comme une longue barbe grise. Je n'avais jamais vu
ça. Ça donnait aux arbres un air solennel et renfrogné.
Là-dessus, mes filous ont pensé qu'ils étaient hors de
danger, et ils ont recommencé à faire les quatre cents
coups dans les villages.

D'abord, ils ont donné une conférence sur la tempérance : mais ça ne leur a même pas rapporté de quoi
se saouler à deux. Dans un autre village ils ont ouvert
une école de danse : mais ils ne savaient pas plus
danser qu'un kangourou ; et à la première cabriole, les
gens les ont reconduits prestement d'où ils venaient.
Une autre fois, ils ont essayé d'enseigner l'élocution ;
mais l'auditoire n'a pas tardé à les élocuter de belle
manière. Ils ont voulu faire les missionnaires, les hyp-
notiseurs, les guérisseurs, les diseurs de bonne aventure, enfin un peu de tout. Rien n'a réussi. Alors ils se
sont affalés sur le radeau, avachis, la tête dans les
mains, à ruminer, sans rien dire parfois pendant plus
d'une demi-journée.

Finalement, ils ont eu l'air de reprendre courage, et
ils se sont mis à palabrer ensemble, dans la cabane,
pendant des deux et trois heures d'affilée. Moi et Jim,
on a commencé à se sentir mal à l'aise ; ça ne nous
disait rien qui vaille. Il n'y avait qu'à les observer pour
comprendre qu'ils préparaient un mauvais coup. Nous
y avons bien réfléchi, et nous avons fini par conclure
qu'ils se disposaient probablement soit à cambrioler
une maison ou une boutique, soit à reprendre leur
trafic de fausse monnaie, ou quelques chose dans ce
goût-là. On a eu une sacrée peur, moi et Jim, et on a
décidé tous les deux qu'on aurait plus rien à voir avec
les micmacs de ces deux bandits et que s'ils faisaient
mine d'entreprendre quoi que ce soit, on les laisserait
tomber aussi sec. Un matin, de bonne heure, on est
allé planquer le radeau dans un endroit sûr, à deux
miles en aval d'un tout petit hameau appelé Pikesville [2] ; le roi est descendu à terre après nous avoir donné
l'ordre de rester cachés pendant qu'il allait prendre le
vent en ville et voir si on y avait déjà entendu parler
du *Monarque sans pareil.* (En moi-même, je me disais :

ça veut dire, voir s'il y a une maison à cambrioler, et quand le mauvais coup sera fait, tu te ramèneras ici, et tu n'auras plus qu'à te demander où on est passés, Jim et moi et le radeau — et tu pourras t'étonner tant que tu voudras.) Et il a dit que si, à midi, il n'était pas de retour, on saurait, le duc et moi, que tout allait bien, et on pourrait aller le rejoindre.

Donc, on reste là. Le duc n'arrêtait pas de s'agiter, il était de très mauvais poil. Il nous engueulait à tort et à travers ; on ne faisait rien de bien, il trouvait à redire à tout. Il y avait du vilain dans l'air. Midi arrive. Personne. Ce que j'étais content ! Alors, le duc et moi, on se met en route pour le village et on finit par trouver le roi dans une arrière-boutique, entouré de gens qui le malmènent et qui lui crient après. Il était tellement saoul qu'il ne tenait plus sur ses jambes et qu'il ne pouvait même pas se défendre. Le duc se met à lui crier après, en l'appelant : « Vieil imbécile ! » Le roi lui répond et les voilà en pleine prise de bec. Là-dessus je me sauve, en me disant que c'est une belle occasion de prendre le large et de les laisser cuire dans leur jus... J'arrive au radeau hors d'haleine mais débordant de joie, et je crie : « Détache l'amarre, Jim. On les sème ! »

Pas de réponse ; Jim n'était plus là. J'appelle une deuxième fois, puis je remonte sur le rivage et je fais un bout de chemin en appelant encore, mais rien. Il avait bel et bien disparu, Jim. Alors, je me suis assis par terre, et je me suis mis à pleurer, malgré moi, sans pouvoir m'arrêter. Seulement, j'ai pas pu rester tranquille bien longtemps. Presque tout de suite, je suis allé rejoindre la route et pendant que j'essayais de réfléchir à ce que j'avais de mieux à faire, je tombe sur un gosse qui se promenait, et je lui demande s'il n'a pas rencontré un nègre habillé de telle et telle façon.

— Oui, il me répond.

— Où ça ?

— Chez Silas Phelps, à deux miles d'ici. C'est un nègre en fuite. Et on l'a rattrapé. Vous le cherchez ?

— Non, pour sûr, que je dis. Moi aussi, je l'ai rencontré, il y a une heure ou deux, dans les bois, et il m'a crié qu'il me ferait mon affaire si je soufflais mot et si je bougeais. Alors j'ai rien fait, mais j'en suis encore tout effrayé.

— Eh bien, qu'il me dit, vous n'avez plus besoin d'avoir peur. Ils le tiennent !

— Bonne affaire !

— Je vous crois ! Il y a une prime de deux cents dollars à toucher. De l'argent, comme qui dirait, qu'on n'a qu'à ramasser par terre.

— Vrai ! Et dire que j'aurais pu avoir cet argent, si j'avais été assez grand. J'ai été le premier à le voir. Qui est-ce qui lui a mis la main dessus ?

— C'est un étranger — et il a vendu son droit à la prime pour quarante dollars, parce qu'il fallait qu'il reparte et qu'il ne pouvait pas attendre. Quelle drôle de chose ! Moi, j'aurais attendu, sept ans s'il avait fallu !

— Je suis comme vous. Mais peut-être que son droit ne valait pas grand-chose. Peut-être qu'il y avait quelque chose qui n'était pas clair dans cette affaire.

— Oh non ; tout est très clair. J'ai vu le signalement, ça peint le nègre comme si c'était un portrait, et ça indique la plantation d'où il vient, au-dessous de La Nouvelle-Orléans. Il n'y a pas de doute à avoir, c'est bien ça. Dites, vous auriez pas du tabac à chiquer par hasard ?

Je n'en avais pas, ce qui fait qu'il m'a laissé tranquille. Je suis retourné au radeau et je me suis mis à ruminer dans la cabane. Mais j'avais beau me creuser la cervelle, je ne trouvais pas de solution. Après tout ce que nous avions fait pour eux, ils venaient, les bandits, de livrer honteusement mon pauvre Jim, de le renvoyer en esclavage, et parmi des étrangers — pour quarante dollars !

Je me suis dit qu'il vaudrait mieux pour Jim qu'il soit esclave chez nous, là où était sa famille, puisqu'il ne pouvait pas échapper à l'esclavage, et que je ferais bien d'écrire à Tom Sawyer pour qu'il prévienne Miss Watson. Mais je ne pouvais pas faire ça non plus, pour deux raisons : elle se mettrait en colère contre Jim qui l'avait quittée, en ingrat qu'il était ; elle le vendrait aussitôt à des gens du Sud ; ou, si elle ne le faisait pas, tout le monde mépriserait un nègre ingrat et le lui ferait sentir, et Jim serait déshonoré. Et puis, j'ai aussi pensé à moi ! On apprendrait que Huck avait aidé un nègre à se libérer de la servitude, et si je rencontrais quelqu'un de chez nous, je me sentirais écrasé sous la honte. « Examine-toi, me dis-je, à la lumière de ta conscience. Tu commences par faire une vilaine chose ; et après, tu ne veux pas en supporter les consé-quences. Tu crois que tant que tu pourras cacher ton action, tu échapperas à la honte... » Plus je réflé-chissais, et plus je me trouvais coupable. A la fin, je me suis dit que c'était clairement la main de la Provi-dence qui me giflait et qui me faisait savoir que mon indignité était connue du ciel ; je me suis dit que le bon Dieu savait bien que je volais le nègre d'une pauvre vieille qui ne m'avait jamais fait de mal, et qu'il ne permettrait pas que je continue à agir de cette façon. Je me sentis le plus perdu des pécheurs... J'es-sayai d'adoucir un peu la cruauté de ma situation en me disant que j'avais reçu une mauvaise éducation et que ça diminuait ma faute. Malgré tout, une voix en moi me disait : « Il y avait le catéchisme où tu aurais pu aller ; et si tu y étais allé, tu aurais appris qu'en agissant comme tu l'as fait, au sujet de ce nègre, tu allais droit en enfer. »

Ça m'a fait frissonner. Je me suis dit qu'il fallait prier et essayer de devenir moins indigne que je ne l'étais. Je me suis agenouillé. Mais les paroles ne vou-laient pas venir... J'ai compris pourquoi je ne pouvais pas prier : mon cœur n'était pas pur ; je n'agissais pas franchement, je jouais double jeu. Car je faisais sem-blant de me corriger mais au-dedans de moi-même j'étais toujours le même. Je prétendais que j'allais faire ce qu'il fallait faire, écrire au propriétaire du nègre et dire où il était, mais au fond, je savais que je n'en ferais rien — et que *Lui* le savait aussi. On ne peut pas prier sur un mensonge — je m'en suis aperçu.

J'étais donc affreusement embarrassé et je ne savais que faire. A la longue, j'ai eu une idée : d'abord écrire la lettre, et ensuite voir si je pouvais prier. Et alors je me suis senti d'un seul coup tout léger et plus inquiet du tout. J'ai pris une feuille de papier et un crayon et, tout heureux, j'ai écrit : *Miss Watson, votre nègre marron Jim est ici, à deux miles en aval de Pikesville ; Mr. Phelps l'a chez lui, et il vous le remettra si vous lui envoyez la prime.*

Pour la première fois de ma vie, je me sentais la conscience tranquille et je pensais que j'allais pouvoir prier. Pas tout de suite pourtant. Car je me suis mis à ruminer, à évoquer dans ma mémoire tout ce qui s'était passé depuis que Jim et moi on voguait sur le Mississipi, quelquefois de jour, le plus souvent la nuit, par clair de lune, ou sous l'orage ; et pendant qu'on flottait, on causait, on chantait, on riait. Tout ça, au lieu de m'endurcir, m'attendrissait. Je le voyais qui, au lieu de me réveiller pour mon tour de garde, continuait à veiller pour que je puisse dormir. Je le revoyais en esprit, tout heureux de me voir émerger de la brume ; ou quand je l'avais retrouvé dans le marais, et en d'autres occasions semblables. Toujours, il s'était mis en quatre pour moi ! Et je me rappelais le jour où je l'avais sauvé en insinuant qu'il y avait la petite vérole à bord, et qu'il m'en avait été si reconnaissant. Il avait dit que j'étais le meilleur ami que le vieux Jim avait au monde ; et que j'étais son seul ami. Alors mes yeux sont tombés sur cette lettre que je venais d'écrire. Je l'ai prise en tremblant. Il fallait choisir — je le savais bien. J'ai réfléchi un moment, puis je me suis dit : « Tant pis ! J'irai en enfer ! » Et j'ai déchiré la lettre.

C'était terrible ; mais c'était dit. Et jamais plus je ne reviendrais sur cette décision. Je ne devais plus y penser. Je me disais qu'après tout, le péché, c'était dans ma ligne ; et que je m'y tiendrais. Pour commencer, j'ai décidé d'aller chercher Jim et de le voler pour l'arracher de nouveau à l'esclavage. Ça ne mène nulle part de faire les choses à moitié. Quand le vin est tiré, il faut le boire.

Puis je me suis mis à réfléchir aux moyens de libérer Jim. Ça m'a pris un bout de temps, mais j'ai fini par mettre un plan sur pied. J'ai repéré une île boisée, pas loin en aval et, dès qu'il a fait sombre, je m'y suis rendu avec le radeau. Toute la nuit, j'ai dormi là tranquillement. Le lendemain matin, après avoir cassé la croûte, j'ai mis mes beaux habits, j'ai fait un ballot du reste, et je suis parti en canoë. En arrivant au rivage, près de la demeure de Phelps, j'ai caché mon ballot, et j'ai coulé le canoë en l'emplissant d'eau et de quelques grosses pierres. Puis j'ai bien noté l'endroit, pour pouvoir le retrouver.

Je me suis mis en route, et après le moulin j'ai aperçu une enseigne : « Scierie Phelps » ; puis, un peu plus loin, des fermes. Et pas un chat à l'horizon. C'était plutôt bizarre, vu l'heure, mais ça m'arrangeait : tout ce que je voulais c'était reconnaître le terrain, et non me faire de nouvelles relations. Si je m'en tenais à ce que je savais de la région, je ne devais pas être loin du village.

La première personne sur laquelle je tombe en y arrivant, c'est le duc, en train de coller une affiche annonçant *Le Monarque sans pareil* pour trois soirs de suite. Ces forbans avaient un de ces culots ! Impossible de l'éviter, il m'avait vu et me dit d'un air étonné :

— Tiens, Huck ! D'où viens-tu ? Puis la mine ravie, il a ajouté :

— Et le radeau est-il en lieu sûr ?

— C'est à moi de vous poser la question, lui ai-je répondu.

Ça l'a un peu refroidi :

— Et pourquoi ça ?

— Eh bien, quand j'ai vu le roi dans l'état où il était hier, et qu'on ne pouvait même pas le ramener au radeau, je suis allé faire un tour en ville. J'ai rencontré quelqu'un qui m'a offert dix cents si je voulais l'aider à aller en barque de l'autre côté du fleuve pour ramener un mouton et j'ai accepté. Pendant qu'on tirait le mouton pour l'embarquer, voilà que la bête

s'est échappée. On n'avait pas de chien. Il a fallu
courir après l'animal, et ça nous a pris jusqu'à la nuit.
Quand je suis revenu au radeau, plus de Jim ! On
m'avait pris mon nègre, qui était tout ce que je possédais. Je me suis mis à pleurer. J'ai dormi dans les
bois. Et le radeau, qu'est-ce qu'il est devenu ? Et Jim,
mon pauvre Jim ?

— Je n'en sais rien, moi ; cet idiot de roi a négocié
je ne sais quoi qui lui a rapporté quarante dollars, et
quand les gars d'ici l'ont vu complètement saoul ils lui
ont repris ses quarante dollars à pile ou face. Je l'ai
ramené au bateau ; mais, de radeau, il n'y en avait
plus. On s'est dit : ce petit vaurien s'est sauvé avec le
radeau et il nous a semés...

— Vous n'imaginez tout de même pas que j'aurais
laissé tomber Jim, hein ? Le seul nègre que j'aie en ce
monde, et tout ce que je possède.

— On n'a pas pensé à ça. A vrai dire, on était venus
à considérer Jim comme l'un d'entre nous. Dieu sait
qu'il nous a valu assez d'ennuis. On n'avait pas un
radis, et le radeau avait disparu. Alors, on s'est dit
qu'on allait faire ce qu'on pourrait avec *Le Monarque
sans pareil.* Nos poches sont toujours aussi vides. T'as
toujours tes dix cents ? Donne !

De l'argent, j'en avais plein les poches ; ce qui fait
que je lui ai donné dix cents. Mais je lui ai conseillé de
s'en servir pour acheter à manger, et de me réserver
ma part, sous prétexte que ces dix cents, c'était tout
ce que je possédais, et que je ne m'étais rien mis sous
la dent depuis la veille. Il n'a pas répondu mais, une
minute après, il a bondi en disant :

— Ce nègre ne va pas nous dénoncer, au moins ?
S'il fait ça, je l'écorche vif !

— Comment pourrait-il vous dénoncer, puisqu'il
s'est sauvé ?

— Je vais te dire, c'est pas comme ça que ça s'est
passé. Cet idiot de roi l'a vendu ; mais il ne m'a pas
donné un cent. Et il a perdu tout l'argent au jeu.

— Jim, vendu ! (Je me suis mis à pleurer.) Mais
c'était mon nègre à moi ; et cet argent-là, il était à

moi. Où est mon nègre ? Où est mon argent ? Je veux mon nègre !

— Oui, ben, c'est pas possible ; alors arrête de pleurnicher. Et prends garde, toi aussi, de ne pas essayer de nous donner. Si tu faisais ça...

Il s'est tu. Je n'avais jamais vu un regard aussi féroce dans ses yeux. J'ai continué à gémir :

— J'ai pas l'intention de donner personne ; et d'ailleurs j'aurais pas le temps. Il faut que je m'occupe de retrouver mon nègre.

Alors là, il a eu l'air embêté ; il est resté à réfléchir en fronçant les sourcils. Finalement, il m'a déclaré :

— Je vais te dire quelque chose. On va être obligés de passer encore trois jours ici ; si tu promets de ne pas bavarder et d'empêcher le nègre de trop parler, je vais te dire où tu pourras le retrouver.

J'ai promis, et il a repris :

— Il y a un fermier, un nommé Silas Ph...

Puis il s'est tu.

Vous comprenez, il allait me dire la vérité ; mais j'ai bien compris, à la façon dont il s'est arrêté et s'est mis à réfléchir qu'il venait de changer d'avis. Il n'avait pas confiance en moi ; il tenait à s'assurer que je serais pas dans ses jambes pendant les trois jours qui allaient suivre. Au bout d'un moment, il a repris :

— C'est Abram G. Forster qu'il s'appelle, l'homme qui a acheté ton nègre ; il habite à quarante miles d'ici, sur la route de Lafayette, en pleine campagne.

— Parfait, lui ai-je répondu, ces quarante miles, je peux les faire en trois jours. Je vais partir cet après-midi même.

— Pas cet après-midi ; tout de suite, et ne perds pas de temps, hein ? ne t'amuse pas à bavarder en route. Boucle-la et contente-toi de marcher droit devant toi, si tu veux t'éviter des ennuis. Compris ?

C'était l'ordre que j'avais souhaité recevoir ; je lui avais fait dire ce que je voulais entendre. J'étais libre de mettre mon plan à exécution.

— Allez file ! et il a ajouté : Tu pourras dire tout ce
que tu voudras à ce Mr. Forster. Peut-être même que
tu arriveras à lui faire croire que Jim t'appartient ; il y
a des gens qui sont tellement bêtes, dans le Sud ! Tu
lui diras que l'affiche est bidon et qu'il n'y a pas de
récompense. Et peut-être bien qu'il te croira quand tu
lui raconteras ton affaire en détail. Vas-y, dis-lui ce
que tu voudras, mais fais attention de ne pas ouvrir la
bouche avant d'arriver chez lui.

Ce qui fait que je suis parti vers l'intérieur du pays,
sans regarder derrière moi ; mais je sentais que l'autre
me surveillait. Seulement je savais aussi qu'il finirait
par se lasser. Pendant près d'un bon mile, j'ai marché
droit devant moi, en pleine campagne ; puis je suis
revenu sur mes pas, j'ai traversé le bois, et je me suis
dirigé vers les Phelps. J'avais le sentiment qu'il valait
mieux que je mette mon plan à exécution tout de
suite, parce que je ne voulais pas que Jim parle avant
que ces brigands aient réussi à s'enfuir. Je ne tenais
pas à avoir des ennuis avec des gens de leur espèce. Je
les avais assez vus et je voulais leur tirer ma révérence
une fois pour toutes.

XXXII

Quand j'arrivai, tout était tranquille comme par un
beau dimanche chaud et ensoleillé — les ouvriers
étaient aux champs ; et il y avait un murmure, un
bourdonnement d'insectes et de mouches dans l'air
qui vous rendait tout solitaire ; et si la brise se met à
balancer les feuilles, à faire frissonner les roseaux, ça
vous rend mélancolique comme si c'était le soupir des
morts – et on pense toujours que c'est de vous qu'ils
parlent. Et alors, on a presque envie d'être mort aussi.

L'exploitation des Phelps était une petite plantation
de coton, comme il y en a beaucoup dans le Sud [1].
Une palissade autour d'une cour minuscule, avec une
chicane pour entrer et qui sert aux femmes pour
monter à cheval. Le devant de la cour était nu, avec çà

et là quelques touffes d'herbe brûlée. Il y avait une
grande maison de rondins pour les Blancs, les joints
entre les rondins étaient bouchés avec du pisé ou du
mortier qu'on avait dû jadis blanchir à la chaux ; la
cuisine était en rondins aussi, reliée à la maison par
une vaste galerie ouverte mais munie d'un toit ; un
autre appentis servait à fumer le cochon [2]. Il y avait
aussi trois petites cases en rondins pour les nègres,
alignées de l'autre côté du fumoir. Près de la plus
petite, on voyait la boîte aux cendres et une grande
marmite pour faire le savon ; de l'autre côté, un banc,
avec un seau d'eau et une gourde. Un chien dormait
là, d'autres dormaient ailleurs. Il y avait, dans un coin
de la cour, trois arbres pour donner de l'ombre, et
quelques groseilliers le long de la palissade. Au-delà
de la palissade, un jardin et un carré de melons ; plus
loin, c'étaient les champs de coton, puis les bois.

Je suis entré par la chicane de derrière, et je me suis
dirigé vers la cuisine. A mi-chemin, j'ai entendu le
ronron du rouet, qui montait et redescendait, c'est
bien le bruit le plus monotone qu'il y ait au monde. Je
n'avais arrêté aucun plan, me fiant à la Providence
pour m'inspirer les mots qu'il faudrait dire. En effet,
j'ai remarqué que la Providence se charge toujours de
cette besogne-là. J'étais presque arrivé quand un chien
s'éveille, puis les autres, et ils courent sur moi. Ils font
un raffut de tous les diables autour de moi comme si
j'étais le moyeu d'une roue et eux, les rayons. Il y en
avait au moins quinze, le cou tendu et hurlants ; et
d'autres sortaient de tous les coins.

Une négresse est sortie de la cuisine, un rouleau à
pâtisserie à la main, et elle a crié : « Va coucher,
Black ! Va coucher, Spot ! Allez coucher ! » Elle a tapé
avec son rouleau sur celui qui était à sa portée, et tous
ont reculé, puis ils sont revenus en remuant la queue
et en me flairant gentiment.

Derrière la femme trottinaient une petite négril-
lonne et deux petits négrillons en chemise ; ils se sont
accrochés à la robe de leur maman et m'ont regardé
en se cachant derrière elle, tout effarouchés, comme

ils le sont toujours. Puis la femme blanche est arrivée, son fuseau à la main ; et derrière elle ses petits enfants blancs qui faisaient tout pareil que les petits nègres. Elle m'a fait un éblouissant sourire et m'a dit :

— Ah, c'est toi enfin !

Avant même d'avoir réfléchi, je lui avais répondu :

— Oui !

Elle m'a serré dans ses bras, m'a pris les deux mains ; et des larmes ont brillé dans ses yeux.

— Tu ne ressembles pas à ta mère tout à fait autant que j'aurais cru. Mais ça ne fait rien ; je suis si contente de te voir que j'ai envie de te manger. Mes petits chéris, c'est votre cousin Tom, dites-lui bonjour.

Mais au lieu de se montrer, ils suçaient leur pouce, et se cachaient derrière elle. Elle a continué :

— Lise, dépêche-toi de lui préparer le petit déjeuner. Mais peut-être as-tu déjeuné sur le bateau ?

J'ai dit que j'avais déjeuné. Elle m'a pris par la main pour me conduire à la maison, les enfants toujours suspendus à ses cotillons. Elle m'a fait asseoir dans un drôle de fauteuil et s'est installée elle-même sur un petit tabouret en me tenant les deux mains.

— Maintenant, je peux te regarder tout mon saoul ! Il y a si longtemps que j'attendais ça ! Enfin, te voilà ! On croyait que tu arriverais deux jours plus tôt. Qu'est-ce qui s'est passé ? Le bateau s'est ensablé ?

— Oui, madame, le bateau...

— Appelle-moi tante Sally. Où vous êtes-vous ensablés ?

Ne sachant pas si le bateau dont elle parlait venait d'amont ou d'aval, je risquais de m'enferrer. Mais mon intuition me disait qu'il venait d'aval, et je me fie beaucoup à mes intuitions. Seulement, ça ne m'a guère éclairé, car je connaissais pas le nom des bancs de sable dans cette direction. Je me suis rendu compte qu'il allait falloir, ou bien inventer un nom, ou dire que j'avais oublié, ou... Une idée s'est présentée, et j'ai répondu :

— C'est pas un banc de sable qui nous a arrêtés. C'est un cylindre qui a éclaté.

— Grand Dieu ! Y a-t-il eu des blessés ?

— Non, seulement un nègre de tué.

— Allons, tant mieux ; quelquefois, il y a des gens qui sont touchés. Il y a eu deux ans à Noël, ton oncle Silas revenait de La Nouvelle-Orléans sur la vieille *Lally Rook* [3] un cyclindre a éclaté et un homme a été blessé. Et je crois même qu'il en est mort, par la suite. C'était un baptiste. Ton oncle Silas connaît des gens de Bâton Rouge [4] qui connaissent très bien la famille de ce pauvre homme. Oui, c'est ça, je me rappelle maintenant, il en est mort. La gangrène s'y est mise, et on a été obligé de l'amputer ; mais ça ne l'a pas sauvé. Oui, c'était bien la gangrène. Il était devenu tout bleu par tout le corps, et il est mort en chrétien. Il paraît qu'il n'était pas beau à voir. Ton oncle est allé en ville tous les jours pour aller à ta rencontre. Et il y est encore, il n'y a pas une heure de ça. Il va revenir d'un moment à l'autre. Tu ne l'as pas croisé en chemin ? Un homme un peu vieux, avec...

— Non, tante Sally, j'ai rencontré personne. Le bateau est arrivé au petit jour. J'ai laissé mon bagage au ponton, et je suis venu en faisant un long détour par la campagne, pour ne pas vous déranger de trop bonne heure.

— A qui l'as-tu confié, ton bagage ?

— A personne.

— Mais, mon enfant, on va te le voler !

— Pas là où je l'ai caché.

— Et comment se fait-il que tu aies pu prendre ton petit déjeuner de si bonne heure, sur le bateau ?

Les choses commençaient à aller un peu loin mais j'ai encore trouvé quelque chose :

— Le capitaine m'a aperçu et m'a dit que je ferais mieux de manger quelque chose avant de descendre à terre ; ce qui fait qu'il m'a emmené déjeuner au carré des officiers.

Je commençais à me sentir tellement mal à l'aise que je n'arrivais plus à écouter ce qu'elle me disait. J'aurais voulu être seul un moment avec les enfants, pour les faire parler et découvrir qui j'étais censé être.

Mais impossible. Mrs. Phelps arrêtait pas de parler. Mais tout à coup, elle m'a fait venir des sueurs froides dans le dos, parce qu'elle m'a dit :

— Mais je parle, je parle, et je ne t'ai pas encore demandé de nouvelles de ma sœur. Vas-y, à ton tour, pendant que je me repose. Raconte, parle-moi d'eux tous, comment ils vont, ce qu'ils font, ce qu'ils t'ont chargé de me dire — tous les détails.

Bref, j'étais coincé. Jusque-là, la Providence avait été avec moi, mais j'avais l'impression qu'elle venait de m'abandonner pour de bon. Je me rendais compte que c'était pas la peine d'insister ; je ferais mieux d'abattre mon jeu. Je me suis dit : « Huck, mon garçon, voilà encore une circonstance où tu as tout à gagner à dire la vérité. » J'allais m'y mettre quand Mrs. Phelps m'attrape vivement par la main et me pousse derrière le lit en disant :

— Le voilà qui arrive ! Vite, cache-toi, baisse la tête... C'est ça : il ne te verra pas. Ne te montre pas, je vais lui faire une farce. Pas un mot, les petits.

J'étais dans le pétrin. Mais ça ne servait à rien de me faire du mauvais sang. Il ne me restait plus qu'à attendre, à me tenir tranquille, et à faire de mon mieux pour échapper au coup de tonnerre qui allait éclater.

Le monsieur est entré ; j'ai tout juste eu le temps de l'apercevoir avant que le lit me le cache. Mrs. Phelps s'est précipitée sur lui.

— Est-il arrivé ?

— Non, dit le mari.

— Bonté divine ! Qu'est-ce qu'il peut bien y avoir eu ?

— Je ne sais pas. Je suis inquiet.

— Inquiet ! Moi, ça me tourne les sangs ! Il doit être arrivé. Tu as dû le manquer en route. Il y a quelque chose qui me dit qu'il doit être arrivé.

— Non, j'ai pas pu le manquer en route. C'est le bateau qui n'est pas arrivé. Il a peut-être eu quelque chose de terrible, un accident ?

— Tiens, Silas, regarde par la fenêtre. Il y a quelqu'un qui arrive !

Pendant qu'il s'approche de la fenêtre, elle vient vite derrière le lit où je me trouvais et me tire par la main. Quand il se retourne, on est là tous les deux, elle souriante, rayonnante comme une maison en feu — moi, tremblant, tout en sueur.

Le patron, il ouvre de grands yeux et dit :

— Qui c'est, celui-là ?

— Qui crois-tu que c'est ?

— Je ne peux pas le savoir. Dis-moi qui c'est.

— C'est Tom Sawyer !

Mille millions de tonnerres ! Ça m'a presque assis par terre. Mais je n'ai pas eu le temps de réfléchir. Le patron me prend la main et me la secoue ferme, et n'en finit pas de me la secouer ; et la femme danse autour de nous, et rit et pleure ; et tous les deux m'assaillent de questions sur Sid et Mary[5] et toute la famille.

Ils étaient contents, mais ce n'était rien à côté de moi. Je leur ai raconté des tas de choses sur ma famille — je veux dire la famille Sawyer — pendant au moins deux heures, que je n'en pouvais plus de parler. Et quand j'ai eu fini, je leur en avais raconté sur la famille Sawyer plus qu'il n'en pouvait arriver dans six familles à la fois. Et j'ai bien expliqué en détails comment un cylindre avait éclaté à l'embouchure du fleuve, et qu'il nous avait fallu trois jours pour réparer. De ce côté-là, ça a marché : ils n'y entendaient rien, j'aurais pu aussi bien parler d'un piston.

D'une part, j'étais bien content, mais de l'autre, j'étais plutôt mal à l'aise. Faire semblant d'être Tom Sawyer, c'était facile et agréable ; jusqu'au moment où j'ai entendu la sirène d'un vapeur. Alors, je me suis dit : « Et s'il arrive par ce bateau, Tom Sawyer ? Il risque d'entrer ici d'un moment à l'autre, de m'appeler par mon nom avant que j'aie pu lui faire signe pour le prévenir. Pas de ça ! Il faut que j'aille à sa rencontre. » Alors, j'ai dit à mes braves gens que je devais aller chercher mes bagages en ville. Le vieux monsieur voulait m'accompagner, mais je lui ai dit que c'était pas la peine, que je savais conduire un cheval, et que je préférais qu'il ne se dérange pas pour moi.

XXXIII

Je pars donc pour la ville, et, à peine à mi-chemin, je rencontre une autre voiture où je vois, — oui, c'était bien lui — Tom Sawyer ! Je l'arrête, et le voilà qui me regarde la bouche grande ouverte, puis qui avale sa salive plusieurs fois de suite avec effort, et qui me dit :

— Je ne t'ai jamais fait de mal. Pourquoi que tu reviens me hanter [1] ?

— Je ne reviens pas – je ne suis jamais allé dans l'autre monde.

— N'essaie pas de me jouer un mauvais tour. Moi, je ne te ferais jamais ça. Tu n'es pas un revenant ? jure-le !

— Parole d'homme, je le jure !

— Il ne devrait pas y avoir de doute, bien sûr ; mais tout de même, je me demande... Tu n'as donc pas été assassiné ?

— Mais non. C'est un coup que j'ai monté. Viens me tâter, si tu ne me crois pas.

Il vient me palper, et ça le rassure tout à fait. Il était tellement content de me voir qu'il ne savait plus quoi faire pour montrer sa joie, et il a voulu que je lui raconte tout. Je lui ai dit que des aventures, j'en avais eu beaucoup, et des mystérieuses, comme il les aimait. Mais que je lui raconterai tout ça plus tard. Pour le moment, j'étais dans le pétrin (je lui dis comment) et il fallait qu'il me tire de là. Il m'a dit :

— Bon. Voilà ce que tu vas faire. Tu vas prendre ma malle dans ta voiture, comme si c'était la tienne, et tu vas retourner à la maison, en prenant ton temps, pour avoir l'air d'être allé jusqu'au ponton du bateau. Moi, je vais aller faire un tour en ville, et j'arriverai un quart d'heure après toi. Tu feras semblant de ne pas me connaître, au commencement.

— Bon ; mais il y a autre chose. Il y a Jim, le nègre de Miss Watson que je veux tirer de l'esclavage.

— Quoi ? il me fait. Jim ? Jim... (il s'arrête et se met à réfléchir).

— Je sais, je lui réponds, tu vas me dire que c'est pas quelque chose à faire. Mais ça m'est égal ; j'ai décidé de le faire échapper. Tu ne vas pas me donner, hein ? Son œil se met à briller et il me dit :

— Je vais t'aider à le faire sauver !

Ça m'a renversé, comme si on m'avait tiré un coup de fusil. Tom Sawyer, du coup, est tombé très bas dans mon estime. Je ne pouvais pas croire que Tom Sawyer allait se faire « voleur de nègre » !

— Tu blagues !

— Je ne blague pas.

— Enfin, blague ou sans blague, si tu entends les gens parler d'un nègre marron, fais semblant de ne rien savoir en ce qui le concerne, moi, je ferai pareil !

On a transporté sa malle dans ma voiture, et je suis parti. Mais j'ai oublié comme de juste d'aller au petit pas, et je suis arrivé à la maison beaucoup trop tôt ; le patron était devant la porte. Il m'a dit :

— En voilà une surprise ! Qui aurait cru que cette jument aurait pu faire ce chemin en si peu de temps. Il aurait fallu chronométrer. Et elle n'a pas une goutte de sueur sur le poil. C'est renversant ! Eh bien maintenant, je ne la vendrai pas pour moins de cent dollars, quoique j'avais décidé de me contenter de quinze, je croyais que c'était tout ce qu'elle valait.

C'est tout ce qu'il a dit. Quel brave homme, si bon, si naïf ! Ce n'était pas étonnant d'ailleurs. Tout fermier qu'il était, il prêchait aussi. Il avait une petite chapelle au bout de la plantation, qu'il avait bâtie lui-même, et il prêchait là, et il faisait le catéchisme sans rien faire payer ; et ça valait bien ça. Il y a beaucoup de fermiers prêcheurs dans son genre, dans le Sud.

Au bout d'une demi-heure Tom est arrivé en voiture et s'est arrêté devant la barrière. La tante Sally l'a vue et a dit :

— Voilà quelqu'un qui arrive ! Je me demande qui

ça peut bien être. C'est un étranger. Jimmy (c'était l'un des enfants), va prévenir Lise de mettre un couvert de plus pour le dîner.

Tout le monde se précipite à la porte, parce que c'est pas tous les ans qu'on a la visite d'un étranger. Ce qui fait que, quand il en vient un, il a encore plus de succès que les nouvelles des grandes épidémies. Alors la voiture fait demi-tour vers le village, Tom s'avance vers la maison, et nous, on est tous à le regarder. Tom avait ses beaux habits et un air comme il sait en prendre quand il y a de la compagnie. Rien ne lui est plus facile que de se donner du montant. C'est pas un garçon à s'amener le dos rond et l'oreille basse comme un mouton. Non, il se redresse, calme et important comme un bélier, il soulève son chapeau avec chic comme si c'était le couvercle d'une boîte pleine de papillons endormis, et il dit :

— Mr. Archibald Nichols, je suppose ?

— Non, mon garçon, dit le patron ; votre voiturier s'est trompé. Mr. Nichols habite à plus de trois miles d'ici. Mais entrez donc, je vous en prie.

Tom jette un coup d'œil par-dessus son épaule, et annonce :

— Trop tard. Il est déjà trop loin.

— En effet, mon garçon, mais vous allez déjeuner avec nous. Puis nous attellerons et nous vous conduirons chez Nichols.

— Mais je ne veux pas vous déranger ! C'est impossible ; j'irai à pied voilà tout.

— Il ferait beau voir que nous vous laissions faire ! Où donc serait l'hospitalité du Sud ? Entrez donc !

— Et vous allez dîner avec nous, intervint tante Sally. Je vous assure que vous ne nous dérangez pas le moins du monde. Vous n'allez quand même pas faire ces trois miles à pied dans la poussière ! D'ailleurs, votre couvert est mis. Entrez et faites comme chez vous.

Tom s'est laissé convaincre en les remerciant beaucoup, il est entré d'un air digne. Il leur a dit qu'il venait de Hicksville ², dans l'Ohio, et que son nom était William Thompson.

Il s'est mis à causer, et il a causé, causé, inventant toutes sortes de choses sur Hicksville, et moi je commençais à m'énerver un peu et à me demander où il voulait en venir, quand voilà qu'il se lève et va tout droit embrasser la tante Sally en plein sur la bouche. Elle bondit, s'essuie avec le dos de la main, et s'écrie :

— Petit malotru !

Il a l'air vexé et dit :

— Vous me surprenez, madame !

— Je vous surprends ?... Je voudrais bien savoir pour qui vous me prenez pour m'embrasser comme ça.

Il dit d'un air contrit :

— Je... Je voulais rien de mal, je croyais que ça vous ferait plaisir.

— Etes-vous complètement fou ? Elle prend son fuseau, comme pour lui en donner un coup sur la tête et dit :

— Qu'est-ce qui vous permet de dire que j'aimerais ça ?

— Je sais pas. C'est eux qui m'avaient dit ça.

— Qui ça, eux ? un autre cinglé. J'ai jamais rien entendu de pareil !

— Tous, ils m'ont dit ça, madame.

Elle avait vraiment l'air de vouloir le déchirer en morceaux.

— Tous ? Qui ça tous ?

Alors il se lève, l'air embarrassé, malaxant son chapeau :

— Je m'excuse, je ne m'attendais pas à ça ; ils m'ont tous dit de faire comme ça. Ils m'ont dit : « Embrasse-la, ça lui fera plaisir. » Tout le monde a dit ça, mais je m'excuse, je ne recommencerai plus.

— Eh bien, heureusement !

— Vrai de vrai. Je ne recommencerai plus, sauf si vous me le demandez.

— Ah ! pour ça vous pourrez attendre longtemps ! Vous serez un vrai mathusalem avant que je vous demande ça à vous ou à vos pareils !

— Eh bien, ça me surprend, dit-il. J'arrive pas à comprendre. Ils ont dit que ça vous ferait plaisir et moi je le croyais aussi, mais... Il s'arrête et regarde autour de lui comme s'il cherchait un appui quelque part, une approbation et il dit au vieux monsieur :

— Vous, monsieur, avez-vous pensé que ça lui ferait plaisir que je l'embrasse ?

— Ah bien, non, non, plutôt pas.

Alors, il dirige ses regards de mon côté et il me dit :

— Tom, est-ce que tu n'aurais pas cru que la tante Sally m'aurait ouvert les bras tout grands et qu'elle aurait dit : « Sid Sawyer... »

— Ma parole ! s'écrie-t-elle. Et elle bondit vers lui :

— Sid Sawyer ! petit brigand, me faire une comédie pareille..., et elle se précipite pour l'embrasser ; mais il étend le bras :

— Pas avant que vous me le demandiez.

En riant, elle le lui a demandé. Il fallait voir comment elle lui a jeté les bras autour du cou et comment elle l'a embrassé, pas une fois mais dix ; et elle l'a repassé au patron, Tom ou ce qui restait de lui. Quand ils furent un peu calmés, elle a dit :

— En voilà une surprise ! On n'attendait que Tom et vous arriviez tous les deux. Il aurait fallu écrire un mot.

— Je dois vous dire qu'on n'avait pas l'intention de venir tous les deux. Mais ça me faisait trop mal au cœur de rester, et au dernier moment, j'ai décidé de l'accompagner. C'est sur le bateau qu'on a arrangé de vous faire une surprise. On s'est dit que Tom arriverait tout seul chez vous, que j'arriverais après, avec un peu de retard, et que je ferais semblant d'être un étranger. Mais peut-être qu'on a mal fait, tante Sally...

— Pour sûr que non, que vous n'avez pas mal fait ! Mais j'ai bien cru que tu étais un impudent jeune homme ! J'ai été pétrifiée d'étonnement quand tu m'as embrassée. Mais pourvu que vous soyez là, c'est tout ce que je demande.

On a dîné, et il y avait des choses sur la table au moins pour sept familles, et tout bien chaud, et pas de la barbaque restée à moisir dans le buffet et qui a un goût de cannibale froid. L'oncle Silas a dit un bénédicité un peu long, mais ça le valait bien, et d'ailleurs ça n'a pas refroidi le fricot, ce qui est souvent le cas.

On a beaucoup parlé ; mais Tom et moi, on n'osait pas introduire le sujet du nègre marron – quand un des petits garçons a dit :

— Papa, tu veux bien que Tom et Sid et moi, on aille au spectacle, ce soir ?

— Non, a dit le père, il n'y aura pas de spectacle. Le nègre marron nous a dit, à Burton et à moi, quelles canailles de gens étaient ces comédiens, et Burton et moi, on l'a fait savoir dans toute la ville ; et j'ai toutes raisons de croire que ces audacieux sacripants vont être reconduits d'où ils viennent – et sans tambour ni trompette.

Donc c'était comme ça ! — mais je n'y étais pour rien. Tom et moi, on devait dormir dans le même lit et comme nous étions fatigués, on a dit bonne nuit et on est montés se coucher aussitôt après souper, et on est passés par la fenêtre et on est descendus le long de la rampe du paratonnerre et on a filé vers la ville ; parce que je pensais qu'il n'y aurait personne pour avertir le roi et le duc et que si je ne me dépêchais pas de le faire, il y aurait du vilain.

Sur la route Tom m'a raconté comment on avait conclu que j'avais été assassiné, et comment le paternel avait disparu, plutôt vite, sans se remontrer ensuite, et quel foin ça avait fait quand Jim s'était enfui ; de mon côté j'ai raconté à Tom mes histoires avec *Le Monarque sans pareil* et nos aventures en radeau... Nous arrivions juste dans la ville — il était plus de huit heures et demie — quand on voit foncer sur nous une bande de gens hurlants, des torches à la main et qui jouaient du tambour sur des casseroles et qui soufflaient dans des trompettes ; on se met sur le côté pour les laisser passer, et alors je vois qu'ils avaient avec eux le roi et le duc à califourchon sur une planche — plus exactement, j'ai deviné que c'était eux parce qu'ils étaient recouverts de goudron et de plumes et qu'ils n'avaient plus rien d'humain, ils ressemblaient à deux gros plumeaux. Ça me rendait malade de voir ça, et ça me faisait pitié, ces pauvres canailles, à croire que je pourrais plus jamais leur en vouloir. C'était sinistre. Les êtres humains peuvent être horriblement cruels les uns pour les autres.

C'était trop tard — on ne pouvait plus rien faire. On a demandé ce qui s'était passé à quelques traînards et ils ont dit que tout le monde est allé au spectacle d'un air tout innocent. Ils n'avaient pas bougé jusqu'à ce que ce pauvre roi se mette à faire ses cabrioles et ses bonds sur la scène. Alors, à un signal, toute la salle s'était levée et jetée sur eux.

Tom et moi avons repris le chemin de la maison ; je me sentais tout chose, avec le sentiment d'être en faute, et pourtant j'avais rien fait ; mais c'est comme ça, qu'on ait fait bien ou mal, la conscience vous tenaille, on ne sait pas pourquoi. Si j'avais un chien qui avait autant d'utilité qu'une conscience d'humain, je l'empoisonnerais tout de suite. La conscience tient plus de place que tout le reste, à l'intérieur d'une personne, et ça ne sert à rien. Tom est aussi de cet avis.

XXXIV

On s'est arrêtés de parler pour se mettre à réfléchir. Finalement Tom m'a dit :

— Ce que nous pouvons être bêtes, Huck, de ne pas y avoir pensé plus tôt ! Je crois que je sais où se trouve Jim.

— Pas possible ! Et où ça ?

— Dans la cabane, près de la boîte aux cendres. Réfléchis. Pendant qu'on était à table, t'as pas vu un nègre y entrer avec des provisions ?

— Oui, c'est vrai.

— Et pour qui c'était selon toi ?

— J'ai pensé que c'était pour un chien.

— Moi aussi. Mais on s'est trompés.

— Pourquoi ?

— Parce qu'il y avait une tranche de pastèque.

— Mais oui, je me rappelle, maintenant. Alors ça c'est plus fort que tout. Pas un instant j'ai réfléchi que les chiens mangent pas de pastèques.

— Le nègre a ouvert un cadenas pour entrer, et ensuite il a refermé et il a rapporté la clef à oncle Silas. Le melon indique un homme, la clef indique un prisonnier. C'est Jim qui est le prisonnier. Je suis content d'avoir trouvé ça à la manière des détectives. Et maintenant, mon vieux, fais travailler ta cervelle pour trouver un plan ; moi, je vais travailler de mon côté, et on va délivrer Jim.

Tom, il en a un cerveau ! Si j'avais un cerveau comme Tom, je ne voudrais pas le changer pour être un duc ou un quartier-maître de bateau à vapeur, ou un clown de cirque, ou n'importe quoi. Je savais bien qui le trouverait le plan ! Au bout d'un moment, Tom me dit :

— Tu es prêt ?

— Oui.

— Bon. Dis ce que tu as trouvé.

— Eh bien, mon plan, c'est d'aller en canoë chercher le radeau à l'île. A la première nuit noire, on volera la clef dans la poche du vieux, pendant qu'il dormira ; on emmènera Jim au radeau et on partira, en naviguant la nuit et en se cachant le jour comme Jim et moi on faisait avant. Est-ce que c'est pas un bon plan ? Est-ce que ça marchera ?

— Marchera ? Oui, comme un combat de rats. Mais c'est trop simple ; c'est simple comme bonjour. Il n'y a rien là-dedans. C'est pas intéressant.

Je m'attendais à ça. Et je savais bien que son plan à lui serait irréprochable. Je ne m'étais pas trompé.

Il m'a dit son plan, et j'ai tout de suite vu qu'il valait dix fois mieux que le mien, qu'il avait du style, et qu'il délivrerait Jim tout aussi bien que le mien, et que par-dessus le marché, on avait des chances de se faire tuer. J'étais donc entièrement satisfait, et j'ai dit qu'on allait se mettre à valser sur son air à lui. Ce n'était pas la peine que je dise ce qu'était ce plan, parce qu'il faudrait, j'en étais sûr d'avance, qu'il le change au fur et à mesure que ça valserait. C'est bien ce qui s'est passé.

Tout de même, quand j'ai vu que Tom Sawyer s'y mettait vraiment pour de bon et qu'il allait entreprendre de voler ce nègre, j'en étais suffoqué. Un garçon respectable, bien élevé, qui avait une réputation à perdre, d'une famille respectable elle aussi — un garçon qui n'était pas une tête brûlée comme moi, mais qui avait de la tête, qui n'était pas ignorant, mais instruit, qui n'était pas grossier ni mal élevé, et qui pourtant n'avait pas assez d'amour-propre, d'éducation, de sentiments pour refuser de participer à cette besogne, ça n'était pas normal du tout ! C'était même révoltant, et je me suis dit qu'il fallait que je lui dise en bon ami ma façon de voir. Mais il m'a clos le bec tout de suite :

— Est-ce que tu crois que je ne sais pas ce que je fais, d'une façon générale ?

— Si, en général.

— Et alors, j'ai dit que je délivrerai ce nègre, oui ou non ?

Il n'y avait plus rien à dire. Quand il disait qu'il allait faire quelque chose, il le faisait. Mais j'arrivais pas à comprendre comment il était prêt à se fourrer dans une histoire pareille. Tant pis, j'avais plus qu'à laisser couler.

Nous sommes rentrés par une nuit noire et tranquille. On est allés à la cabane pour l'examiner. Nous avons remarqué sur l'un des côtés une ouverture, assez haute, sur laquelle il y avait tout juste une planche de clouée. J'ai dit :

— Voilà notre affaire. L'ouverture est assez grande pour que Jim puisse passer par là si on décloue la planche.

— Ça serait bien trop simple, simple comme bonjour, et pas drôle du tout. J'espère qu'on peut trouver mieux que ça, Huck Finn.

— Si on faisait comme j'ai fait, avec une scie quand on a cru que j'avais été assassiné.

— Ça serait déjà mieux, c'est plus mystérieux et troublant ça, mais je crois qu'on peut trouver quelque chose qui serait deux fois plus compliqué ; rien ne nous presse, cherchons.

Entre la cabane et la palissade, il y avait un appentis en planches qui était aussi long que la cabane, mais plus profond. La porte en était cadenassée. Tom est allé fureter du côté de la bassine à faire le savon et a découvert une barre de fer qui servait à soulever le couvercle. Avec ça, nous avons pu faire sauter une attache du cadenas. La chaîne est tombée et on est entré, et on a refermé à la lueur d'une allumette ; nous avons pu remarquer que cet appentis était construit contre la cabane, mais sans communication avec elle. Sur le sol en terre battue, il y avait deux ou trois pioches et des vieilles pelles. Après quoi nous avons refermé et remis le cadenas comme il était. Tom était ravi. Il a dit :

— Tout va bien. On va creuser pour le faire sortir de là, ça prendra environ une semaine !

Dans la maison, nous pouvions entrer par la porte de derrière qui n'était fermée qu'au loquet. Mais ce n'était pas assez romanesque pour Tom. Il a dit qu'il allait grimper jusqu'à notre fenêtre par le conduit du paratonnerre. Arrivé à mi-chemin il fut obligé de redescendre. Il a recommencé trois fois de suite et, la dernière fois, il a failli se casser la figure. Mais après s'être un peu reposé il a recommencé et cette fois-là il a réussi.

Au petit matin nous sommes redescendus dans la cour pour tâcher de surprendre le nègre qui portait de la nourriture à Jim. On voulait savoir si c'était bien Jim qui était là. Le nègre de Jim était en train de mettre du pain et de la viande sur une assiette de fer blanc. C'était un brave type de nègre, à la figure épanouie. Sa tignasse crêpue était arrangée en petites touffes attachées avec de la ficelle. C'était pour se défendre contre les sorcières. Il nous

a dit que les sorcières lui avaient mené la danse toute
la nuit, lui faisant voir des choses horribles et
entendre des mots effrayants. Il en oubliait ce qu'il
avait à faire.

— C'est pour quoi, ces choses à manger ? lui a
demandé Tom. C'est pour les chiens ?

La figure du nègre s'est plissée dans un sourire qui
s'est graduellement élargi jusqu'aux oreilles et à la
racine des cheveux, comme quand on lance un caillou
dans une flaque de boue, et il a dit :

— Un chien ? Un drôle de chien ! Voulez-vous le
voir ?

— Oui.

Mais moi je lui ai dit tout bas :

— C'était pas le plan !

Il m'a répondu :

— Non, mais ça l'est maintenant.

Donc nous l'avons suivi, mais ça ne me plaisait
guère ; nous sommes entrés derrière lui, mais on ne
pouvait rien voir tant il faisait noir. Jim était bien là,
lui, et il nous voyait. Il a dit :

— Mais c'est Huck ! Et par le ciel, c'est aussi monsieur Tom !

C'était fatal qu'il dise ça, je l'avais compris tout de
suite et qu'est-ce que je pouvais faire ?

Le nègre s'est écrié :

— Comment ! Il vous connaît, messieurs ?

Nos yeux avaient eu le temps de s'habituer à l'obscurité et Tom a regardé le nègre, droit dans les yeux,
d'un air étonné.

— Qui est-ce qui nous connaît ?

— Eh bien, ce foutu nègre.

— Peut-être qu'il nous connaît, mais qu'est-ce qui
vous a mis ça dans la tête ?

— Quoi ? Mais lui, il vient de le dire qu'il vous
connaissait.

Tom prit son air le plus étonné.

— Ça, qu'il dit, c'est un peu fort. Qui a dit quelque
chose ? Quand ? Et quoi ? Et il s'est retourné vers moi,
parfaitement calme et m'a demandé :

— As-tu entendu quelque chose ?

Qu'est-ce que je pouvais répondre à ça, moi j'ai dit :

— Non, je n'ai rien entendu du tout.

Et alors il s'est retourné vers Jim et il l'a regardé comme s'il ne l'avait jamais vu de sa vie et il a dit :

— Vous avez parlé ?

— Non, m'sieur, j'ai rien dit, a fait Jim.

— Pas un mot ?

— Non, m'sieur, pas un mot.

— Est-ce que vous nous avez déjà vus avant ?

— Non, m'sieur, pas que je sache.

Alors Tom s'est tourné vers le nègre qui avait l'air complètement affolé, et l'air sévère, il lui a dit :

— Maintenant, vas-tu me dire qu'est-ce qui t'a fait croire que quelqu'un avait parlé ?

— Ah, c'est ces sacrées sorcières, m'sieur ! Je voudrais être mort, elles sont toujours après moi ; elles me font peur. S'il vous plaît, m'sieur, n'en parlez pas à Mr. Silas, il me gronderait terriblement, parce qu'il dit que les sorcières, ça n'existe pas. Je voudrais bien qu'il soit ici ; il verrait par lui-même ce qu'il en est. Mais quand les gens ne veulent pas voir, il n'y a pas moyen de leur ouvrir les yeux.

Tom lui a donné dix cents et lui a promis de ne pas parler de la chose. Il lui a dit d'acheter une autre pelote de ficelle pour s'attacher les cheveux. Puis il s'est tourné vers Jim :

— Je me demande si l'oncle Silas va pendre ce nègre. Si j'attrapais un ingrat de nègre qui a eu le culot de se sauver, je le rendrais pas à son maître, moi, je le pendrais !

Il s'est rapproché de Jim et lui a dit tout bas :

— Fais semblant de ne pas nous connaître. Et si tu entends, pendant la nuit, qu'on creuse, ça sera nous, on va te délivrer.

Jim a juste eu le temps de nous serrer la main. Le nègre s'est retourné et on est reparti avec lui. On lui a dit qu'on serait contents de revenir, et ça lui a fait plaisir, surtout si c'était de nuit, parce qu'alors les sorcières étaient acharnées après lui et il était content de ne pas rester tout seul.

XXXV

On avait encore une heure avant le petit déjeuner. Ce qui fait que nous sommes allés faire un petit tour dans les bois : Tom disait qu'il fallait trouver quelque chose pour nous éclairer pendant qu'on creuserait ; et pas une lanterne (ça éclaire trop, on risquait d'avoir des ennuis). Ce qu'il nous fallait, à son avis, c'étaient des morceaux d'amadou pourri, qui émettent une lueur douce dans l'obscurité. Nous en avons ramassé une brassée que nous avons cachée dans l'herbe. Puis, Tom a dit, l'air mécontent :

— Ça me gêne de voir que cette affaire est trop facile. Il est bougrement difficile de trouver un plan difficile. Il n'y a pas de gardien, pas même un chien à qui administrer une potion pour le faire dormir. Jim est enchaîné par une jambe au pied de son lit : tout ce qu'il y a à faire, c'est de soulever le lit et de faire glisser la chaîne. L'oncle Silas est si confiant qu'il donne la clef au nègre, et qu'il ne le fait pas surveiller. Jim aurait pu s'échapper par cette ouverture dans la cloison de planches, s'il n'y avait pas eu la difficulté de se déplacer avec une longue chaîne à la patte. J'ai jamais rien vu de plus bête : nous sommes obligés d'inventer toutes les difficultés. En tout cas, il y a plus de mérite à réussir quelque chose à travers des difficultés qu'on a créées soi-même, quand les gens ont été complètement incapables de vous les imposer. Tiens, prends la question de la lanterne, par exemple, il faut supposer que la lanterne, c'est un risque. Mais si on voulait, on pourrait travailler avec un cortège de flambeaux. Pendant que j'y pense, il va nous falloir trouver le moyen de fabriquer une scie.

— Pourquoi, une scie ?

— Eh bien, pour scier le pied du lit.

— Tu viens de dire qu'on pourrait soulever le lit.

— Ah, c'est bien de toi, ça ! Un marmot au biberon l'aurait trouvé. Tu n'as donc jamais rien lu. Le baron Trenck, Casanova, Benvenuto Cellini, ou Henry IV [1], ou d'autres — tu ne connais pas leurs histoires ? Quel auteur a jamais libéré un prisonnier de cette façon-là ? C'est un truc de vieille fille, que tu me proposes ! Les autorités disent qu'il faut scier le pied du lit, avaler la sciure, et laisser le bout scié en place, avec un peu de graisse et de poussière dessus, pour qu'on ne voie pas que le pied est scié. La nuit où on est prêt, on détache le bout scié et on fait glisser la chaîne. Pour que tout soit dans les formes, il faut une échelle de corde qu'on déroule du haut du rempart ; l'échelle est trop courte pour atteindre le fond du fossé ; on se casse la jambe en sautant ; vos fidèles vassaux vous attendent avec des chevaux ; l'un d'eux vous met en travers de sa selle, et vous emporte à votre château natal, en Languedoc, ou en Navarre. Voilà comment ça se fait, Huck. Je regrette qu'ici, il n'y ait pas de fossé. Si on a le temps, on en creusera un.

Je dis :

— Je vois pas qu'on ait besoin de fossé, puisqu'on va creuser un tunnel par-dessous la cloison de planches.

Mais Tom n'entendait pas. Il était perdu dans ses plans. Le menton dans la main, il méditait. Tout à coup, il a soupiré et secoué la tête :

— Non, dit-il, ici il n'y aura pas besoin de faire ça.

— De faire quoi ?

— Eh bien, de scier la jambe de Jim.

— Seigneur Dieu, en voilà une supposition ! Lui scier la jambe ?

— D'après les meilleures autorités, ça se fait. Si un chevalier ne pouvait pas se dégager de sa chaîne, il se coupait la main et prenait le large. Mais laissons ça. Ici, ce n'est pas nécessaire. De plus, Jim est un nègre et il ne comprendrait pas. Mais il peut se servir d'une échelle de corde. Nous pouvons lui en faire une en déchirant nos draps. Le meilleur moyen de la lui faire parvenir, ça serait dans un pâté. J'ai mangé des pâtés plus mauvais que ça.

— Mais Jim n'a pas besoin d'une échelle de corde.

— Si, il en a besoin, tu causes, tu causes, tu ferais mieux de reconnaître que tu sais rien. Il lui faut une échelle de corde parce qu'ils en ont tous, toujours.

— Et qu'est-ce qu'il peut bien faire avec ?

— Il peut toujours la cacher dans son lit, pas vrai ? Huck, tu veux jamais rien faire dans les règles. Suppose qu'on la trouve une fois qu'il est parti. Ça sera un indice. Faut bien qu'il y ait des indices. Autrement, notre affaire ne vaudra pas une crotte de lapin.

— Eh bien, dis-je, si c'est la règle qu'il ait son échelle, très bien. Moi je veux pas aller contre les règles, mais on va avoir du fil à retordre avec la tante Sally, ça c'est sûr, si on déchire un de ses draps. Il vaudrait mieux faire une échelle en écorce, ça coûterait rien et n'abîmerait rien et on pourrait la mettre dans un pâté et la cacher dans la paillasse aussi bien qu'une échelle de corde, et comme Jim n'y connaît rien, ça changerait rien...

— Tu ne sais pas ce que tu dis, Huck Finn. Si j'étais aussi ignorant que toi, je la fermerais. A-t-on jamais entendu parler d'un prisonnier d'Etat qui s'est échappé au moyen d'une échelle en écorce ?

— Bon. Alors je vais rendre la chose possible en empruntant un drap sur une corde à sécher le linge. Tom dit que ça fera l'affaire. Et ça lui donne une autre idée :

— Emprunte aussi une chemise.

— Pour quoi faire ?

— Nous en avons besoin pour Jim, pour qu'il puisse écrire dessus — pour tenir son journal.

— Tu parles de journal ! Il ne sait pas écrire, Jim.

— Ça ne fait rien. Il peut faire des marques sur la chemise, si nous lui fabriquons une plume avec une vieille cuillère ou avec un bout de cercle de tonneau.

— Mais voyons, Tom, on pourrait arracher une plume à une oie ; ça ferait une meilleure plume pour Jim ; et puis ça nous prendrait moins de temps.

— Les prisonniers n'ont pas d'oies à leur disposition dans les donjons où ils sont enfermés, idiot. Pour fabriquer leurs plumes, ils prennent toujours un morceau de vieux chandelier, n'importe quoi pourvu que ce soit très dur ; et ça leur prend des mois et des mois, de limer leur bout de métal, parce qu'ils font ça en le frottant sur le mur. Même si on leur offrait une bonne plume d'oie, ils refuseraient de s'en servir, parce que c'est pas dans les règles.

— Comme tu voudras. Mais l'encre ?

— Beaucoup la font avec de la rouille et des larmes ; mais ce sont les gens ordinaires et les femmes qui agissent comme ça. Chez les meilleurs auteurs, les prisonniers écrivent avec leur sang. Jim pourra faire ça. Et, le jour où il voudra envoyer au monde un bon petit message bien mystérieux pour informer l'humanité qu'on le retient prisonnier, il pourra l'écrire avec une fourchette sur le fond d'une assiette de fer blanc qu'il jettera par la fenêtre. Le Masque de fer n'a jamais procédé autrement, et la méthode est excellente.

— Mais Jim n'a pas d'assiettes de fer. On lui apporte à manger dans une casserole.

— On peut toujours lui en apporter, c'est pas compliqué.

— Personne pourra lire ce qu'il aura écrit ?

— Ça n'a rien à voir, Huck Finn. L'essentiel, c'est qu'il *écrive* sur une assiette et qu'il la jette.

— Mais alors, c'est ridicule de gâcher des assiettes !

— Mais, bon Dieu, les assiettes, elles appartiennent pas au prisonnier, les assiettes !

— Mais elles appartiennent quand même à quelqu'un, non ?

— Et alors ? Qu'est-ce que tu veux que ça lui fasse, au pris..

Il s'est arrêté parce qu'on entendait la corne du petit déjeuner. Et on a filé vers la maison.

Dans la matinée, j'ai emprunté un drap et une chemise blanche sur une corde à sécher le linge ; je les ai mis dans un vieux sac que j'avais trouvé, ainsi que le bois d'amadou. Je dis « emprunté » parce que, mon paternel, c'est comme ça qu'il disait toujours.

Mais Tom a soutenu que ça s'appelait « voler » ;
seulement comme nous représentions le prisonnier,
ça n'avait pas d'importance, parce que les prisonniers
ne se soucient jamais de la façon dont ils se pro-
curent ce dont ils ont besoin, puisqu'ils peuvent pas
faire autrement, ils sont dans leur droit. Et Tom a
bien dit que, puisque nous représentions un prisonnier, nous étions en droit de voler dans la maison
tout ce dont nous risquions d'avoir besoin. D'être
prisonnier, ça faisait toute la différence. Et pourtant,
quand, après ça, j'ai volé une pastèque dans le
champ des nègres [2] et que je l'ai mangée, il a fait
toute une histoire ; il m'a obligé à aller donner dix
cents aux nègres, sans leur expliquer pourquoi.
D'après lui, on n'avait le droit de voler que ce dont
on avait besoin.

— Ben, lui ai-je dit, moi j'avais besoin de cette pastèque.

— Mais pas pour t'échapper de ta prison, non ?
C'est pas du tout pareil ! Si tu l'avais volée pour y
cacher un couteau et le faire passer à Jim de cette
façon, alors là, d'accord.

Bref, j'ai laissé tomber ; mais je voyais pas ce que
j'avais à gagner à représenter un prisonnier si, chaque
fois que j'apercevais une pastèque, j'étais obligé
d'avaler aussi des sermons de cette eau-là.

Bref, ainsi que je le disais tout à l'heure, ce
matin-là, on a attendu que tout le monde soit parti à
ses affaires et qu'il n'y ait plus personne dans la cour ;
puis Tom a transporté le sac jusqu'à l'appentis, pendant que je montais la garde. Il a fini par revenir, et
nous sommes allés nous asseoir sur la pile de bois
pour bavarder. Il m'a annoncé :

— Tout est prêt, maintenant, sauf les outils. Mais,
de ce côté-là, on n'aura pas de difficultés.

— Des outils ? je lui réponds. Pour quoi faire ?

— Pour creuser, pardi ! Avec quoi tu veux le
creuser, le tunnel, avec tes dents ?

— Mais ces vieilles pioches et ces bêches ébréchées,
tu crois pas que ça ferait l'affaire ?

Il m'a regardé d'un air de pitié, de quoi faire pleurer n'importe qui, puis il m'a dit :

— Huck Finn, est-ce que tu as jamais entendu parler d'un prisonnier pourvu de pioches, de bêches, et de tout le confort moderne. Allons, je te le demande, dis-moi un peu de quoi ça aurait l'air ? Autant lui prêter la clé, au prisonnier, et que ce soit fini tout de suite !

— Mais, si on se sert pas de pioches et de bêches, de quoi on se sert, alors ?

— De deux couteaux de poche.

— Pour creuser un tunnel ?

— Parfaitement.

— Dieu me pardonne, Tom, c'est complètement idiot.

— Idiot ou pas, c'est comme ça, et je vois pas pourquoi on changerait ce qui est. Et je n'ai jamais entendu parler d'un autre moyen, dans aucun livre. C'est toujours avec un couteau de poche, qu'on creuse, dans les livres ; et pas dans la boue, remarque bien, dans du roc. Ça dure des semaines et des semaines. Prends par exemple l'un de ces prisonniers qui étaient enfermés dans le château d'If, dans le port de Marseille [3]. Combien crois-tu qu'il a mis de temps à creuser un passage pour s'échapper ?

— J'en sais rien.

— Essaie de deviner.

— Qu'est-ce que tu veux que je te dise ? Un mois et demi ?

— *Trente-sept ans*. Et il est ressorti en Chine [4]. Voilà comment ce doit être. Et je regrette que le fond de notre forteresse ne soit pas du roc.

— Il connaît personne en Chine, Jim.

— Mais qu'est-ce que ça à y voir ? Le gars dont je te parle non plus. Seulement toi, il faut toujours que tu t'inquiètes de détails tout à fait en dehors de la question.

— Entendu. Peu m'importe par où Jim ressortira, *pourvu qu'il ressorte*. Et je suis sûr qu'il est du même avis que moi. Seulement, il y une chose dont je suis sûr : Jim est trop vieux pour qu'on le libère en creusant un tunnel avec un couteau de poche ; il durera pas assez longtemps, Jim.

— Mais si. Tu ne crois quand même pas que ça va nous prendre trente-sept ans de creuser dans de la terre meuble.

— Combien de temps ça va prendre, Tom ?

— On va être obligés de se presser plus qu'on devrait, pour avoir fini avant que l'oncle Silas ne reçoive une lettre de La Nouvelle-Orléans. Dès qu'il saura que Jim n'est pas de là-bas, il n'aura rien de plus pressé que de le mettre en vente, ou quelque chose comme ça. Si nous voulions faire les choses convenablement, nous devrions mettre deux ans ; mais c'est pas possible. Les choses étant ce qu'elles sont, je suis d'avis que nous creusions aussi vite que possible ; et après, on pourra se faire croire à nous-mêmes, que nous avons mis trente-sept ans. A ce moment-là, à la première alerte, on pourra sortir Jim de là et le faire filer. Oui, je crois que c'est ce qu'il y a de mieux à faire.

— Maintenant, tu parles de façon raisonnable, lui ai-je fait observer. Tant qu'on se fera croire des choses à nous-mêmes, ça ne nous coûtera rien. Moi je veux bien me faire croire que j'ai mis cent cinquante ans à le creuser, ce tunnel, pendant que j'y suis. Ça ne me fatiguera pas davantage. Bon, maintenant, je vais essayer de chiper deux couteaux de poche.

— Trois, a corrigé Tom. Il nous en faut un pour en faire une scie.

— Tom, lui ai-je dit, si je craignais pas que ma suggestion te paraisse contraire à la règle, aux principes et à la tradition, je te ferais remarquer qu'il y a une vieille lame de scie qui traîne près du fumoir.

Il a pris un air las et découragé pour me répondre :

— C'est pas la peine d'essayer de t'apprendre quoi que ce soit, Huck. File chiper les couteaux ; trois, rappelle-toi.

C'est ce que j'ai fait.

XXXVI

Cette nuit-là, alors que tout le monde était au lit, Tom et moi sommes descendus par le conduit du paratonnerre pour aller nous enfermer dans l'appentis. Nous avons débarrassé un endroit que Tom disait se trouver juste derrière le lit de Jim. Quand nous aurions fait le trou, de l'autre côté personne ne pourrait le voir. On s'est mis au travail avec les couteaux de poche. Nous avons creusé, creusé pendant des heures. Vers minuit, on n'en pouvait plus et nous avions les mains pleines d'ampoules. Quant au résultat, c'est à peine si on pouvait voir quelque chose. Alors, j'ai dit :

— C'est pas trente-sept ans qu'on va mettre Tom ; c'est au moins trente-huit.

Il a soupiré et au bout d'un moment il m'a répondu :

— Ça ne sert à rien, ce qu'on fait, Huck. Les prisonniers, faut bien le dire, ils ont des années devant eux ; ils ne sont pas obligés de travailler plus de quelques minutes par jour. Ils y vont petit à petit. Nous, on est pressés. Si on continue à travailler comme ça, demain il faudra cesser, pour laisser dégonfler nos mains.

— Alors, qu'est-ce qu'on va faire ?

— Je vais te dire. C'est pas bien, c'est pas normal, ça ne me fait aucun plaisir, mais il n'y a pas d'autre moyen de continuer ; c'est de prendre les pioches, et de supposer que c'est des couteaux.

— Ça, c'est parler. Ta tête devient de plus en plus claire, Tom Sawyer. Que ce soit moral ou non, c'est les pioches qu'il nous faut. Quand je décide de voler un nègre, ou un melon, ou un catéchisme, la seule chose qui compte, c'est pas la façon, c'est le résultat. Moi, ce que je veux, c'est libérer Jim et je me fiche du reste.

— Dans notre cas, dit-il, il y a une excuse pour les pioches et pour avoir recours à une supposition. Toi, tu pourrais travailler avec une pioche sans rien sup-

poser, parce que tu ne connais pas les règles. Moi, je
sais ce qu'il faut faire. Donne-moi un couteau de
poche.

Il avait le sien à portée de sa main ; mais je lui ai
passé le mien. Il l'a jeté et il a dit : « Je t'ai demandé
un couteau de poche ! » Je ne savais pas trop ce qu'il
fallait faire. Mais j'ai réfléchi et j'ai pris une pioche qui
était là dans le tas de vieux outils et je la lui ai tendue.
Il l'a prise et s'est mis au travail, sans un mot. Il a
toujours été comme ça, délicat sur la question des
principes.

Moi, j'ai pris une pelle et au bout d'une demi-
heure, on avait fait un bon trou. Là-dessus, nous
sommes rentrés à la maison, et, par notre fenêtre, j'ai
vu Tom qui s'évertuait du mieux qu'il pouvait à
monter par le paratonnerre. Mais il avait trop mal aux
mains. A la fin, il a dit :

— Rien à faire ! Je ne peux pas ! Qu'est-ce que tu
penses qu'il faut que je fasse ?

— Ce que je vais te dire n'est peut-être pas régulier ; mais tu devrais monter par l'escalier et supposer
que c'est la conduite du paratonnerre.

C'est ce qu'il a fait.

Le lendemain matin, il a volé une cuillère d'étain et
un chandelier de cuivre pour faire des plumes pour
Jim, et aussi six chandelles de suif. Moi, de mon côté,
je suis allé faire un tour du côté de chez les nègres, à
tout hasard, et j'en ai rapporté trois assiettes de fer-
blanc. Tom prétendait que trois, ce n'était pas assez.
Mais, comme j'ai dit à Tom, étant donné que personne ne les verrait jamais les assiettes que lancerait
Jim, et qu'elles tomberaient dans l'herbe sous sa
fenêtre, on n'aurait qu'à les ramasser et à les lui
relancer pour qu'il s'en resserve. Ça l'a satisfait, Tom.
Ensuite, il a dit :

— Autre chose, comment est-ce qu'on lui fait
passer tout ça, à Jim ?

— Par le trou, dès qu'on l'aura creusé.

Il s'est contenté de hausser les épaules d'un air
méprisant et de marmonner quelque chose à propos

d'idées stupides ; puis il s'est remis à réfléchir et, finalement, il m'a annoncé qu'il avait trouvé deux ou trois
moyens possibles, mais qu'on déciderait plus tard de
celui dont on se servirait. D'abord, il fallait prévenir
Jim.

Cette nuit-là, un peu après dix heures, on s'est
laissés glisser le long du paratonnerre ; on avait
emporté une des chandelles. On est allé écouter sous
la fenêtre de Jim, et on l'a entendu ronfler. Alors on
s'est mis au travail à la pioche et à la bêche ; et, au
bout de deux heures et demie, le tunnel était creusé.
On s'est glissé par le trou, sous le lit de Jim ; à force de
tâtonner, on a trouvé la chandelle, on l'a allumée. Il
dormait bien, Jim ; il paraissait être en bonne santé, et
plutôt heureux. On l'a éveillé en douceur, graduellement. Il était tellement content de nous voir que pour
un peu il en aurait pleuré. Il nous a appelés ses chéris,
et d'un tas d'autres noms d'amitié. Il voulait qu'on
aille tout de suite chercher un ciseau à froid pour
couper la chaîne qu'il avait à la cheville ; il aurait eu
envie de filer tout de suite, sans perdre une minute.
Mais Tom lui a fait comprendre combien ç'aurait été
contraire aux règles ; il lui a expliqué nos plans en
détail, et il a insisté sur le fait qu'en cas d'alerte on
pourrait modifier nos plans tout de suite et délivrer
Jim en moins de deux. Alors Jim a dit que ce serait
très bien comme ça. Et on s'est installés, et on s'est
mis à évoquer des vieux souvenirs. Tom nous posait
des tas de questions, et quand Jim a raconté qu'oncle
Silas venait presque tous les jours prier avec lui, et que
tante Sally veillait à ce qu'il soit bien installé et bien
nourri, et que tous deux étaient aussi gentils qu'il est
possible, Tom a dit :

— Ça me donne une idée. On t'enverra des choses
par eux.

Moi j'ai dit :

— Il ne faut rien faire de pareil ! C'est de la folie !

Il a expliqué à Jim comment on lui ferait parvenir
une échelle de corde dans un pâté, et d'autres choses
par Nat, le nègre qui lui apportait sa nourriture, et

qu'il devait être prêt à tout, et surtout que Nat ne s'aperçoive de rien, et qu'on mettrait des petites choses dans la poche de l'oncle et qu'il devrait les lui prendre ; et que la tante en aurait peut-être aussi dans la poche de son tablier. Et il lui a dit ce que ce serait et pour quoi c'était faire. Il lui a dit aussi de tenir son journal avec son sang, sur sa chemise, et ainsi de suite. Jim ne voyait pas l'utilité de tout ça, mais il admettait que puisqu'on était des Blancs, on devait savoir mieux que lui ; aussi il n'a pas discuté, il a dit à Tom qu'il ferait tout ce que Tom avait dit.

Jim avait des pipes de maïs et du tabac, et on a passé avec lui un bon moment bien agréable. Puis nous sommes repartis en rampant par le trou et quand on est revenus dans notre chambre, Tom a dit qu'il n'avait jamais eu tant de plaisir, ni de moment si profitable intellectuellement, et qu'il voudrait que ça dure toute notre vie ; car Jim en arriverait aussi à se délecter de la situation. On pourrait continuer ça pendant quatre-vingts ans, et ça nous rendrait célèbres.

Le lendemain matin, nous avons cassé en deux la cuillère d'étain que j'avais chipée, et Tom a mis le manche dans sa poche. Nous sommes allés à la cabane avec le nègre Nat qui portait à Jim son déjeuner. Pendant que je causais avec Nat pour distraire son attention, Tom a fourré le manche de la cuillère dans un petit pain qui était sur l'assiette destinée à Jim. Quand Jim s'est mis à manger, tout a marché pour le mieux, car il a manqué se casser les dents en mordant dans le petit pain. Mais il a fait semblant d'avoir trouvé un caillou dans le pain, et Nat ne s'est aperçu de rien ; mais après ça, Jim a piqué sa fourchette dans tous ses aliments, avant de les porter à sa bouche.

Pendant que nous étions tous là dans la demi-obscurité, voilà qu'arrivent sous le lit de Jim un couple de chiens, et d'autres le suivent, si bien qu'au bout d'un instant, il y en avait une douzaine. Tom et moi, on avait oublié de fermer la porte de l'appentis et les chiens étaient venus par là, en passant par le trou.

Alors Tom prend un bout de viande dans l'assiette de Jim et le jette dehors par la porte ouverte. Nat, le nègre, venait tout juste de hurler : « Les sorcières » et de se mettre à genoux. Les chiens se précipitent et Tom ferme la porte. Je prends soin d'aller fermer aussi la porte de l'appentis pendant que Tom entreprend le nègre pour lui faire croire qu'il n'a rien vu. Le nègre dit :

— M'sieur Sid, vous allez me prendre pour un imbécile, mais j'ai vu un million de chiens, ou plutôt de diables ; et j'aimerais mieux mourir que de me retrouver en face d'eux. Je les ai sentis, m'sieur, je vous le dis, je les ai *sentis*. Ils étaient tout partout autour de moi. Je donnerais bien ma main droite pour pouvoir tenir un de ces démons ou une de ces sorcières, ne serait-ce qu'une seule fois ; j'en demande pas plus. Mais ce que je voudrais, surtout, c'est que les sorcières elles me laissent en paix ; voilà ce que je voudrais.

Tom lui a répondu :

— Je vais te dire ce que je pense, Nat. Tu sais pourquoi elles viennent jusqu'ici à l'heure du petit déjeuner ? C'est parce qu'elles ont faim, voilà tout. Fais-leur un pâté de sorcière, tu verras que ça s'arrangera.

— Mais, Seigneur, m'sieur Sid, comment que je vais faire un pâté de sorcière ? Je saurais pas comment m'y prendre ! J'en ai même jamais entendu parler.

— Eh bien, dans ce cas, c'est moi qui le ferai.

— Vous voudrez bien ? C'est vrai ? Si vous le faites, je baiserai la terre où vous marchez, je le jure !

— Je le ferai, mais c'est bien pour te faire plaisir et parce que tu as été gentil avec nous et que tu nous a montré le nègre marron. Seulement, il faudra que tu sois prudent. Quand nous viendrons, tourne le dos ; et, quoi que nous mettions dans la casserole, fais comme si tu n'avais rien vu. Et quand Jim vide la casserole, détourne la tête : on ne sait jamais, il pourrait arriver quelque chose. Et, surtout, ne touche aux choses de sorcières sous aucun prétexte !

— Y toucher ? Ah, m'sieur Sid, de quoi vous allez parler ! Je voudrais pas y toucher, même pour cent millions de dollars.

XXXVII

Tout allait bien. On est allé fouiller dans un tas de vieilles saletés qui était au fond de la cour – des vieilles bottes, des loques, des morceaux de verre, des casseroles rouillées – et on a trouvé une bassine rouillée toute percée de trous ; on a bouché les trous du mieux qu'on a pu, pour faire cuire le pâté pour les sorcières ; dans la cave, on a pris de la farine et puis on est allés à la maison pour le petit déjeuner. Nous avons aussi trouvé des vieux clous qui, dit Tom, seraient bien utiles au prisonnier pour graver son nom et ses peines sur le mur du donjon, et il en a glissé un dans la poche du tablier de tante Sally qui était sur une chaise, et une autre sous le ruban du chapeau d'oncle Silas qui était sur son bureau, parce qu'on savait par les enfants qu'il irait voir le nègre dans la matinée ; et après le petit déjeuner, Tom a glissé une cuillère d'étain dans la poche de la veste de l'oncle Silas, et puis on a attendu tante Sally.

Et alors la voilà qui arrive toute rouge, l'air furieux, si agitée qu'elle pouvait à peine attendre la fin du bénédicité, et alors elle passe le café d'une main et flanque de l'autre une taloche au plus proche de ses mômes. Elle dit : « J'ai cherché partout, en haut, en bas ; mais il n'y a pas, je ne peux rien trouver. Silas, où est ta seconde chemise ? »

Je sens mon cœur et mon estomac et mes entrailles se serrer, et une croûte de pain s'arrête dans mon gosier, je tousse, et la croûte s'en va, toc, dans l'œil d'un des enfants qui se met à hurler ; et Tom devient bleu autour des ouïes et ça allait si mal pendant un quart de minute ou plus que j'aurais tout lâché pour moitié prix. Mais nous nous sommes ressaisis peu à peu. L'oncle Silas a dit :

— Ça alors, je n'y comprends rien. Je suis sûr d'avoir changé de chemise.

— Ah oui, tu es sûr de n'en avoir qu'une sur le dos. Je sais ça ; et je le sais mieux que toi, parce que je l'ai lavée, ta chemise, et que je l'ai étendue sur la corde. Mais elle a disparu. Je vais être obligée de t'en refaire une autre, et en attendant, tu n'auras que ta flanelle rouge, et ce sera la troisième en deux ans. On dirait que je n'ai que ça à faire. Tu pourrais prendre un peu plus soin de tes affaires, à ton âge.

— Je sais, Sally, je fais tout ce que je peux, mais ça ne doit pas être de ma faute, vois-tu. Je ne peux pas avoir perdu cette chemise que j'avais sur le dos. Moi je mets une chemise et après je ne m'en occupe plus.

— Ah, c'est pas de ta faute si ça ne t'est pas encore arrivé, Silas. Tu l'aurais bien perdue, si tu avais pu. Et puis, ce n'est pas tout. Il y a aussi une cuillère que je ne retrouve plus. Il y en avait dix, il n'y en a plus que neuf. C'est le veau qui a pris la chemise, bon, mais ce n'est pas le veau qui a pris la cuillère, ça c'est sûr.

— Qu'est-ce qu'on a encore perdu, Sally ?

— Il y a encore six chandelles. C'est peut-être les rats qui ont mangé les chandelles, et je me demande ce qu'ils attendent pour dévorer toute la maison avec ta façon de toujours dire que tu vas boucher les trous sans jamais rien faire. Mais c'est pas les rats qui ont mangé la cuillère, ça je le sais.

— Oui, Sally, je suis en faute et je le reconnais. Mais demain, je te le promets, je boucherai les trous.

— A ta place, je ne me presserais pas trop, ça peut attendre l'année prochaine. Matilda Angelina Aramina Phelps !

Un coup de doigt coiffé du dé est tombé sur la tête de la petite qui avait profité de l'algarade pour fouiller dans le sucrier. Juste à ce moment arrive une négresse qui dit :

— M'dame, y a un drap qu'est parti !

— Un drap de parti, Seigneur Dieu !

— Je vais boucher les trous aujourd'hui, dit l'oncle Silas d'un air contrit.

— Tais-toi donc ! Tu t'imagines pas que c'est les rats qui ont emporté le drap. Où est-il parti ce drap, Lise ?

— J'ai pas idée, M'dame Sally. Il était hier sur le fil, mais il y est plus.

— C'est la fin du monde. J'ai jamais vu ça depuis que je suis née : une chemise, une cuillère, un drap, six chandelles !...

Là-dessus, une petite bonne s'amène et dit :

— M'dame, il manque un chandelier.

— Sors d'ici, ou je te jette la casserole à la tête !

Ça commençait à chauffer un peu trop et j'aurais bien voulu aller dans le bois attendre que ça se calme. Elle arrêtait pas de gronder et d'enrager, et tout le monde restait coi, quand voilà que l'oncle Silas, l'air un peu éberlué, tire une cuillère de sa poche. Elle s'arrête, bouche bée, les mains au ciel, et moi, j'aurais préféré être à Jérusalem ; mais ça n'a pas duré parce qu'elle a dit :

— C'est bien ce que j'attendais. Tu l'avais dans ta poche ; et d'une façon ou d'une autre tu as aussi tout le reste. Comment est-ce venu là ?

— Je n'en sais vraiment rien, Sally, dit-il, comme en s'excusant, si je le savais, je le dirais. J'étais en train de lire les Actes des Apôtres [1] au moment du petit déjeuner et j'ai dû mettre ça dans ma poche à la place du Testament puisque le Testament n'y est pas, je vais voir où je l'ai laissé...

— Seigneur ! Disparaissez tous, s'écrie tante Sally, et ne revenez pas de sitôt !

Je crois que j'aurais obéi même si j'avais été mort. Comme on passait devant l'entrée, voilà que l'oncle prend son chapeau et qu'il en tombe un clou, il se contente de le ramasser et de le poser sur la planche sans rien dire, et il s'en va. Alors Tom a dit : « On ne peut pas compter sur lui, mais il nous a quand même rendu service avec le coup de la cuillère, alors on va lui rendre service aussi, on va boucher les trous des rats. »

Nous sommes descendus dans la cave et ça nous a pris plus d'une heure de faire ce travail-là. Et puis, on a entendu des pas dans l'escalier, on a éteint la chandelle et on s'est cachés ; et quand l'oncle est arrivé, il avait toujours l'air aussi distrait qu'avant. Il est allé d'un trou de rat à l'autre et il les a faits tous comme ça, pendant bien cinq minutes, et la chandelle dégoulinait sur ses doigts et, pour finir, il a repris l'escalier en disant : « Je ne peux pas me souvenir quand j'ai fait ça ; je pourrais lui montrer que pour les rats, je ne suis pas à blâmer, mais il vaut mieux ne rien dire. »

Et il est parti comme ça en marmonnant. Il était rudement gentil le vieux. Et il l'est toujours.

Tom était ennuyé, à cause de la cuillère, il a dit qu'il nous en fallait une, et il s'est mis à penser. Nous sommes allés dans la cuisine, à côté du tiroir aux cuillères et comme tante Sally est arrivée on s'est mis à les compter et j'en ai glissé une dans ma manche et Tom a dit :

— Tu sais, tante Sally, il n'y en a que neuf.

Elle a dit :

— Allez jouer, laissez-moi tranquille, je les ai comptées.

— Moi aussi, tantine, deux fois même, que je les ai comptées, et je n'en trouve que neuf, il n'y a rien à faire.

Elle avait beau bouillir, naturellement il a fallu qu'elle vienne les recompter.

— Mon Dieu, dit-elle, c'est pourtant vrai. Je vais les recompter encore une fois.

Là-dessus, j'ai remis sur la table celle que j'avais prise et alors elle s'est écriée :

— C'était bien la peine de me déranger, tu vois bien qu'il y en a dix !

Mais elle avait tout de même l'air un peu troublée. Tom a dit :

— Mais je t'assure qu'il n'y en a pas dix.

— Tête de bois, tu ne m'as pas vue les compter ?

— Je sais, mais...

— Bon, je recompte.

J'en avais encore subtilisé une. Elle était folle de colère, tremblante de la tête aux pieds. Et elle compte et elle recompte et trois fois elle en trouve dix et trois fois elle en trouve neuf. Alors elle attrape le tiroir et le flanque à travers la pièce, et elle nous met dehors, en nous criant de ne pas reparaître avant le dîner. Alors, en partant, on a mis la cuillère dans la poche de son tablier avec un clou, et comme ça Jim les a eus avant midi. Tom était très content de lui et elle disait qu'elle ne compterait plus jamais ses cuillères pour éviter de devenir folle ; et que même si elle le faisait, elle se dirait qu'elle s'était trompée et que ça lui tournerait dans la tête pendant trois jours et qu'elle tuerait n'importe qui qui viendrait lui en parler.

Cette nuit-là, on a remis le drap sur le fil et on en a pris un dans l'armoire, et on a fait ça pendant plusieurs jours, jusqu'à ce qu'elle ne sache plus combien de draps elle avait et qu'elle dise qu'elle s'en fichait pas mal et qu'elle aimerait mieux mourir que de chercher. On avait donc la chemise, le drap, la cuillère, les chandelles, grâce au veau et aux rats et aux fautes de calcul.

Pour le pâté, il nous en a donné du turbin. On l'a fait dans les bois et cuit dans un four improvisé. On avait de la farine — que j'avais chipée et emportée dans un sac — on s'est brûlé les mains et on a eu de la fumée plein les yeux. C'est qu'il fallait faire un pâté vide, une croûte — pour mettre l'échelle dedans. Mais la croûte ne voulait pas tenir. Alors, à la fin on s'est dit qu'on allait cuire l'échelle en même temps que le pâté. Alors la nuit suivante, on a déchiré le drap en toutes petites bandes qu'on a nouées ensemble, et bien avant le lever du soleil, on avait une très belle corde à laquelle on aurait pu se pendre. On a dit qu'on pourrait croire que ça nous avait pris neuf mois pour le faire.

A midi, on a emporté l'échelle dans les bois ; mais impossible de la faire tenir dans le pâté. On y avait employé tout le drap, et ça faisait assez de corde pour remplir quarante pâtés et quelques bonnes longueurs de saucisses par-dessus le marché.

On a donc jeté ce qui était en trop ; et on a fait cuire le pâté dans une bassinoire en cuivre, ancienne, avec un grand manche de bois, et que l'oncle Silas conservait précieusement parce qu'elle lui venait d'un de ses ancêtres qui était arrivé d'Angleterre avec Guillaume le Conquérant sur le *Mayflower* ou l'un de ces bateaux de l'époque ; la bassinoire se trouvait au grenier avec un tas d'autres vieux trucs qui n'avaient de valeur que parce que c'étaient des reliques, si vous voyez ce que je veux dire. On l'a donc descendue en douce, et on l'a emportée dans les bois. Les premiers pâtés n'étaient pas très réussis parce qu'on savait pas bien comment s'y prendre ; mais au dernier, ça a marché. On a recouvert le fond et les parois de la bassinoire avec de la pâte, on l'a mise sur les braises, remplie de cordes, puis on a fermé le dessus du pâté avec de la pâte ; le long manche de bois s'est révélé bien commode pendant la cuisson. Un quart d'heure après, nous avions un pâté qui faisait plaisir à voir. Mais celui qui se serait avisé d'y goûter, il lui aurait fallu un cure-dents inusable ; et je ne parle pas du mal à l'estomac, en plus.

Quand on a mis le pâté dans la casserole de Jim, Nat a détourné la tête ; nous avons caché les trois assiettes de fer-blanc sous les provisions, toujours dans la casserole. Ce qui fait que Jim a eu tout ce qu'il lui fallait ; dès qu'il s'est retrouvé seul, il a crevé la croûte du pâté, sorti l'échelle de corde qu'il a cachée dans sa paillasse ; ensuite, il a gravé quelques lignes sur le fond d'une assiette de fer-blanc, et il a jeté l'assiette par la fenêtre.

XXXVIII

La pire corvée, ç'a été de fabriquer les plumes et la scie ; Jim, lui, trouvait que le plus difficile serait l'inscription elle-même. Il s'agissait de celle que le prisonnier devait écrire sur le mur. Pourtant, d'après Tom, c'était un détail indispensable ; il n'y avait pas d'exemple qu'un prisonnier se soit dispensé de laisser derrière lui, gravés sur le mur de sa cellule, sa devise et son écusson.

— Prends lady Jane Grey [1], par exemple, me disait Tom ; prends Gilford Dudley, ou encore le vieux Northumberland ! Tu trouves que c'est difficile, Huck ? Et alors ? Comment veux-tu qu'on fasse autrement ? Il *faut* que Jim grave son inscription et son *écusson* [2]. Tous les prisonniers le font.

— M'sieur Tom, lui a répondu Jim ; j'ai pas *d'coussin* ; j'ai rien d'autre que cette espèce de chemise blanche dessus quoi vous savez bien qu'il faut que j'écrive le journal.

— T'as pas compris, Jim : un *écusson,* c'est tout à fait autre chose.

— En tout cas, ai-je dit, Jim a quand même raison quand il dit qu'il a pas d'écusson, parce que c'est la pure vérité.

— Tu penses bien que je le sais, a répondu Tom. Mais tu peux être tranquille : il en aura un avant de sortir d'ici ; parce qu'il va s'évader selon les principes, et on aura rien à lui reprocher.

Ce qui fait que, tandis que Jim et moi on limait les plumes sur un morceau de brique — Jim faisait la sienne dans un morceau de chandelier, et moi dans la cuillère —, Tom s'est mis à réfléchir à la façon dont serait composé l'écusson. Finalement, il nous a annoncé qu'il lui était venu tellement de bonnes idées qu'il ne savait pas laquelle choisir ; quand même, il y en avait une qui lui plaisait plus que les autres. Il nous a expliqué laquelle :

— Sur l'écusson, il y aura un demi-cercle d'*or,* à la base dextre ; au milieu, un chien *couchant,* avec sous ses pattes une chaîne brisée avec un chevron *vert* et trois lignes brisées sur champ d'*azur ;* comme crête, un nègre en fuite, de *sable,* portant son baluchon au bout d'un bâton ; et deux soutiens, de *gueule,* pour nous représenter, toi et moi, avec comme devise, *Magiore fretta, minore atto* [3]. J'ai trouvé cette devise dans un livre ; ça veut dire : « Plus grande la hâte, moins rapide l'action. »

— C'est diablement beau, mais, dis donc, le reste, qu'est-ce que ça veut dire ?

— J'ai pas le temps de t'expliquer. Il faut qu'on se mette au travail dare-dare.

— Mais quand même, explique-moi un peu. Des *gueules,* qu'est-ce que c'est ?

— Eh bien, c'est... c'est... Toi, t'as pas besoin de savoir ce que c'est. Quand le moment sera venu, je montrerai à Jim comment ça se dessine.

— Zut, alors ! Tu pourrais bien renseigner un peu les gens ! Et un chevron, qu'est-ce que c'est ?

— Oh, mais, je n'en sais rien, moi. Tout ce que je sais, c'est qu'il faut que Jim en ait un sur son écusson. Tous les nobles en ont un.

C'est comme ça qu'il était, Tom. S'il n'avait pas envie de s'expliquer, on pouvait toujours lui poser des questions pendant une semaine : pour la réponse, bonsoir !

Maintenant que la question de l'écusson était réglée, Tom s'est préoccupé de l'inscription. Il fallait que Jim en grave une sur son mur. Tom en a préparé plusieurs qu'il a écrites sur un bout de papier et qu'il nous a lues. Ça disait :

1. Ici s'est brisé le cœur d'un prisonnier.

2. Ici, un pauvre prisonnier, abandonné du monde et de ses amis, s'est rongé à en mourir.

3. Ici s'est brisé un cœur solitaire, et une âme découragée est entrée dans l'éternel repos, après trente-sept ans d'une cruelle captivité.

4. Ici, sans foyer, sans amis, après trente-sept ans d'amère captivité, a péri un noble étranger, fils naturel de Louis XIV.

Tom nous a lu ça d'une voix que l'émotion faisait trembler ; on le sentait prêt à éclater en sanglots. Quand il a eu terminé, il les trouvait toutes tellement réussies qu'il ne pouvait pas se décider à en choisir une. Enfin, il nous a dit qu'il autoriserait probablement Jim à les graver toutes les quatre sur le mur. Jim a dit que ça allait lui prendre un an d'écrire tout ça sur les planches avec un clou. Sans compter qu'il ne connaissait même pas ses lettres. Mais Tom lui a expliqué qu'il lui ferait un modèle bien net, en caractères d'imprimerie, et qu'il n'aurait plus qu'à recopier. Puis, il a dit :

— En y réfléchissant bien, les planches ne vont pas faire l'affaire ; dans un cachot, les murs ne sont pas en planches. Ce qu'il faut, c'est graver les inscriptions dans de la pierre. Faut qu'on trouve une pierre.

Jim a dit que dans de la pierre, ce serait pire encore que dans des planches, et que ça allait lui prendre tellement de temps qu'à ce compte-là, il était sûr et certain de ne jamais sortir de prison. Mais Tom l'a rassuré en lui disant qu'il me permettrait de l'aider. Puis il a vérifié comment on s'en tirait, moi et Jim, pour la fabrication des plumes. Je n'ai jamais fait un travail plus lent, et plus assommant, aussi, que celui-là. Ça ne m'arrangeait pas les mains, en plus, et on n'avançait pas. Ce qui fait que Tom a décidé :

— Je sais ce qu'on va faire. De toute façon, il nous faut une pierre pour y graver l'écusson et l'inscription ; de cette pierre, on va faire deux coups. Au moulin, il y a une pierre à meule du tonnerre ; on va la voler ; comme ça, on pourra y graver ce qu'il faut, et aussi, elle nous servira à meuler les plumes et la scie.

Cette idée-là, c'était pas rien ; la pierre à meule non plus, d'ailleurs ; mais on pensait qu'on devait pouvoir s'en tirer. Il n'était pas encore minuit ; nous avons laissé Jim continuer à travailler, et nous sommes partis pour le moulin. On a délogé la meule et on s'est mis à la faire rouler vers la maison ; mais quel boulot ! Par moments, on avait beau faire, on ne pouvait pas empêcher la pierre de se coucher sur le côté, et chaque fois il s'en fallait de justesse qu'elle ne tombe sur l'un de nous. Tom m'a dit qu'avant qu'on en ait fini avec elle, elle aurait certainement sa peau ou la mienne. On est arrivé à mi-chemin ; mais on n'en pouvait plus et on transpirait tellement qu'on risquait bien de se noyer. On a renoncé, et on est allé chercher Jim. Jim a soulevé son lit, fait glisser sa chaîne sous le pied du lit ; puis il a entortillé sa chaîne autour de son cou, et on est ressortis tous les trois par le trou. Une fois là-bas, Jim et moi on s'est attelés à la pierre et on l'a emportée comme si ç'avait été une plume ; Tom, lui, dirigeait les opérations ; j'ai jamais vu personne faire ça aussi bien que lui. D'ailleurs, ce gars-là, il savait tout faire.

Le trou qu'on avait creusé était pas tout à fait assez gros pour permettre à la pierre de passer, mais Jim l'a agrandi avec une bêche. Puis Tom a dessiné sur la meule l'inscription et l'écusson avec un clou ; puis on a mis Jim au travail avec un clou comme ciseau à froid et une mèche de fer comme marteau, avec la consigne d'y travailler jusqu'à ce que sa chandelle soit usée. Quand il serait dans le noir, il pourrait cacher sa meule dans son matelas de paille et dormir dessus. Puis on a aidé Jim à remettre sa chaîne en place et on s'est disposés à aller se coucher, moi et Tom. Mais Tom n'était pas encore tout à fait satisfait, et il a dit :

— Y a-t-il des araignées [4], ici, Jim ?

— Non, m'sieur Tom, heureusement pas.

— On va s'en procurer.

— Mais, je n'en veux pas. J'aimerais autant avoir des serpents à sonnettes autour de moi.

— Tiens, c'est une idée, dit Tom. Où pourrais-tu le mettre ?

— Quoi, m'sieur Tom ?

— Mais le serpent à sonnettes.

— Par le Dieu vivant, m'sieur Tom, s'il y avait un serpent à sonnettes ici, je me précipiterais la tête la première contre le mur pour me faire un passage.

— Mais non, Jim, au bout de quelque temps tu t'habituerais et tu apprivoiserais le serpent. Si on est doux avec les animaux, on peut toujours les apprivoiser. Le serpent viendra se coucher avec toi ; il s'enroulera gentiment autour de ton cou et il mettra sa tête dans ta bouche.

— Je vous en prie, m'sieur Tom, dites pas des horreurs pareilles ! Alors, comme ça, il mettrait sa tête dans ma bouche pour me faire une gentillesse, hein ! Il pourrait toujours attendre que je lui demande de me faire ce plaisir. Et puis, j'aimerais pas dormir avec un serpent.

— Jim, tu dis des bêtises. Un prisonnier doit avoir un animal fétiche, n'importe lequel, et si on n'a jamais fait une mascotte d'un serpent à sonnettes, eh bien, c'est le moment de le faire ! Ça n'en sera que plus formidable.

— Je n'y tiens pas, m'sieur Tom, je vois pas quelle gloire il y aurait à se faire piquer le menton.

— Tu pourrais tout de même essayer, tout ce que je te demande, c'est d'essayer.

— Le malheur, c'est qu'une fois que j'aurai essayé et qu'il m'aura mordu, il sera trop tard ; je suis prêt à faire tout ce que vous voudrez, m'sieur Tom, excepté ça. Si vous et Huck amenez ici un serpent à sonnettes, je m'en irai, vous pouvez en être sûr.

— Eh bien, laissons ça. Dis-moi, tu as des rats ici ?

— Ne me parlez pas de rats, m'sieur Tom. C'est les créatures les plus dégoûtantes qu'on peut voir. Ça court autour de vous et ça vous mord les pieds quand on essaie de dormir. Non, je n'en veux pas plus que des serpents à sonnettes.

— Mais Jim, les prisonniers ont toujours une bête qu'ils apprivoisent. On lit ça dans tous les livres. Et les rats se trouvent là juste à point. Tu leur feras de la musique et ils viendront te caresser, et tu leur apprendras toutes sortes de tours. Comment pourrais-tu leur faire de la musique ?

— J'ai un peigne sur lequel je peux mettre un bout de papier et j'ai une guimbarde. Mais ça ne les intéresserait pas.

— Mais si. C'est tout ce qu'il faut pour des rats. Assieds-toi sur ton lit et joue-leur *Le dernier chaînon est brisé*, le soir avant de te coucher. Au bout de deux minutes, tu verras les rats, et les serpents, et les araignées, et toutes les bêtes venir autour de toi. Ils grimperont sur toi et ils seront aux anges.

— Eux, oui, mais pas moi. Enfin, s'il le faut absolument, je le ferai. Il vaut mieux encore faire ça que de vous donner de l'embêtement.

Tom réfléchit et dit :

— Ah, il y a encore quelque chose. Penses-tu que tu pourrais soigner une fleur ?

— Je sais pas ; ça serait peut-être possible ; mais il fait bien noir ici, et je n'ai pas besoin de fleur ; ce serait se donner de la peine pour rien du tout.

— Faudra que tu essayes. D'autres prisonniers l'ont fait. On t'en apportera une. Tu l'appelleras Pitchiola [5] et tu l'arroseras avec tes larmes.

— J'ai bien peur qu'elle meure, monsieur Tom, vu que je pleure presque jamais.

Ça alors, ça lui en a bouché un coin, à Tom. Mais il a réfléchi et dit que Jim pourrait se servir d'un oignon. Jim se lamentait du turbin qu'il allait avoir à élever la plante, à jouer de la guimbarde aux rats, à câliner les serpents et les araignées et autres bêtes, outre le travail avec les plumes pour les inscriptions, l'écusson, et qu'il aurait jamais cru que, d'être un prisonnier, ça pouvait donner pareil tintouin.

Mais alors, là, Tom a failli perdre patience. Il a fait vertement remarquer à Jim qu'aucun prisonnier n'avait jamais eu une si belle occasion de se rendre célèbre, et qu'il ne s'en rendait même pas compte. Alors Jim a eu des remords, et il a promis que plus jamais il ne se conduirait aussi mal. Et alors on est allés se coucher, Tom et moi.

XXXIX

Le lendemain matin, nous sommes allés au village acheter un piège à rats ; on l'a posé devant le plus beau trou, et au bout d'une heure nous en avions attrapé une quinzaine, magnifiques ; alors on est allés les cacher sous le lit de tante Sally. Mais pendant qu'on était aux araignées, le petit Thomas Franklin Benjamin Jefferson Alexander [1] Phelps les a découverts et il a ouvert la porte pour voir si les rats allaient sortir, et naturellement ils sont sortis ; là-dessus tante Sally est entrée, et quand nous sommes arrivés, elle

était sur son lit, à mener un train d'enfer. Les rats,
eux, faisaient ce qu'ils pouvaient pour la distraire. Elle
nous a épousseté le dos avec son manche à balai ; et
ensuite, il a encore fallu perdre au moins deux heures
pour en attraper quinze ou seize autres qui n'étaient
pas aussi beaux que les premiers, loin de là ; j'en
n'avais jamais vu de plus beaux que les premiers.

Puis nous avons attrapé toute une collection d'araignées et pendant qu'on y était des punaises, des sca-
rabées, des chenilles, toutes sortes de bestioles ; on a
même failli rapporter un nid de guêpes, mais à la dernière minute, on a changé d'avis. Toute la famille était
à la maison. Nous avons attendu le plus longtemps
possible avant d'aller porter les bêtes, on espérait
qu'on finirait par être seuls ; mais pensez-vous ! Ce
qui fait qu'on est partis à la chasse aux serpents ; on
en a attrapé une douzaine et aussi des couleuvres. On
a tout mis dans un sac, dans notre chambre. Le temps
qu'on en ait fini avec les serpents, c'était l'heure du
dîner. On avait bien travaillé toute la journée ; et ce
qu'on pouvait avoir faim ! Mais quand on est
remontés, plus de serpents : nous avions mal attaché
le sac, et ils avaient réussi à sortir et à filer. Mais on ne
s'est pas trop inquiétés : après tout, ils ne devaient pas
être bien loin, les serpents, et on espérait en rattraper
quelques-uns. Et, en fait, on n'a pas manqué de serpents dans la maison, pendant un bon bout de temps.
A chaque instant, on en voyait tomber un des poutres
ou d'ailleurs ; généralement, ils atterrissaient dans une
assiette, ou sur la nuque de quelqu'un ; là où on
n'avait vraiment pas besoin d'eux. D'ailleurs, ils
étaient beaux comme tout ces serpents ; des rayés, et
pas méchants pour un sou ; mais tante Sally, elle faisait pas la différence ; les serpents, elle n'aimait pas ça,
quelle que soit leur catégorie. Et chaque fois qu'il y en
avait un qui lui tombait dessus, elle filait et laissait
tout tomber. J'ai jamais vu une femme comme elle. Et
on pouvait l'entendre hurler depuis Jéricho. Jamais
vous auriez pu la persuader d'en prendre un avec des
pincettes. Et si elle en découvrait un dans son lit, elle

se levait et se mettait à pousser des glapissements, à
croire qu'il y avait le feu. Son vieux, elle l'embêtait
tellement qu'il disait qu'il regrettait bien que le bon
Dieu ait créé les serpents. Enfin, au bout d'une
semaine, il y a plus eu un serpent dans la maison ;
mais tante Sally était pas encore remise, il s'en fallait !
Il suffisait, quand elle était assise à réfléchir, de lui
toucher la nuque avec une plume pour qu'elle saute
au plafond. C'était bizarre comme tout. Mais Tom
disait que toutes les femmes étaient comme ça ; il
paraît que c'était dans leur nature.

Chaque fois que tante Sally rencontrait un de nos
serpents, ça nous valait une raclée, et la promesse
que, si jamais on recommençait à introduire des serpents dans la maison, nous apprendrions ce que c'est
qu'une *vraie* raclée. Les raclées, ça m'était égal, parce
que vraiment c'était pas bien méchant. Mais ce qui
m'a moins amusé, c'est le mal qu'on a eu à se procurer un nouveau lot de serpents. Enfin, on y est
arrivés, et on a tout eu. J'ai jamais rien vu de plus
horrible que la cabane de Jim, lorsqu'il se mettait à
jouer de la musique et que toutes ses bêtes sortaient
de leurs coins pour venir l'écouter. Jim n'aimait pas
les araignées, et elles le lui rendaient bien ; ce qui fait
qu'elles lui faisaient mener une existence plutôt
pénible. Jim, il disait qu'entre les rats, les serpents,
et la meule, il restait plus de place pour lui dans son
lit ; et quand par hasard il réussissait à se coucher,
il y avait tellement de remue-ménage qu'il pouvait
pas dormir. D'après Jim, le remue-ménage n'arrêtait
jamais parce que les animaux dormaient pas tous en
même temps ; ils prenaient leur tour de veille, en
quelque sorte. De sorte que, quand les serpents dormaient, c'étaient les rats qui étaient de service, et *vice
versa*. De cette façon, il avait toujours une bande
d'animaux dans son lit, et une autre bande en train
de faire le cirque. Et s'il se levait pour chercher un
autre coin où dormir, les araignées tentaient leur
chance et se jetaient sur lui au moment où il traversait la cabane.

Jim disait que, si jamais il réussissait à sortir de sa cabane, plus jamais il n'accepterait d'être prisonnier, pas pour un million.

Bref, au bout de trois semaines, nous avions obtenu quelques résultats. Dès le début, on avait fait parvenir la chemise à Jim, dans un pâté ; et, chaque fois qu'un rat mordait Jim, il se servait de son sang pour écrire quelque chose dans son journal pendant que l'encre était encore fraîche. Les plumes étaient faites, l'écusson sur la meule et les inscriptions sur le mur, terminées. On avait scié le pied du lit, et on avait mangé la sciure : ça nous avait valu des crampes d'estomac, à croire qu'on allait en mourir. J'ai jamais vu de sciure plus indigeste, et Tom était bien de mon avis. Mais enfin, le travail était terminé, et on n'en pouvait plus, tous les trois. Jim, surtout.

L'oncle avait écrit deux fois aux gens de la plantation de La Nouvelle-Orléans de venir chercher leur nègre ; mais il n'avait jamais reçu de réponse, pour la bonne raison que, cette plantation, elle n'existait pas. L'oncle avait donc décidé de faire paraître une annonce dans les journaux de Saint Louis et de La Nouvelle-Orléans. Et quand je l'ai entendu parler des journaux de Saint Louis, j'en ai eu des sueurs froides ; j'ai compris qu'il n'y avait pas de temps à perdre. Et Tom a dit :

— Pour les lettres anonymes non plus.

— Qu'est-ce que c'est, ai-je demandé, ces lettres-là ?

— C'est pour prévenir les gens qu'il y a quelque chose sous roche. On s'y prend tantôt d'une façon, tantôt d'une autre, mais, dans les histoires, on lit qu'il y a toujours quelque vilain individu qui reluque partout et qui dénonce ce qui se prépare au gouverneur du château. Quand Louis XVI a filé des Tuileries, c'est une servante qui l'a dénoncé. Un moyen de faire ça, c'est une lettre anonyme. Il y a aussi la mère du prisonnier qui change de vêtements avec lui, et qui reste pendant qu'il s'en va, vêtu des cotillons de sa mère. Nous, faudra qu'on fasse ça aussi.

— Mais dis donc, Tom, pourquoi veux-tu avertir les gens ? Laisse-les s'apercevoir tout seuls de ce qui se passe. C'est leur affaire.

— Je sais bien. Mais on n'est pas sûr qu'ils trouveront. Tu vois bien que depuis le commencement ils nous laissent tout faire. Si on ne les prévient pas, il n'y aura personne pour s'interposer, et toute la peine qu'on s'est donnée pour imaginer de belles combinaisons ne servira à rien. Notre affaire tombera à plat.

— Bon, moi, je voyais pas ça comme ça.

— Ben, alors ! dit-il d'un air dégoûté.

Aussi, lui ai-je répondu :

— En tout cas, je ne veux pas faire d'histoires ; qu'est-ce que tu vas faire pour la servante ?

— C'est toi qui feras la servante. Cette nuit, tu te débrouilleras pour voler la robe de la mulâtresse.

— Mais ça fera de l'esclandre demain matin parce que la servante n'a probablement que cette robe-là.

— Je sais ; mais tu n'as besoin de cette robe que le temps d'aller glisser la lettre anonyme sous la porte de la cuisine.

— Entendu. Mais je pourrais aussi bien porter la lettre avec mes frusques.

— Mais tu n'aurais pas l'air d'une servante, alors !

— Non, mais il n'y aura personne pour me voir.

— Il faut que tu sois déguisé en fille pour porter la lettre. Comprends donc que, vus ou pas vus, n'est pas la question. On a des principes ou on n'en a pas.

— D'accord, mettons que j'ai rien dit. Et qui va faire la mère de Jim ?

— C'est moi, je vais faucher une robe à tante Sally.

— Bon alors, tu resteras dans la cabane quand moi et Jim, on s'en ira.

— Penses-tu ! Je ferai un mannequin en bourrant de paille les vêtements de Jim et on s'évadera tous ensemble. Dans l'histoire quand on se sauve, on appelle ça une évasion ; c'est comme ça qu'on dit pour les rois, et les fils de rois, qu'ils soient légitimes ou pas.

Tom a donc écrit la lettre anonyme et, le soir même j'ai chipé la robe de la servante ; je l'ai mise et je suis allé glisser la lettre sous la porte d'entrée, comme Tom m'avait dit. La lettre disait :

Prenez garde. Des choses louches se préparent. Soyez sur vos gardes.

UN AMI INCONNU

Le lendemain soir, nous avons collé sur la porte d'entrée un dessin que Tom avait fait avec du sang, et qui représentait une tête de mort et deux tibias croisés ; et, le lendemain soir, nous avons encore collé un autre dessin sur la porte de derrière ; cette fois, c'était un cercueil. J'ai jamais vu une famille aussi affolée. Ils n'auraient pas eu plus peur si la maison avait grouillé de fantômes. Tante Sally ne pouvait plus entendre claquer une porte, voir tomber quelque chose, ou rencontrer quelqu'un à l'improviste sans sursauter et pousser un hurlement ; elle était persuadée qu'il y avait tout le temps quelqu'un derrière elle, et elle passait son temps à se retourner et à pousser des petits cris. Elle n'osait plus aller se coucher ; elle n'osait même plus s'asseoir. Bref, ça marchait comme sur des roulettes, d'après Tom ; il disait qu'il avait jamais vu une affaire marcher de façon plus satisfaisante, et que c'était bien la preuve qu'on avait agi comme il convenait.

Et alors, il a annoncé qu'il fallait frapper un dernier coup. Le lendemain matin, à l'aube, on a préparé une autre lettre ; mais on s'est demandé ce qu'on allait bien pouvoir en faire parce que le soir même, au cours du dîner, l'oncle Silas a annoncé qu'il allait mettre un nègre de faction à chaque porte pendant la nuit. Tom s'est glissé le long du paratonnerre pour vérifier : le nègre posté à la porte de derrière était endormi. Tom lui a glissé la lettre dans l'encolure, puis il est remonté. Voici ce que disait sa lettre :

Ne me trahissez pas. Je suis un ami. Il y a une bande de vauriens venus du territoire indien [2] *qui veulent voler votre nègre marron cette nuit. Ils ont essayé de vous faire peur, pour que vous restiez chez vous cette nuit, sans oser sortir.*

Je suis de leur bande, mais j'ai de la religion ; je me pré-
pare à les quitter ; c'est pourquoi je vous révèle leur dessein
infernal. Ils se glisseront en venant du nord, le long de la
palissade, à minuit juste, et ils iront droit à la cabane du
nègre. Ils m'ont dit de me poster à une petite distance et de
sonner de la trompe si je vois du danger. Au lieu de ça, je
ferai « Bê », comme un mouton, aussitôt qu'ils entreront
dans la cabane. Pendant qu'ils s'occuperont de scier la
chaîne, vous vous glisserez, vous les enfermerez, et vous les
tuerez comme des chiens. Faites juste ce que je vous dis, ou
ils se douteront de quelque chose et ça deviendra dangereux
pour vous. Je ne cherche aucune récompense que la satis-
faction d'avoir bien agi.

UN AMI INCONNU

XL

Après le petit déjeuner, Tom et moi, nous nous
sentions joliment frais et dispos. Nous avons pris mon
canoë, des provisions, et nous sommes allés pêcher
dans la rivière. On est aussi allés voir le radeau ; bref,
une bonne journée. Quand on est revenus à l'heure du
dîner, la famille était dans tous ses états ; dès qu'on
s'est levés de table ils nous ont envoyés coucher ;
impossible de leur faire dire ce qu'ils avaient. De la
lettre, pas un mot. Mais nous, on savait à quoi s'en
tenir. Tante Sally avait pas plus tôt tourné le dos
qu'on s'est glissés jusqu'au garde-manger de la cave ;
là, on a fait des provisions qu'on a emportées dans
notre chambre. Puis on s'est couchés. A onze heures
et demie, on était de nouveau debout. Tom a enfilé la
robe qu'il avait chipée à tante Sally ; il allait se mettre
à manger quand il a demandé :

— Où est le beurre ?

— J'en ai préparé un bon morceau sur une tranche
de pain...

— Alors, c'est que tu l'as oublié : je ne le vois nulle
part.

— On peut s'en passer, lui ai-je dit.

— Mais non, on en a besoin. Retourne le chercher dans la cave et rejoins-moi dans la cabane de Jim. Moi, je vais bourrer de paille les vêtements de Jim pour faire croire que c'est sa mère ; je me tiendrai prêt à bêler et à filer dès que tu arriveras.

Il part, et je descends à la cave. Le morceau de beurre, gros comme mon poing, était bien là où je l'avais laissé, sur le morceau de pain. Je prends le tout, je souffle la chandelle ; je monte l'escalier sur la pointe des pieds ; j'arrivais au rez-de-chaussée quand je rencontre tante Sally, munie d'une chandelle allumée. Je me colle le morceau de beurre sur la tête et je m'enfonce mon chapeau jusqu'aux oreilles. Elle m'a vu tout de suite.

— Tu viens de la cave ?

— Oui, m'dame.

— Qu'est-ce que tu as été faire là ?

— Rien du tout.

— Rien du tout ?

— Non, rien.

— Allons, ne me raconte pas d'histoires ! Pourquoi vas-tu à la cave en plein milieu de la nuit ?

— Je sais pas, m'dame.

— Tu ne sais pas ? Ne me réponds pas comme ça. Je veux savoir ce que tu faisais en bas ?

— Je faisais rien, je vous jure, tante Sally.

Je croyais qu'elle allait me laisser partir, ce qu'elle aurait fait en temps ordinaire ; mais la situation était si tendue, qu'elle me dit d'un ton sec :

— Entre dans la salle et attends là jusqu'à ce que je revienne. Il y a du louche là-dessous et je te promets bien de découvrir le fin mot de l'affaire !

J'entre dans la salle et je me trouve au beau milieu d'une foule de gens. Il y avait quinze fermiers, chacun avec un fusil. Le cœur me manque et je tombe assis sur une chaise. Ils parlaient à voix basse, agités et inquiets, tout en cherchant à avoir l'air calme. Il y en avait qui enlevaient leur chapeau et qui le remettaient, d'autres qui s'asseyaient et se relevaient ; d'autres qui tourniquaient un bouton de veste. J'étais inquiet, moi aussi, mais je n'enlevai pas mon chapeau. Je n'avais qu'une hâte : c'était de voir revenir tante Sally, de recevoir la raclée qui m'attendait, et qu'on en finisse. J'étais pressé d'aller avertir Tom qu'on était allés trop loin, cette fois, et qu'on s'était mis dans un mauvais cas. Il fallait qu'on cesse tout de suite de faire les idiots, et qu'on libère Jim sans plus attendre.

La tante Sally revient, et recommence à me questionner. Je ne pouvais pas lui répondre ce qu'il fallait, je ne savais pas ce qu'elle voulait découvrir. Les hommes s'agitaient de plus en plus ; certains voulaient partir tout de suite ; d'autres disaient qu'il fallait attendre minuit, ou qui rappelaient qu'un « bê » devait servir de signal. La tante continuait à me retourner sur le gril. Voilà le beurre qui commence à fondre et à me dégouliner sur la figure. Elle s'en aperçoit et s'écrie :

— Oh, qu'est-ce qu'il lui arrive, à ce gamin ? Il doit avoir une fièvre cérébrale. Voilà sa cervelle qui suinte sur son front !

Ils viennent tous voir. Elle arrache mon chapeau et tout le monde voit le beurre — ce qu'il en reste. Elle me prend dans ses bras et m'embrasse en disant :

— Ah ! quel coup tu m'as donné ! Un malheur n'arrive jamais seul. Je t'ai cru perdu. Pourquoi ne m'as-tu pas dit tout de suite que tu étais allé à la cave chercher du beurre ? Allons, va vite te coucher. File !

Je monte au galop — et je redescends sans perdre de temps par le conduit du paratonnerre. En une minute, je suis à la cabane. Je dis à Tom qu'il faut partir tout de suite, que la maison est pleine d'hommes avec des fusils. Ses yeux brillent et il dit :

— Pas possible ? Quelle chance ! J'avais pas osé espérer ça. Si on pouvait attendre un peu, il y en aurait bientôt deux cents !

— Non, non, vite, filons ! Où est Jim ?

— Il est là, tout contre toi, tout habillé, prêt à se sauver. Maintenant on va se glisser dehors et pousser le « bê » qui doit servir de signal.

Mais à ce moment-là, on entend des pas marteler le sol. Les voilà à la porte et qui commencent à tripatouiller le cadenas. Il y en a un qui dit :

— Ils ne sont pas encore arrivés. On va se mettre à quelques-uns dans la cabane pour tirer sur eux quand ils viendront ; les autres vont se placer à quelque distance pour nous prêter main-forte.

Ils entrent. Il fait si noir qu'on ne nous voit pas. On se fourre tous les trois sous le lit, et de là par le trou, on file dans l'appentis. Par une fente de la porte, Tom écoute les bruits. Il entend des pas, mais les pas s'éloignent. Alors il nous pousse du coude et on se précipite tous les trois sans bruit vers la palissade. Jim et moi, on l'escalade sans encombre ; mais voilà la culotte de Tom qui s'accroche à un éclat de bois. Il faut qu'il le casse pour se dégager. Ça fait du bruit et ça lance les hommes de notre côté.

— Qui va là ? Répondez ou je tire !

On ne répond pas. On joue des jambes. Bang, bang, bang ! Des coups de feu éclatent et les balles sifflent autour de nous. On entend :

— Par ici, les gars ! Ils prennent la direction du fleuve ! Par ici, tous ! Et lâchez les chiens !

Alors, les voilà qui s'amènent. On pouvait les entendre à cause de leurs bottes et de leurs cris, mais nous, on n'avait pas de bottes et on la fermait. On était sur le chemin du moulin et quand ils ont été tout près, on s'est jeté derrière les buissons pour les laisser passer et puis on est reparti derrière. Ils avaient fait taire les chiens pour ne pas avertir les voleurs mais quelqu'un avait dû les lâcher, car les voilà qui arrivent, courant et hurlant ; mais c'étaient nos chiens, alors on s'est arrêtés pour qu'ils viennent jusqu'à nous et quand ils ont vu que c'était nous et qu'il n'y avait pas de quoi s'exciter, ils sont repartis à fond de train du côté du bruit et des bottes ; et nous, on a continué à remonter vers le moulin et puis on est descendu à travers les broussailles à l'endroit où était attaché mon canoë et on a sauté dedans et on s'est mis à ramer de toutes nos forces vers le milieu du fleuve, mais sans faire plus de bruit qu'il n'était nécessaire. Et alors, on s'est dirigé à fond jusqu'à l'île où était le radeau ; et on pouvait les entendre hurler et aboyer sur la rive jusqu'au moment où on fut assez loin pour que les bruits s'éteignent ; et en mettant le pied sur le radeau, j'ai dit :

— Maintenant, mon vieux Jim, te voilà libre de nouveau et je parie que tu ne seras plus jamais esclave.

— Ça a été du beau travail, Huck. Un fameux plan qui a bien marché ; il y a personne qui aurait pu manigancer quelque chose d'aussi compliqué et magnifique que ça.

On était tous contents ; mais Tom était le plus content parce qu'il avait reçu une balle dans le mollet.

Quand Jim et moi on a su ça, on a été moins fiérots. Ça lui faisait mal et ça saignait beaucoup, alors on l'a porté dans la cabane du radeau et on a déchiré une des chemises du duc pour faire un bandage. Il nous a dit :

— Donnez-moi ça que je me fasse le bandage moimême. Continuez, ne tournez pas autour de moi, l'évasion marche du tonnerre, c'est pas le moment de tout rater ; tout le monde à son poste et au large ! Si seulement c'est nous qui avions pu nous occuper de Louis XVI, il n'y aurait jamais eu de « Fils de Saint Louis, montez au ciel [1] ! » Comme dans sa biographie ; on lui aurait fait passer la frontière en deux temps trois mouvements. Filons... Filons !

Mais Jim et moi on venait de réfléchir ; à la fin j'ai dit :

— Vas-y, Jim, dis-lui, toi.

Alors Jim lui a expliqué :

— M'sieur Tom, si c'était vous qu'on ait libéré et que l'un de nous deux ait reçu une balle, vous auriez pas accepté de vous sauver sans vous occuper du blessé, pas vrai ? Ben moi, c'est pareil. Moi, je bouge pas avant qu'on ait appelé un médecin, même s'il faut attendre quarante ans.

Je savais bien qu'à l'intérieur, il était blanc comme tout le monde, et que ce qu'il disait, il le pensait. J'ai donc annoncé à Tom que je partais chercher un médecin. Tom s'est mis en colère et s'est démené comme un beau diable ; il voulait qu'on démarre tout de suite sans s'occuper d'autre chose. Mais on ne l'a pas laissé faire. Alors, il nous a insultés, moi et Jim ; mais ça n'y a rien changé. Quand il a vu que je préparais le canoë pour regagner la rive, il a dit :

— Si vous voulez à toute force aller chercher un médecin, je vais vous dire ce qu'il faut faire. Faudra lui bander les yeux, et, en lui mettant une bourse pleine d'or dans la main, lui faire jurer de rester muet comme une tombe. Puis, vous le ferez passer par des tas de détours pour le conduire au fleuve. Vous mènerez le canoë tout autour des îles avant d'aborder au radeau. Vous fouillerez le docteur et vous lui enlèverez sa craie, parce qu'il marquerait le radeau à la craie pour qu'on puisse le retrouver après. Voilà ce qu'il faut faire.

Je lui promis de faire tout ça. Et Jim s'est caché dans le bois pour voir arriver le docteur, avec la consigne d'y rester jusqu'au départ de celui-ci.

XLI

Le médecin était un vieil homme à l'air bienveillant. Je lui ai raconté que mon frère et moi, on était allé chasser dans l'île aux Espagnols, et qu'on avait trouvé un radeau abandonné sur lequel on avait campé pendant la nuit. Vers minuit, mon frère avait dû donner un coup de pied dans son fusil, le coup était parti, et il avait reçu une balle dans la jambe. Le docteur voudrait-il venir le soigner sans en rien dire, car nous avions l'intention de rentrer ce soir même, et de surprendre notre oncle et notre tante.

— Et qui sont-ils ? demanda-t-il.

— Les Phelps.

— Ah ! et une minute après :

— Comment dis-tu qu'il a été blessé ?

— Dans un rêve.

— Un curieux rêve !

Il allume sa lanterne, prend sa sacoche, et nous partons. Quand on arrive au canoë, il dit qu'il est assez grand pour un, mais pas pour deux.

— Oh, dis-je, ne craignez rien ; nous avons navigué à trois dedans.

— Tu dis trois ?

— Ben oui, moi, Sid et... et les fusils ; c'est ce que je voulais dire.

— Ah ! les fusils...

Il pose le pied sur le bord, balance le canoë, secoue la tête, et dit qu'on ferait bien de trouver un autre bateau. Mais ils avaient tous une chaîne et un cadenas. Alors, il monte dans le canoë et me dit d'attendre sur le bord. Je lui indique où il trouvera le radeau, et il part.

Il me vient une idée. Je me dis : « S'il ne peut pas lui remettre sa jambe en deux temps trois mouvements, que ça demande trois ou quatre jours, qu'est-ce qu'on fera ? On ne peut pas rester ici et se faire pincer. Je sais nager, moi. Quand je serai un peu reposé, je me mettrai à l'eau, j'irai rejoindre le radeau, on attachera le médecin avec des cordes, on partira au fil de l'eau ; et on gardera le médecin à bord jusqu'à ce que Tom soit guéri. Alors on paiera le médecin — on lui donnera ce qu'on pourra — et on le reconduira à terre... Je vais d'abord me reposer. »

Alors je me glisse entre deux piles de bois et je fais un somme. Quand je me réveille, le soleil était haut dans le ciel. Je vais d'abord frapper à la porte du docteur pour savoir s'il était revenu. On me répond qu'il n'est pas là. Je me dirige vers le fleuve, lorsqu'au coin d'une rue, je tombe sur l'oncle Silas.

— D'où viens-tu, Tom, bougre de vaurien ?

— Je viens de nulle part. Moi et Sid, on est à la recherche du nègre marron.

— Et où es-tu allé ? Ta tante est terriblement inquiète à votre sujet.

— Faut pas qu'elle s'inquiète. On a suivi les hommes et les chiens ; mais ils nous ont distancés et on les a perdus. On a erré le long du rivage, et, comme on était fatigués, on a dormi. Sid est parti au bureau de poste, pour tâcher d'avoir des nouvelles.

Il m'emmène au bureau de poste — où naturellement il n'y avait pas de Sid. Le vieux dit qu'on va rentrer et que Sid viendra nous retrouver à la maison.

Quand on arrive chez nous, la tante Sally est si contente qu'elle rit et pleure en même temps, et qu'elle me prend dans ses bras. Et elle dit qu'elle voudrait bien aussi fêter comme ça le retour de Sid.

La maison était pleine de fermiers avec leurs femmes, qui étaient tous invités à dîner. Tout ça papotait. La vieille Mrs. Hotchkiss dit :

— Vous savez, sœur Phelps [1], j'ai tout retourné dans cette cabane. Le nègre devait être fou. Je l'ai dit à sœur Damrel : « Ce nègre devait être complètement cinglé. » Pas vrai, sœur Damrel ? C'est-y pas ce que j'ai dit ? Vous m'avez tous entendue ; c'est mes paroles mêmes. Regardez-moi cette meule, que je dis. Vous n'allez pas me faire croire qu'une personne dans son bon sens va se mettre à griffonner sur une meule des bêtises comme ça : *Ici le cœur d'un prisonnier s'est brisé. Ici il y en a un qui avait dépéri trente-sept ans...* et des tas d'idioties dans le même genre. Il était fou à lier, voilà ce que je dis ; c'est ce que j'ai dit au commencement, c'est ce que j'ai dit au milieu, et c'est ce que je dis à la fin. Ce nègre était fou, fou comme Naberkodnaseur [2], que je dis.

— Et cette échelle faite avec des chiffons, sœur Hotchkiss, dit la vieille Mrs. Damrell, qu'est-ce qu'il pouvait bien vouloir en faire ?

— C'est les paroles mêmes que je disais, il y a une minute, à sœur Utterbach ; elle peut vous le dire. Cette échelle de chiffons, que je disais, regardez-la, qu'est-ce qu'il pouvait bien vouloir en faire ? Sœur Hotchkiss, je... je...

— Par la barbe de Mathusalem, comment ont-ils pu amener là cette meule ? Et ce trou qu'ils ont creusé ? Qui a pu...

— Les mots mêmes que j'ai dits, frère Penrod. Je disais — voulez-vous me passer le bol de mélasse ? —

je disais justement, il n'y a pas un instant, à sœur Dunlap, que je ne comprends pas comment ils ont pu entrer cette meule. Sans aide, que je disais, non, c'est pas possible. Ils s'y sont mis au moins à douze. Moi, je mettrais tous les nègres de cette plantation à la torture, et je leur ferais dire ce qui s'est passé...

— Douze, que vous dites ! Ils étaient au moins quarante pour avoir fait tout ça. C'est que ça a dû leur en prendre du temps pour faire des scies avec des lames de couteau ! Et le pied du lit qu'ils ont scié avec, c'est une semaine de travail à six ! Et le nègre empaillé sur le lit ! Et...

— C'est bien vrai, ce que vous dites, frère Hightower. C'est ce que je disais à frère Phelps — juste comme ça, hein, pas vrai ? Pensez-y un peu, frère Phelps, que je disais : ce pied de lit, il ne s'est pas scié tout seul. Il y a quelqu'un qui l'a scié, que je disais, c'est mon opinion ; vous pouvez la trouver bonne ou pas bonne, ça n'a pas d'importance ; mais telle qu'elle est, c'est mon opinion, et si quelqu'un en a une meilleure, qu'il le dise, et c'est tout. Je disais à sœur Dunlap, ma parole...

— Eh bien, moi, je suis d'avis qu'il y a dû avoir une ribambelle de nègres ici, toutes les nuits pendant un mois, pour faire tout ce travail, sœur Phelps. Tenez cette chaise, toute couverte d'écriture africaine tracée avec du sang, il a fallu des charretées de nègres pour faire ça. Je donnerais bien deux dollars pour savoir ce que ce gribouillage veut dire. Les nègres qui ont fait ça, moi, je vous leur donnerais à tous des volées de coups de bâtons, jusqu'à ce que...

— Qu'il y ait eu des gens pour l'aider, c'est sûr, frère Marples. Vous n'auriez pas pu en douter si vous aviez été ici depuis quelque temps. Ils ont volé tout ce qu'ils ont pu dénicher — bien qu'on les surveillait, vous pouvez croire. Ils ont volé une chemise sur la corde à linge, et encore un drap qu'ils ont déchiré pour en faire une échelle de corde. Et ils ont raflé des chandelles, de la farine, des cuillères, une bassinoire, et des tas de choses que je me rappelle pas, et encore

ma robe de calicot. Et moi et Silas et nos deux neveux
Sid et Tom, on était continuellement sur le qui-vive ;
mais on n'a pas vu le poil ni la peau d'un seul. Ils ont
emmené le nègre sans qu'on les voie, quoiqu'ils aient
eu seize hommes armés et vingt chiens pour les pour-
chasser. Si ça avait été des esprits, ils n'auraient pas
pu faire mieux. Nos chiens sont bons, vous le savez ;
eh bien, ils n'ont pas pu se mettre sur leur piste.
Expliquez ça, si vous pouvez !

— Ah ! ça dépasse tout ce qu'on...

— Sang bleu, je n'ai jamais...

— Le ciel me sauve, je voudrais pas...

— Des voleurs comme ça, faudrait...

— Mort de ma vie, j'aurais peur de vivre dans une
maison...

— Peur ! pour sûr que je peux dire que j'ai eu peur,
sœur Ridgeway ! Ils auraient volé... Qu'est-ce qu'ils
n'auraient pas volé ? J'étais dans un état ! Je me
demandais s'ils n'allaient pas voler quelqu'un de la
famille ! J'en étais, je peux vous le dire, à ne plus
pouvoir raisonner. Je suis montée à minuit — ça a l'air
bête, maintenant, en plein jour — en me disant que
mes deux garçons là-haut étaient tout seuls et que
peut-être... Alors je me suis traînée jusque là-haut
pour les enfermer ! Eh oui. Vous savez, quand on a la
tête qui bouillonne, on fait toutes sortes de choses qui
semblent drôles après. N'importe qui aurait fait
pareil... Je me disais que si j'étais un garçon tout seul
là-haut et la porte pas fermée à clef et alors...

Elle s'est arrêtée l'air un peu étonnée en disant ça,
et elle a tourné la tête de mon côté, et quand son œil
s'est posé sur moi — je me suis levé et j'ai pris le large.
Pas trop, juste pour tâcher de trouver quelque chose
pour expliquer pourquoi on n'était pas dans notre
chambre le matin, mais j'osais quand même pas trop
m'éloigner parce qu'elle m'aurait rappelé. Plus tard,
quand tout le monde a été parti, je suis allé trouver
tante Sally pour lui raconter ce qui s'était passé. Je lui
ai dit que le bruit et les coups de feu nous avaient
réveillés, moi et Sid ; comme on avait trouvé la porte

fermée à clef, on s'était laissés couler par le conduit du paratonnerre pour aller voir ce qui se passait. On s'était fait un peu mal, et on ne recommencerait plus. Après ça, je lui ai répété ce que j'avais dit à l'oncle Silas. Et elle a dit qu'elle nous pardonnait, car, après tout, c'est ce qu'il fallait attendre de garçons turbulents ; et puisqu'il n'y avait pas eu de mal, elle ferait aussi bien d'être reconnaissante de ce que nous étions vivants au lieu de se faire du mauvais sang sur ce qui était passé et terminé. Elle m'a embrassé et m'a caressé la tête. Puis la voilà qui prend un air sombre, et sursaute et dit :

— Seigneur Dieu, il est presque nuit et Sid n'est pas rentré !

Je saisis ma chance et je dis :

— Je vais courir en ville le chercher, et je me lève.

— Non, me dit-elle, tu vas rester ici. C'est bien assez d'un de perdu. S'il n'est pas revenu pour le souper, ton oncle ira le chercher.

A l'heure du dîner, il n'était pas revenu. L'oncle est parti à sa recherche.

Il est revenu vers dix heures, un peu inquiet, parce qu'il n'avait pas trouvé trace de Tom. La tante était plutôt inquiète. Mais l'oncle a dit que ce n'était pas grave, que les garçons n'en font jamais d'autres et qu'il reviendrait le lendemain matin sain et sauf. Il fallait bien qu'elle se contente de ça. Mais elle a dit qu'elle allait veiller un bout de temps et laisser une lumière allumée, pour qu'il puisse la voir.

Quand je suis monté me coucher, elle m'a accompagné avec sa chandelle, elle m'a bordé et m'a dorloté si gentiment que ça me donnait des remords et que je n'osais pas la regarder en face. Elle s'est assise sur le bord du lit et m'a parlé longtemps. Elle m'a dit que Sid était un bon petit. Elle m'a demandé toutes sortes de choses sur son compte, si je pensais qu'il s'était perdu, qu'il était peut-être noyé, qu'il était peut-être étendu quelque part blessé ou mort, et elle n'était pas près de lui pour le secourir ; et les larmes lui coulaient sur les joues, et je lui disais que

tout allait bien pour Sid, qu'on le verrait rentrer à la
première heure, sûr et certain ; et elle me serrait la
main et m'embrassait, et me disait de lui répéter ça
parce que ça lui faisait du bien. Et quand elle est
partie, elle m'a regardé encore dans les yeux d'un air
doux et implorant, et m'a dit : « La porte n'est pas
fermée à clef, Tom ; et il y a la fenêtre et le paratonnerre ; mais tu seras gentil, hein ? Tu ne tenteras
pas de te sauver ? Fais-le pour moi. » Dieu sait que
j'avais bien envie de me sauver, pour aller retrouver
Tom mais, après ça, je pouvais pas pour un em-
pire.

J'ai pensé à elle et j'ai pensé à Tom ; pas moyen de
dormir. Deux fois je suis descendu par le paratonnerre, et je me suis glissé devant la maison et je l'ai
vue là assise près de la chandelle, les yeux fixés vers la
route, avec des larmes qui coulaient. J'aurais bien
voulu faire quelque chose pour elle, mais je ne pouvais
rien que jurer que je ne lui causerais plus jamais de
chagrin. La troisième fois que je me suis laissé couler
en bas, au petit jour, elle était encore là, la chandelle
presque consumée, sa vieille tête grise appuyée sur sa
main, et elle dormait.

XLII

L'oncle Silas est parti de nouveau à la ville avant le
petit déjeuner ; mais il n'y avait pas trace de Tom. Et
ils étaient assis là tous les deux, réfléchissant, ne
disant rien, l'air lugubre, et leur café qui refroidissait.
Au bout de quelque temps, l'oncle a dit :

— Est-ce que je t'ai donné la lettre ?

— Quelle lettre ?

— Celle que j'ai prise hier au bureau de poste.

— Non, tu ne m'as pas donné de lettre.

— Ah bien, je l'ai oubliée.

Il fouille dans ses poches, il trouve la lettre, et il la
lui tend. Elle dit :

— C'est de Saint Petersburg, de ma sœur.

Je me suis dit que j'avais tout avantage à aller prendre l'air ; mais je ne pouvais pas bouger. Avant d'ouvrir la lettre, la voilà qui se fige : elle avait vu quelque chose. Et moi aussi : c'était Tom Sawyer qu'on apportait sur un matelas ; et il y avait le médecin et Jim en robe de calicot, les mains attachées, et un tas de gens. J'ai caché la lettre derrière le premier objet venu. La tante se jette sur Tom en pleurant et en criant : « Il est mort ! Il est mort ! »

Tom a tourné un peu la tête et murmuré quelque chose qui prouvait qu'il n'avait pas tous ses esprits. Elle a levé les bras au ciel et s'est exclamée : « Dieu soit loué, il est vivant ! » Et elle l'a embrassé et elle a volé vers l'escalier pour préparer son lit, et elle a donné des ordres à tous les nègres et à tout le monde aussi vite que sa langue le lui permettait.

Ils sont entrés dans la maison. Les hommes étaient furieux. Il y en avait qui voulaient pendre Jim pour donner une leçon à tous les autres nègres si jamais ils essayaient de se sauver comme avait fait Jim, jetant toute une famille dans le désarroi pendant des jours et des nuits. Mais il y en avait d'autres qui disaient : « Ne faites pas ça, ce nègre n'est pas à nous, le propriétaire ne manquerait pas de nous le faire payer. »

Ça les a refroidis ; mais certains ont bousculé Jim et ils lui ont donné des coups de poing sur la figure [1]. Jim ne disait rien. Il faisait semblant de ne pas me connaître. Ils l'ont conduit à sa cabane, lui ont fait remettre ses vêtements et l'ont enchaîné de nouveau, pas au pied du lit cette fois, mais à un gros anneau scellé ; et ils lui ont attaché les mains et les pieds ; et ils ont déclaré qu'il serait au pain et à l'eau jusqu'à ce que son maître vienne le chercher ou qu'on le vende aux enchères si le maître ne venait pas en temps voulu ; et ils ont rebouché le trou ; et ils ont dit aussi qu'on mettrait deux fermiers avec des fusils en sentinelles près de la cabane la nuit et un bouledogue attaché à la porte le jour ; et quand ils ont eu à peu près fini, le vieux médecin s'est avancé et il a dit :

— Ne le malmenez pas trop car ce n'est pas un

méchant nègre. Quand je suis arrivé là-bas, j'ai vu que je ne pourrais pas extraire la balle sans aide. Je ne pouvais pas laisser le blessé seul, parce que son état s'aggravait de minute en minute. Au bout de quelque temps il s'est mis à délirer, criant qu'il ne voulait pas que j'approche et que si je marquais son radeau à la craie, il me tuerait. Pendant que je me demandais comment je pourrais trouver de l'aide, voilà que ce nègre sort de je ne sais où et dit qu'il va m'aider — et il l'a fait très bien. Naturellement, j'ai pensé que c'était le nègre marron. J'étais dans une triste situation. Je m'inquiétais à cause de deux malades en ville et en même temps je n'osais pas m'en aller, de peur que le nègre ne se sauve. Donc je suis resté toute la journée et toute la nuit, et je n'ai jamais vu un nègre qui ait fait un meilleur infirmier et qui ait été plus dévoué ; pourtant il était bien las et il risquait d'être repris. Je vous assure, amis, que c'est un nègre qui vaut mille dollars et qui mérite d'être bien traité. J'étais là, coincé, lorsque au petit jour des hommes dans un bateau sont passés tout près de nous. Le nègre, par chance, s'était endormi, assis, la tête dans les mains. Je l'ai désigné aux hommes qui se sont approchés et qui l'ont saisi avant qu'il ait eu le temps de se retourner. Et comme le blessé avait toujours la fièvre et délirait nous avons pris le radeau en remorque et remonté jusqu'à la ville. Le nègre ne nous a pas fait la moindre difficulté. Vous pouvez m'en croire, amis, c'est un bon nègre.

Quelqu'un a dit :

— Ça plaide en sa faveur ce que vous nous dites là, faut bien le reconnaître.

Alors les autres se sont un peu calmés et je me suis senti plein de reconnaissance pour ce vieux docteur à cause du service qu'il avait rendu à Jim. Certains dirent que Jim avait bien agi et qu'il méritait une récompense. En tout cas, ils cessèrent de le malmener.

J'espérais qu'on lui enlèverait ses lourdes chaînes et qu'on lui permettrait d'avoir de la viande et des légumes avec son pain et son eau ; mais ils n'ont pensé à rien de semblable. Je me suis dit que j'en parlerais à la tante Sally, quand je serais sorti des écueils — je veux dire des explications qu'il allait falloir donner.

Mais ce n'était pas le moment. Tante Sally passait tout son temps dans la chambre du malade et quand je voyais l'oncle Silas qui rôdait dans la maison, je l'évitais.

Le lendemain matin, Tom allait mieux et tante Sally put aller faire un somme. Je me suis glissé près de Tom en me disant qu'à nous deux nous allions filer une histoire garantie au lavage. Mais il dormait, très pâle, non plus la figure en feu comme à son arrivée. Je me suis assis en attendant qu'il se réveille. Au bout d'une demi-heure tante Sally est revenue — mauvaise affaire ! Elle m'a fait signe de ne rien dire et s'est assise à côté de moi. Elle a chuchoté que le malade allait mieux et qu'il allait retrouver sa tête.

Nous sommes restés là à regarder. Au bout de quelque temps, il a bougé, ouvert les yeux d'un air tranquille, jeté un coup d'œil autour de lui et dit :

— Tiens, je suis chez nous ! Comment est-ce que ça s'est fait ? Où est le radeau ?

— Tout va bien, dis-je.

— Et Jim ?

— Egalement (mais je n'ai pas pu le dire d'une voix assurée).

— Ah, tant mieux ! Nous sommes tirés d'affaire ! Tu as parlé à la tante ? J'allais dire que oui, mais elle intervint :

— Parlé de quoi, Sid ?

— Eh bien, de la façon dont tout s'est passé.

— Qu'est-ce qui s'est passé ?

— Eh bien, on a délivré le nègre marron, moi et Tom.

— Grand Dieu ! Le voilà qui se remet à déménager ! Voilà qu'il a perdu ses esprits !

— Mais non, j'ai ma tête. Je sais ce que je dis. Il n'y a pas d'erreur : Tom et moi, on a délivré le nègre. On a tout combiné pour le faire, et on l'a fait. De plus, on l'a fait avec élégance.

Maintenant qu'il était lancé, il n'y avait plus moyen de l'arrêter. La tante l'a écouté en ouvrant de grands yeux.

— Tante, ça nous en a coûté du travail ! On a turbiné des semaines, pendant des heures toutes les nuits pendant que vous dormiez. Il a fallu chiper des chandelles, un drap, une chemise, votre robe, des cuillères, des couteaux de poche, une bassinoire, une meule, de la farine, des tas de choses, et vous ne pouvez pas imaginer le turbin qu'on a eu à faire des plumes, une scie, des inscriptions, je ne sais pas quoi encore — et comme on s'est amusé à faire tout ça ! Et on a écrit des lettres anonymes de la part des voleurs, et on est descendus et remontés par le paratonnerre, et on a creusé un tunnel pour communiquer avec la cabane, et on a fait une échelle de corde et on l'a fait parvenir à Jim dans un pâté, et on a rempli la cabane de rats, de serpents et d'autres bêtes, pour tenir compagnie à Jim ; et vous avez retenu Tom ici si longtemps avec le beurre sous son chapeau que ça a failli faire tout rater, parce que les hommes sont arrivés avant qu'on soit sortis de la cabane, et on a dû se sauver, et ils nous ont entendus, et ils se sont mis à notre poursuite, et j'ai écopé, et on s'est défilés dans les buissons pour les laisser passer, et les chiens nous ont reconnus, et on est allé prendre le canoë, et on est allé rejoindre le radeau, et tout a bien marché, et on a délivré Jim, et on a fait tout par nous-mêmes. Ah, tante, est-ce que c'était pas chic ?

— Eh bien, je n'ai jamais rien entendu de pareil depuis que je suis au monde ! C'est donc *vous,* petits vauriens, qui avez fait tout ce grabuge, qui avez mis les esprits sens dessus dessous, et qui nous avez fait peur à en mourir ! Je sais pas ce qui me retient de vous faire passer le goût de recommencer. Quand je pense que nuit après nuit... Ah, chenapans que vous êtes ! Quand Sid va être guéri, on va vous tanner le derrière pour faire déguerpir le Diable qui s'y loge !

Tom était si fier et si content qu'il ne pouvait pas se retenir de parler, de parler sans arrêt ; et elle, elle criait, crachait du feu pendant qu'il parlait, on aurait dit une querelle de chats. Elle a dit :

— Dépêche-toi de t'en donner à cœur joie maintenant ; car si tu recommences à t'occuper de lui...

— De qui ? a-t-il demandé surpris et cessant de sourire.

— Du nègre marron, bien sûr ! Qui aurait cru...

Tom s'est tourné vers moi d'un air grave :

— Est-ce que tu ne m'avais pas dit, Tom, que tout allait très bien ? Est-ce qu'il n'a pas filé ?

— Lui ? dit tante Sally. Pour sûr que non. Ils l'ont ramené et il est de nouveau dans la cabane, au pain et à l'eau, et avec des chaînes jusqu'à ce qu'on le réclame ou qu'il soit vendu.

Tom s'est dressé sur son séant, l'œil foudroyant, les narines palpitantes comme des ouïes, et, s'adressant à moi :

— Ils n'ont pas le droit de l'emprisonner ! Pars ! Ne perds pas une minute. Délivre-le ! Il n'est plus esclave ; il est aussi libre que n'importe quelle créature sur terre !

— Qu'est-ce que cet enfant peut bien vouloir dire ?

— Je sais ce que je dis, tante Sally ; et si personne n'y va, j'irai. Je le connais depuis toujours, et Tom aussi. La vieille Miss Watson est morte il y a deux mois, et elle avait honte d'avoir eu l'intention de le vendre, et elle l'a dit, et elle l'a affranchi dans son testament.

— Alors, pourquoi voulais-tu le libérer, s'il était déjà libre ?

— Ah, c'est bien une question de femme ! Je voulais vivre une aventure, j'aurais marché dans le sang jusqu'au ventre pour...

— Bonté divine ! Voilà tante Polly [2] ! Voilà...

Polly était debout là, dans le cadre de la porte, souriante et heureuse comme un ange gavé de pâtée.

La tante Sally court à elle, l'étreint à lui arracher la tête du corps, l'inonde de ses larmes. Moi je me coule sous le lit, parce que je pense que ça va chauffer. Quand je glisse un œil pour voir, la tante Polly était en

train de se dégager. Elle regarde Tom par-dessus ses
lunettes, comme pour le faire rentrer sous terre.

— Tu ferais mieux de détourner la tête, Tom !

— Ciel, dit tante Sally, a-t-il tellement changé ?
C'est pas Tom, c'est Sid. Tom, où es-tu ? Il était là, il
y a une minute.

— Tu veux dire : où est Huck Finn ? Si j'élève
Tom depuis quatorze ans, c'est pas pour ne pas le
reconnaître. Ce serait trop fort ! Sors de dessous le lit,
Huck Finn !

Je me sentais pas fier en sortant de là-dessous.

La tante Sally était abasourdie. Et l'oncle Silas
donc, quand il est arrivé ! Ça lui a monté à la tête.
Il est resté tout hébété toute la journée, et le soir, il
a prêché un sermon, à la salle du conventicule, que
les gens ont déclaré magnifique. Personne, pas même
les plus vieux, n'y ont rien compris. La tante Polly
leur a dit qui j'étais, il a fallu que je raconte
comment je m'étais trouvé obligé de me laisser
prendre pour Tom Sawyer par Mrs. Phelps — elle
m'a interrompu pour me dire : « Appelle-moi tante
Sally, va ; j'y suis habituée maintenant, et c'est pas
la peine de changer » — et que je savais bien que ça
ne ferait rien à Tom, puisque ça serait un mystère,
et qu'il en ferait une aventure, et qu'il serait content.
C'est comme ça que ça s'était fait : lui, il s'était fait
passer pour Sid, et tous les deux on s'était arrangé
pour que ça marche.

Tante Polly a dit que c'était vrai, comme Tom
l'avait dit, que Miss Watson avait affranchi Jim dans
son testament. Donc Tom avait monté tout ce bata-
clan pour délivrer un nègre qui était libre ! Et moi qui
ne pouvais pas comprendre que Tom, éduqué comme
il l'était, ait pensé à délivrer un nègre !

Tante Polly a expliqué que quand elle avait reçu la
lettre de tante Sally lui disant que Sid et Tom étaient
arrivés et que tout allait bien, elle s'était dit : « Voilà ce
qui arrive, quand je laisse Tom sortir seul. C'est bien
un de ses tours. Maintenant va falloir que je fasse ce
grand voyage de onze cents miles [3] en descendant le

fleuve, pour le retrouver ! » Elle avait prévenu la tante Sally de son arrivée par deux lettres.

— Je n'ai pas reçu de lettres, a dit tante Sally.

La tante Polly se tourne vers Tom, d'un air sévère :

— C'est toi, Tom !

— Quoi ? dit-il d'un air vexé.

— Ne fais pas l'étonné. Donne ces lettres !

— Quelles lettres ?

— Ces lettres. Ah, quand je pourrai t'administrer une volée...

— Elles sont dans ma malle. Elles sont comme je les ai prises au bureau de poste. Je ne les ai pas regardées, seulement, je devinais que ces lettres allaient faire rater notre plan...

— Ah, vaurien, tu mérites dix fois que je te tanne la peau... Et je vous ai écrit une dernière lettre pour vous dire le jour où j'allais arriver. C'est encore Tom...

— Non, cette lettre-là est arrivée hier. Mais on n'a pas eu le temps de l'ouvrir. Celle-là, on l'a.

Moi, j'aurais parié deux dollars qu'elle ne l'avait pas. Mais je n'ai rien dit.

DERNIER CHAPITRE

Dès que j'ai pu prendre Tom à part, je lui ai demandé ce qu'il aurait fait si l'évasion avait réussi et s'il avait libéré un nègre qu'était déjà libre. Il me dit qu'on aurait emmené Jim sur le radeau jusqu'à l'embouchure du fleuve, en tâchant d'avoir le plus d'aventures possible. A la fin, on lui aurait dit qu'il était libre, on l'aurait payé pour le temps perdu, et on l'aurait ramené chez nous en bateau à vapeur. On aurait écrit pour annoncer notre arrivée. Alors tous les nègres seraient venus au débarcadère avec des torches ; on aurait fait un cortège avec une fanfare, et on aurait été tous des héros. Pour ma part, j'estimais que tel que c'était, c'était déjà très bien.

Nous sommes allés délivrer Jim. Quand l'oncle Silas et la tante Sally et la tante Polly se sont rendus compte

de ce que Jim avait fait pour soigner Tom, ils lui ont
fait fête, il pouvait manger tout ce qu'il voulait, et rien
à faire. J'ai emmené Jim dans la chambre de Tom, et
on a bavardé. Tom a donné à Jim quarante dollars
pour avoir joué son rôle de prisonnier avec tant de
patience, et Jim était si content qu'il en éclatait
presque :

— Huck, qu'est-ce que j'avais dit sur l'île Jackson,
hein ? Les poils sur la poitrine, que c'était signe de
quoi ? Et que j'avais été riche et que je serai encore
riche, eh bien, ça y est, c'est arrivé ! Les signes, c'est
les signes. J'étais sûr que ça arriverait, aussi sûr que je
suis sûr que je suis là en ce moment.

Et alors Tom s'est mis à parler, à parler, qu'on se
demandait quand ça finirait. Il disait qu'on allait tous
les trois se défiler d'ici, une nuit ; qu'on achèterait un
équipement, et qu'on irait à l'aventure en territoire
indien [1] pendant au moins une quinzaine. Ça me plaisait, mais je dis que je n'avais pas d'argent, et que ce
n'était probablement pas la peine d'écrire au juge
Thatcher, puisque mon paternel avait dû lui
demander mon argent pour le boire.

— Non, a dit Tom, l'argent est toujours là — six
mille dollars et même plus. Et ton paternel n'est pas
revenu, du moins pas tant que j'ai été là.

Jim a pris un air grave et dit :

— Il ne reviendra pas, Huck.

— Et pourquoi ?

— J'ai pas besoin de te dire pourquoi. Il ne
reviendra pas.

Je l'ai harcelé jusqu'à ce qu'il dise :

— Tu te rappelles cette maison qui flottait sur le
fleuve en crue ? Il y avait dedans un homme mort,
enveloppé d'un drap. Je suis allé écarter le drap, sans
te laisser venir. Eh bien, tu toucheras ton argent
quand tu en auras besoin, parce que c'était lui.

Tom va bien maintenant. Il a mis la balle, extraite
de sa jambe, en breloque sur sa chaîne de montre,
autour de son cou, et il regarde l'heure tout le temps.
Et je n'ai plus rien à dire, et j'en suis plutôt content,

parce que si j'avais su le tintouin que ça donne
d'écrire un livre, je n'aurais pas entrepris celui-ci, et je
ne recommencerai plus. Mais il faut que je me prépare
à partir pour le territoire indien avant les deux autres
parce que la tante Sally, elle se met en tête d'entreprendre de me civiliser [2], et je ne veux pas me laisser
faire. Je suis déjà passé par là.

BIEN SINCÈREMENT VOTRE [3]
HUCK FINN.

NOTES

1. (p. 41) Huckleberry Finn. Une « huckleberry » est une baie sauvage, considérée comme peu comestible. Twain connaissait peut-être le sens argotique du mot : une personne de peu d'importance. Le nom de famille de Huck fait penser au mot anglais « fin » qui veut dire « nageoire ».

On trouve une description de Huck, « le petit paria du village », au chapitre VI des *Aventures de Tom Sawyer*. Au chapitre XIV de son *Autobiographie*. Twain parle de Tom Blankenship, le garçon d'Hannibal qu'admiraient tous les autres gamins et qui a inspiré le personnage de Huck.

2. (p. 41) *Les Aventures de Tom Sawyer* furent publiées en 1876. Nombre de personnages de ce roman réapparaissent dans *Huckleberry Finn* mais sous un jour assez différent. Lorsque Twain commença *Huckleberry Finn*, en 1876, il pensait simplement écrire la suite des *Aventures de Tom Sawyer*, « un autre livre pour jeunes garçons » (voir l'Introduction).

3. (p. 41) Tous ces personnages jouent des rôles importants dans *Huckleberry Finn*, sauf Mary, cousine de Tom Sawyer, qui n'est, elle, que brièvement mentionnée aux chapitres VIII et XXXII.

4. (p. 41) Dans le texte américain, Twain a écrit « sivilize » avec un s ironique. Cette même critique ironique de la civilisation se retrouve au chapitre VI et à l'avant-dernière ligne du roman où cette fois c'est la tante Sally qui veut « siviliser » Huck.

5. (p. 42) Moïse : Exode, II, 1-10. Cette référence à la Bible établit un parallèle entre Huck et Moïse, la veuve Douglas et la fille du pharaon.

6. (p. 43) Nous sommes dans le Missouri qui a été admis dans l'Union en 1820 grâce au célèbre Compromis du Missouri lequel autorisait l'esclavage dans le nouvel État mais l'interdisait dans tous les territoires au nord du 36° 30 de latitude, frontière sud du Missouri.

7. (p. 44) C'est la première d'une des nombreuses allusions que Huck fait à la mort.

CHAPITRE II

1. (p. 47) Il s'agit de Saint Petersburg, qui n'est nommé qu'au chapitre XI. Twain s'est inspiré de Hannibal (Missouri), la bourgade où il a passé son enfance de 1839 à 1859. Hannibal est situé sur la rive droite du Mississipi. En 1839, date approximative de l'action de *Huckleberry Finn,* le bourg comptait 1 000 habitants.

2. (p. 49) Tom va être dans *Huckleberry Finn* le personnage dont l'action s'inspire d'une seule autorité, les romans d'aventures.

CHAPITRE III

1. (p. 54) Selon certaines croyances, les hommes noyés flottaient sur le ventre et les femmes sur le dos, sans doute par analogie avec la position la plus fréquente dans l'acte sexuel.

2. (p. 54) Tom va mélanger dans tout le passage qui suit des épisodes de *Don Quichotte* (1605) de Miguel de Cervantes et des *Mille et Une Nuits* ($\simeq$ 1400).

3. (p. 55) D'après les illustrations de l'édition originale, soumises à l'approbation de Twain, ce maître (en anglais « the teacher ») est une maîtresse, ce qui augmente encore la défaite de la bande.

CHAPITRE IV

1. (p. 58) Voir le début du chapitre I. Il s'agit de l'intérêt sur la moitié des douze mille dollars en pièces d'or que Huck a découverts avec Tom à la fin des *Aventures de Tom Sawyer.*

CHAPITRE VI

1. (p. 66) Une fois en Illinois, le père de Huck se trouve en dehors de la juridiction du Missouri ; il est donc difficile de venir lui « reprendre » Huck.

2. (p. 69) Plaisanterie sur la Genèse, II, 8, où Dieu prend de la glaise pour créer l'homme.

3. (p. 70) Dans l'Ohio l'esclavage a été interdit en 1787 avant même que ce territoire ne devienne un Etat.

4. (p. 70) En fait les Noirs n'avaient pas le droit de vote dans l'Ohio mais seulement dans cinq Etats du Nord-Est.

5. (p. 70) Des lois successives fort compliquées interdisaient l'installation d'un Noir libre dans le Missouri ; on pouvait se saisir de lui s'il n'avait pas de papiers prouvant son statut d'homme libre. Ce que dit Twain sur les « six mois » n'est pas strictement exact ; en fait, Twain ne se soucie pas d'être fidèle à la lettre de la loi, mais d'en donner une idée générale.

CHAPITRE VII

1. (p. 77) L'île Jackson est déjà le refuge du gang de pirates de Tom dans *Tom Sawyer* (chapitres XIII et XIV). L'île dont Twain s'est inspiré est celle sur laquelle il jouait enfant près de Hannibal : elle s'appelait Glassok Island et n'existe plus aujourd'hui car elle a été érodée par le fleuve. C'est pour Twain le symbole du paradis enfantin perdu. « Nous possédons tous une île Jackson à laquelle nous rêvons lorsque nous sommes fatigués », écrivait-il à un ami.

CHAPITRE VIII

1. (p. 80) On disait que le bruit de la détonation faisait éclater la rate du noyé et remonter le cadavre. Twain parle déjà de cette croyance dans *Tom Sawyer* au chapitre XIV.

2. (p. 80) Autre croyance dont Twain parle dans *Tom Sawyer* au chapitre XIV.

3. (p. 81) Plaisanterie sur l'Ecclésiaste, XI, 1.

4. (p. 86) Le mouvement abolitionniste avait commencé à s'organiser dans les années trente. En 1895, Twain notait dans son journal que lorsqu'il était enfant à Hannibal « tout le monde était d'accord sur un point, le caractère sacré de la propriété des esclaves. Voler un cheval ou une vache était un délit sérieux, mais aider un esclave fugitif, le nourrir, l'abriter, le cacher, ne pas le dénoncer [...] était un crime bien plus épouvantable et un stigmate moral que rien ne pouvait effacer ».

5. (p. 86) Vendre un esclave si on n'y était pas absolument contraint financièrement était mal vu parmi la bourgeoisie du Missouri. Mais Miss Watson est appâtée par l'argent : en 1840 un esclave mâle valait entre 500 et 600 dollars.

Il est terrible pour un esclave d'être « vendu au Sud ». Outre le fait d'être séparé de sa famille, celui-ci se retrouve à travailler sur d'immenses plantations de coton avec des centaines d'autres esclaves dans des conditions effroyables. Les esclaves dont parle Twain dans le Missouri, l'Arkansas, le Tennessee, sont domestiques ou bien ouvriers agricoles sur de petites exploitations où ils travaillent souvent à côté de leurs maîtres. Même la plantation des Grangerford au Tennessee avec ses cent esclaves (chapitre XII) est une exploitation moyenne.

6. (p. 87) Certains critiques reprochent à Twain ce qu'ils considèrent comme une invraisemblance. Il aurait été plus simple et plus logique pour Jim de s'enfuir dans l'Illinois, un Etat libre situé de l'autre côté du fleuve, que de descendre le Mississipi avec Huck. Mais Jim explique qu'il n'a pas réussi à traverser. D'autre part, le Fugitive Slave Act fédéral de 1793 (puis de 1850) donnait aux maîtres le droit de « récupérer » un esclave dans n'importe quel Etat. Des récompenses étant offertes par les maîtres pour retrouver les Noirs fugitifs, la capture de ceux-ci était un travail lucratif. Ainsi Jim, s'il avait traversé le fleuve pour se réfugier dans l'Illinois libre, avait toutes les chances de se faire reprendre.

Au chapitre XV, on nous informe que Huck et Jim ont l'intention de descendre jusqu'à Cairo puis de prendre un bateau pour remonter la rivière Ohio et se rendre dans un Etat libre. En effet, plus Jim s'éloignera de Saint Petersburg, moins il risquera d'être repris. Ce projet semble cependant aussi plein de dangers que celui auquel Jim a renoncé.

7. (p. 89) Balaam est dans les Nombres, XXII, 7-35, un devin de grande réputation. Dans un des épisodes de son histoire, son ânesse reconnaît l'ange envoyé par Dieu mais pas lui.

CHAPITRE X

1. (p. 95) Cela ne semble pas une exagération, déjà au chapitre II de *La Vie sur le Mississipi,* Twain parle de la taille extraordinaire de certains poissons du Mississipi qui font près de deux mètres et plus de cent kilos.

CHAPITRE XI

1. (p. 101) Le pays de Goshen est dans la Bible un lieu d'abondance.

CHAPITRE XII

1. (p. 106) Saint Louis est une grande ville du Missouri.

CHAPITRE XIII

1. (p. 114) Il existait, à l'époque sur le Mississipi, un bateau qui portait le nom de Walter Scott. Twain exécrait ce romancier. Au chapitre XLVI de *La Vie sur le Mississipi*, il rend même Walter Scott responsable des maux du Sud : la manie des « titres bidons » (cf. note 1 chapitre XVIII), l'existence d'une « caste » aristocratique, le « romantisme imbécile », la pratique du « duel », la « rhétorique ronflante », et même la Guerre de Sécession.

CHAPITRE XIV

1. (p. 118) Le Premier Livre des Rois, XI, 3, donne seulement « sept cents épouses de rang princier et trois cents concubines » au roi Salomon.
2. (p. 119) Premier Livre des Rois, III, 16-27.

CHAPITRE XV

1. (p. 121) Le romancier Charles Dickens qui passa par Cairo en 1842 fit une longue description horrifiée de ce lieu, « un marécage sur lequel pourrissent des huttes à moitié construites [...] bordé par l'horrible Mississipi [...], monstre gluant hideux à voir », *American Notes*, chapitre XII.

CHAPITRE XVI

1. (p. 129) C'est ici que s'insérait un long passage d'une quinzaine de pages sur les radeaux du Mississipi que Charles Webster, directeur de la maison d'édition, suggéra de supprimer. Webster souhaitait en effet pour des raisons éditoriales un livre de la même longueur que *Les Aventures de Tom Sawyer*. Twain avait déjà publié ces pages au chapitre III de *La Vie sur le Mississipi* (1883), le faisant précéder d'un long passage explicatif qui débutait ainsi : « Pour mieux vous présenter le parler et les mœurs des hommes des radeaux, à cette époque lointaine et aujourd'hui presque oubliée, je vais insérer ici le chapitre d'un livre auquel je travaille par à-coups depuis cinq ou six ans et que je terminerai peut-être dans cinq ou six ans. Ce livre décrit des épisodes de la vie d'un petit villageois ignorant, Huck Finn, qui était le fils de l'ivrogne du bourg où j'habitais. Il se sauve pour échapper aux persécutions de son père et à celles d'une veuve qui veut faire de lui un gentil garçon, respectable et honnête. »

2. (p. 137) Huck semble devoir se retrouver au Kentucky. Des études précises ont montré que le courant l'emmène finalement trois kilomètres au sud de la frontière du Kentucky, au Tennessee, où Twain situe la maison des Grangerford.

CHAPITRE XVII

1. (p. 138) Au chapitre suivant, Twain oublie cette description et présente ce « grison », qui est le Colonel Grangerford, comme ayant les cheveux noirs.

2. (p. 142) *Le Progrès du pèlerin* a été écrit en 1678 par John Bunyan. C'est une allégorie religieuse célèbre dans tout le monde anglo-saxon où un personnage, Christian, quitte la Cité de la Destruction et se met en route pour la Cité Céleste.

3. (p. 142) *L'Offrande de l'amitié* était un pot-pourri de prose et de poésie sentimentales dont la première édition date de 1843. On en tirait chaque année une nouvelle édition.

4. (p. 143) Henry Clay (1777-1852) était un représentant de l'Etat du Kentucky. On l'avait surnommé « le Grand Pacificateur » pour le rôle qu'il avait joué dans l'élaboration du Compromis du Missouri, cf. note 6 chapitre I.

5. (p. 143) La *Médecine familiale* du Docteur Gunn était une encyclopédie médicale très populaire aux Etats-Unis au XIXe siècle. Notons que, dans cette famille de gens armés jusqu'aux dents, même l'auteur de l'encyclopédie s'appelle Dr Gunn, c'est-à-dire Dr Fusil.

6. (p. 143) Marie des Highlands fut l'amie du poète écossais Robert Burns, et mourut juste après leur rencontre.

7. (p. 143) Il s'agit de la Déclaration d'Indépendance américaine.

8. (p. 146) *Le dernier chaînon est brisé* de William Clifton (1840) parle d'un amoureux qui renonce à son amour.

9. (p. 146) *La Bataille de Prague* (1788) de Franz Kotzwara, un compositeur de Bohême. Ce morceau très dramatique, connu de tous les pianistes amateurs du XIXe siècle, comporte des imitations de bruit d'armes.

CHAPITRE XVIII

1. (p. 146) Le colonel Grangerford : déjà au chapitre XLVI de *La Vie sur le Mississipi*, Twain se moque du goût des riches du Sud pour les titres : « Chaque gentleman dans le Sud est un Major, un Colonel, un Général ou un Juge ».

2. (p. 146) Cf. note 1 chapitre XVII.

3. (p. 149) La vendetta dont parle Twain s'inspire de plusieurs événements réels, connus de tous les Sudistes de l'époque. Les vendettas entre grandes familles, fréquentes avant la Guerre de Sécession, continuaient encore lorsque Twain écrivait *Huckleberry Finn*. Ici les noms des deux familles suggèrent un vieux conflit de la Frontière entre bergers, éleveurs (« shepherds ») et fermiers (ou propriétaires de granges).

CHAPITRE XIX

1. (p. 160) Les piles de bois sont « malhonnêtement faites » parce qu'elles sont vendues au volume et non au poids.

2. (p. 164) Ce châtiment est infiniment plus sinistre que ne le laisse imaginer sa popularisation en France par la bande dessinée *Lucky Luke*. Les accusés sont entièrement déshabillés puis enduits de goudron et de plumes avant d'être chassés de la ville. La perche sur laquelle on les assoit parfois pour les conduire hors de la ville est en fait une partie de tronc scié à un angle très aigu. Il n'est donc pas difficile d'imaginer l'état du supplicié après son châtiment.

3. (p. 166) Le dernier duc de Bridgewater était mort en 1803, sans laisser de descendant.

4. (p. 166) Le nom de Bilgewater est une plaisanterie agressive car « bilge » désigne l'eau saumâtre qui s'accumule au fond d'un bateau.

5. (p. 167) A supposer que le Dauphin ait survécu, il aurait eu au moment de l'action une cinquantaine d'années et Twain vient de nous indiquer, p. 163, que le roi « devait avoir dans les soixante-dix ans ou plus ».

CHAPITRE XX

1. (p. 168) Twain se moque lui-même de ce qui peut paraître invraisemblable dans son récit, cf. note 6 chapitre VIII.

2. (p. 171) Il n'existe pas de Garrick le Jeune, mais un David Garrick (1717-1779) qui fut un très célèbre interprète de Shakespeare.

3. (p. 172) Il s'agit de Pokeville, un village imaginaire, dont nous apprenons le nom un peu plus loin, p. 174. Twain n'indique pas sur quelle rive, donc dans quel Etat, l'Arkansas ou le Mississipi se situe ce village.

CHAPITRE XXI

1. (p. 178) Ce monologue burlesque, dont la version française ne traduit ici que quatre vers, en comporte en anglais vingt-cinq ; c'est un mélange de *Hamlet, Macbeth* et *Richard III.*

2. (p. 179) David Garrick : cf. note 2 chapitre XX. Edmund Kean (1787-1833), autre célèbre acteur anglais, sur lequel A. Dumas fit une pièce en 1836 ; il était connu pour ses interprétations de rôles shakespeariens.

3. (p. 180) Il s'agit de Bricksville, village imaginaire mais qui ressemble à Napoléon (Arkansas), dont nous apprenons le nom au chapitre XXVIII, p. 226. Ironiquement, il n'y a aucune construction en briques dans cette sinistre bourgade.

4. (p. 182) Twain raconte ici un événement dont il a été témoin à Hannibal, lorsqu'il avait neuf ans, cf. *Autobiographie,* chapitre XI. Il s'agissait d'un certain Smarr tué en pleine rue pour les mêmes raisons que Boggs. Son assassin fut par la suite acquitté. Twain dit qu'il n'a jamais pu oublier « la grotesque vision finale » du malheureux sur la poitrine duquel on avait posé une énorme Bible qui rendit son agonie plus difficile encore.

5. (p. 182) Le notable est ici encore un colonel, cf. note 1 chapitre XVIII.

6. (p. 185) Le lynchage est une exécution populaire sans jugement. L'accusé est en général pendu. Ce traitement était principalement réservé aux Noirs. Twain s'est indigné de cette pratique si répandue dans le Sud dans « Les États-Unis du lynchage » (« The United States of Lyncherdom »), un article écrit en 1909 mais publié seulement après sa mort.

CHAPITRE XXIII

1. (p. 191) Ce que Twain ne peut pas écrire ici mais qui est suggéré par le manuscrit et d'autres éléments de ses œuvres, c'est que le spectacle du *Monarque sans Pareil* comporte un élément beaucoup plus grossier qui fait « rire à en crever » les spectateurs, à savoir que le roi s'est mis une bougie allumée dans l'anus.

2. (p. 193) Le discours qui suit se moque sur le mode burlesque des monarques anglais. Huck va exagérer (Henri VIII n'eut « que » six femmes et n'en fit décapiter « que » deux) et tout mélanger (il confond le Sultan Shahriyar des *Mille et Une Nuits* et Henri VIII lequel n'est pas le

fils du duc de Wellington, héros de Waterloo ; ce dernier n'étant pas mort noyé dans une cuve de malvoisie, sort que la légende réserve au duc de Clarence, etc.).

3. (p. 194) Nell Gwynn, Jane Shore, la belle Rosamond furent les maîtresses de différents rois anglais, mais aucune ne fut celle d'Henri VIII.

CHAPITRE XXIV

1. (p. 197) Huck confond lévite et Lévitique qui est le nom d'un des livres de l'Ancien Testament.

2. (p. 197) Ce village, où va se trouver la maison des Wilks, n'est pas nommé. Nous ne savons pas sur quelle rive il se situe, mais le texte dit, p. 196, « qu'il y a un village à droite et à gauche sur chaque rive » du fleuve à cet endroit, ce qui géographiquement laisse le choix entre Columbia (Arkansas) ou Greenville (Mississipi).

CHAPITRE XXV

1. (p. 203) La doxologie est un hymne qu'on chantait à la fin du service. Celui qui l'entame ici veut mettre fin au sermon du roi.

CHAPITRE XXVI

1. (p. 209) Guillaume IV (1765-1837).

2. (p. 211) Le jour de la fête nationale est le 4 juillet, jour de l'Indépendance, qui commémore la Signature de la Déclaration d'Indépendance en 1776.

CHAPITRE XXVII

1. (p. 220) Parlant de l'esclavage à cette époque dans le Missouri, Twain déclare au chapitre VII de son *Autobiographie* que : « les mauvais traitements étaient très rares et à juste raison, extrêmement impopulaires [et que] séparer et vendre les membres d'une même famille à des maîtres différents était très mal vu et ne se faisait donc que rarement, sauf à l'occasion du règlement d'une succession ».

CHAPITRE XXXI

1. (p. 244) La mousse espagnole est une plante épiphyte qui pousse sur les arbres dans le sud des Etats-Unis.

2. (p. 245) Pikesville est un village imaginaire au sud de

l'Arkansas. Le texte nous dit, p. 246, que la ferme des Phelps est à deux miles (environ trois kilomètres) en aval.

CHAPITRE XXXII

1. (p. 253) Au chapitre II de son *Autobiographie.* Twain dit s'être inspiré de la ferme de son oncle, située à quelques kilomètres d'Hannibal (Missouri) pour décrire la ferme des Phelps qu'il place ici dans l'Arkansas.

2. (p. 254) Cet appentis, qui est dans le texte américain « smoke-house », est caractéristique des fermes de l'époque et servait à sécher le tabac, le poisson et la viande.

3. (p. 256) Lally Rook : Lalla Rookh est l'héroïne éponyme d'un poème épique et orientalisant écrit en 1817 par Thomas Moore, poète anglais ami de Byron. A l'époque de *Huckleberry Finn,* un bateau portant ce nom naviguait sur le Mississipi.

4. (p. 256) Bâton Rouge est la capitale de la Louisiane.

5. (p. 258) Mary, cousine de Tom Sawyer, est la nièce de tante Polly. Elle et Sid, demi-frère de Tom, sont élevés comme Tom par tante Polly, sœur de tante Sally.

CHAPITRE XXXIII

1. (p. 259) Cf. la réaction de Jim au chapitre VIII.

2. (p. 262) Hicksville veut dire mot à mot « la ville des ploucs ». Il existe cependant bien une ville de ce nom dans l'Ohio.

CHAPITRE XXXV

1. (p. 272) Tous ces prisonniers ont réussi des évasions spectaculaires. Le baron Fredrich von Trenck (1726-1794) s'est échappé plusieurs fois et a écrit ses *Mémoires* en 1787. Giovanni Jacopo Casanova (1725-1798), plus célèbre pour ses conquêtes que pour ses évasions, parle cependant des deux dans *Histoire de ma vie* (publiées en 1822 et écrites les dernières années de sa vie) et uniquement d'évasion dans *Histoire de ma fuite des « Plombs » de Venise* (1787). Le sculpteur Benvenuto Cellini (1500-1571) raconte son évasion du Château Saint-Ange dans son *Autobiographie.* Henri IV (1553-1610) a, lui, échappé de peu au massacre de la Saint-Barthélemy en s'enfuyant, dit-on, sous un déguisement.

2. (p. 275) Le champ des nègres : le maître accordait souvent aux esclaves le droit de cultiver pour leur propre compte un petit lopin de terre.

3. (p. 276) Allusion au roman d'Alexandre Dumas, *Le Comte de Monte Cristo* (1845).

4. (p. 276) L'abbé Faria a mis trois ans à creuser son tunnel et n'est pas arrivé en Chine mais dans la cellule voisine, celle d'Edmond Dantès, le futur Comte de Monte Cristo.

CHAPITRE XXXVII

1. (p. 285) Le texte de Twain précise même que l'oncle Silas est en train de lire le chapitre XVII des Actes dans lequel apparaît son homonyme Silas, le compagnon de Paul. Twain a choisi cette référence biblique parce que Paul y énonce de fait l'égalité des races en affirmant que « (Dieu) a fait habiter sur toute la face de la terre tout le genre humain issu d'un seul sang » XVII, 26.

CHAPITRE XXXVIII

1. (p. 289) Lady Jane Gray (1537-1554), prétendante au trône d'Angleterre, exécutée en même temps que son mari Gilford Dudley et le père de celui-ci. Tom a lu un roman très populaire à l'époque, *The Tower of London* (1840) de Harrison Ainswick.

2. (p. 289) Twain se moque d'une manie de ses contemporains : les titres et les blasons.

3. (p. 289) L'expression *maggiore fretta, minore atto* signifie en réalité « plus on se presse, moins on agit ».

4. (p. 292) Le comte de Charney, héros de *Picciola* (cf. note 5) avait apprivoisé des araignées, le baron Von Trenck une souris.

5. (p. 294) Pitchiola : *Picciola*, livre de Joseph-Xavier Boniface (1836). Le comte de Charney emprisonné par Napoléon fait pousser une plante en prison que le geôlier appelle « la picciola ».

CHAPITRE XXXIX

1. (p. 294) Thomas Franklin Jefferson : Twain se moque du goût pour les prénoms historiques.

2. (p. 299) Le territoire indien, qui est aujourd'hui l'Oklahoma, était alors un refuge pour les hors-la-loi.

CHAPITRE XL

1. (p. 304) Fils de Saint Louis : ce seraient les paroles

prononcées par le confesseur de Louis XVI alors que ce dernier montait à l'échafaud.

CHAPITRE XLI

1. (p. 307) Sœur Phelps : sœur, frère... sont à cette époque et dans cette région une manière courante de s'appeler entre voisins et connaissances.
2. (p. 307) Naberkodnaseur : Nabuchodonosor, célèbre roi de Babylone qui a régné de 605 à 562 av. J.-C. Le livre de Daniel, IV, 33, indique qu'il est devenu fou à la fin de sa vie.

CHAPITRE XLII

1. (p. 312) Il y a là et dans le paragraphe qui suit des échos parodiques de Matthieu, XXVII, 28-31, qui doivent faire voir Jim comme un Christ mené au Calvaire.
2. (p. 316) Tante Polly dont on parle dans le premier paragraphe du roman est la tutrice de Tom.
3. (p. 317) Onze cents miles : erreur de Twain, car cela situerait la ferme de Silas au Nord de la Louisiane alors qu'elle est dans l'Arkansas.

DERNIER CHAPITRE

1. (p. 319) Le territoire indien : cf. note 2, chapitre XXXIX. Mark Twain se lança en 1884 dans une suite aux *Aventures de Huckleberry Finn* qu'il ne termina jamais et qu'il avait intitulée « Huck Finn et Tom Sawyer chez les Indiens ».
2. (p. 320) Civilisation : en anglais mal épelé « sivilization ». Cela nous renvoie au début du roman où le même mot est employé avec la même orthographe, cf. note 4 chapitre I.
3. (p. 320) Le lecteur l'a sans doute oublié mais le livre débute comme une lettre, il se termine donc ici avec les formules et la signature qu'on trouve traditionnellement à la fin d'une correspondance.

BIBLIOGRAPHIE

La meilleure édition critique en anglais des *Aventures de Huckleberry Finn* est celle établie en 1985 par Walter Blair et Victor Fischer pour la Iowa/ California Edition of The Works of Mark Twain. Le texte comporte des notes et toutes les illustrations de l'édition originale de 1885.

OUVRAGES AUTOBIOGRAPHIQUES

The Autobiography of Mark Twain, éd. Charles Neider, New York, Harper and Bros., 1959.

Mark Twain's Letters, éd. A. Bigelow Paine, 2 vol., New York, Harper and Bros., 1917.

Mark Twain-Howells Letters, éd. Henry Nash Smith, Cambridge (Mass.), Harvard University Press, 1960.

OUVRAGES DE RÉFÉRENCE

Robert Asselineau, *The Literary Reputation of Mark Twain, 1910-1950,* Paris, Didier, 1954.

Thomas A. Tenney, *Mark Twain : A Reference Guide,* Boston, G. K. Hall, 1977.

OUVRAGES BIOGRAPHIQUES

William Dean Howells, *My Mark Twain,* New York, Harper and Bros., 1910.

Justin Kaplan, *Mr. Clemens and Mark Twain,* Londres, Jonathan Cape, 1966.

A. Bigelow Paine, *Mark Twain : A Biography*, 3 vol., New York, Harper and Bros., 1912.

OUVRAGES CRITIQUES

Les études critiques sur *Les Aventures de Huckleberry Finn* sont innombrables, je ne présenterai ici qu'un choix très réduit d'ouvrages sur le roman ou sur Twain.

Harold Beaver, *Huckleberry Finn*, Londres, Allen and Unwin, 1987.

Walter Blair, *Mark Twain and Huck Finn*, Berkeley et Los Angeles, University of California Press, 1960.

Louis Budd éd., *New Essays on Huckleberry Finn*, Cambridge, Cambridge University Press, 1985.

Bernard De Voto, *L'Amérique de Mark Twain*, Lausanne, L'Age d'Homme, 1960.

Bernard De Voto, *Mark Twain at Work*, Cambridge (Mass.), Harvard University Press, 1942.

Victor A. Doyno, *Writing Huck Finn : Mark Twain's Creative Process*, Philadelphie, University of Pennsylvania Press, 1992.

Shelley Fisher Fishkin, *Was Huck Black ? Mark Twain and American Voices*, Oxford, Oxford University Press, 1993.

M. Thomas Inge éd., *Huck Finn among the Critics*, Washington, United States Information Agency, 1984. (Contient les articles de Lionel Trilling, Leo Marx, Leslie Fiedler, etc.).

James S. Leonard et Thomas A. Tenney éd., *Black Perspectives on Huckleberry Finn : Satire or Evasion*, Durham, Duke University Press, 1992.

Bernard Poli, *Mark Twain, écrivain de l'Ouest : régionalisme et humour*, Paris, Presses Universitaires de France, 1965.

Claude M. Simpson éd., *Twentieth Interpretations of Adventures of Huckleberry Finn : A Collection of Critical Essays*, Englewood Cliffs, Prentice Hall, 1968.

CHRONOLOGIE

1835 : Samuel Longhorne Clemens, le troisième de cinq enfants, naît le 30 novembre à Florida (Missouri). Son père, John Marshall Clemens, est originaire de Virginie ; sa mère Jane Lampton du Kentucky. C'est une famille de notables pauvres qui possède quelques esclaves. Le père échouera dans toutes ses tentatives pour faire fortune. Cet homme était juriste de formation, spéculateur par goût, et se fit parfois marchand par nécessité.

1839 : La famille Clemens s'installe à Hannibal (Missouri) qui est le modèle du Saint Petersburg des *Aventures de Tom Sawyer* et de *Huckleberry Finn*. Samuel y vivra jusqu'à l'âge de dix-huit ans. Son père y sera juge et commerçant.

1847 : A la mort de John Clemens, les enfants doivent travailler. Samuel cesse donc (partiellement sans doute) ses études à douze ans et devient apprenti typographe. Il travaillera ensuite pour le *Missouri Courier* et au *Journal,* que son frère Orion a acheté, dans lequel il publiera des petits articles comiques en 1852.

1853-1857 : Samuel travaille pour des journaux à Saint Louis, New York, Philadelphie, Keokuk, Cincinnati. Il publie des articles sur ses voyages,

1857 : A la suite d'un voyage sur le Mississipi et de sa rencontre avec le pilote Horace Bixby, Samuel décide de devenir pilote. Il obtient sa licence un an et demi plus tard et travaille sur le Mississipi jusqu'à la Guerre de Sécession.

Ses voyages sur le fleuve lui suggéreront son pseudonyme de Mark Twain (« Marque deux »). C'était l'un des cris des marins lorsqu'ils mesuraient la profondeur du fleuve pour trouver un chenal au bateau. Un homme à l'avant sondait et criait les relevés au pilote : « *Deep four !... Mark three !... Half twain !... Quarter twain !... Mark Twain !...* » (Quatre longueurs de sonde !... Trois longueurs !... Deux et demie !... Deux un quart !... Deux longueurs !). Deux brasses de profondeur signale, pour un vapeur, des eaux qui commencent à être singulièrement dangereuses. Samuel Clemens utilisera ce nom pour la première fois en 1863.

1861 : Il est brièvement (deux semaines) volontaire dans un groupe d'engagés de l'armée confédérée, puis suit son frère qui a été nommé Secrétaire du gouverneur du Territoire du Nevada. Il s'installe à Carson City où il fera un peu de tout (secrétariat à la Legislature, prospection de mines, spéculation sur le bois, journalisme).

1863-1964 : Chercheur d'or en Californie il entend raconter l'anecdote de la grenouille sauteuse dont il fera un conte qui le rendra immédiatement célèbre.

1865 : Publication dans le *Saturday Press* de New York de « Jim Smiley et sa grenouille sauteuse ». Twain se retrouve tout étonné du succès de son « misérable conte venu du fond des bois ».

1866 : Le *Union* de Sacramento l'envoie cinq mois dans les Iles Sandwich. Il débutera ensuite une activité qui allait devenir une de ses principales sources de revenus : les conférences. Il y crée son image publique, celle de l'humoriste de l'Ouest.

1867 : Il publie son premier livre qui contient la fameuse histoire du *Saturday Express, La Grenouille sauteuse du comté de Calaveras et autres sketches.* Twain est envoyé comme reporter à l'étranger (pourtour de la Méditerranée, Moyen-Orient). Il s'inspire de ses voyages pour écrire *Le Voyage des Innocents (Innocents Abroad*, 1869)* qui est son premier grand succès. Le livre est pour lui l'occasion de poursuivre sa lucrative carrière de conférencier à travers les Etats-Unis où cercles, clubs, sociétés se disputent sa présence.

1870 : Twain épouse Olivia Langdon, fille d'une riche famille de la côte Est (la fortune des Langdon provient de l'exploitation et du commerce du charbon). La jeune femme, de dix ans sa cadette, est de santé très fragile. Elle sera toujours une lectrice, critique et correctrice, très

---

* Le titre anglais n'est indiqué que parce qu'il existe une certaine différence avec celui de la traduction française.

écoutée de son mari. Le couple s'installe d'abord à Buffalo (New York) puis en 1871 à Hatford dans le Connecticut. Il y résidera jusqu'en 1888. De l'union de Twain et d'Olivia naîtront un fils, Langdon (1870-1872) et trois filles, Susan (1872-1896), Clara (1874-1962) et Jean (1880-1909). Seule Clara survivra à son père.

Twain fait construire à Hartford son imposante et dispendieuse maison (six serviteurs étaient nécessaires à son fonctionnement).

1872-1885 : C'est sa période de plus grande créativité. Il publie ses œuvres principales : *A la dure (Roughing It*,* 1872), *L'Age doré (The Gilded Age**,* 1873), *Les Aventures de Tom Sawyer* (1876), *Un vagabond à l'étranger (A Tramp Abroad**,* 1880), *Le Prince et le Pauvre* (1882), *La Vie sur le Mississipi* (1883). Olivia et ses trois filles considéraient *Le Prince et le Pauvre* comme la meilleure œuvre de leur mari et père.

Les Aventures de Huckleberry Finn sont publiées en décembre 1884 en Angleterre et en février 1885 aux Etats-Unis par la maison d'édition que Mark Twain a commanditée et que dirige son cousin par alliance, Charles Webster. Cette maison d'édition a connu un grand succès dès la parution de son premier ouvrage : les mémoires du général Grant.

Mark Twain partage son temps entre l'écriture et des tournées de conférences. Il voyage et réside aussi longuement en Europe. Entre 1871 et 1907, il passe plus de onze ans à l'étranger.

1889 : Publication de *Un Yankee à la cour du roi Arthur.*

1890 : Mort de la mère de Twain.

1893 : Twain est ruiné par un projet de machine typographique nouvelle dans lequel il avait beaucoup investi. Ceci entraîne la faillite de sa maison d'édition. Pour payer ses dettes (ce qu'il ne parviendra à faire qu'en 1898) Twain reprend les tournées de conférences à travers le monde. Il devient internationalement connu.

A ces catastrophes financières s'ajoutent des malheurs personnels : sa fille préférée, Susy, meurt de méningite en 1896, on diagnostique Jean comme épileptique ; elle passera la fin de sa vie le plus souvent dans des cliniques et des maisons de santé.

1894 : Publication de *Tom Sawyer à travers le monde (Tom*

** Cette œuvre indiquée par deux astérisques n'a pas à ma connaissance été traduite en français.

Sawyer Abroad*), Wilson Tête-de-mou (The Tragedy of Pudd'nhead Wilson*) et *Les Jumeaux Extraordinaires (The Comedy of those Extraordinary Twins*).*

1896 : Publication des *Souvenirs personnels de Jeanne d'Arc (Personal Recollections of Joan of Arc**)* sans nom d'auteur, et de *Tom Sawyer détective.*

1897 : Publication du *Tour du Monde d'un humoriste (Following the Equator, A Journey around the World*).*

1898 : L'année où il a finalement payé ses dettes, il écrit trois ouvrages : « L'homme qui corrompit Hadleyburg » (publié en 1900), *Qu'est-ce que l'homme ?* (publié sans nom d'auteur en 1906) et *L'Étranger mystérieux* (publié après sa mort en 1916). Il commence mais n'achève pas *La Conspiration de Tom Sawyer.* Il se préoccupe plus que jamais de la valeur financière de son travail et en même temps voudrait, fidèle à son personnage de « représentant de la race humaine en son entier » (selon sa propre expression), laisser des écrits sérieux sur Dieu, la politique, le monde des affaires, etc.

1900 : Twain s'installe à New York. Écrit des articles contre les missionnaires et l'impérialisme, attaquant par là la politique américaine en Chine et aux Philippines.

1902 : Twain reçoit un diplôme *honoris causa* de l'Université de Yale.

1903 : Twain s'installe dans une villa à Florence espérant que le climat améliorera la santé de sa femme. Celle-ci, invalide depuis huit ans, y meurt en 1904. Il rentre à New York avec ses filles.

1906 : Parution du *Legs de 30 000 dollars et autres contes.* Twain commence une longue collaboration avec Albert Bigelow Paine à qui il dictera des pages d'une autobiographie dont il avait commencé à rédiger des bribes dans les années soixante-dix.

1907 : Twain se rend à Oxford pour recevoir le titre de Docteur *honoris causa* que lui confère l'université (en même temps qu'à Rudyard Kipling).

1909 : Mariage de Clara. Mort de sa fille Jean, noyée dans sa baignoire lors d'une crise d'épilepsie.

1910 : Twain meurt le 21 avril à l'âge de soixante-quinze ans dans sa maison de Redding (Connecticut) où il s'était installé en 1908. Il laisse une énorme quantité de manuscrits inédits (dont le plus important est *L'Étranger mystérieux*) et une fortune de 600 000 dollars.

TABLE*

* Les titres de chapitre ont été créés par Charles Webster, l'éditeur de Mark Twain, pour la première édition américaine de 1885.

1. Erreur de Charles Webster, la ferme n'est pas située dans l'Arkansas, mais dans le Tennessee, cf. note 2, chapitre XVI.

TABLE   343

ARISTOTE
Petits Traités d'histoire naturelle (979)
Physique (887)

AVERROÈS
L'Intelligence et la pensée (974)
L'Islam et la raison (1132)

BERKELEY
Trois Dialogues entre Hylas et Philonous (990)

CHÉNIER (Marie-Joseph)
Théâtre (1128)

COMMYNES
Mémoires sur Charles VIII et l'Italie, livres VII et VIII (bilingue) (1093)

DÉMOSTHÈNE
Philippiques, suivi de **ESCHINE**, Contre Ctésiphon (1061)

DESCARTES
Discours de la méthode (1091)

DIDEROT
Le Rêve de d'Alembert (1134)

DUJARDIN
Les lauriers sont coupés (1092)

ESCHYLE
L'Orestie (1125)

GOLDONI
Le Café. Les Amoureux (bilingue) (1109)

HEGEL
Principes de la philosophie du droit (664)

HÉRACLITE
Fragments (1097)

HIPPOCRATE
L'Art de la médecine (838)

HOFMANNSTHAL
Électre. Le Chevalier à la rose. Ariane à Naxos (bilingue) (868)

HUME
Essais esthétiques (1096)

IDRÎSÎ
La Première Géographie de l'Occident (1069)

JAMES
Daisy Miller (bilingue) (1146)
Les Papiers d'Aspern (bilingue) (1159)

KANT
Critique de la faculté de juger (1088)
Critique de la raison pure (1142)

LEIBNIZ
Discours de métaphysique (1028)

LONG & SEDLEY
Les Philosophes hellénistiques (641 à 643), 3 vol. sous coffret (1147)

LORRIS
Le Roman de la Rose (bilingue) (1003)

MEYRINK
Le Golem (1098)

NIETZSCHE
Par-delà bien et mal (1057)

L'ORIENT AU TEMPS DES CROISADES (1121)

PLATON
Alcibiade (988)
Apologie de Socrate. Criton (848)
Le Banquet (987)
Philèbe (705)
Politique (1156)
La République (653)

PLINE LE JEUNE
Lettres, livres I à X (1129)

PLOTIN
Traités I à VI (1155)
Traités VII à XXI (1164)

POUCHKINE
Boris Godounov. Théâtre complet (1055)

RAZI
La Médecine spirituelle (1136)

RIVAS
Don Alvaro ou la Force du destin (bilingue) (1130)

RODENBACH
Bruges-la-Morte (1011)

ROUSSEAU
Les Confessions (1019 et 1020)
Dialogues. Le Lévite d'Éphraïm (1021)
Du contrat social (1058)

SAND
Histoire de ma vie (1139 et 1140)

SENANCOUR
Oberman (1137)

SÉNÈQUE
De la providence (1089)

MME DE STAËL
Delphine (1099 et 1100)

THOMAS D'AQUIN
Somme contre les Gentils (1045 à 1048), 4 vol. sous coffret (1049)

TRAKL
Poèmes I et II (bilingue) (1104 et 1105)

WILDE
Le Portrait de Mr. W.H. (1007)

GF Flammarion

07/06/130087-VI-2007 – Impr. MAURY Imprimeur, 45330 Malesherbes.
N° d'édition LO1EHPNFG0700C006. – Février 1994. – Printed in France.